Philippe Georget

Philippe Georget est né en 1963 en région parisienne. Après des études d'Histoire, il participe à une mission humanitaire au Nicaragua. Il voyage ensuite en Irlande du Nord, puis se rend à Jérusalem, en Cisjordanie et à Gaza. En 2001, il embarque sa femme et leurs trois enfants dans son camping-car et fait le tour de la Méditerranée en passant par l'Italie, la Grèce, la Jordanie, la Libye. Il opte ensuite pour le journalisme et poursuit sa carrière à France 3 comme journaliste-rédacteur, présentateur et caméraman (ce qui a sans doute influencé son écriture si originale…). Il est également investi dans le sport, la course et la boxe entre autres.

Il est l'auteur de quatre romans, *L'Été tous les chats s'ennuient* (Jigal, 2009), prix du Premier Roman policier et prix SNCF du polar, *Le Paradoxe du cerf-volant* (Jigal, 2011), *Les Violents de l'automne* (Jigal 2012) et *Tendre comme les pierres* (Jigal, 2014).

PHILIPPE GEORGET

LE PARADOXE DU CERF-VOLANT

ÉDITIONS JIGAL

MIXTE
Papier issu de sources responsables
FSC® C003309

Pocket, une marque d'Univers Poche,
est un éditeur qui s'engage pour la préservation
de son environnement et qui utilise du papier fabriqué
à partir de bois provenant de forêts gérées
de manière responsable.

ISBN 978-2-266-26010-7

Avertissement

À une exception près, les personnages de ce roman sont issus de l'imagination de l'auteur. Toute ressemblance avec des personnes ayant réellement existé serait donc fortuite.

L'exception a pour nom Ante Gotovina. Ce général de l'armée croate existe réellement et les éléments de sa biographie dont il est fait état dans ce roman ont été tirés d'articles de presse. Sont-ils tous vrais pour autant ? La question mérite d'être posée tant les péripéties de la vie de ce personnage sulfureux et controversé semblent parfois rocambolesques. Après deux ans et demi de procédure devant le tribunal pénal international, les procureurs ont réclamé que le général Gotovina soit condamné à 27 ans de prison pour persécutions, déportations, actes inhumains et destructions lors de la contre-offensive lancée à l'été 1995 par les forces croates contre les séparatistes serbes de la Krajina. Mais, au moment de la publication de ce livre, le T.P.I. n'avait pas encore rendu son verdict.

Pourquoi pas ?
Il se pencha par-dessus la rambarde et se demanda :
Pourquoi pas ?
Il ne trouvait pas de réponse alors il sauta.

PREMIÈRE RENCONTRE

Round 1

— Tout va bien, fils, ne te fais pas de mouron.

La voix se veut rassurante mais je ne suis pas inquiet.

— T'as perdu conscience pendant quelques instants, c'est pas grave. Tu devrais récupérer rapidement.

J'ai les yeux fermés, je souris. Je me sens reposé.

L'été chante et j'émerge lentement d'une sieste trop profonde. J'entends, au loin, les cigales engueuler les grillons.

— Ne bouge pas, prends ton temps. Respire tranquille.

Je ne suis pas pressé de me lever. Tout à l'heure, à la tombée du jour, j'emmènerai Laurette dans les collines. Nous irons respirer la lavande et la bruyère, la menthe poivrée et le genêt d'Espagne. C'est fou comme la tiédeur d'un soir peut réveiller les odeurs. Elle les soulève, les détache, les fait roter de bonheur. Les parfums, c'est comme le vin, il faut qu'ils soient chambrés pour exhaler leur âme.

— Tu m'as foutu la trouille, tu sais.

Je ne veux pas bouger. Peut-être je ne peux pas. Pas envie de savoir. Pas maintenant.

— J'avais bien compris que tu n'étais pas dans ton assiette aujourd'hui mais je pensais que tu pourrais t'en tirer quand même.

J'essaie d'inspirer une bonne bouffée d'air. Raté. Mon nez est aussi bouché que l'anus d'une bigote constipée. À défaut, j'avale un peu de salive. J'ai comme des grumeaux dans la bouche. C'est âpre et chaud.

Les grumeaux ont le goût du sang.

— Je ne sais pas ce qui t'a pris ce soir. Combattre comme ça, c'était du suicide.

La voix perce ma nuit. Plus obsédante qu'un réveille-matin.

Un soleil me brûle le visage et me maintient dans une torpeur confortable. Je ne veux pas me réveiller. Pas encore. Je suis dans du coton, je suis dans un cocon. Mon esprit n'habite plus mon corps. Il flotte au-dessus. Loin. Très loin. Enfin débarrassé de ce tas d'os et de chair, de cet amas de muscles douloureux. C'est peut-être ça, la mort. Oui, c'est ça, je suis mort.

Enfin heureux.

Je sais que j'ai rêvé. Je ne me souviens pas mais je le sais.

Toujours le même rêve.

La voix cassée, cette voix familière, me ramène à la vie.

— Y'a pas idée d'agir ainsi. T'es vraiment le roi des cons, par moments.

Je garde les yeux fermés mais j'essaye de bouger. Je me soulève doucement. Aussitôt, les fourmis me picorent les jambes et le dos. Les siestes dans l'herbe, c'est toujours comme ça. Au début, on s'étonne du confort et on s'endort tranquillement. Puis, au bout de quelques minutes, on réalise que, si l'herbe est douce, la terre, elle, est bien dure.

Mon corps revient envahir mon esprit. Je remue difficilement mes doigts. Je suis engourdi. Le sang circule de nouveau dans mes veines. J'ai mal.

Le réveil continue de sonner.

— Le toubib va certainement repasser bientôt. Si ça va mieux, il faudrait que tu commences à te secouer les miches maintenant.

Où ai-je mal exactement? Pas facile à dire. Aux mains, au visage? Assurément. Au ventre et au bras? Sans aucun doute. Et puis aux jambes et au dos. Je ne suis plus mort, c'est évident. Je viens de me réincarner en quatre-vingts kilos de steak haché.

Un peu d'air parvient à se glisser entre les caillots de mes narines. Il me transmet une odeur aigre et entêtante bien éloignée des parfums du soir qui m'attiraient tout à l'heure. Un curieux mélange de sueur, de pieds sales et de pisse froide. Et par-dessus tout, les relents obstinés d'une pommade décontractante. Un «baume du tigre», un truc à la graisse de marmotte des Alpes.

Mes doigts caressent le sol. Pas d'herbe mais une surface rêche. Je repose sur des planches grossièrement rabotées. Une table. Ou une ébauche de table.

— Tu verrais ta tronche, fils... Ravagée! Mais tu l'as bien cherché, non?

Émile... La voix d'Émile. Il me gonfle, le Vieux.

J'ouvre les yeux. Une lumière jaune et nue dégringole du plafond et pénètre mes rétines. À sec. Je referme les lampions. Trop tard. La migraine se répand dans mon crâne.

— Attends, je vais éteindre. On y verra bien assez avec la lumière de la douche.

Le soleil disparaît et je rouvre les yeux. On dirait un tableau de Seurat. Le pointillisme poussé à l'extrême. Des masses de couleurs aux contours incertains. Un ovale sombre couronné de blanc qui se penche sur moi.

— Bienvenu aux pays des vivants et des cons.

Avec les chicots qui déforment sa bouche, Émile a toujours l'air de ricaner. Mais cette fois-ci son regard semble grave, avec une pincée d'anxiété dans l'œil droit et un soupçon de pitié dans l'œil gauche. À moins que ce ne soit l'inverse.

— Combien j'ai de doigts ? demande-t-il en me montrant son poing fermé.

— Les deux, mon commandant.

— Et combien j'ai de dents ?

— Aussi noires que tes yeux, mon chéri.

— C'est bon, je vois que tu commences à récupérer.

Pas sûr... La migraine m'empêche de penser. Et puis, je n'ai pas envie de faire des efforts. Je ne suis pas pressé de reprendre contact avec la sombre réalité. Sombre, vraiment ? Je ne sais pas, je ne sais plus, je devine.

Le Vieux me le confirme.

— Il y a des moments difficiles dans une vie, et là, j'crois bien qu't'as les deux pieds dedans.

Le Vieux a raison. D'ailleurs, il a toujours raison. Dans son genre, c'est un crack. Mais de quoi parle-t-il ? Dans ma tête, c'est toujours le trou noir.

— Tu peux pas dire que je t'avais pas prévenu. Ce job ne pardonne pas.

Péniblement, je me redresse. Je m'assieds sur le bord de la table, les pieds dans le vide, et j'attends que le vertige cesse. Putain, c'est haut un mètre parfois.

Mon rêve me revient. Une image, une impression, un frisson. Le vide. L'attirance. La tentation. Et cette question qui revient toujours, lancinante.

Pourquoi pas ?

Les murs vérolés du vestiaire tremblent encore un instant puis s'apaisent. Les lieux me sont familiers, aucun doute là-dessus. Je reconnais cette peinture grise qui se barre par endroits sous l'action de l'humidité, ce lino bon marché qui gondole dans les coins, ces placards cabossés par les coups mais souriants de femmes nues aux seins lourds.

Émile s'approche et me passe un gant de toilette humide sur le visage. Ses grosses pognes de cogneur ne l'empêchent pas d'agir avec délicatesse. Une vraie mère poule.

— Je ne t'ai jamais vu dans un tel état. Qu'est-ce qui t'a pris, bon Dieu ? Rien ne t'obligeait à faire ça.

Une petite loupiote s'allume dans ma tête. Oh, pas grand-chose... Une veilleuse d'enfant au fond d'une mine de charbon. Il me revient des bruits et des cris. Une foule. Une enivrante clameur.

Émile va jusqu'au lavabo, plonge le gant sous l'eau froide et me le met dans les mains. Le Vieux porte une culotte de survêt bleue et un polo vert étriqué. De profil, son ventre a gagné la course depuis quelques années mais les pectoraux restent puissants, les épaules massives. Sur le biceps droit, un tatouage défraîchi proclame encore son amour filial.

— Ça va mieux ? Tu connectes de nouveau ?

Je fais oui de la tête même si ce n'est pas vrai. Je n'aime pas décevoir Émile. Pourtant, je ne fais que ça depuis des années.

— Je te l'avais dit pourtant que c'était un coriace.

Mais vous êtes tous les mêmes. Quelques succès faciles et on prend la grosse tête. Et Mimile, lui, il peut toujours causer, hein ? Y'a que l'écho qui lui répond.

Je dois avoir meilleure mine pour que le Vieux laisse enfin libre cours à sa colère. Quand il s'énerve, Émile, il ne prend même plus le temps de respirer. Il termine ses diatribes à l'agonie, sa voix s'envolant dénicher des aigus improbables. Le vieux Parigot a des courroux cataclysmiques à faire pâlir d'envie un Méridional d'ascendance pied-noir. Maintenant qu'il est rassuré sur mon sort, il va s'la jouer, sa colère. Tout seul. Comme un grand. J'attends, je ne dis rien : pas besoin de lui fournir de marchepied.

— Tu croyais que je m'inquiétais pour rien, hein ? Tu te disais, il est trop vieux, Mimile, dépassé, sénile, bon pour l'hospice, mais ce soir, c'est toi qu'as l'air con.

— 'Ais pas 'ier...

— Pardon ? J'ai pas rêvé là, t'as parlé ?

J'articule avec précaution et lenteur pour faire comprendre à mes lèvres enflées qu'elles doivent m'obéir.

— Fais pas chier, s'il te plaît.

— Attends, mon gars, tu crois tout d'même pas que tu vas t'en tirer comme ça ? continue-t-il un ton en dessous malgré tout. Ça fait deux mois que j'te tanne pour que tu prennes les choses enfin au sérieux, deux mois que j'te pousse au cul pour qu'tu t'appliques un peu et deux mois que monsieur me prend de haut. Et qui qu'avait raison, hein, qui don' ?

Une violente douleur au ventre me plie en deux. J'en rajoute dans les grimaces, histoire de lui fermer son clapet, au Vieux. Ça marche. Le Père Fouettard redevient Mère Poule.

— Ça va, petit, t'as pas trop mal ?

Je me passe le gant de toilette sur le visage. Mes mains sont encore entourées de bandages.

Ça me revient par bribes.

Cette douleur au ventre : un crochet au foie. Terrible. Dès le début de la troisième reprise, j'ai dû mettre un genou à terre. Je n'ai jamais pu revenir après.

Émile m'offre un verre d'eau. Je le bois avec maladresse. De l'eau coule de ma bouche éclatée sur mon menton puis sur mes cuisses.

— Ce qui devait arriver arriva, philosophe le Vieux. Manque de rigueur, manque de travail. On voit le résultat : trop lent, trop lourd, tu t'en es pris plein la gueule.

Je lui tends mon verre pour le faire taire. Mais le lavabo n'est qu'à deux pas et le sursis est de courte durée.

— Ose me dire, ose seulement me dire, que je ne t'avais pas prévenu...

Je prends le verre d'eau, en avale une gorgée et verse le reste du contenu sur ma tête malade. L'eau glisse sur mes cheveux, ruisselle sur mon visage et sur ma nuque. La veilleuse au fond de la mine se met à briller plus fort.

Dès les premiers engagements, j'avais senti que je n'étais pas dans le coup. Pas de souffle, pas de jambes, du fromage blanc dans les bras.

Et ce maudit crochet que je prends dans le buffet.

Malgré mon allonge, je ne parvenais pas à le toucher. Il était agile et vif, se dérobait sans cesse sous mes attaques téléphonées.

J'ai compris très vite que je ne pourrais pas gagner.

— Pas d'initiative, pas de pêche, quelques automatismes à contretemps, aucun enchaînement. Dans le genre fonctionnaire en préretraite, tu as été parfait.

Je lui mets mes mains sous les yeux. Il déroule les bandes l'une après l'autre puis contemple mes phalanges. Il hoche la tête avec tristesse. Elles ne sont même pas rouges. En frappant le vide, je ne risquais pas de les abîmer.

Je respire un grand coup et je me lève. Le vestiaire se met à danser et je dois rester un moment immobile, les yeux mi-clos. Sous mon crâne, c'est Pearl Harbour un soir de décembre 41.

— Lui, il a bien géré. Il ne s'est pas précipité. Il s'est d'abord contenté de te contrer avant de prendre le combat en main.

Les mains plaquées sur les tempes, je marche à petits pas convalescents vers le lavabo ébréché. Dans la glace, je peine à reconnaître cette face de nègre blanc aux pommettes saillantes, au nez talé et aux lèvres dilatées.

Je m'adresse un clin d'œil complice.

— Salut, gueule d'amour...

À mon arcade gauche fendue durant le combat perle une goutte de sang.

La première droite au visage, je ne l'ai pas vue venir. Logique. Je redoutais tellement les crochets au foie que j'avais baissé ma garde. Une erreur de débutant. J'étais resté dans les cordes le temps qu'il m'avait fallu pour comprendre. Bras serrés le long du corps, poings de chaque côté de la tête. Me protéger au maximum.

Les élancements dans le bas de mon dos datent de cet instant. La brûlure des cordes.

J'ouvre l'armoire à pharmacie et j'attrape une boîte de paracétamol. Je jette deux comprimés effervescents au fond du verre que je remplis à nouveau. Les bulles de gaz éclatent à la surface comme un chapelet de pets timides. J'approche mon visage tuméfié. C'est frais, c'est agréable. Je fais toujours ainsi, intimement convaincu que le médicament agit également de manière externe. Quand les cachets sont dissous, j'avale le breuvage d'une seule traite.

Émile me propose deux tranches de pain d'épices.

— Colle-toi ça dans le buffet, ça te fera du bien.

— Merci, maman.

Je dévore le gâteau aussi vite que mes mâchoires endolories me le permettent. En mangeant, je découvre ma fringale.

Un filet de sang glisse maintenant sur ma paupière. Mes efforts pour mâcher ont tiré la peau du visage et rouvert l'arcade blessée.

Il n'a pas mégoté, le gars. Il me l'a labourée, cette arcade. Sa droite, une belle frappe propre et sèche, y revenait avec délectation. Elle n'avait aucun mal à trouver le chemin. Moi, je voyais juste le gant rouge traverser ma garde et s'écraser pile au-dessus de mon œil gauche. Je n'avais jamais le temps de réagir. Je suivais l'action en gros plan mais c'est du ralenti que j'aurais eu besoin.

Émile approche ses gros doigts de la plaie béante et l'emplit d'une grosse pâte blanchâtre. Sa pommade miracle. Fabrication maison à partir d'une solution d'adrénaline à un pour mille. Je n'en sais pas plus. Le Vieux protège ses secrets.

— J'ai voulu arrêter le massacre. Mais c'est toi qui as insisté. On aurait dit que tu prenais ton pied à rester sur le ring. À jouer les punching-balls.

L'hémorragie s'est arrêtée. Émile prend un pansement dans la pharmacie et le pose avec douceur sur la plaie.

— Au moins, y'a une chose de sûre ce soir, c'est que tu sais encaisser, mon cochon !

Quand j'ai compris que je ne pourrais pas prendre le dessus, je me suis dit que la victoire n'était pas le seul enjeu d'un combat. J'ai pensé qu'il y avait d'autres choses à gagner.

— « On continue », tu ne savais dire que ça. On aurait dit que le seul truc que tu craignais, c'était que je jette l'éponge pour toi.

— Perdu pour perdu, il fallait bien faire un peu de spectacle, non ?

— T'appelles ça du spectacle, toi ! Du grand n'importe quoi, oui... Faut aimer les jeux du cirque pour apprécier.

Un sourire au coin de sa bouche dément ses critiques. Cela me suffit. Je récupère une serviette propre dans mon placard. J'ôte mon peignoir puis mon short et je file à la douche. L'eau froide achève de me rincer la mémoire.

Le gong retentit annonçant la fin de la pause. Ce doit être la sixième ou la septième reprise. J'ai perdu le compte depuis longtemps mais ça n'a plus d'importance. Je vais perdre, tout le monde l'a compris. Moi, l'Autre, le public. Émile a été le premier à piger mais il persiste à faire comme si. C'est son job, il est pro. Il continue à m'abreuver de conseils inutiles.

— Varie tes attaques. Essaye d'enchaîner ta droite derrière ton crochet du gauche. Tu peux l'avoir, il commence à fatiguer...

Tu parles ! Il est frais comme un gardon, il sourit. On dirait qu'il pose déjà pour les photographes. Moi, j'ai les jambes lourdes et mes gants pèsent des tonnes. Je baisse constamment ma garde sans même m'en rendre compte.

— Tes bras, me serine Émile depuis le coin du ring, remonte tes bras, bordel, tu vas t'en prendre une dans la gueule !

Émile a toujours raison, la leçon me rentre dans le crâne à coups de droites meurtrières. Pute borgne ! Il sait parfaitement préparer son coup, le salaud. Je sais qu'elle va revenir cette droite, je l'attends, je la redoute, et pourtant, je ne la vois jamais arriver. Cinq sur cinq, je la reçois. Plein cadre sur l'arcade.

Un filet chaud coule sur ma joue. L'arbitre suspend le combat, examine la blessure et laisse monter Émile. Un coup d'éponge, quelques secondes de compression, un peu de pommade. Et puis beaucoup de vaseline pour faire glisser les prochains coups.

— Protège-toi, merde, me dit Émile. Si t'en prends d'autres, je te préviens, j'arrête tout.

Je lui lance un regard noir mais il est déjà reparti. Même le Vieux, ce soir, est trop rapide pour moi.

L'arbitre m'observe. Il jauge ma capacité à reprendre, je le sens perplexe. Il crache toutefois le mot magique.

— Boxe !

Je n'ai même pas eu le temps de retrouver mon souffle. J'ai dû le laisser quelque part. Au vestiaire peut-être. Ou chez moi. Ma bouche ouverte avale tout l'air qu'elle peut mais sans trouver l'oxygène nécessaire à mes poumons brûlants. Je lance mes bras en avant, je balaie l'espace entre nous espérant le tenir à distance. L'Autre sourit. Il est patient, le bougre. Vicelard peut-être. Il savoure. Mais le public est pressé qu'on en finisse. Il y a du KO dans l'air, la foule le sent, la foule le veut.

Elle a raison.

Et moi j'en ai assez de tout ce cirque.

La meute a senti l'odeur du sang, elle en redemande. Pas de problème ! La foule en aura. Mais je ne serai pas le seul à y laisser des plumes. Ton KO, mon pote, il va falloir venir le chercher...

Je serre les dents et parviens à enchaîner une série de crochets. L'Autre recule. Plus surpris que touché.

Je me redresse.

— Aujourd'hui, c'est le taureau qui agite la muleta.

J'ai pensé à mi-voix et il m'a entendu. Ses yeux posent des questions, son cerveau de brute cherche à comprendre. J'en profite pour lui glisser un petit swing sur la pommette. Oh, c'est plutôt gentil. À bout de course, à bout de souffle. Une pichenette qui lui remet les idées en place.

Je baisse ma garde et je me mets à sautiller. J'ose quelques moulinets dans le vide, je le défie. J'ai vu dans de vieilles images noir et blanc Mohamed Ali agir ainsi. Sublime provocateur.

J'entends des cris dans le public, quelques applaudissements. Je ne suis pas Mohamed Ali. Tout le monde le sait, ici.

L'Autre s'avance vers moi. Ricanant. Résolu.

C'est une nouvelle danse qui commence. Il est précis, il frappe lourd et moi j'évolue trop lentement sur la piste. Ses coups me donnent le tempo. J'encaisse. Le bal vire au ball-trap.

«*Les coups sonnent ! On aime ça !*»

À travers le brouillard me revient l'écho d'une chanson de Lavilliers. Des paroles incroyables pour qui ne connaît pas la boxe. Et pourtant, il faut aimer les coups – aimer en donner, aimer en recevoir – pour grimper sur un ring et y rester sous la tempête.

Très vite, je suis acculé dans un angle. Pas moyen d'en sortir. À droite, je tombe sur sa gauche ; à gauche, je rencontre sa droite. Crochet, direct, uppercut, tout y passe et j'encaisse. Je suis comme un immeuble qu'on démolit. À chaque coup, un pan de mur fout le camp. Mais les fondations sont solides.

Un instant, la pluie se fait moins drue. Il doit être essoufflé. Je risque ma chance et j'envoie mes gants en avant, au jugé. Je ne relève pas la tête, je frappe au corps. Parfois, je touche. Il recule de deux pas. J'enchaîne une série au visage et je fais mouche. Lui qui n'a plus l'habitude de se défendre déguste en plein. Malheureusement, mon punch a depuis longtemps déserté la partie. J'aurais pu lui faire mal, il frémit à peine. D'un revers de gant, il s'essuie le nez. Aucune trace de sang, un peu de morve seulement.

Le public exulte. Des connards scandent mon nom. La foule n'y connaît rien. Elle croit au réveil, ce n'est que le chant du cygne.

Un crochet au foie les rappelle à la triste réalité. C'est moi qui trinque, c'est eux qui crient. Je mets un genou à terre, instant de faiblesse vite maîtrisé. L'arbitre compte néanmoins jusqu'à sept. Il me fixe intensément. Hésite. Je plisse le front, je serre les dents et rassemble ma volonté pour lancer un regard mauvais. Mon bluff marche, il relance la partie.

— Boxe !

Je balance mes poings avec ce qu'il me reste d'énergie. Sans ordre. Sans but. Le style, on en reparlera une autre fois. L'efficacité aussi. Mes bras lancent des

SOS, «*On aurait dit des sémaphores, Les copains d'abord*». Ce n'est plus du Lavilliers, c'est du Brassens. La tête me tourne, je suis ivre.

Je reprendrais bien une droite. Voilà. Merci. Mes jambes flageolent. L'arcade éclate et le sang me brouille la vue. Je ne recule pas, je ne recule plus.

Jamais. J'avance.

Je sens du mou sous mon gant. Il était là, tout près de moi. Trop près. J'ai eu son pif. J'enchaîne mais il est parti. Je regarde à droite, personne. Je regarde à gauche, bing, sa droite.

Je me retrouve dans les cordes, il me rejoint et on s'la joue distribution des prix. Front contre front, on balance. À bout portant. Ça tombe comme à Gravelotte. Tiens, ça vient d'où cette expression, je me demande. Un coup plus ajusté que les autres me répond que ça n'a pas d'importance. Je réplique au sternum. Ses poings se font moins lourds. Il doute ou il fatigue. Il effectue un repli stratégique vers le centre du ring.

Il me regarde. Il est furieux. Il pensait que ce serait plus facile.

Je continue de marcher sur lui. Ou plutôt je titube, je tangue, je chaloupe. Je frappe le vide devant moi. Je suis à bout. À bout de forces. À bout de vie.

L'Autre recule sagement. Il en a marre de prendre des coups. Je relève les poings une fois encore. La dernière.

Je brasse du vent. Il attend.

Puis soudain, il réagit.

C'est propre, net, précis. Un artiste. Je reçois l'estocade. Crochet du gauche à la pommette, uppercut du droit au menton et enfin un direct venu de je ne sais où, d'un troisième bras peut-être. Je m'en fous.

Un imbécile vient de couper la lumière.

Lavé, rincé, purifié, je ferme le robinet de la douche. L'eau ruisselle sur mon corps, caressant mes muscles fatigués. Je m'essuie puis j'accroche la serviette autour de ma taille.

— J'espère au moins qu'ils ont apprécié le spectacle ? je demande en regagnant le vestiaire.

Émile ne peut s'empêcher de sourire.

— Pas de problème de ce côté-là, tu l'emportes à l'unanimité. Y'a pas photo. Il faisait la gueule, l'Autre : il gagne le combat par KO et c'est pas lui qu'on acclame le plus.

Je rigole. Infime compensation. Je me souviens vaguement de l'instant. Quelque part. Très loin. Très flou.

— Je suis sorti comment ? Sur un brancard ?

— Tu ne t'en souviens pas ?

— Pas vraiment, non.

Émile fronce les sourcils. Il me scrute quelques secondes, inquiet.

— T'es sûr que ça va ?

— Ouais, la forme olympique, j't'assure. J'ai juste besoin de reconstituer le puzzle.

— T'es sorti debout, tout simplement. Je t'ai soutenu un peu. Le petit Kamel m'a aidé.

Il me semble en effet entendre de nouveau la foule. Je me rappelle un visage surtout. Une femme. Entre deux âges, comme on dit quand on est poli. Des lèvres fines autour d'une bouche entrouverte, des yeux sombres bordés de rides élégantes. Des yeux effrayés qui semblaient me plaindre. Une mère inquiète a probablement ce regard, m'étais-je fait la réflexion.

Je dis ça, mais j'en sais rien...
Je parle de ce que je ne connais pas.
Elle était belle, cette dame, distinguée. Pas du tout à sa place dans cette salle surchauffée et bruyante. Elle applaudissait mécaniquement, comme prisonnière du mouvement de la foule. C'était son premier KO à elle aussi, son premier match de boxe, peut-être.
Ce souvenir est étrangement précis. Trop. Mon cerveau cabossé l'a sans doute inventé mais tant pis ! Je veux y croire car ce visage me fait du bien.
Je m'habille avec une extrême lenteur. Gestes prudents, ankylosés par la douleur. Je suis vieux. J'ai cent ans.
— À quel moment exactement j'ai perdu connaissance ?
— Après le passage du toubib de la fédé. J'dirais pas qu't'étais vraiment lucide avant mais tu parlais. T'as répondu sans peine à toutes les questions du médecin.
Je n'ai pas de souvenir de ce moment. Impossible de me remémorer le visage du doc. Ni ses questions, ni mes réponses. Je me souviens seulement d'une odeur. Une puanteur d'ail.
— Dis donc, il fouettait pas un peu du bec, le toubib ?
Émile se gondole.
— Je constate que tu n'as pas tout oublié. C'est déjà ça !
J'essaye de m'accrocher à cette odeur pour reconstituer une image. Mais rien à faire. Ça ira mieux demain.
Je renonce à me faufiler dans mon jean moulant et j'opte pour le pantalon de survêtement. Je m'assieds pour enfiler mes baskets.

— Tu n'attends pas le toubib ? me demande le Vieux. Il a dit qu'il allait repasser.

— Ah bon ? Je me casse vite fait, alors.

— ...

— Il va me réexaminer, va trouver un truc qui cloche et j'suis bon pour passer la nuit aux urgences. Très peu pour moi, j'suis vanné. J'ai surtout besoin de pioncer une bonne douzaine d'heures.

— T'es sûr ?

— Sûr et certain.

— Tu repars comment ?

— J'ai ma caisse garée pas loin.

— C'est pas très prudent...

— Tu plaisantes, j'habite à deux pas ! Et puis tu sais, j'ai l'habitude de conduire bourré, alors là...

Émile secoue la tête.

— T'es vraiment le roi des cons !

— J'ai été à bonne école.

Le Vieux ne sourit pas, il s'interroge. Il n'aime pas trop me voir partir comme ça mais il sait lui aussi que j'ai surtout besoin de dormir. Finalement, il me donne son feu vert.

— OK, vas-y. J'm'arrangerai avec le toubib.

— Tu lui diras que j'étais attendu en boîte de nuit.

— C'est ça, ouais... Mais tu m'promets que si, demain, tu ressens des vertiges, des nausées ou n'importe quoi d'autre, tu vas te faire examiner.

Je fais mine de cracher dans ma main.

— Promis, ma poule !

Je range mes affaires dans mon vieux sac de sports noir : short, chaussons, protège-dents, coquille, gants, jean et peignoir. Je bourre le sac au max. Il est plein à craquer. Il craque.

— Et merde !

— Y'a des jours avec..., constate Émile.

— Et y'a des jours sans, je sais.

J'enfile mon blouson et prends mon sac sous le bras et je me retrouve devant Émile. On s'en serre deux. D'habitude, on s'fait la bise mais là, c'est plus solennel. Mon vieux prof garde ma main dans la sienne et maintient la pression. Il cherche à capter mon regard. Je lui offre.

— Sacré combat tout de même, fils. Grandiose, d'une certaine façon. Si tu avais gagné avec la même classe, ç'aurait été super.

Je me racle la gorge.

— Merci.

Après quelques secondes, on se lâche la pogne. Avec toute la gravité nécessaire. « Un singe en hiver », un vieux film de Verneuil, je crois. Émile est parfait en Gabin grisonnant. Moi, je m'trouve plutôt pas mal en Belmondo jeune, turbulent mais respectueux. Dans le lointain, je crois entendre résonner des trompettes.

Ce n'est qu'une alarme de voiture qui hurle dans la nuit.

Round 2

Dehors, les rues du quartier ont retrouvé leur calme. Devant la porte du gymnase, il n'y a plus qu'un petit groupe à profiter de la douceur étonnante de cette nuit de fin septembre pour prolonger la discussion. Ces gens parlent-ils du combat ? Je préfère ne pas savoir.

Ma voiture m'attend au coin de la rue. En rangeant mon sac éventré dans le coffre, je sens une présence derrière moi. Je me retourne et vois deux ombres disparaître sous une porte cochère. Elles me semblaient vêtues de longs manteaux. Deux silhouettes à la Sergio Leone. Je trouve ça louche mais cela ne m'émeut guère. Je n'ai rien sur moi digne d'être volé. Des vêtements imbibés de sueur et de sang, un téléphone portable passé de mode et une carte bleue sur un compte dans le rouge depuis longtemps. Et si c'est à moi qu'ils en veulent, qu'ils y viennent ! Je ne suis plus à quelques coups près.

Je mets la clé dans la serrure et reste sur mes gardes. Rien ne se passe. Je me glisse avec douleur dans l'habitacle puis je démarre. La voiture toussote. J'enclenche la première et j'extirpe ma vieille Clio de son emplacement. Quand les deux ombres réapparaissent, je suis déjà au bout de la rue.

Je roule doucement dans les rues désertes de Paris. Le moteur souffreteux de ma voiture déchire la tranquillité de la nuit. Depuis plusieurs mois, le starter automatique se maintient – automatiquement – en marche. Rien à faire. Aux feux rouges, ma vieille guimbarde trépide comme une McLaren en pole position du Grand Prix de Monaco. Elle m'attire des regards ironiques souvent, hostiles parfois. Je comptais sur une victoire ce soir pour la faire réparer. C'est raté. La bourse prévue pour le perdant me permettra juste de payer pendant quelques semaines la surconsommation de carburant occasionnée par ce dysfonctionnement.

J'atteins sans encombre le boulevard d'Algérie situé dans le 19e arrondissement, entre la porte de Pantin et la porte des Lilas. Je trouve une place de stationnement juste en face de mon immeuble. Une main sur la portière, une autre sur le toit, je m'extrais de la voiture. Mes muscles se sont refroidis et, à la douleur des coups, s'ajoute déjà celle des courbatures.

L'ascenseur me conduit sans heurt jusqu'au huitième étage. J'habite un F1 d'une vingtaine de mètres carrés avec une vue plongeante, bruyante mais fascinante sur le périphérique.

Dans la cuisine, je me serre un verre d'eau que je bois sans respirer. J'ouvre le frigo. J'y trouve un fond de jus d'orange dans une bouteille et un reste de macaronis dans un Tupperware. Dans l'évier, je déniche des couverts sous une pile d'assiettes sales et je les passe sous l'eau. Je mange les pâtes froides à même la boîte. Elles sont caoutchouteuses, assez pénibles à mastiquer, mais ça passe. Avec le jus de fruits, c'est presque bon. Je conclus mon repas par un rogaton de fromage sec sur un morceau de biscotte.

Je balance les couverts et la boîte dans l'évier. Puis j'essuie la table d'un revers de main et balance les miettes dans le vide-ordures, merveilleuse invention des années soixante-dix pour faciliter l'accès des cafards dans les appartements.

Il est deux heures du matin.

Je rêve quelques minutes à la fenêtre, contemplant les voitures qui glissent sur le périphérique. Le reflet des phares jaunes et rouges trace des arabesques sur l'asphalte sombre. Les jours de pluie et de brouillard, le spectacle peut se révéler féerique. Avant de dormir, certains lisent, d'autres font l'amour, les veinards embrassent leurs enfants, moi je regarde un défilé ininterrompu de voitures.

Je trouve cela apaisant.

De toute façon, la vie ne m'a pas donné le choix.

Cette nuit, je vais pouvoir dormir la fenêtre ouverte : demain, c'est dimanche et le bruit de la circulation ne devrait pas troubler ma grasse matinée. Je glisse toutefois une boule Quies dans chaque oreille. Mon voisin du dessus est un fan de Johnny Hallyday. Surtout le week-end à partir de huit heures.

Je me couche.

Je m'appelle Pierre. J'ai 27 ans.

J'aimerais pleurer, la tête enfouie dans le giron d'une femme. Mais la seule femme que j'ai aimée m'a quitté il y a deux ans, ma sœur n'a pas eu le temps de grandir et ma mère... Ma mère m'a tué lorsque j'avais dix ans.

Round 3

— Deux cafés, s'il vous plaît, nous sommes pressés.
— Tout de suite, madame.

Le plus dur dans le métier de serveur, c'est le sourire professionnel. La politesse de façade. L'amabilité forcée. Tu te dois de faire bonne figure même les jours où t'aurais envie de bouffer la Terre entière. Aujourd'hui, un bout de chanson tourne sans cesse dans ma tête :

« *J'aurais voulu leur dire "Merde !"*
Et je leur disais : " Oui, Monsieur". »

C'est de Leny Escudéro. Mon père adorait. Il le mettait en boucle dans la voiture. Il l'écoutait sûrement, le soir où il a raté son virage sur une route du Roussillon.

— Ça fait quatre euros trente, s'il vous plaît.

La politesse, on ne l'apprend pas sur les rings ou dans les foyers d'accueil. La politesse, Josy et René me l'ont enseignée patiemment, ici, au Café de la Poste.

La cliente me tend un billet de cinquante.

— Vous n'auriez pas l'appoint, s'il vous plaît ? Ou quatre euros cinquante ? Cinq ? Dix ? Non, vraiment ? Vingt ? J'peux garder la monnaie alors ?

Le couple assis à la quatre me gratifie d'un regard de mépris en guise de pourboire. Je respire un grand coup. Surtout ne pas les foutre dehors à coups de pied dans l'cul. Y paraît que ça ne se fait pas.

Je me demande bien pourquoi.

À la caisse, devant mon gros billet, Josy aussi fait la tronche. Je hausse les épaules et j'empoche la ferraille. Puis je vais pisser. Au retour, je prends le temps de passer un coup de torchon humide sur les tables libérées.

Je sens dans mon dos des regards impatients.

Je m'arrête pour caresser Pasqua, avachi sur le carrelage. Pasqua, c'est le chien des patrons. Un shar-peï. Il est trapu avec une tête d'hippopotame. Il a une truffe charnue, la peau plissée et les bajoues tombantes. Quand il pose sur vous ses yeux las et suintants, il achève de vous convaincre de la pertinence de son nom. Ou plutôt de son surnom. Car autrefois, Pasqua s'appelait Sultan.

Je le laisse se reposer des fatigues qu'il n'aura jamais et je m'en retourne à mes clients. Je leur rends leur monnaie, pièce après pièce en prenant soin de me gourer plusieurs fois. Puis je repars en fredonnant Escudéro.

La salle du Café de la Poste se vide peu à peu. La pause déjeuner est terminée, les employés retournent au turbin.

René et Josy Prévot ont ouvert leur bistrot il y a vingt ans à côté d'une importante agence des PTT, comme on disait à l'époque, paraît-il. Ils faisaient alors café-restaurant et leur commerce prospérait grâce aux nombreux fonctionnaires voisins. Puis l'agence a fermé pour cause de restructuration. Les patrons ont cessé la restauration sans regrets, trop de fatigue, ils approchaient déjà tous les deux de la soixantaine. Depuis, ils ont mis à disposition des clients un micro-ondes pour réchauffer des gamelles. La pratique est plutôt rare, bienvenue en ces temps de crise et la nouvelle s'est vite répandue dans le quartier. Ce qui fait qu'il y a toujours beaucoup de monde finalement dans le troquet à l'heure de table.

Mes horaires sont assez souples. Compatibles avec mon entraînement. René et Josy m'ont pris sous leur aile. On s'efforce de garder nos distances mais il y a beaucoup de tendresse entre nous.

Ils n'ont pas d'enfants, je n'ai plus de famille.

Je tape une clope à René et je sors la fumer.

Ce matin – on est lundi –, je me suis pointé vers 11 heures au bistrot. Si les habitués n'avaient pas été informés de ma déculottée du week-end, la tronche que j'avais et la gueule que je tirais les auraient vite renseignés. Les gens m'ont parlé avec douceur mais sans savoir quoi me dire. On m'a serré la main, Josy m'a fait la bise; personne n'a osé affronter mon regard. Comme si j'avais perdu un proche. Ça m'a rappelé des mauvais souvenirs. C'était hier, il y a dix-sept ans.

J'ai demandé à René de me servir un jaune. D'habitude, il refuse car j'ai déjà eu par le passé quelques tendances à picoler plus qu'il ne faudrait pour un sportif de mon niveau. Cette fois-ci, il m'en a mis un double. Je l'ai sifflé lentement. Histoire de ne pas trop l'inquiéter.

Le temps est à l'orage aujourd'hui. De gros nuages noirs planent dans le ciel de Paris. Il fait trop chaud pour ce début d'automne. J'allume ma cigarette et tire une première bouffée.

— Tu fumes de nouveau ?

Je me retourne. Sergueï. Je n'avais pas reconnu son accent, c'est normal : il roule les « r » et y'en avait pas dans sa phrase. Sa remarque m'agace. J'ai toujours détesté ce genre de questions bêtes. Par exemple, je sors de chez le coiffeur et y'a un gonze qui me demande :

— Tiens, tu t'es fait couper les cheveux ?

La dernière fois que cela m'est arrivé, j'ai répondu :

— Non, je commence une chimio.

Le mec a verdi. Puis il a répliqué :

— Bienvenue au club.

Il est mort six mois plus tard d'une tumeur au cerveau. Je n'ai pas osé assister à son enterrement.

Depuis je fais gaffe mais quand on m'agace, je mords.

— Faut pas se fier aux apparences, Sergueï. Tu vois, j'ai mes chaussures aux pieds et, pourtant, j'marche pas !

Le gars est étonné mais ne s'offusque pas. Sergueï, c'est mon pote. Il pose la main sur mon épaule avant de rentrer dans le café.

Le tonnerre gronde et de grosses gouttes commencent à tomber. Je me replie sous l'auvent de la terrasse. Je lis les petites annonces accrochées à la porte vitrée. Toujours les mêmes choses. Une voisine qui a perdu son chat, une autre qui recherche une aide ménagère. Le club du troisième âge annonce son prochain tournoi de scrabble. Un prof de français souhaite arrondir ses fins de mois en donnant des cours du soir. D'ordinaire, après un combat, y'a toujours une photo ou un article de journal pour raconter mes exploits aux clients. Aujourd'hui, nibe, nada, rien. J'aime autant.

Sergueï est installé dans un angle du bar. Il ne tourne jamais le dos à la porte. Une vieille habitude des années sombres, m'a-t-il confié un jour. Il boit une bière au comptoir en bavardant avec René.

Sergueï s'affirme toujours Yougoslave même si son pays natal a sombré il y a près de vingt ans. De père croate et de mère serbe, il a refusé de choisir un camp durant le conflit et il s'est retrouvé avec tout le monde sur le dos. Sa femme et sa fille ont été tuées par les Serbes. Il a fait de la prison dans un camp croate mais il a réussi à s'échapper. Il a traversé la moitié de l'Europe pour retrouver le pavé parisien qu'il avait connu durant ses études. Il a galéré au début, vaguement SDF, avant d'obtenir son statut de réfugié. Puis il a dégoté ce job de taxi. Par chance ou par magouille, il n'a jamais été très bavard sur le sujet.

— Ça roule aujourd'hui ? je questionne avec mon sens de l'à-propos.

— J'en ai ma claque ! Je bois un coup et je vais me faire une toile.

— Tu vas voir quoi ?

— Je ne sais pas, j'hésite encore entre le dernier Bruce Willis et le Ken Loach...

Sergueï n'est pas cinéphile mais cinéphage. Un boulimique, un vrai fondu, un obsédé du septième art. Il va voir tout ce qui sort. Il aime le cinéma de Allen à

Zulawski et d'*À bout de souffle* à *Zorba le Grec*. Tout ce que je sais sur le cinéma, c'est avec lui que je l'ai découvert.

Sergueï a 47 ans, j'en ai vingt de moins mais c'est mon frangin, mon poteau. La première fois qu'il est entré dans le bistrot, on a causé et on s'est tout de suite plu. Le coup de foudre, ça existe aussi pour les amis. On n'a pas le même accent, pas le même vocabulaire non plus mais on jacte la même langue. Les femmes, la vie, le sport... Lui aussi a fait de la boxe dans le temps. Il a participé aux jeux Olympiques. Los Angeles, 1984. C'est son titre de gloire et je le laisse me chambrer là-dessus même si, un soir de beuverie, il m'a avoué qu'il s'était fait éliminer dès le premier tour.

Je n'ai pas vu Sergueï depuis mon combat. Je sais qu'il ne va pas hésiter à mettre les pieds dans le plat. Les autres ont évité le sujet mais lui, il se lance sans détour.

— Ça fait mal ?

— Pire qu'une gueule de bois. Sans le plaisir de la cuite.

René s'est éloigné pour nous laisser causer mais je sais qu'à distance, il tend l'oreille.

— Et le moral ?

— J'ai connu mieux mais j'ai vu pire.

— Ton analyse du combat ?

— Il était plus rapide, il cognait plus juste et plus lourd. Mais sinon... j'étais le meilleur. Et toi, ton analyse, c'est quoi ?

— Il était plus jeune et plus frais. Il voulait davantage la victoire. À part ça, je suis d'accord avec toi : tu étais le meilleur.

Satisfait, je m'offre un verre d'eau du robinet. Sergueï boit une gorgée de sa pression.

— Tu comptes continuer ?
— Continuer quoi ?
— Ben, la boxe, c'te question.
Ce coup-là, je n'y étais pas préparé. Une droite en pleine gueule alors que j'avais baissé ma garde. Pas cool. Je respire avec peine mais parviens à articuler ma surprise.
— Pourquoi j'arrêterais ?
Sergueï me fixe intensément.
— Parce que t'as plus la forme, plus la foi et que 27 ans, c'est un âge raisonnable pour raccrocher les gants.
Arrêter la boxe pour moi, c'est un peu comme... mourir. Je sais depuis le début que cela arrivera un jour mais j'ai toujours évité soigneusement de me poser la question du quand et du comment. Avec tapie au fond de moi, au-delà de la raison, la conviction que je ne suis pas concerné. Même après ma dernière déculottée, l'idée d'arrêter ne m'a pas traversé l'esprit. Y penser, là maintenant, me donne le vertige. Je m'appuie sur le bar et aspire un bol d'air.
— Mais bon... enfin... c'est... Tu ne crois pas que tu vas un peu vite en besogne. Plus la forme, oui peut-être. Je... J'ai pris une raclée, d'accord, mais bon, y'a pas le feu au lac.
Sergueï me sourit. Son front soucieux se plisse de profondes vallées. Il a dit ce qu'il avait à dire, maintenant il me laisse cogiter. Je balbutie encore :
— Bon d'accord, ce n'était pas ma première défaite, mais bon... jusqu'ici, je n'avais jamais été KO. C'est pas si grave. J'ai déjà bien récupéré depuis samedi et puis je peux me reprendre, j'en suis sûr, repartir sur de bonnes bases. Je... euh, bon ! Et puis arrêter pour faire quoi ?

Mon pote hoche la tête.

— Un vrai boulot, comme tout le monde.

Je grimace.

— Et c'est quoi un vrai boulot, selon toi ?

Il écarte les bras pour désigner le bar.

— Y'en a des pires que celui-là, non ?

Je contemple la salle du Café de la Poste presque vide en ce début d'après-midi. Il y a deux types en imper sombre qui regardent tomber la pluie à travers la vitre à une table du fond, il y a le vieux Maurice qui sirote son blanc à côté de la porte des chiottes et puis Rosy à la caisse qui compte la recette de la mi-journée. Elle s'aperçoit que je l'observe et me sourit gentiment.

René s'est rapproché discrètement de nous.

Je ne sais pas quoi répondre à Sergueï. Je suis bien dans ce bar, OK, j'y fais mes quatre heures par jour avant d'aller m'entraîner, d'accord, mais je n'ai jamais imaginé y passer ma vie. J'ai toujours vu ça en complément de la boxe, pas comme une fin en soi. Je viens gagner ici de quoi faire bouillir ma petite marmite de célibataire en attendant...

En attendant quoi, d'ailleurs ? De toucher le jackpot à la grande loterie du ring ?

Je réalise soudain que je cours encore après mes rêves de gosse. La nuit, je m'invente des combats improbables, des KO. magnifiques. Un titre européen. Une ceinture mondiale. Des gros titres à la Une des journaux sportifs.

À 22 ans, je suis devenu champion de France. J'avais un palmarès appréciable et apprécié : rien que des victoires dont une grande majorité avant la limite. Le monde m'appartenait. J'ai commencé à pointer dans la liste des prétendants à un championnat d'Europe. Je gagnais correctement ma vie. Et puis...

Et puis plus rien. Aucun combat sérieux pendant quinze mois. Je crois que je faisais peur.

J'ai commencé à lever le pied à l'entraînement. J'ai pris ce boulot au bar. J'ai rencontré Sarah. La boxe a cessé un temps d'être le centre de mon univers et comme c'est une maîtresse exigeante, j'ai essuyé mes premiers revers.

Sarah est partie. J'ai gardé le boulot et poursuivi la boxe. J'avais vieilli, pris du poids. J'ai dû changer de catégorie. Je suis reparti de zéro. Mes rêves ne m'avaient pas quitté.

Mes rêves ? Mes illusions, oui.

À mon âge, beaucoup de champions ont déjà raccroché. Et moi j'suis toujours là, ébloui comme un môme par les étoiles qui pleuvent des projecteurs.

Je me revois pénétrant dans une salle surchauffée. Le public est dans le noir, il n'a d'yeux que pour moi, un moi sublimé par la lumière blanche d'une poursuite. Je me suis échauffé pendant une heure dans le vestiaire. Des semaines d'entraînement, de souffrance et de sacrifices m'ont affûté. Je suis prêt. La sueur fait briller mes muscles saillants. Je suis fort. Comme un fauve. Je vais rugir et mordre. Tuer. Sous les acclamations de la foule, on est invincible.

J'aime la boxe. J'aime le spectacle.

J'en veux encore.

— À ton avis, il faut que j'arrête ?

— Tu devrais au moins y réfléchir.

— On n'a jamais évoqué cette question, avec Émile.

— Toi, tu n'en as jamais parlé, non, mais, lui, il a essayé plus d'une fois.

J'ouvre de grands yeux.

— Il sait combien la boxe compte pour toi, m'explique Sergueï. Alors, il n'a jamais osé aborder la question de front mais il t'a souvent tendu des perches. Tu ne les as jamais saisies.

Je tombe des nues. Décidément. J'essaye de me rappeler mes dernières conversations avec mon entraîneur. Je n'ai souvenir que de conseils en vue du combat de samedi dernier. Merde alors !

— Vous en avez souvent causé dans mon dos, avec Émile ?

— Souvent, non ! Mais le sujet le préoccupe. Il a peur d'évoquer franchement la question. T'es tellement têtu par moments. Il sait que s'il te braque, t'es capable de boxer jusqu'à ta mort.

Un refrain de Dalida roucoule dans ma tête.

« *Moi je veux mourir sur scène*
Devant les projecteurs.
Oui je veux mourir sur scène
Le cœur ouvert tout en couleurs. »

J'ai fredonné. Sergueï glousse.

— Finalement, c'est par hasard que t'es monté sur un ring, non ? Tu cherchais une scène avec des projecteurs. Si t'avais eu de la voix, t'aurais fait chanteur, pas boxeur.

— C'est pas vrai, j'ai de la voix...

Je prends un timbre haut perché et un ton sirupeux.

— « *Ma vie a brûlé sous trop de lumières, je ne peux pas partir dans l'ombre. Moi je veux mourir fusillé de lasers. Devant une salle comble.* »

— Pitié, gémit Sergueï en se bouchant les oreilles.

René passe derrière moi et me donne une claque dans le dos.

— Finalement, continue encore un peu la boxe, fiston. Si le sport français ne t'en est pas reconnaissant, la chanson le sera sûrement.

Puis il s'éloigne vers la caisse poser une bise dans le cou de Josy. Le vieux Maurice se lève et m'apporte son verre vide. Sa bouche édentée est fendue jusqu'aux oreilles.

— Entre deux couplets, tu pourras m'en remettre un petit.

« *Ah ! Le petit vin blanc, qu'on boit sous la tonnelle...* »

Je lui remplis son ballon de blanc et il repart en chantonnant.

— « *Quand les filles sont belles...* »

— On devrait peut-être faire karaoké, ici, le samedi soir. Si je dois bosser à plein temps, j'ai intérêt à mettre un peu d'animation sinon je vais me faire chier.

— J'ai jamais bien compris la passion que tu as pour la vieille chanson française, ce n'est pas de ton âge !

Je lui souris. Je ne vais pas lui raconter maintenant comment les refrains de mon père ont habillé de satin clair la part heureuse de mon enfance et comment, depuis son départ, ils me guident et me soutiennent.

Sergueï jette un œil soucieux autour de lui. Son regard s'arrête sur les deux bruns en imper. Il perd un instant le fil de ses pensées puis il se retourne vers moi et chuchote :

— Si tu cherches de l'animation, j'ai peut-être un job qui peut t'intéresser.

— Pour mon éventuelle retraite ou pour dès maintenant ?

— Quand tu voudras.

Il a encore regardé autour de lui. Je m'inquiète.

— Et c'est légal, ton truc ?

— Disons que c'est bien payé...

J'ai toujours soupçonné Sergueï de tremper dans des combines.

— Tu peux m'en dire plus ?

Il me fait signe de me rapprocher. Je me penche au-dessus du bar.

— J'ai un copain, Lazlo, qui a un peu d'argent de côté et comme il est plutôt sympa, il en prête à des petites entreprises en difficulté. Quand les banques font la sourde oreille, Lazlo, lui, il est là.

— Un philanthrope, quoi !

— Je cherchais le mot... Seulement, comme tout cela se passe entre amis, sans paperasse quoi, eh bien, certains oublient parfois de rembourser. Or, Lazlo, pour continuer à prêter à des gens dans le besoin, il faut quand même qu'il fasse rentrer de l'oseille de temps en temps.

— Les gens abusent de sa gentillesse, en quelque sorte ?

— Et de sa faiblesse aussi. Il est plus tout jeune, Lazlo, il est pas très costaud... Il a parfois besoin d'un peu d'aide.

— Pour un coup de main.

— Voilà !

— Ou un coup de poing.

Sergueï jette un nouveau regard autour de lui.

— Ça va rarement jusque-là. Quand on est bien persuasif, les gens se laissent facilement... comment dirais-je ?

— Persuader.

— Exactement !

Je passe un coup de torchon humide sur le zinc déjà propre.

— Et tu dis que ça paye bien ?

— Faudrait que je lui redemande mais je crois que c'est 100 euros par visite. Le triple, s'il y a de l'action. En ce moment, y'a du boulot, c'est la crise, les gens ont du mal à rembourser.

— Et la philanthropie a ses limites...

— Forcément !

Il a le sourire matois du maquignon, mon poteau. M'est avis qu'il ne se contente pas de jouer les VRP dans cette combine. Je fais la moue.

— Ce ne sont pas les gros bras qui manquent, pourtant...

— Non mais tu sais, en général : gros bras, petit cerveau.

Le plus important dans ce job, c'est la psychologie.

— Donc tu cherches un psychologue, en fait.

— C'est ça... mais avec des gros bras quand même.

— Et de préférence, deux ?

— Deux psychologues ?

— Non, deux gros bras !

— Ah oui, deux bras, c'est mieux effectivement.

On se marre. Ça me fait un putain de mal aux côtes mais Dieu que c'est bon.

Je sors faire une course. Mon rendez-vous mensuel chez le fleuriste. Une jeune fille que je ne connais pas m'accueille. Sans doute une stagiaire. Depuis la porte de l'arrière-boutique, la patronne me fait signe de l'attendre.

Elle termine un bouquet et vient me faire la bise.

— Bonjour, Pierre. Dites donc, vous vous êtes mis dans un état...

Je hausse les épaules. Elle comprend qu'il n'est pas utile de s'étendre sur le sujet.

— Ce mois-ci, je vous propose un bouquet d'hortensias. J'en ai des bleus et des rouges. Je viens juste de les recevoir. Regardez comme ils sont beaux. C'est une plante sans odeur et, dans le langage des fleurs, l'hortensia signifie un amour profond pour une personne indifférente.

Valérie est la seule à connaître mon secret. Je ne sais pas pourquoi je me suis confié à elle un jour. Il y a longtemps déjà. Huit ou neuf ans, peut-être. Mais je n'ai jamais eu à le regretter.

— Je suis sûre qu'elle va adorer.

Sergueï est reparti. Les deux types en imper se lèvent de concert et sortent également. Dans le café, il ne reste plus comme client que Maurice qui ronfle sur les mêmes harmoniques que le chien Pasqua. Josy a quitté sa caisse et me rejoint derrière le bar.

— Tu ne les as pas trouvés bizarres, ces deux gars ?

— Qui ça ? Les deux types en imper ?

— Ouais.

Je réfléchis. J'ai servi les deux gars sans leur prêter une grande attention. Ils avaient les cheveux bruns coupés court, le teint basané et les visages fermés. L'un deux avait une barre unique de poils drus au-dessus des yeux. Ils ont parlé avec un accent étranger. Ils roulaient les « r » un peu comme Sergueï mais je n'y connais rien en accent. J'ai une curieuse association d'idées en pensant à ces deux types. Je revois les silhouettes à la Sergio Leone disparaissant sous un porche l'autre soir près du gymnase. Je demande à Josy :

— Qu'est-ce que tu leur reproches exactement ?

— Rien, c'est juste une impression. Je les trouve bizarres avec leurs impers.

René se joint à notre discussion.

— Il pleut, ils ont des impers, j'vois pas ce qu'il y a de curieux.

— Il ne pleut pas à l'intérieur, il fait même plutôt chaud et ils ne les ont pas quittés. Et puis, les autres jours, il ne pleuvait pas !

— Ils sont déjà venus ? je questionne.

— Deux ou trois fois, confirme René. Et c'est vrai qu'ils avaient déjà leurs impers.

Je me moque gentiment.

— Eh ben, vous ne vous arrangez pas en vieillissant. Vous devenez paranos. Ou racistes...

— Oh, je t'en prie ! se vexe Josy. C'est pas ça, tu sais bien. Juste une impression étrange. Ils s'installent au fond de la salle devant la vitrine et observent : la rue, la salle, les clients, je ne sais pas... Et ils ne se parlent jamais. Moi, des types qui viennent dans un café boire un verre et qui n'ont rien à se dire, je trouve ça bizarre, c'est tout.

— C'est souvent comme ça, les vieux couples, je ricane.

— Vieux couple ? intervient René, ils n'ont pourtant pas le genre « homo », ces deux-là.

— Et c'est quoi pour toi le genre « homo », ironise Josy.

— Oh ça va, tu vois bien ce que je veux dire...

Je réfléchis quelques secondes et j'avance une autre hypothèse.

— En fait, moi je trouve qu'ils ressemblent plutôt à des flics, tes deux lascars.

— Ah ouais, tu crois ? demande René soudain méfiant. Des flics étrangers alors...

Le bistrotier retrouve ses réflexes de vieil anar pour conclure, presque agressif :

— Finalement, j'aimerais mieux que ce soient des pédés.

Étouffant.

Dans la salle de boxe, l'air est étouffant. Vicié, humide, aigre.

Depuis une demi-heure, une vingtaine de boxeurs transpirent dans la pièce sans fenêtre. Une cage aux fauves en climat tropical. Des gouttelettes de sueur giclent dans l'air. L'atmosphère est lourde et l'odeur, forte et dense, en devient palpable. Un nez délicat trouverait que ça pue, moi j'aime. Mélange de sueur et de cuir. Un parfum d'hommes.

Les boxeurs s'activent chacun à leur rythme. Certains s'échauffent encore. Assouplissements : bien étirer les muscles, les avertir des efforts à venir ; d'autres travaillent leur ceinture abdominale : corvée des corvées, grimaces et gémissements pour accompagner ; d'autres encore travaillent au sac, se défoulant sur cet adversaire manchot et placide, ce rival inoffensif mais invincible.

Au centre de la salle, sur le ring, deux jeunes gantés et casqués se donnent la réplique sous l'œil vigilant d'Émile.

— Du calme, les garçons, de la maîtrise. On n'appuie pas les coups ce soir, on touche seulement.

Émile possède une autorité naturelle, un mélange de confiance, d'expérience et de générosité qui force le respect. Il n'élève jamais la voix. Les jeunes rouspètent souvent, écoutent toujours.

— Je vous demande juste de la rapidité et de la technique. Le punch viendra après. À quoi ça sert de savoir frapper fort si vous ne touchez pas.

Le Vieux ressemble à un père de famille veillant sur sa progéniture. Un père qui n'aurait eu que des fils. Ici, tout le monde se ressemble. Une dent cassée, un nez large et de guingois, des pommettes saillantes, des arcades gonflées : notre air de famille, on se l'est taillé nous-même, à grands coups de poing dans la gueule.

Émile dirige la salle – sa salle – depuis vingt ans. Modeste boxeur dans sa jeunesse, il a abandonné la compétition passé la trentaine pour s'improviser restaurateur dans le Berry. Située en bordure d'une nationale, sa gargote tournait à plein régime quand ces Messieurs de l'Équipement ont décidé de faire passer l'autoroute juste au bout de son jardin. Les clients ont déserté l'établissement et la bicoque s'est révélée invendable. Émile a heureusement fini par dénicher des locataires : un couple de Bretons à qui le bruit de la circulation rappelait vaguement celui de la mer à marée haute.

Grâce à ses économies, Émile s'est offert, dans le 20e arrondissement de Paris, une petite salle de gym qu'il a transformée en salle de boxe. Il s'est mis en cheville avec les services sociaux de la ville et vivote depuis en tant qu'éducateur sportif. On lui confie les « p'tits durs » en difficulté d'insertion.

C'est ainsi que je l'avais rencontré. J'avais treize ans.

Les meilleurs éléments, Émile les inscrit dans son club et les pousse vers la compétition. Il remplit ainsi le seul rôle que ses moyens financiers lui permettent : découvrir et former des champions. Mais dès qu'ils remportent leurs premiers succès, ses poulains l'abandonnent pour aller courir leur chance dans de plus riches écuries. Émile les laisse partir. Tel un père regardant ses fils quitter le nid. Avec un peu de tristesse et beaucoup de fierté.

Moi, j'étais resté.

— Allez plus vite, crie Émile aux deux gars qui s'échinent sur le ring. Il reste moins d'une minute... On accélère et on continue de retenir ses coups. Attention, Bobby, tu baisses trop ta garde, là.

Je croise le regard d'Émile. Il me sourit mais j'ai eu le temps de percevoir de la surprise. Comme une déception également.

Une sonnerie retentit : trente secondes de récré pour tout le monde. Un silence relatif s'installe, on n'entend plus que les mouches voler et les boxeurs tenter de retrouver une respiration normale. Émile dénoue les gants et les casques des deux boxeurs.

— C'est bien, Bobby, très bien, mais t'as toujours un problème de placement. Résultat : tu t'es fait coincer plusieurs fois dans les coins. En compétition, c'est dangereux, ça.

Ayant libéré le premier boxeur, l'entraîneur s'attaque au second. Un petit beur, sec et nerveux.

— Toi, Kamel, tu ne progresses plus. Bobby s'est montré souvent plus rapide. Tu ne t'en es sorti qu'en trichant.

— Moi j'ai triché ? s'indigne Kamel.

— Tatata, fais pas ton malin avec moi, s'il te plaît. Chaque fois que Bobby a réussi un enchaînement, tu t'es mis à appuyer tes coups pour lui faire peur. C'était pas les règles que j'avais fixées, ça.

Kamel baisse la tête et n'insiste pas. Il devine la sanction. Elle tombe.

— Tu feras vingt minutes de corde. Exécution.

La sonnerie donne le signal. Les trente secondes de pause sont terminées. C'est reparti pour trois minutes. Émile descend du ring et vient me faire la bise.

— Déjà de retour, constate-t-il. Tu te languissais de nous ?

— Un peu, ouais.

— Comment tu t'sens ?

— Ça va. Un peu mal au crâne par moments.

— T'es allé voir le médecin ?

— Penses-tu... Je vais aussi bien que possible.

Un silence s'installe entre nous, meublé seulement par les bruits de la salle. Trois jours sans venir à la salle, je n'y tenais plus. Et puis je crois qu'entre Émile et moi, il faut crever l'abcès. Le Vieux reluque mon survêtement et mes baskets.

— Rassure-moi, t'as pas l'intention de reprendre dès maintenant ?

— Non, j'suis pas fou quand même. Mais qu'est-ce que tu veux, depuis le temps, j'ai pris goût à la tenue : y'a que comme ça que j'me sens à l'aise.

Nouveau silence. Je compte jusqu'à trois et je me lance.

— Même quand j'arrêterai, je crois que je passerai une partie de mes journées habillé ainsi.

Émile saisit la balle au bond.

— Tu penses arrêter ?

— On arrête tous un jour ou l'autre.

J'allais pas lui faciliter complètement la tâche, non plus. Je sens que lui aussi compte jusqu'à trois. On est pareils. Normal, c'est lui qui m'a formé.

— Ce serait peut-être bien que tu commences à y penser sérieusement.

J'avais beau y être préparé cette fois-ci, ça me fait aussi mal qu'hier quand Sergueï, le premier, a évoqué la question. Je respire un grand coup et décide de jouer les naïfs.

— Tu crois que je devrais bientôt prendre ma retraite ?

Lui aussi inspire une grande bouffée avant de répondre.

— Bientôt... sans doute. Et... pourquoi pas maintenant ?

— Maintenant, t'es louf ! Mais je n'ai encore rien fait, je n'ai que 27 ans...

Ma colère n'est pas feinte. Elle s'est emparée de moi d'un seul coup. Par surprise.

— Tu crois vraiment que j'suis fini, c'est ça... Plus bon à rien. *Out*. À jeter comme un vieux Kleenex. T'as plus le temps de t'occuper de moi, c'est ça ? T'as d'autres poulains à défendre ? Des plus jeunes, sans doute.

C'est sorti de moi sans contrôle. Un crachat impromptu. Ma parole, c'est une scène de jalousie que je lui fais.

— Tu trouves que tu perds ton temps avec moi ? Tu penses que je ne suis qu'un tocard, peut-être ?

J'ai du mal à freiner. Je lâche encore quelques méchancetés du même genre avant de m'apercevoir que mes mots sont les seuls bruits de la pièce. Plus personne ne bosse. Émile se fend d'un rappel à l'ordre.

— J'ai pas entendu la sonnerie, moi. Des conneries, oui, mais pas la sonnerie. Alors, au boulot. Exécution !

Ça reprend. Doucement. La corde, le sac. Les souffles.

Émile se retourne vers moi. Me sourit tristement.

— Pour moi, ce n'est pas seulement une question d'âge mais de motivation. Depuis des mois, t'as levé le pied et tu ne veux pas l'admettre. D'accord, t'es là tous les jours, tu rates pas un entraînement mais tu ne te donnes plus pareil. Tu rêves toujours d'un championnat d'Europe mais ça fait longtemps que tu ne t'en donnes plus les moyens. Ton punch t'a permis de remporter quelques victoires inespérées mais on a vu samedi que ça ne pouvait plus suffire. La boxe, ce n'est pas un sport comme les autres. Quand tu perds un match, tu ne perds pas seulement un match. Si tu prends trop de coups, trop longtemps, c'est ta santé que tu laisses sur le ring. Moi, j'ai pas envie de passer mon temps à t'ramasser à la petite cuillère.

Il pose sa patte sur mon épaule et la presse affectueusement.

— Et puis tu sais, Pierre, moi aussi j'ai fait mon temps. J'ai dépassé les 65 piges et si tu n'étais pas resté avec moi, je serais déjà à la retraite.

Il me sourit encore. Plus sombrement encore.

— Quand t'arrêtes, j'arrête. C'est aussi simple que ça.

Il me serre fort dans ses bras et je sens qu'il a autant peur que moi du vide qui nous attend après.

Round 4

J'ai la gorge sèche et l'estomac noué. Je suis plus crispé qu'à mon premier combat, plus humide qu'à mon premier rendez-vous.

— Nous sommes déçus, monsieur Arnoult, annonce la Fouine. Vous étiez bien content de trouver Lazlo quand vous étiez dans la dèche, alors maintenant il faut rembourser.

— J'ai déjà remboursé, renâcle le « client ».

Je suis adossé à la porte. Malgré mon appréhension, je sais que j'ai l'air calme. Impassible. Nez pincé et maxillaires contractés, je pose un regard bleu acier, fixe et froid sur l'adversaire. Dans un combat de boxe, le duel commence bien avant le premier coup.

Je suis allé voir le copain de Sergueï – j'ai vraiment besoin de pognon. Il a accepté tout de suite de me prendre à l'essai. Cinquante euros avant, cinquante euros après. Il avait justement un contrat le soir même. J'ai pas aimé le terme de contrat.

J'ai pas aimé Lazlo.

— Il y a les intérêts aussi, monsieur Arnoult, il ne faut pas oublier les intérêts.

Je bosse avec la Fouine. Grégoire de son vrai nom. Un mètre soixante, moins de cinquante kilos. Il serait poids mouche s'il avait assez de muscles et de couilles pour monter sur un ring. C'est lui qui cause et qui avance les arguments. Je suis mi-lourd – 1,85 mètre, 78 kilos –, c'est moi qui apporte de la conviction à son discours.

Debout derrière son bureau, Arnoult jette des regards inquiets dans ma direction. Face à la Fouine, il continue cependant de rechigner.

— J'ai payé les intérêts aussi. Vingt pour cent sur six mois, c'est assez cher comme ça.

Je ne bouge pas de mon poste mais j'ai du mal à rester concentré. Je rumine les paroles échangées cet après-midi avec Émile. Retraite ou pas ? La décision m'appartient maintenant. La raison me pousse dans un sens, le cœur dans l'autre.

La voix flûtée de la Fouine adopte un ton patelin.

— En temps normal ce serait suffisant, monsieur Arnoult, mais c'est la crise, vous le savez bien.

— Pour moi aussi, c'est la crise. Sinon, je n'aurais pas demandé un service à Lazlo !

Abandonner la boxe, c'est une première chose, mais pour faire quoi ? Jouer les petites frappes d'un malfrat de banlieue ? Superbe reconversion. Si seulement j'avais réussi à mettre de l'argent de côté, j'aurais pu ouvrir un bistrot en province. Ou un restaurant. Lazlo paye comptant, net d'impôt, mais combien de « contrats » faudra-t-il exécuter avant d'avoir amassé un pécule suffisant ?

— Je le sais que vous auriez plutôt préféré ne pas faire appel à nous, persiste la Fouine, mais vous l'avez fait. Et nos services ont un prix.

— C’est trop cher pour moi. Je ne peux plus payer.

La bouche de la Fouine s’élargit. Un sourire, une grimace, un ricanement. Il a l’air content, mon « collègue ». On dirait qu’il a conduit son client là où il le désirait.

— Si vous avez des difficultés, on peut trouver un arrangement.

— Un autre crédit ? Vous n’y pensez pas...

La Fouine s’assied dans l’un des fauteuils devant le bureau. Il déboutonne sa veste et croise les jambes.

— Vous ne voulez pas vous asseoir ? Nous serions plus à l’aise.

Arnoult secoue négativement la tête.

— Comme vous voudrez. En fait, je parlais plutôt d’un autre type d’arrangement. Lazlo est d’accord pour vous acheter des parts de votre société.

— Pardon ?

— Trente pour cent et on ne parle plus de remboursement.

Arnoult tique sérieux. Il se met à trépigner et devient rouge de colère. Moi aussi, je tique. L’affaire prend une nouvelle tournure et cela ne me plaît pas du tout. Il ne s’agit plus de prêts clandestins, là, mais de racket. Ni plus ni moins.

La Fouine s’inquiète de la réaction de son client. Il se retourne vers moi. J’avance de quelques pas et me place à côté du bureau. Je prends ma main gauche dans la droite et je fais craquer les articulations de mes doigts. J’en fais un peu trop sans doute mais je crois que ça porte. Arnoult me regarde, il hoche la tête.

La tension a monté d’un cran. Des bruits continuent de nous parvenir des pièces voisines mais c’est comme s’ils ne réussissaient plus à habiter notre silence.

Toujours debout, Arnoult s'efforce de respirer calmement. Son teint s'éclaircit peu à peu. Il regarde la Fouine, me regarde à nouveau, jette un œil sur un tiroir entrouvert. Puis, d'un geste vif, il plonge la main dans le tiroir.

En moins d'une seconde, je suis sur lui. Du plat de la main, je referme violemment le casier sur ses doigts. Il crie. Je le laisse retirer sa main et, pendant qu'il se masse les jointures meurtries, je le plie en deux d'un crochet droit à l'estomac.

Il tombe à genoux. Un peu de bave coule de sa bouche.

J'ouvre le tiroir et j'attrape par le canon un pistolet que je pose sur le bureau. La Fouine sort un mouchoir d'une de ses fouilles, recouvre l'arme et l'empoche illico.

— C'est pas très intelligent, ça, monsieur Arnoult. Courageux d'accord mais stupide. Et puis surtout ça génère des pénalités. Quarante pour cent des parts. À prendre et... surtout à ne pas laisser.

Arnoult, toujours à terre, peine à respirer. Sa bouche ouverte forme des ronds, on dirait un poisson hors de l'eau. La Fouine se penche par-dessus le bureau.

— On reviendra demain pour les formalités.

Il tapote la poche de sa veste, celle dans laquelle il a fait disparaître l'arme.

— Et on sera plus équipés qu'aujourd'hui, vous savez.

Arnoult s'appuie sur le bureau pour se redresser. J'y suis allé franco, il va avoir mal pendant plusieurs jours mais il n'y aura pas de trace.

Avant de s'éloigner, la Fouine lâche un dernier avertissement.

— Au cas où vous seriez tenté par un autre geste... « courageux », je ne sais pas, moi, prévenir la police, par exemple, souvenez-vous que vous avez une femme et une fille. Muriel, c'est bien cela, n'est-ce pas ? Quatorze ans, le bel âge... Elle est plutôt mignonne d'ailleurs avec ses longs cheveux bouclés. Ça se passe bien pour elle en 3e au collège Jean-Moulin ?

Dans les yeux d'Arnoult, je vois la peur se mêler à la haine. Je réprime péniblement un frisson de dégoût.

On est sur le trottoir, la Fouine et moi. Je m'assieds sur un banc. Je suis en sueur, j'ai envie de gerber. Je tremble. Mon complice s'en aperçoit, il se gausse. Il croit que c'est la tension ou la peur. Je sais, moi, que c'est la honte qui me remue les tripes.

— Petite nature, me fait le nain.

Debout, il me dépasse de quelques centimètres et il a dû oublier ce qui nous séparait lui et moi. Je me lève brusquement et le toise.

— Tu disais ?

Ma voix est dure, mon regard glacial.

— C'est vrai que, pour une première fois, tu t'es plutôt bien débrouillé, tente-t-il de se rattraper. Tu as eu l'œil et les bons réflexes.

Il mime un crochet.

— Et tu l'as bien assaisonné. D'habitude, c'est plutôt une grande gueule mais là, il est resté sans voix.

Il se marre comme le tordu qu'il est. Il regarde sa montre – je vois qu'il est près de 20 heures. Puis, de sa main droite, il tapote mon épaule.

— J'te ramène chez Lazlo ? J'ai ma caisse à deux pas.

— Merci, j'ai un rencard dans le coin.

— Tu viens pas encaisser la monnaie ?

— Pas ce soir. Je fais crédit. Sans intérêt.

La Fouine se poile. Il se force pour m'amadouer.

— T'as pas l'air comme ça mais t'es plutôt marrant, toi. Ça m'a fait plaisir de bosser avec toi.

Il me tend la main. Je ne la serre pas.

— Bon ben... euh, à demain, alors.

J'ai envie de lui claquer la gueule et de crier : « À jamais ! » Il a raison, la Fouine : je suis une petite nature.

Je déambule avenue Daumesnil au pied de la coulée verte. Je croise des gens mais je ne vois personne. J'ai soif, terriblement soif, et y'a pas un rade dans le secteur. Je tourne rue Chaligny pour rejoindre la rue du Faubourg-Saint-Antoine.

Je trouve enfin une oasis.

Je rentre dans le Balto, commande un pastis, le bois d'une traite.

Je paie, je sors.

J'ai l'impression d'avoir été un mauvais acteur dans un très mauvais film. Une série ZZZ. Un navet de Lautner même pas sauvé par les dialogues d'Audiard.

Arrivé à Nation, j'ai encore soif. Le Triomphe me tend les bras. Je rentre, je bois, je paie, je sors.

J'enfile l'avenue Philippe-Auguste. J'ai pas fait cent mètres que je tombe encore sur un troquet. Un bar-tabac-PMU. Je vais direct au comptoir et j'avale un nouveau pastis.

Je paie, je sors.

Je rejoins le boulevard de Ménilmontant. « *Ménilmontant, mais oui madame... c'est là que j'ai laissé mon cœur.*» Charles Trenet, je crois. Années trente au moins. Je traverse pour longer le cimetière du Père-Lachaise. Jim Morrison est enterré ici. Et puis Colette, Musset, Rodin, Victor Hugo. Desproges est là également, juste en face de Chopin. Les noms se bousculent dans ma tête. Je ne maîtrise rien. La marche stimule l'esprit, l'alcool aussi. Un peu plus haut dans le cimetière, Signoret et Montand font sépulture commune, pas très loin de Bécaud et de Mouloudji. «*Comme un p'tit coquelicot, mon âme, comme un p'tit coquelicot.*»

J'ai mal au ventre. J'ai mal à l'âme.

Mon KO, ma retraite prochaine, ma lamentable tentative de reconversion... J'en ai ma claque. Je n'ai pas envie de rentrer chez moi. Personne ne m'attend dans mon appartement, personne ne m'attend plus nulle part. Quand je vais bien, je me dis que je suis libre, merveilleusement libre. Quand je vais mal, je m'avoue que je suis seul, désespérément seul.

Moustaki chante sa solitude, «*une amie, une douce habitude*». J'ai envie de hurler la mienne. Ma solitude est un vautour qui, depuis ma plus tendre enfance, guette mes instants de faiblesse pour fondre sur moi.

À l'angle de l'avenue Gambetta, j'entre dans le Café des Sports. Encore un nom prédestiné.

— Y prend quoi, le monsieur?

— Y prend un Ricard.

Le quatrième pastis m'éclaircit les idées. Je n'ai qu'à retourner voir Lazlo. Je lui rends ses cinquante euros et basta! S'il n'est pas content, il m'enverra l'un de ses hommes de main et on causera philosophie tous les deux. Sur moi, il n'a aucun moyen de pression : je n'ai pas de femme, aucune fille au collège. Je n'ai que moi. Et de moi, je n'ai rien à foutre.

Je paie, je sors.

Dehors, il pleut. Mes joues se mouillent. C'est la pluie.

Place Gambetta, je décide de bifurquer par la rue des Pyrénées. Combien y a-t-il de bistrots à Paris ? Des centaines, plutôt des milliers. Trop pour mon foie, trop pour mes finances. J'aurais bu mon compte en banque avant d'avoir épuisé les pages jaunes. Je consulte mon porte-monnaie : j'ai encore de la thune pour une nouvelle escale.

Au Bon Accueil, c'est une femme qui me sert. Je prends un 51 pour varier les plaisirs. Une bonne cuite, ça se construit. J'avale quelques cacahuètes également, je réclame un œuf dur. Ne jamais snober un ravitaillement, c'est une règle dans les épreuves d'endurance.

Je mange, je bois. Je paie, je sors.

Dans la rue, j'avise un jeune flic en tenue qui verbalise une bagnole stationnée devant une porte cochère. Il me tourne le dos. Je m'approche en douceur et je lui pique son carnet à souches. Je le jette aussitôt dans le caniveau. Elle gueule, merde, c'est une femme, si j'avais su... Tant pis ! Je ne vais pas me mettre à quatre pattes maintenant pour récupérer son carnet.

Je conclus avec un doigt d'honneur.

Puis, j'arrive place des Fêtes, moi je lis place Défaite. J'ai la tête qui tourne. Les immeubles me donnent le vertige. J'ai marché trop vite sans doute, faut que j'm'arrête un instant. Ça tombe bien, y'a un troquet à côté des bains-douches municipaux.

Je commande, je bois, je... Ah non, merde, j'ai ouvert mon porte-monnaie dans le mauvais sens, toute ma fortune est par terre. J'ai un mal de chien à ramasser les pièces une à une. On dirait qu'elles collent au carrelage, les salopes. J'en attrape trois, je fais les comptes, c'est suffisant.

Je règle et je sors.

Mon pas se ralentit et ma démarche commence à swinguer méchamment. Je ne vais pas tenir la distance.

D'ailleurs je n'ai plus de fric.

«Y'a un bon Dieu pour les ivrognes», c'est la phrase que j'entends le plus souvent là où je bosse. Et elle est vraie ! Je tombe en effet sur un distributeur de biffetons. J'introduis ma carte avec les deux mains. Je m'y reprends à deux fois – ouf, deux fois seulement – pour faire le code et je palpe mon liquide. Je pouffe. Du liquide... C'est justement ce qu'il me faut !

J'entends une horloge qui sonne quelque part. Quelle heure est-il ? Merde, j'ai pas compté depuis le début. Au moins neuf. Peut-être dix. J'agrippe une jeune femme – un, deux, trois piercings sur la tronche, c'est une punk. Elle ne semble pas comprendre ma demande. Je commence à penser qu'elle n'est pas française quand elle me balance un coup de pied dans le tibia en crachant :

— Lâche-moi, connard !

J'obéis et renonce à connaître l'heure exacte. Après tout, passé une certaine dose, l'heure n'a plus d'importance. Au troisième top, il sera exactement cinq pastis après midi.

Cinq ou six ?

Je perçois un «cling». Ce n'est pas une horloge mais la porte du bistrot où je viens de faire irruption. J'ai poussé un peu fort et tout le monde me regarde. Si je m'en rends compte, c'est que je ne suis pas complètement rond.

Je commande, je bois, je sors.

Je chaloupe entre les passants qui me dévisagent. Je ne sais plus dans quelle rue je me trouve mais je suis sûr que le parc des Buttes-Chaumont n'est plus très loin.

Je fais encore une pause. Au Khédive ou au Vel d'Hiv ? Je rigole. Non, au Vel d'Hiv, ce n'est pas possible...

J'ai la bouche pâteuse. Le pastis, ça arrache à force. Et si je me refaisais un palais au whisky ? Il vaut mieux renoncer. Y paraît que les mélanges...

Pourtant, j'aime bien le whisky. Et surtout le whiskey. En irlandais dans le texte. J'aime le Tullamore Dew. Pas seulement pour son nom. Nous avons visité la distillerie installée près de Cork, Sarah et moi. Nos uniques vacances à l'étranger. René et Josy nous avaient prêté leur vieux break. On dormait dedans. On y faisait l'amour aussi. La pluie irlandaise, en martelant la carrosserie rouillée, couvrait le bruit de nos ébats. La moiteur de nos souffles posait des rideaux de brouillard sur les carreaux.

Je termine mon pastaga et commande un whisky. La nostalgie, quand elle te prend, tu peux rien contre.

Sarah n'a jamais été aussi belle que lors de ce séjour irlandais. Elle m'embrassait mille fois sans raison. En pleine discussion, elle s'interrompait, me roulait un patin voluptueux puis reprenait le fil de la conversation. Après notre retour, elle m'a tanné pour qu'on reparte. Elle aimait bien les voyages, Sarah. Moi pas ! Et puis j'avais la boxe, l'entraînement, les combats...

Elle a fini par repartir sans moi.

Elle n'est jamais revenue. La seule femme que j'ai

vraiment aimée. Après ma sœur et ma mère. Elles m'ont toutes abandonné.

Les salopes !

Aujourd'hui, même la boxe m'abandonne.

Je m'apitoie sur mon sort et je n'aime pas cela. Je sais que quand je commence... Si je pouvais, je me filerais des beignes.

Je bois mon whisky, je passe aux toilettes, je paie, je sors.

Le ciel s'est dégagé. Si ce n'était pas la nuit, il y aurait du soleil. C'est con, ce que je pense. Je suis con. Je rigole. Les gens que je croise s'écartent de moi.

Le bitume ondule sous mes pieds. Je m'accroche aux bagnoles et progresse lentement. Rue du Plateau, je crois. Un pas après l'autre et réciproquement. J'arrive au bout de la rue, faut que je traverse. Encore quelques pas de valse et j'y suis.

Les Buttes-Chaumont.

Mon jardin, ma paix, mon paradis.

Je m'assieds sur le premier banc qui passe à ma portée. Je ferme les yeux, ça tourne encore.

Qu'est-ce que je fous ici ? Je dois rentrer, il est tard. Sarah va encore râler. Sarah ? Non, impossible. Maman ? Ça m'étonnerait. Pourtant doit bien y'avoir quelqu'un qui m'attend quelque part... Tiens, c'est pas un titre de livre, ça ?

Je ne sais pas, je ne sais plus. Je délire.

J'en ai conscience. Peux rien y faire.

Je pose mes coudes sur mes genoux, mets ma tête dans les mains et je plonge.

Le lézard a senti ma présence. Il ne bouge plus. Son cœur est trop grand pour sa petite poitrine. Il a peur.

Je suis seul dehors sur l'escalier de pierre. Seul avec le lézard. C'est l'été, il fait chaud. À l'heure de la sieste, tout le monde se repose. Sauf moi et le lézard. Je me sens seul sur terre et j'aime ça. C'est chouette la solitude quand il suffit de réveiller quelqu'un pour y mettre un terme.

Le cœur du lézard ralentit. L'animal ose un mouvement de tête dans ma direction. Je ne bouge pas mais il sait que je suis là.

J'entends un glissement derrière moi. Le lézard s'enfuit. Je me retourne. Maman est là, belle, dans sa robe à fleurs. J'ai dix ans, je suis heureux, insouciant. Maman pose sur moi son sourire de Madone. Un sourire qui se fige brusquement. Doux, triste et mort.

Si c'est l'été, pourquoi j'ai froid ?

Je n'ai pas compris tout de suite ce que c'était, la mort. Je trouvais ça étrange, à l'enterrement, tous ces adultes qui pleuraient comme des mômes. Moi, je ne pleurais pas.

Patrice, le frère de maman, me tenait contre lui. Il me serrait trop fort. Il me pleurait dessus aussi. Des larmes chaudes gluantes de morve qui me glissaient dans le cou. J'ai eu un haut-le-cœur et j'ai vomi dans le cimetière. J'ai déposé ma gerbe entre les deux cercueils. Le grand et le petit.

Au lieu de me disputer, Patrice m'a serré plus fort et il a passé sa main dans mes cheveux. C'était curieux.

Je n'avais rien compris. Pas encore.

C'est venu plus tard. L'absence. La solitude. Une nuit, j'ai pleuré, j'avais eu un cauchemar, je tremblais, j'avais peur. J'ai appelé Maman. J'ai appelé Papa.

Personne n'est venu.

Et le cauchemar a continué.

J'ai froid.

Je suis toujours allongé. J'ai un mauvais goût dans la bouche, un étau me serre le crâne. Doucement, je m'assieds sur le banc.

J'essaye de rassembler mcs idées. Mais je n'y parviens pas. Des quilles sur un bowling. Impossible de les tenir debout plus d'une seconde, elles m'échappent à chaque fois.

À mes pieds, j'aperçois une tache de vomi. Je ne suis plus au cimetière, je ne suis plus un enfant. Je me penche : c'est jaune et ça a l'air frais, pas de doute, c'est à moi. D'ailleurs, la manche de ma chemise en a gardé une trace. Mon pantalon un peu aussi.

La tête me tourne toujours. Je m'accroche au banc pour ne pas tomber. Pour ne pas gerber non plus.

J'ai soif.

Je ne veux plus d'alcool, je n'ai pas envie d'eau. De toute façon, ici y'a rien à boire.

— Tu ferais mieux de dormir, il est tard.

J'erre dans un couloir sans fin.

Une lumière blanche tombe des néons. Des milliers de portes s'offrent à moi. Derrière une seule, la sortie. La vie.

Laquelle choisir ?

Je ne parviens pas à me décider. J'ai peur. Je continue d'avancer.

J'ouvre une porte. Le Petit Prince s'avance vers moi. C'est encore un enfant. Blond. Pas très grand. Il ouvre la bouche. Il va me demander de lui dessiner un mouton, c'est sûr. Facile... Il me suffira de peindre une cage, je connais le truc, papa me lisait cette histoire. C'était moi, son Petit Prince, qu'il disait. J'étais brun mais ça n'avait pas d'importance.

La porte claque et le couloir m'emporte vers une autre.

J'ouvre.

La lumière m'éblouit et la clameur d'une salle m'aspire vers l'intérieur. Je m'accroche aux montants de la porte. Je ne dois plus y aller.

— Émile et Sergueï pensent que je suis trop vieux.

Je recule et je parviens à refermer la porte. Je respire. Mais le couloir me traîne jusqu'à la dernière bouche. Non, pas celle-là, je ne veux pas, je sais que ce n'est pas la bonne.

Derrière cette porte, il n'y a rien. Le vide. Il m'appelle. Me demande : « Pourquoi pas ? ». En bas, c'est loin, je ne veux pas sauter.

Le vide m'aspire.

Il me punit de ne pas être parti avec eux cette nuit-là.

Je tombe.

Round 5

La rosée décore de perles mon blouson déchiré. Je souffle. Les perles glissent sur la toile, accrochant dans leur chute des éclats de lumière. Elles s'improvisent en rubis, en saphir, en émeraude, avant de finir simples larmes dans une flaque de boue. Je gis au pied d'un banc, le nez dans l'herbe mouillée. Près de mon visage, l'humidité de ce matin d'automne redonne une âme à un vieil étron desséché.

Un rideau d'arbres filtre les gémissements de la ville qui s'éveille. Je perçois le soupir d'une porte de bus, le sanglot d'un klaxon et, loin mais présente, la plainte lancinante d'un scooter débridé. Plus près de moi dans la rue, une laisse métallique tintinnabule en traînant d'un côté la toux rauque d'un fumeur, de l'autre le jappement heureux d'un clébard dans le besoin.

Je m'ébroue puis je me lève.

La carcasse grince. Le dos est raide, les jambes sont lourdes mais je me sens capable de rester debout. Je suis transi et j'ai la gueule de bois. Une chance ! Les souffrances du corps masquent les bleus de l'âme.

Je rote bruyamment mon pastis de la veille, ajoutant ainsi ma touche personnelle aux rumeurs de ce matin parisien. Je regarde autour de moi et je choisis mon cap. Plein sud. Vers le dernier bar visité.

Je m'installe au fond de la salle et je commande un café que je bois avec précaution. Je laisse à chaque gorgée le temps de trouver sa place dans mon estomac.

Le bistrot est animé. La pendule au-dessus du zinc m'indique qu'il est 7 heures.

J'ai faim.

J'interpelle le serveur.

— Vous faites des sandwiches ?

Il jette un coup d'œil outré à l'horloge.

— À cette heure-ci ! Croissants, pains au chocolat, c'est tout ce que je peux vous proposer.

— Va pour les croissants. Deux. Avec un autre café, s'il vous plaît.

Il ramasse ma première tasse, passe un coup de chiffon sur la table propre puis s'éloigne en tortillant du cul dans son futal en skaï.

Le souvenir des événements de la veille refait surface petit à petit. Lazlo... À la réflexion, je vais refiler les cinquante euros déjà perçus à Sergueï. Il se démerdera ! Après tout, c'est lui qui m'a branché sur cette embrouille. Moi, j'tiens pas à les recroiser, Lazlo et sa Fouine. Je ne suis pas d'humeur. S'ils ricanent, j'vais m'énerver et Arnoult ne sera plus seul à avoir mal à l'estomac.

Le tortilleur apporte mes croissants et mon noir. Il s'attarde, semble vouloir lier conversation, mais je l'ignore.

La boxe... Je vais m'offrir une semaine de convalescence et après, je reprends l'entraînement. Simplement l'entraînement. Doucement, au départ, plus sérieusement après. Ça ne peut pas faire de mal. Pour la suite, on verra. Si l'envie de boxer ne me quitte pas, je rempile. Au moins un combat ou deux. Ne pas partir sur une défaite. Quoi qu'il en dise, Émile suivra. À mon avis, le Vieux n'a pas plus envie que moi de prendre sa retraite.

Fort de ces résolutions, je file vers la caisse régler ma note. Le loufiat m'accueille avec un sourire de pucelle, timide et coquin à la fois. Il a des yeux verts, une boucle à l'oreille, une autre dans le nez, et des mèches bleues dans ses cheveux décolorés.

— Vous avez des cigarettes ? je demande.

— Bien sûr... Qu'est-ce qu'il veut ?

— Des Marlboro. Pour un mec mal barré.

Il pose deux yeux de cocker triste sur ma mine chiffonnée. Faute technique ! Le giton a pris mon triste calembour pour un appel du pied.

— Qu'est-ce qui ne va pas, cow-boy ? Il a pas eu son câlin du matin ?

Je saisis le paquet de clopes qu'il me tend mais il ne le lâche pas tout de suite.

— À bientôt, fait-il plein d'espoir.

Je réplique, méchant comme un boxeur frustré.

— Ça m'étonnerait : j'aime pas les fausses bleues.

Round 6

— Tant qu'on a la santé, hein, c'est bon signe.

— Pour sûr : ça veut dire au moins qu'on n'est pas malade.

— Et avec ce qu'on picole, on a du mérite.

— Penses-tu : l'alcool conserve, paraît-il.

Je trépigne derrière le zinc du Café de la Poste. Je viens de prendre mon service et les propos d'ivrognes, j'en ai déjà ma claque. Avec ma cuite de la veille, j'ai l'impression d'enchaîner les heures sup. Manque de bol pour ma peau, Maurice et Jean-Bernard tiennent une forme olympique aujourd'hui.

— Les OGM, t'en as entendu causer, Maurice ?

— Pour sûr ! Tu m'prends pour un benêt ou quoi ?

— Tu sais ce que je croyais qu'c'était, moi au début, les OGM ?

— Ben, non !

— Une sorte d'eau minérale...

Le visage de Maurice se contracte. On pourrait croire que l'ivrogne retient un pet, mais non, il réfléchit.

— Comprends pas, finit-il par lâcher.

— Je pensais que c'était de l'eau, exulte Jean-Bernard, de l'eau minérale, de l'EAU Gé-Emmme.

Maurice se boyaute, il est bon public quand il est rond. Il a le vin gai, comme on dit communément. Moi, j'aurais plutôt le pastis mélancolique et si je dois m'abonner à la biture, je choperai la déprime bien avant la cirrhose.

J'allume le poste radio de René sur la mémoire 2, une station spécialisée dans la chanson française. Ce n'est pas ma génération, mais c'est ma culture, mon éducation. Papa n'écoutait que ça.

Maurice sort de sa poche arrière de pantalon un paquet froissé de Gauloises brunes. Il en porte une à sa bouche mais, croisant mon regard sévère, il la place finalement sur son oreille.

— C'est moins dangereux comme ça, lui fait remarquer Jean-Bernard. Moi, je fumais des maïs autrefois mais j'ai arrêté.

— T'as eu peur du crabe ?

— En partie, ouais. Je toussais surtout, c'était pénible. Des quintes de toux à me décrocher les poumons.

— Déjà qu'ils étaient plombés par le goudron, si en plus y s'décrochent...

Je n'entends pas la suite de la conversation. Deux hommes en blouson couleur muraille ont fait irruption dans mon troquet. Ils jettent un regard circulaire sur la salle avant de rouler leurs épaules jusqu'au bar.

Le plus âgé des deux me balance une carte tricolore sous le nez. Je n'ai pas le temps de voir le nom mais j'ai vu le grade : capitaine de la police française.

— Vous êtes Pierre Couture ?

Sa grosse moustache brune frissonne quand il parle.

— C'est moi, oui.
— Vous pouvez nous suivre, s'il vous plaît ?
— Où ça ?
— Au commissariat, par exemple.
— Tout de suite ?
— Ce serait préférable.
— C'est que là, j'ai du boulot. Il est presque midi, c'est bientôt le coup de feu, ici.
— Le coup de feu, c'est cela oui, intervient son collègue, vous êtes un petit marrant, vous !
Je ne pige pas trop sa remarque mais je m'abstiens de lui dire.
— Je termine à quinze heures, je ne peux pas venir après ?
— Ce serait mieux maintenant, insiste le moustachu.
— Vous avez une convocation officielle ? s'interpose René avec dans le ton une évidente envie de bouffer du poulet.
Je choisis de calmer le jeu. Si les cognes ont déjà eu vent de mon intérim pour Lazlo, je trouve préférable de ne pas les indisposer d'entrée. Je me tourne vers mon patron.
— Vous pouvez vous passer de moi ce midi, avec Josy ?
— Attends, Pierre, t'es pas aux ordres de ces messieurs, regimbe René. On est encore en démocratie à ce que je sache. Ils ne peuvent pas se pointer en plein turf et te demander de les suivre comme ça sans raison.
— On n'intervient jamais sans raison, persifle le plus jeune des inspecteurs.
Je pose ma main sur le bras de René, espérant l'arrêter. Peine perdue.

— Ouais, bien sûr, c'est facile ça, de débarquer dans un établissement privé et de lancer des insinuations devant tout le monde. Comme s'il avait commis un meurtre, le petit...

Un sourire, bref mais inquiétant, passe sur les lèvres du policier.

— Par souci de discrétion, nous n'avons lancé aucune accusation, justement. Et je vous ferais remarquer que c'est vous qui ameutez tout le quartier avec vos gesticulations.

Il se tourne vers moi tout en continuant de parler à René.

— Si M. Couture le juge nécessaire, je peux expliquer ici même les motifs de notre... démarche.

Je regarde l'inspecteur, puis René, puis le mur du fond. Je ne sais plus quoi faire de mes mains, alors je les mets dans mes poches. J'ai toujours été nul face à l'autorité, flics, éducateurs ou profs. Rebelle dans mes actes, godiche dans ma défense. Ma gestuelle m'a si bien trahi que même René ne me croit pas quand je dis en enfilant mon blouson :

— Ces messieurs ne font que leur boulot, je suis sûr que c'est une erreur. Je reviendrai très vite.

Pour revenir très vite, c'est déjà trop tard.

Les deux flics m'ont fait asseoir dans un bureau. Ils ont ouvert un dossier, m'ont demandé mon nom, mon adresse, ma profession et quelques conneries encore qu'ils connaissaient déjà. Puis ils m'ont confisqué mon portable avant de sortir.

J'ai compris qu'ils étaient partis bouffer.

Et pendant qu'ils bâfrent, moi je mijote. La recette est connue mais elle fonctionne toujours.

Je ne peux en effet m'empêcher de cogiter.

Le sieur Arnoult a probablement tout cafté aux flics dès que nous l'avons quitté. Je suis bon pour un bouquet garni de chefs d'inculpation. Un pot-pourri plutôt. Menaces, coups et blessures, complicité de tentative de racket. Ou plutôt d'extorsion de fonds, je ne suis pas un spécialiste mais je ne crois pas que le terme « racket » existe dans le droit français. Avec un avocat commis d'office, c'est à coup sûr de la prison ferme. Pour ma carrière de boxeur, c'est râpé ; pour une éventuelle reconversion, très mal engagé. J'avais tendance à voir la vie en noir ces temps-ci : la vie me donne raison.

Deux bureaux se font face dans la pièce où je marine. Deux bureaux, deux univers ennemis. Derrière moi, un énorme « M » d'un bleu clair prétentieux décore le mur ; il transperce un cercle blanc sur lequel s'accroche, telle une épitaphe sur une couronne mortuaire, un slogan fleurant bon le machisme méridional : « Droit au but ». Derrière l'autre bureau, une vingtaine de footeux en maillot bleu nuit bordé d'un liseré rouge me défient d'un sourire niais et confiant. Je suis cerné par deux flics supporters de football. L'OM d'un côté, le PSG de l'autre. M'est avis que, certains lendemains de match, ça doit méchamment se chicorer ici quand, d'aventure, on se risque à parler politique.

Le plus jeune des deux inspecteurs fait son entrée et s'assied en face de moi sous l'affiche du Paris-Saint-Germain. Sans dire un mot, il rallume son ordinateur et se met à feuilleter *L'Équipe* en attendant que l'appareil ait fini de s'ébrouer.

Puis brusquement, il se lève :

— Je boirais bien un café avant de commencer. Vous en voulez un ?

— Merci, oui. Un petit noir après un bon repas, c'est mon péché mignon.

Il ne relève pas la malice de ma remarque.

— Court ? Sucré ?

— Court sucré, oui, s'il vous plaît.

Pendant qu'il s'absente, je me penche par-dessus le bureau et consulte à mon tour le journal.

Quand le flic est de retour, je suis à nouveau installé sur ma chaise. Il n'a qu'un gobelet à la main, le pose sur le bureau devant lui et m'explique sans regret apparent :

— Finalement, je n'avais pas assez de monnaie.

Malgré l'entourloupe qu'il vient de me faire, je tente de créer un courant de sympathie entre nous.

— Ils ont bien joué hier soir, hein, ils ont gagné facilement. Ils ont une bonne équipe cette année, au PSG.

Il ne dit rien, il semble hésiter. Son front haut et dégarni se plisse.

— Laissez tomber, me fait-il finalement. Ici, c'est le bureau de mon collègue. Je me suis mis là parce que mon ordinateur est en rade.

— Ah... vous, c'est l'OM alors. Remarquez, ils ont une bonne équipe eux aussi, cette année. Ils ont fait quoi hier ?

— Ils ont perdu, répond-il avec un sourire de faux-cul. Deux à zéro.

Le flic se retourne vers l'ordinateur et crée une fiche à mon nom. Il semble décidé enfin à passer aux choses sérieuses. Il sort un dossier d'un tiroir, l'ouvre et déchiffre la première feuille.

— Alors, nous disions donc... Vous vous appelez Pierre Couture, vous habitez avenue d'Algérie à Paris dans le 19e. Vous avez 27 ans, vous êtes célibataire et...

Il hésite, il cherche ses mots. Moi, je serre les fesses : je n'aime pas que l'on aborde cette partie de mon état civil.

— Et... votre père est décédé dans un accident de la route lorsque vous aviez dix ans. Et votre mère ? Je ne vois pas mention de votre mère...

— Elle s'est suicidée peu de temps après, m'empressé-je de répondre, soulagé de constater les lacunes de ses informations

— Ah... Excusez-moi, je suis désolé.

— Pas tant que moi.

Il m'adresse un sourire hypocrite puis complète ses fiches.

— Votre père était diplomate, c'est OK ?

— Exact.

— Et votre mère était professeur d'arts plastiques, c'est toujours OK ?

— OK, oui.

— Et vous, vous êtes boxeur professionnel et serveur au Café de la Poste, à Paris ?

— Tout à fait.

Il semble attendre de moi des explications que je n'ai pas envie de lui fournir. Bien d'autres avant lui se sont étonnés de cette curieuse « évolution sociale ». Devant mon silence obstiné, il reprend.

— De nos jours, il n'y a pas beaucoup de boxeurs qui arrivent à vivre correctement de leur sport, hein ? Ce ne doit pas être simple de concilier constamment travail et entraînement, hein ? D'où la tentation parfois de se faire de l'argent facile, n'est-ce pas ?

— Je ne vois pas de quoi vous voulez parler.

Sa lèvre supérieure se soulève sur son coin gauche et découvre une canine. C'est sa grimace sceptique, je suppose.

— Bien, bien. Je ne m'attendais pas à un autre type de réponse de votre part. On va donc se la jouer classique...

Il tourne la première feuille du dossier et en saisit une seconde. Puis il se recule sur son siège. Il prend le temps de la lire avant de relever les yeux sur moi.

— Vous avez des « antécédents », comme on dit chez nous. Vols à la roulotte : autoradios, appareils photo, caméras...

— C'était il y a longtemps, j'étais jeune.

— Effectivement ! Treize ans... C'est ce qu'on appelle être précoce en matière de délinquance. Mais il n'y a pas que les vols. Je vois aussi sur votre dossier une condamnation pour coups et blessures. Là, vous aviez quinze ans.

Je me redresse sur mon siège et je proteste :

— Vous n'êtes pas censé avoir toutes ces informations ! Ces condamnations auraient dû être effacées de mon casier judiciaire. J'en ai fait la demande lorsque je suis devenu majeur et, comme je m'étais tenu à carreau depuis ces affaires, le tribunal pour enfants a rendu une décision favorable.

Il se gratte les cheveux, prenant une mine faussement embarrassée.

— C'est vrai que votre casier judiciaire est redevenu vierge mais vous savez ce que c'est... l'administration...

La personne chargée de jeter votre dossier a dû bêtement oublier.

— Ce n'est pas légal !

— Alors n'en parlons plus, fait-il en haussant les épaules. Je sais, vous savez que je sais, changeons de sujet... Vous avez fait quoi hier soir ?

Je m'efforce de retrouver mon calme, pensant qu'il n'a ressorti mon passé que dans le but de m'agacer.

— Hier soir à quelle heure ?

— Disons à partir de 20 heures...

Je dissimule ma surprise. À 20 heures, j'avais déjà quitté le bureau d'Arnoult. Conclusion : ou ce flic est un con ou il ne cherche pas ce que je veux lui cacher. Je l'examine rapidement. La première hypothèse est crédible, intellectuellement satisfaisante ; la seconde me semble rassurante. Quoique...

— J'ai quitté mon appartement aux environs de 20 heures justement. Je suis sorti... me promener.

— Quelqu'un peut en attester ?

— Non, j'étais seul chez moi.

— Vous avez peut-être croisé un voisin dans l'ascenseur ?

Je fais semblant de réfléchir.

— Non, je ne crois pas.

Il note ma réponse et poursuit.

— Et après : vous êtes allé vous promener, dites-vous. OK, mais c'est bien vague. Vous avez fait quoi exactement ?

— J'ai traîné dans Paris. J'ai... j'ai pas mal picolé.

— Vous avez bu ? OK... C'est compatible avec l'entraînement d'un boxeur, ça ?

— Justement ! Depuis ma défaite de samedi dernier, je m'interroge beaucoup sur mon avenir...

— Un p’tit coup de blues ? fait-il, moqueur.

— On peut dire ça comme ça, oui.

— Vous n’aviez pas plutôt un truc à oublier ?

Je prends un air étonné.

— Comment ça ?

— Des fois, quand on a fait une connerie, on boit pour oublier, c’est assez courant comme attitude.

— Je ne vois pas ce que vous voulez dire.

Il me fixe dans les yeux durant quelques secondes.

— OK, OK...

Puis il hoche la tête.

— Et bien sûr, vous étiez seul pour picoler ?

— Oui.

— Dans quel bar étiez-vous ?

— J’en ai fait plusieurs. J’ai changé à chaque verre, en fait.

— Vous ne nous facilitez pas la tâche, monsieur Couture. Ou plutôt vous ne vous facilitez pas la tâche. Vous pouvez me citer ces bars ?

— Les premiers, oui. Après...

Le coin droit de sa lèvre supérieure se soulève, cette fois-ci. Si je décrypte bien ses rictus, le gauche c’est le scepticisme, le droit, plutôt l’ironie. Je lui dresse une liste approximative des bars avec les heures estimées. Il prend note scrupuleusement.

— Y a-t-il eu un événement marquant dans l’un de ces bars ? Je ne sais pas... un échange de propos, une dispute, n’importe quoi qui ferait que quelqu’un aujourd’hui pourrait se souvenir de vous ?

Je pense au bar dans lequel je suis rentré si brutalement que tout le monde s’est retourné vers moi. Mais je suis incapable de me souvenir de son nom, ni de l’endroit précis où il se trouve.

— Et à quelle heure êtes-vous rentré chez vous ?

J'hésite un instant.

— À huit heures ce matin.

Il fronce les sourcils. J'explique.

— Je me suis endormi sur un banc du parc des Buttes-Chaumont. Au matin, j'ai pris un café dans un troquet voisin et je suis rentré prendre une douche chez moi avant d'aller travailler.

Il pivote sa chaise vers son ordinateur pour rédiger un résumé de mes réponses. Il me le lit. Cela me semble fidèle.

Il se tourne à nouveau vers moi, se souvient de son café, en boit une gorgée en me dévisageant. Je n'ai pas l'impression qu'il me nargue mais plutôt qu'il temporise avant de passer à une autre phase.

— Vous n'avez rien à ajouter à ces premières déclarations ? Ce serait le moment...

Je me retiens d'avaler ma salive et réponds d'une voix mal assurée :

— Non. Rien du tout.

Il prend une mine attristée comme s'il était désolé pour moi.

— OK, OK...

Il termine son café froid en grimaçant. Puis il jette son gobelet dans la poubelle. Je sens qu'un nouveau round va commencer.

— Connaissez-vous Marko Zvonimir ?

Je n'ai pas à mentir, ce nom ne me dit rien.

— Non, jamais entendu parler.

Il me scrute avec attention.

— Sans doute le connaissez-vous sous un autre nom, alors ? Il se prétend hongrois mais, en fait, c'est un Croate entré en France sous une fausse identité et, dans le Milieu, on l'appelle... Lazlo.

Nous y voilà. Je m'efforce de soutenir son regard. Un peu mais pas trop.

— Ce nom-là non plus ne me dit rien.

— Ce nom-là non plus ne vous dit rien, répète-t-il lentement. OK, OK.

Il marque une pause. Me sourit. Rictus du coin droit. L'ironie.

— Alors, cela ne vous peinera pas d'apprendre qu'on a retrouvé Lazlo mort hier soir. Une balle de pistolet dans la tête.

Je reste impassible mais ce n'est pas facile. Je pressens un nouveau coup. Il ne tarde pas. Pour la première fois depuis le début de notre entretien, le flic me fait un sourire absolument sincère.

— J'ai hâte que vous m'expliquiez, monsieur Couture, pourquoi vos empreintes étaient sur l'arme du crime.

J'ai froid et j'ai faim.

J'ai somnolé une petite demi-heure sur la banquette en béton de la cellule mais maintenant je suis bien réveillé.

Je suis en garde à vue.

J'ai dû ôter ma montre et ma ceinture. Les flics les ont placées avec mon téléphone portable dans une boîte en plastique qu'ils ont rangée dans un coffre. Ensuite, j'ai été contraint de laisser mes chaussures à l'entrée de ma cellule. Ils ont refermé la porte sur moi. Trois verrous ont claqué successivement.

Pour ma première incartade depuis douze ans, on peut dire que je n'ai pas eu de veine : je me fais serrer dès le lendemain et pour un acte que je n'ai pas commis. J'avais déjà la rage en pensant que les flics venaient me chercher pour les coups sur Arnoult, mais alors là... Un meurtre, bordel, un meurtre ! Dans quel merdier, je me suis fourré. Merci pour ton plan de merde, Sergueï...

Et que foutaient mes empreintes sur ce putain de flingue !

Je regarde autour de moi. Trois murs de crépi sale et une façade vitrée composent une pièce de cinq mètres carrés décorée par un lavabo ébréché et une banquette de béton sur laquelle une couverture mitée exhale des fragrances de gerbe et de moisi chaque fois que mes pieds la remuent. Le carrelage froid est troué dans un coin par un orifice cerclé de métal faisant office de chiottes. Je ne vois rien là de nature à me remonter le moral.

Tout en tenant mon pantalon d'une main, je me lève pour me calmer. Il faut que j'essaye de raisonner sereinement. Si je suis en garde à vue, je n'ai pas encore été mis en examen. Mon premier interrogatoire a été rapide, je ne suis peut-être pas leur seul coupable possible.

Récapitulons.

Lazlo a été tué par balles hier soir.

Mis à part celui d'Arnoult, je n'ai jamais touché à un revolver de ma vie. C'est donc forcément cette arme qui a servi pour le meurtre.

Je revois la Fouine entourer l'arme avec un mouchoir avant de la faire disparaître dans une de ses poches. Était-ce là le réflexe élémentaire d'un petit malfrat prudent ou le premier acte d'un futur meurtrier ? Mais de quoi je me mêle ? Je ne suis pas chargé de l'enquête. Je ne suis pas flic. Je ne vais pas agir à leur place et surtout ne pas me mettre à penser comme eux en jugeant coupable le premier suspect qui me tombe sous la main.

Je dois m'occuper de mes fesses. Un point c'est tout. Revenons à la scène chez Arnoult.

Je n'ai pas eu la prudence de la Fouine mais, je m'en souviens très bien, ce pistolet, je l'ai attrapé par le canon avant de le poser sur la table. Je n'y ai plus touché après. J'aperçois là un premier point positif. Mes empreintes, on n'a pu les trouver que sur ce canon. Pas sur la crosse, ni sur la gâchette. Si les flics peuvent donc prouver que j'ai touché cette arme à un moment donné, ils ne peuvent affirmer que j'ai tiré avec.

Je pose ma tête sur le mur.

Et si on poussait plus loin le raisonnement... Si j'avais été le tueur, on aurait retrouvé mes empreintes partout ou bien nulle part. Comment imaginer en effet que j'aurais été assez con pour oublier d'essuyer une partie de l'arme ?

Je reprends confiance.

Les flics ont-ils autre chose contre moi ? Je me repasse en mémoire mon interrogatoire. On ne s'est pas dit grand-chose en fait, l'inspecteur et moi. Après m'avoir balancé l'info sur le meurtre de Lazlo, il m'a posé deux ou trois questions auxquelles je n'ai pas vraiment répondu. Je me suis accroché à ma première réponse comme à une bouée : je ne connais rien de ce type.

J'avais besoin de réfléchir, je ne voulais pas me piéger en parlant trop. Mon attitude l'a agacé. Il m'a placé en garde à vue pour me mettre la pression. J'ai maintenant du temps pour la réflexion.

Alors « réflexionnons ».

L'inspecteur a évoqué une fois – assez tôt dans l'entretien – la tentation de se faire de l'argent facile. Il n'a pas été plus précis et n'a jamais fait allusion à Arnoult. Et comme, contrairement à ce que j'ai cru au départ, ce n'est pas pour cette affaire que les flics sont venus me chercher, si ça se trouve, ils en ignorent tout !

Dans ce cas, putain, j'ai bien fait de ne rien dire !

Les flics enquêtent sur le meurtre. Ils sont venus me choper au bistrot, non parce qu'ils savaient que j'avais bossé pour Lazlo mais parce qu'ils avaient mes empreintes. Ils les ont trouvées sur le canon de l'arme, ont fait tourner leurs ordinateurs qui leur ont craché tout de suite mon nom.

Les ordinateurs, mes empreintes... C'est bon ça, coco !

Car ces empreintes n'auraient jamais dû figurer dans leurs fichiers. J'ai bénéficié à ma majorité d'une mesure d'effacement de mon casier judiciaire qui aurait dû s'accompagner d'une destruction des fiches me concernant. Que les policiers aient conservé ces données ne m'étonne guère – je soupçonne même cette pratique d'être courante –, mais ils n'auraient jamais dû s'en servir. En tout cas pas tout de suite ! Première connerie... La bonne méthode aurait été de commencer à enquêter discrètement, d'attendre d'avoir d'autres éléments contre moi pour m'appréhender, puis, une fois qu'ils m'auraient arrêté, de relever officiellement mes empreintes pour pouvoir utiliser légalement cet indice dans le dossier. Deuxième connerie des flics : ils n'ont pas effectué ce relevé. Pas encore du moins.

Donc ils n'ont officiellement rien contre moi. C.Q.F.D.

Je relève la tête. J'aperçois l'œil rond d'une caméra qui m'observe. L'appareil est accroché sous le plafond juste au-dessus du trou des chiottes. J'espère qu'elle a été bien réglée pour préserver l'intimité des détenus. J'ai moyennement confiance. Je sens que si je dois rester ici, je vais avoir une sérieuse tendance à la constipation !

Revenons à nos moutons... Une autre question se pose maintenant : que dire aux flics à propos de ce revolver ?

Essayer d'expliquer, c'est raconter la descente chez Arnoult, le coup de poing dans le ventre, les menaces, bref leur dévoiler des turpitudes qu'ils semblent ignorer. Le jeu en vaut-il la chandelle ? Pas sûr.

Essayer d'expliquer, c'est également désigner la Fouine. J'ai pas aimé ce type et j'aurais pris plaisir à lui coller une droite un de ces jours prochains. Lui envoyer les flics, en revanche, ne me procurerait aucune jouissance. Et puis, il n'est peut-être pas coupable lui non plus. Et je suis bien placé pour savoir que, lorsque les condés attrapent un mollet, ils ne le lâchent plus.

Les flics sont des cons. Aujourd'hui comme hier. Des cons et des salauds.

Je croyais en avoir fini avec ces vieilles affaires. Mais non, les juges peuvent pardonner, gracier, amnistier. Les flics, eux, n'effacent jamais rien. Quand t'as plongé une fois, ils te condamnent à vie. Et pourtant qu'est-ce que j'ai eu à me reprocher lorsque j'étais ado ? Quelques objets sans grande valeur, piqués dans des bagnoles... Et puis quoi d'autre ? D'avoir cassé la gueule à un vicelard qui méritait bien pire. Je me souviendrai toujours de sa tronche de faux jeton après la rouste que je lui ai foutue. Il n'avait qu'à pas la toucher, ce vieux cochon.

J'avais été placé dans une nouvelle famille d'accueil, on était cinq mômes de la DDASS chez les Martin mais je ne me souviens que de Myriam. Elle était mignonne, elle avait dix ans et moi quinze, j'attendais qu'elle grandisse pour en être amoureux. Une nuit, elle est venue en pleurs dans ma chambre. Sa chemise de nuit était déchirée, il y avait des taches rouges dessus et d'autres blanches. J'en frissonne encore de dégoût. Myriam a pleuré toute la nuit avant que je parvienne à comprendre. Elle ne voulait rien dire de ce qu'il lui avait fait, elle n'a jamais rien dit d'ailleurs, et c'est pour ça qu'il a pu porter plainte. Myriam a toujours refusé les examens. Je ne lui en ai pas voulu, je regrette juste de ne pas avoir pu lui dire, on ne s'est jamais revus. Le souvenir de la tronche du père Martin suffisait à mon bonheur. Son nez sanguinolent, ses deux yeux fermés et son oreille éclatée. Je n'avais pas fait dans la demi-mesure, j'avais déjà deux ans de boxe derrière moi, je les ai mis à profit ce jour-là. Sans compter les coups de genou dans les couilles. Ce n'était pas réglementaire ça, je sais, mais c'était de circonstance.

Les flics n'ont rien voulu voir, rien voulu savoir. J'avais déjà un compte chez eux, un léger passif, j'avais forcément tort. Et M. Martin était bien généreux d'accepter dans sa maison des enfants difficiles qui n'étaient même pas à lui...

Les flics sont des cons. Tous. À tous les échelons.

Je lâche brusquement mon pantalon pour me frapper dans les mains. Un souvenir vient d'éclairer mon cerveau. Putain, j'avais oublié mais j'ai un alibi. Eh ouais... un alibi, un vrai de vrai. Et avec un témoin digne de foi ! Si j'ai de la chance, je vais même pouvoir m'en tirer en n'avouant qu'un seul délit. Et le moins grave de tous !

Je jubile.

Je défais les boutons de ma braguette et me rapproche du trou dans le sol. Un mur d'un petit mètre de haut me cache de la façade vitrée et mon dos fait obstacle à l'œil sournois de la caméra. Je pisse sans retenue aucune.

— Le sandwich, vous le voulez au pâté, au fromage ou au jambon ?

— Vous avez suffisamment de monnaie, vous ?

Je suis de retour dans le bureau mais avec l'autre flic, le plus âgé. Il n'a pas l'air de comprendre ma remarque.

— Fromage, je réponds.

Il passe la commande par téléphone puis me tend la main.

— Au fait, je ne me suis pas présenté, je suis le capitaine Meyer. Denis Meyer.

Réflexe pavlovien, je ne peux m'empêcher de répondre :

— Heu... Enchanté.

— Vous êtes bien aimable, plaisante-t-il.

Lui aussi est bien aimable mais je ne suis pas dupe.

Dehors, la nuit est tombée. D'après mon estimation, il doit être au moins 21 heures. Le capitaine Meyer s'assied à son bureau, allume une petite lampe avant de sortir une paire de lunettes de sa poche revolver. Une fois ses yeux équipés, il consulte attentivement le dossier rempli par son collègue. Il relit à haute voix mon état civil et mes précédentes déclarations en omettant toutefois de faire allusion à mes « antécédents ».

— Bon. Il reste encore des questions en suspens mais j'espère que l'on va pouvoir avancer rapidement...

— D'autant que j'ai un alibi.

Je lui ai balancé l'info sans préavis. Sa moustache à la Groucho Marx s'étire vers ses oreilles. Il joue le gars ravi mais j'ai eu le temps de le voir tiquer.

— C'est bien, ça, monsieur Couture. Dommage que vous n'en ayez pas parlé plus tôt mais c'est bien quand même.

— C'est que... comme je l'ai expliqué à votre collègue, je n'étais pas tout à fait dans mon état normal hier soir.

— C'est le moins que l'on puisse dire. À vous en croire du moins. Car, sur la liste des bars que vous nous avez cités, nous n'avons pu corroborer qu'une seule fois votre passage. C'était au Khédive dans le 20e...

Il consulte ses notes dans un carnet bleu.

— ... entre 22 h 30 et 23 heures selon le serveur. Et cette estimation est trop tardive pour nous permettre de vous écarter de la liste des suspects. Alors cet alibi, monsieur Couture ?

— Je... En fait... C'est que... Ben, je crois que j'ai fait une bêtise hier.

Et je lui narre mon altercation avec la policière qui verbalisait une voiture.

— Je pense que cela s'est passé vers 21h30-22 heures près de la place des Fêtes, précisé-je.

— 21 h 30 ? Place des Fêtes ? Ce serait bon pour vous, ça. Un témoin assermenté en plus et peu susceptible de vouloir vous rendre service. C'est ce que l'on appelle un alibi en béton.

— Je n'avais pas vu que c'était une femme, tenté-je d'expliquer. Sinon, je n'aurais jamais fait ça.

— Je ne suis pas sûr que ce soit un bon système de défense, grimace-t-il. Chez nous, l'uniforme n'a pas de sexe : vous vous en êtes pris à un policier dans l'exercice de ses fonctions. Point final.

— Et c'est grave ?

— Moins qu'un homicide, en tout cas ! Il ne reste plus qu'à trouver cette policière.

Deux coups frappent à la porte et, sans attendre de réponse, un agent en uniforme entre avec mon sandwich.

— Je vous dois quelque chose ?

J'ai posé la question sans aménité tout en tâtant mes poches vides, les flics m'ayant pris aussi mon portefeuille.

— Pensez-vous, plaisante le capitaine Meyer. La maison est généreuse, elle vous offre le gîte et le couvert.

— Super ! Si je ne sais pas où passer mes vacances...

— Le séjour est cependant limité : vingt-quatre heures, reconductibles une seule fois. Mais en général, nos clients n'ont pas envie de s'attarder davantage.

— Je les comprends.

Je croque à pleines dents mon sandwich. Une odeur de camembert se répand dans la pièce. J'aurais peut-être dû choisir jambon...

Le capitaine Meyer se lève et se dirige vers l'autre bureau. Il ouvre un tiroir, en sort une bouteille minérale et un gobelet en carton. Puis il revient et pose le tout devant moi.

— C'est ma tournée.

Je le gratifie d'un hochement de tête. J'avale ma bouchée et bois un verre pour faire passer. Ensuite, je demande :

— C'est votre bureau, là-bas ?

Ma question l'étonne.

— Oui. Mais puisque vous aviez commencé avec mon collègue, je me suis installé à son bureau.

— OK, d'accord..., je fais, en réalisant que l'autre flic s'est foutu de ma gueule. Alors le PSG, c'est lui et l'OM... c'est vous ?

— Si vous voulez, oui.

Il s'assied et avance son fauteuil vers moi.

— Ça reste entre nous, commence-t-il sur le ton de la confidence, mais l'OM je m'en fous royalement. C'est pour emmerder mon collègue que j'ai mis cette affiche. Moi, je suis nantais. Seulement, le FC Nantes ces dernières années, c'est plutôt la Bérézina, alors, pour ne pas me faire chambrer tous les week-ends, je fais comme si je soutenais l'OM.

Il rigole. Je ne suis pas tout à fait sûr de sa sincérité mais je décide de lui faire écho. Puis je continue mon repas.

— Bon alors... nous en étions où ? reprend-il. Ah oui... la policière... On va tout faire pour la retrouver mais ça risque de prendre un peu de temps. De toute façon, j'ai encore des questions à vous poser.

Il relève les yeux de ses feuilles, me contemple par-dessus ses lunettes, sourit comme s'il lui était agréable de me voir manger. Il attaque ensuite directement.

— Alors, ce Lazlo, vous l'avez rencontré comment ?

Le piège est un peu grossier. Je termine ma bouchée sans me presser, profitant de ce laps de temps pour réfléchir encore même si ma décision est déjà arrêtée.

— Je ne connais pas de Lazlo. Je l'ai dit à votre collègue.

Il fait « tsst, tsst » plusieurs fois avec sa langue, se lisse la balayette sous le nez puis les sourcils, moins longs mais aussi drus que sa moustache. Il regarde sa montre avant d'adopter un air peiné.

— Je suis déçu, monsieur Couture, je croyais que nous allions pouvoir avancer rapidement.

J'ai encore la bouche pleine alors je me contente de lui lancer un regard d'impuissance.

— Vous voulez vraiment que je note ces déclarations sur le procès-verbal ?

Je lui fais un signe positif de la tête.

— C'est votre dernier mot ?

Je confirme. J'ai choisi d'adopter la tactique des hommes politiques corrompus et des cyclistes dopés : nier malgré les évidences. D'autant qu'en matière d'évidence, je n'en vois qu'une...

— Vous avez un alibi, c'est parfait mais ça ne suffit pas. Et les empreintes alors, monsieur Couture. Comment expliquez-vous la présence de vos empreintes sur l'arme du crime ?

— Je ne me l'explique pas. De ma vie, je n'ai jamais utilisé de revolver.

J'ai bien pesé mes mots : je n'ai pas dit que je n'en avais jamais touché. Il me reste à placer mon contre.

— Et à mon avis, ce ne sont pas mes empreintes...

Ses yeux s'arrondissent et ses sourcils drus glissent vers les tempes.

— Je ne comprends pas...

— Je vous dis que ce ne sont pas mes empreintes.

Je ne vois pas sa bouche, mais sa moustache se raidit.

— Je ne comprends toujours pas. Nous avons relevé vos empreintes et nous avons pu comparer.

— Et quand les avez-vous relevées, mes empreintes ?

Sa moustache s'affaisse brutalement.

— Mon collègue ne l'a pas fait ?

— Non.

Il se retient de jurer et se lève brusquement.

— Suivez-moi.

Il m'entraîne dans un bureau voisin où il me fait poser les mains à plat sur une espèce de photocopieuse reliée à un ordinateur. Des flashs éclairent mes doigts d'une lumière blanche.

— Asseyez-vous.

Meyer me montre une chaise en bois, basse et droite. Je m'installe le moins inconfortablement possible. En face de moi, un appareil photo est accroché à une armature métallique. Meyer règle la hauteur et me dit :

— Ne souriez pas. Ce n'est pas la peine.

D'autres flashs crépitent.

— Voilà, l'oubli est réparé.

Il me ramène dans son bureau et se rassied. Il pianote sur l'ordinateur puis lance une impression. L'imprimante lui crache aussitôt une page décorée de mes empreintes digitales. J'émets un souhait :

— J'aimerais que soit précisée dans le procès-verbal l'heure à laquelle a été effectué ce relevé d'empreintes.

Sa moustache ne s'est pas relevée. Meyer est nerveux et semble avoir abandonné le rôle du gentil flic.

— Ne vous inquiétez pas, c'est automatique.

Il range la feuille dans le dossier et se retourne vers l'ordinateur. Il se met à taper sur le clavier en lisant lentement à haute voix ce qu'il écrit.

— Je-ne-connais-pas-de-Lazlo.

Il m'interroge du regard. Je confirme.

— Je-ne-l'ai-jamais-rencontré.

Nouvelle interrogation.

— Ça je ne peux pas l'affirmer, je pinaille, puisque je ne connais pas son visage.

— Vous avez raison, on vous montrera une photo. En attendant, je laisse ce que j'ai écrit. De toute façon, vous signerez le PV plus tard.

Plus tard... Voilà qui est de mauvais augure. Meyer se remet à taper sur le clavier.

— Et-je-n'ai-jamais-travaillé-pour-lui. Voilà ! De ce côté-là, c'est réglé.

Avec la souris, il fait glisser le curseur jusqu'à l'icône « Enregistrer » puis il referme la page. Il se retourne ensuite vers moi.

— Rien à ajouter ?

— Rien.

— Alors, c'est tout pour l'instant.

Il ne dit plus rien, n'esquisse aucun geste. Je n'ose comprendre.

— Je... je peux partir.

Sa moustache se relève et, cette fois-ci, je vois vraiment sa bouche qui sourit largement. Je n'aime pas ce sourire.

— Vous êtes bien pressé.

Il regarde ostensiblement sa montre.

— Nous avons encore du temps avant d'être obligés de vous relâcher. Nous devons vérifier votre alibi, je vous le rappelle. Et puis, il est possible que la victime souhaite porter plainte contre vous.

— La victime ? La policière ?

— Évidemment ! Pas Lazlo, puisque vous ne l'avez jamais rencontré. Et puis lui, pour ce qui est de porter plainte... En revanche, ma collègue peut décider de vous poursuivre, notamment pour entrave à un agent dans l'exercice de ses fonctions. Et qui sait, aussi pour violences...

— Non... ?

— On peut aussi vous mettre en examen pour détérioration du matériel de l'État.

— Comment ça... ?

— Le carnet à souches, monsieur Couture, vous m'avez bien dit l'avoir jeté dans le caniveau ?

— Oui...

— Eh bien c'était du matériel de l'État.

J'en reste bouche bée. C'est un sketch ou quoi ? Mais non ! Meyer ne me donne pas l'impression de rigoler.

— Enfin, bon, ça, c'est anecdotique. Notre affaire principale reste l'affaire Lazlo, évidemment. Votre alibi vous blanchit du meurtre mais pas de toute implication. Vous pouvez être mis en examen pour complicité...

— Je n'ai rien à voir avec ce meurtre.

— Moi je veux bien vous croire. Mais, d'une manière ou d'une autre, vous êtes impliqués. Nous savons, vous et moi, que l'arme du crime est – comme vous l'avez dit – passée entre vos mains. Vous ne voulez rien nous déclarer ? Tant pis. On pourra toujours vous mettre en examen, au minimum pour faux témoignage, entrave à la justice dans le cadre d'une enquête pour meurtre, non-dénonciation de malfaiteurs.

Il me fixe quelques secondes. J'ai l'impression qu'il me jauge. Qu'il réfléchit à ce qu'il peut me confier et à ce qu'il doit me cacher. Puis il me lâche :

— Nous savons depuis le début que vous n'êtes pas le meurtrier de Marko Zvonimir, dit Lazlo. C'est trop gros pour vous. Mais vous savez sans doute des choses qui peuvent nous être utiles et nous allons vous garder encore un peu avec nous. Je ne vous ai pas tout dit tout à l'heure à propos de la garde à vue. Pour certains crimes graves, elle peut être de quarante-huit heures, prolongeable jusqu'à quatre-vingt-seize. En particulier dans les cas de torture et actes de barbarie commis en bande organisée.

Il me fixe toujours pour bien voir l'effet que me font ses annonces, celle qu'il vient de me faire et celle qu'il va encore m'asséner. Je serre les dents, prêt à encaisser.

— Avant d'être abattu, Lazlo a été torturé. Ils étaient au moins deux. Des spécialistes de l'interrogatoire. Si vous le souhaitez, je peux vous montrer le rapport d'autopsie mais je vous conseille de digérer d'abord votre sandwich au fromage.

Décidément, les flics ont le chic pour me balancer des infos et me coller au trou aussi sec. Faut dire que j'ai le don, moi, de les agacer en persistant à prétendre que je ne suis pas mêlé à cette affaire.

Nier, toujours nier, même face à l'évidence.

Les flics n'ont rien contre moi. Ils veulent me faire peur pour que je me déballonne et leur balance ce que je sais. Mais je ne peux rien leur dire. Déballer reviendrait à me plonger dans la merde et je ne veux pas ressortir de ce commissariat avec au cul une mise en examen pour extorsion de fonds et violences.

Plutôt crever que de parler !

Et puis parler pour leur apprendre quoi ? Je ne sais rien de Lazlo et de ses relations dangereuses. Ce n'est pas en avouant aux flics ma lamentable virée chez Arnoult que je les mettrais sur la piste de leur couple d'aimables tortionnaires.

Non vraiment : plutôt crever que de parler.

Pour l'instant, crever signifie seulement passer la nuit sur une banquette étroite et dure dans une cellule glaciale. M'en fous. Après ma nuit au parc des Buttes-Chaumont, je commence à avoir l'habitude des bancs et des ambiances frileuses. La seule chose qui m'ennuie, c'est de continuer à verser chaque mois à mon propriétaire un chèque équivalent à un séjour d'une semaine au Maroc dans-un-hôtel-quatre-étoiles-avec-pension-complète-et-vue-sur-la-mer pour un placard au-dessus du périphérique que je n'occupe même plus.

Je boirais bien un petit coup. Du pastis ? Non merci, mon corps en est encore imbibé, mais un petit whisky, je ne dirais pas non.

Je mangerais bien aussi. Le sandwich n'a pas pesé plus lourd qu'un goûter dans mon estomac. Un organisme de boxeur a besoin de carburant y compris lorsqu'il chôme. Je me prends à rêver d'une entrecôte-frites avec quelques feuilles de salade et un ballon de vin du Roussillon. Émile m'autorise un verre par semaine même en période d'entraînement intense.

Je m'assoupis sur ma banquette. Le froid m'envahit peu à peu. Je tends une main vers la couverture mitée avant de renoncer. Elle sent trop mauvais.

La nuit se traîne. Je dors bercé par des éclats de voix et des bruits de serrure. Un cri me réveille soudain au cœur de la nuit. Je me lève et pose mon visage sur la façade vitrée. Le couloir compte une vingtaine de cellules comme la mienne et toutes ont une paire de pompes devant leur porte. On joue à guichets fermés ici, cette nuit. Y'a du taf chez les keufs. J'aperçois deux flics qui repartent, encadrant un détenu. De la cellule à un bureau, d'un bureau à une cellule, d'une cellule à l'air libre aussi parfois pour les plus chanceux, les va-et-vient sont permanents. Un hôtel de police, finalement, c'est plus bruyant qu'un hôtel de passe.

Je me recouche et m'assoupis à nouveau.

J'ai froid.

On déverrouille la porte de ma cellule.

J'ouvre des yeux embués de nuit. Deux policiers en tenue s'approchent de moi et m'enjoignent de me lever presto.

Je rejette la couverture puante et me redresse. J'ai envie de pisser, je leur dis. Ils se retournent.

Puis je mets mes chaussures et je les suis dans un labyrinthe de couloirs déserts. En passant devant un bureau aux fenêtres ouvertes, je perçois le bruit et les lumières orange d'un camion benne. Les flics me conduisent au deuxième étage et me déposent dans le bureau, toujours le même, celui de Meyer et consort.

Et c'est reparti pour un tour.

Un vrai manège, cette affaire. Avec changement de partenaire à chaque fois. Je retrouve le premier flic, le plus jeune, celui que j'ai décidé d'appeler Consort vu qu'il ne s'est jamais présenté.

— Nous avons pu retrouver la collègue que vous avez agressée, m'annonce-t-il sans préambule de politesse. Elle confirme avoir été insultée et bousculée rue Olivier dans le 20e, dans la nuit de lundi à mardi peu avant 22 heures. Reste à effectuer la confrontation mais, si notre collègue vous reconnaît, cela vous disculpera du meurtre de Lazlo, OK ?

Mon esprit est encore assoupi, mes yeux ont toujours du mal à faire une mise au point correcte mais je subodore que cette bonne nouvelle sera suivie d'une moins bonne.

— Je ne vous cache pas, ajoute l'inspecteur, que la collègue est très remontée et bien décidée à porter plainte contre vous. Au fait, vous voulez un café ?

La tactique du jour, c'est le chaud et froid apparemment. L'inspecteur Consort a choisi d'incarner à lui seul tous les personnages, le gentil et le méchant. Son collègue serait-il en RTT ?

La main sur la poignée de la porte, il s'arrête. Se retourne vers moi. Rictus du coin supérieur droit de la bouche. L'ironie.

— Court sucré, le café, n'est-ce pas ?

— Oui, c'est ça, comme hier...

Le rictus s'accentue et le Consort sort, me laissant seul.

Je me sens tout chiffonné. Intérieurement et extérieurement. Je m'étire sur ma chaise, attrape mes mains au-dessus de ma tête, tends mes bras vers le plafond, compte jusqu'à dix. Je plie ensuite mon buste en avant. Mes doigts vont toucher le plancher, je rentre le ventre pour accentuer l'étirement du dos. Compte jusqu'à dix encore une fois. Enfin, je penche la tête à gauche à droite, devant derrière, afin de rendre un peu de souplesse à mes vertèbres cervicales.

Je tire sur mon T-shirt au niveau du cou, passe mon nez dessous et renifle. Beurk ! Ça ne sent pas la cannelle, ni l'essence de cèdre ou la cardamome poivrée mais le sous-bois touffu après l'orage. « Parfum sauvage » de chez Poulaga & Co. À faire breveter d'urgence comme « Tue l'amour ».

Je vais à la fenêtre pour tenter de deviner l'heure qu'il est. Le jour est levé mais les voitures brillent encore de mille feux. Il doit être aux environs de huit heures. Cela ne fait même pas vingt-quatre heures que je suis là, les flics peuvent donc me garder encore trois jours. Génial ! Voilà qui remonte le moral, de bon matin.

Je me rassieds et j'attends. Une bonne demi-heure, je dirais. Puis mon flic revient comme si de rien n'était avec un café et une barre chocolatée. Il dépose le tout devant moi.

— J'ai pensé que vous deviez avoir faim aussi.

Tu parles ! Seulement il m'en faudrait une bonne dizaine de ces petites gâteries pour espérer apaiser mes crampes d'estomac. J'enfourne celle-ci en deux bouchées et je trempe les lèvres dans mon café.

Consort allume l'ordinateur mais s'en désintéresse complètement. De la poche arrière de son pantalon, il extirpe un journal froissé. *L'Équipe*. Il l'ouvre aux pages Football.

Je décide d'animer un peu ce début de matinée.

— Je crois que j'ai quelque chose à vous avouer, inspecteur.

— Lieutenant, me précise-t-il en cessant immédiatement la lecture du journal. Je lui souris niaisement.

— Hier, j'osais pas vous le confier, euh... lieutenant, mais maintenant... je crois que je peux.

Il tend le cou vers moi, impatient.

— OK, OK.

— Maintenant que je sais que vous soutenez l'OM, j'peux bien vous le dire : au PSG, c'est vraiment tous des branques !

Il me lance un regard noir. Il se souvient s'être moqué de moi la veille et n'ose pas me contredire. J'insiste.

— Vous savez qu'ils ont un des plus gros budgets du championnat ? Tout ça pour finir chaque saison dans la seconde partie du tableau, quel gâchis. Faut être con, y'a pas, pour supporter ce club de charlots. Je l'ai trouvé sympa, votre collègue. Sympa mais con.

— Attention, vous parlez d'un officier de police, s'énerve-t-il.

Ses doigts tambourinent vigoureusement sur le bord du bureau. Je ne décèle aucun rictus à sa bouche. Ni à droite, ni à gauche.

— Non, non, y'a erreur là, je parle du supporter du PSG, pas de l'inspecteur. Comme policier, il est plutôt bon, le capitaine Meyer, n'est-ce pas ?

Il ne me répond pas et choisit de se replonger dans le journal. Il lui faut toutefois plusieurs minutes avant de parvenir à se concentrer sur sa lecture.

Une nouvelle demi-heure passe. Je commence à piquer du nez sur ma chaise quand le téléphone me tire de la torpeur.

— Allô ? C'est moi. Ah très bien... C'est OK, tu peux me l'envoyer.

Il raccroche, range son journal et m'explique.

— La collègue est arrivée, elle monte.

Deux minutes plus tard, la porte s'ouvre. L'inspecteur Meyer passe la tête dans l'entrebâillement, me salue sommairement et demande à son collègue :

— On peut entrer ?

— On est prêts.

Meyer pousse la porte avant de s'écarter pour laisser entrer une jeune femme blonde plutôt jolie malgré son uniforme. Ses grands yeux bleus se posent, craintifs, sur moi. Je me sens minable. Elle s'en aperçoit et son visage se détend. Si on était seuls, je crois qu'elle me sourirait.

Je me tasse sur ma chaise. J'aimerais disparaître, m'engloutir jusqu'au troisième sous-sol de ce commissariat, jusqu'aux égouts, qu'on tire la chasse et qu'on m'oublie.

Je ne suis qu'une merde.

— Vous reconnaissez cet homme ? demande Meyer.

— Oui, répond-elle d'une voix claire mais douce.

— Et vous, m'interroge Consort, vous reconnaissez avoir agressé cet agent dans l'exercice de ses fonctions ?

Je baisse la tête.

— Oui, je la reconnais, euh... je veux dire, je le reconnais.

— OK, c'est très bien, fait Consort. Denis, tu prends la déposition de mademoiselle, moi j'en termine avec monsieur Couture.

La porte se referme sur Meyer et la jeune flic. Je reste avec Consort. On règle les dernières formalités.

Il me relit le procès-verbal. C'est rapide. Normal puisqu'à part l'épisode de la policière, je n'ai pas avoué grand-chose. Je signe le PV, Consort également. J'ai vu sur la feuille que Casalis était son vrai nom.

Je suis le lieutenant dans le dédale des couloirs jusqu'au secteur des gardes à vue. Cette fois, ça sent la fin. J'ai hâte de retrouver ma liberté. Je récupère mes affaires et signe un reçu.

— Vous êtes libre, me confirme Casalis avec regret. Nous n'avons officiellement pas grand-chose contre vous. Mais ne vous réjouissez pas trop vite. On sait que vous êtes mouillé dans cette affaire et on ne va pas vous lâcher. Vous pouvez en être sûr. OK ?

Je ne lui dis pas mais je n'ai aucun doute là-dessus. Déjà qu'en douze ans, ils ne m'ont pas lâché d'une semelle ! Casalis referme derrière moi la porte du commissariat. Je murmure :

— Tout est OK, espèce de toqué.

Puis je ferme les yeux et aspire avec concentration de longues bouffées. L'air vicié de Paris me semble ce matin d'une fraîcheur alpestre.

Round 7

— Avec les flics, c'est simple, il ne faut jamais rien dire.

René a retrouvé ses réflexes d'ancien soixante-huitard pour me faire la leçon.

— Mais je n'ai rien dit !

— Si ! Tu as prétendu que tu ne connaissais pas Lazlo, c'est déjà trop. Et comme tu as menti, ça peut se retourner contre toi. Il fallait te contenter de dire : « Je n'ai rien à déclarer. » Tu répétais ça à toutes leurs questions et tu refusais de signer le procès-verbal d'audition. Et là, ils n'avaient rien contre toi.

— Mais ils me gardaient quatre jours en garde à vue...

— Probablement... C'était le prix à payer. C'est ça justement le but de la garde à vue : faire pression sur les gens pour les inciter à parler. Personne n'a envie de passer plusieurs jours dans une cellule.

À la sortie du commissariat, je n'ai fait ni une ni deux : je suis retourné au Café de la Poste et j'ai tout raconté à René. J'avais besoin de confier mes ennuis à quelqu'un.

— En tout cas, tu as sauvé l'essentiel, poursuit le patron du bar, tu as bien fait de ne rien dire sur le racket. J'espère que cela te servira de leçon et que tu ne recommenceras pas à déconner. Tu as un boulot, ici. Si tu veux travailler davantage, c'est possible. Tu sais, on commence à fatiguer sérieux, Josy et moi. On songe même à prendre progressivement notre retraite.

— Décidément, tout le monde me parle de retraite en ce moment.

— Oui, mais moi, je ne parle pas de la tienne.

— Indirectement, si. Travailler davantage au bar n'est possible que si j'arrête la boxe.

— C'est vrai, reconnaît-il. Tu n'as rien décidé encore ?

— Ce n'est pas une décision facile à prendre. Je n'ai que 27 ans, quand même...

— De nombreux boxeurs arrêtent à cet âge, non ?

— Oui, bien sûr, mais ils sont nombreux aussi à continuer. Y'en a même qui rempilent à 40 ans passés après plusieurs années de retraite.

— Pour rempiler, faut déjà avoir arrêté, non ?

Je préfère me taire. J'en ai ma claque de tout cela. J'ai assez de soucis en ce moment pour ne pas me prendre le chou avec cette question. Pour l'instant, je m'en tiens à ce que je me suis fixé : reprendre doucement l'entraînement et décider ensuite.

Maurice entre dans le café et s'approche du zinc. Il nous salue d'un doigt sur la casquette. Distrait, je lui demande :

— Qu'est-ce que tu prends, Maurice ?

Il me scrute comme s'il cherchait sur ma face les signes d'une soudaine démence. Je réalise mon erreur et lui sers un ballon de muscadet. Maurice ne boit plus que ça depuis que sa mère a cessé de l'allaiter. Il trempe ses lèvres dans son verre puis s'inquiète :

— T'es sûr que tu as récupéré depuis ton KO ?

— Ne t'en fais pas, je me souviens de tout le reste. Y compris de ton ardoise.

— De ce côté-là, je me faisais pas de souci : tant que Josy tient la caisse, je n'ai aucune chance qu'on l'oublie.

Je lui claque une pichenette sur la casquette.

— Allez, pleure pas, pépé, celui-là j'te l'offre.

— Eh, monseigneur est bien généreux, ce matin. C'est pour t'apprendre que t'avais gagné au Loto que les poulardins sont venus te chercher, l'autre jour ?

Je réplique d'un ton rogue :

— T'occupe pas de ça, tu veux, sinon je le bois à ta place.

— Trop tard, fait-il en me tendant un verre déjà vide. J'avais soif. C'était le premier de la journée.

Je me retourne pour consulter la pendule accrochée derrière le bar. Il est 11 heures.

— Toi, t'as fait la grasse matinée, si je ne m'abuse.

— Comment t'as deviné ?

Il semble sincèrement impressionné, pépère. Je hausse les épaules.

— Ce n'était pas dur.

— Ça t'a fait du profit, ton passage chez les flics. T'es devenu... déductif.

Il soulève sa casquette pour se gratter la tête.

— Ça existe en français, déductif ?

Je hausse à nouveau les épaules.

— Je n'en sais rien. En tout cas, j'ai compris, c'est l'essentiel.

Il pose une main tremblante sur la bouteille et

m'interroge du regard. Je lui fais signe qu'il peut la prendre. D'un pas prudent – il n'est pas encore ivre –, il s'écarte du bar pour aller rejoindre sa table près des toilettes.

La journée suit son cours. On a passé sans encombre l'heure de pointe et l'après-midi s'annonce calme. Je m'apprête à partir quand Josy m'interpelle depuis sa caisse au bout du comptoir.

— Il y a un jeune homme sur le trottoir d'en face. J'ai l'impression qu'il te fait signe.

Je scrute la rue à travers la vitrine et je repère la frêle silhouette de Grégoire Petit dit la Fouine. D'un geste du bras, il m'invite à le rejoindre. Je demande à Josy :

— Vous n'avez plus besoin de moi ?

— Euh non, mais...

La dégaine de mon complice en racket n'a pas l'air de lui plaire. Josy est au courant de mes déboires et elle devine le rôle de Grégoire. Elle flaire les emmerdes. Sa tête joue les girouettes, de la Fouine à moi puis de moi à la Fouine, plusieurs fois de suite.

— Tu t'entraînes pour Roland-Garros ?

Elle daigne sourire.

— Ce n'est peut-être pas prudent de lui parler, non ?

— T'inquiète. Ça ne sera pas long.

J'enfile mon blouson et je sors. J'entraîne le zig au parc voisin des Buttes-Chaumont. Il fait étrangement beau et la pelouse du parc fleurit d'hommes torse nu et de jeunes femmes en tenue légère. Nous nous asseyons sur le banc où j'ai passé récemment toute une nuit. On ne se refait pas : je suis un sentimental.

La Fouine prend son ton le plus mâle pour aborder le sujet qui le préoccupe.

— Y paraît que les keufs sont venus te voir?

— Affirmatif.

— Qu'est-ce qu'ils te voulaient exactement?

— À ton avis?

À lui aussi, je souhaite en dire le moins possible. Après ce que j'ai appris des tortures subies par Lazlo avant de mourir, je ne crois plus la Fouine capable d'avoir fait le coup. Mais je veux savoir d'abord ce que le gars a dans le ventre et dans la tête.

— Tu étais leur premier suspect? m'interroge Grégoire.

— Je crois bien.

— Comment ça se fait qu'ils soient arrivés si vite jusqu'à toi?

— Secret de l'instruction. Je n'ai pas le droit de te le dire.

— Tu plaisantes?

— Affirmatif.

— Tu plaisantes ou tu te fous de ma gueule?

J'ai envie de lui répondre «Les deux, ducon!» mais je me retiens. Ne brisons pas tout de suite le mince courant de sympathie qui circule entre nous.

— Les flics avaient mes empreintes dans un fichier.

— T'as un casier?

— Faut croire...

La Fouine me scrute d'un regard suspicieux.

— Si les keufs ont trouvé tes empreintes chez Lazlo, pourquoi ils n'ont pas trouvé les miennes? Moi aussi, j'suis fiché chez eux.

Il a prononcé la dernière phrase avec un brin de fierté.

— Parce que les miennes figuraient sur l'arme du crime.

— L'arme du crime ? Qu'est-ce qu'elles foutaient là, tes empreintes ?

Imperceptiblement, il se recule sur le banc. Des interrogations nouvelles semblent naître dans son petit cerveau.

— C'est pas toi qui...

— Ta gueule, imbécile. L'arme du crime, c'est le pistolet qu'on a ramassé chez Arnoult. Tu ne te souviens pas ? Je l'ai attrapé par le canon alors que toi tu as pris soin de le choper avec ton mouchoir.

— Tu veux dire que c'est ce flingue qui a servi contre Lazlo ?

— T'en as fait quoi, l'autre soir ?

— Après le job, je suis allé toucher mon blé chez Lazlo et je le lui ai remis.

— Tu n'as pas été tenté de le garder ?

— T'es louf ? Un flingue dont on ignore le passé, c'est trop brûlant. Et puis Lazlo, il aime pas qu'on se mette des choses de côté sans lui dire.

— Tu es resté longtemps chez Lazlo ?

— Une quinzaine de minutes.

— Jusqu'à quelle heure ?

Son regard se fait à nouveau soupçonneux.

— T'es flic ?

Je hausse les épaules. La Fouine porte ses doigts à sa bouche et entreprend de se bouffer des petites peaux autour de ses ongles. Puis il se décide à poser la question qui, à mon avis, le turlupine depuis le début.

— Pourquoi ils t'ont relâché les flics, s'ils avaient tes empreintes ?

— Parce qu'ils n'avaient pas le droit de les avoir et qu'ils ont fait une connerie en les utilisant trop tôt.

Je sens que je ne l'ai pas convaincu.

— T'es sûr que tu n'as pas causé ?

— Tu penses qu'ils m'auraient laissé partir parce que j'aurais balancé des noms ? Le tien, par exemple ?

— Ça s'est déjà vu...

— Tu me prends vraiment pour une petite nature, hein, ducon ? C'est comme ça que tu as dit l'autre soir, « petite nature » ?

J'ai haussé le ton et la Fouine se ratatine sur le banc. Il craint que je ne pique une nouvelle colère.

— On ne sait jamais comment peuvent réagir les gens en garde à vue...

— Ils sont venus te voir, les flics, depuis le meurtre ?

— Euh, non.

— Tu crois vraiment que, si je leur avais dit que tu avais empoché l'arme du crime, tu serais avec moi en ce moment à discuter tranquillos sur un banc du parc des Buttes-Chaumont ?

Il fait un non timide de la tête en regardant ses pieds. Puis il recommence à se mâcher les doigts. Je sens qu'il y a encore un truc qui le tourmente mais je le laisse mariner.

Le soleil d'automne nous recouvre de sa bienveillance. J'ôte mon blouson et le pose sur mes genoux. Je viens souvent ici me ressourcer au pied des arbres centenaires du parc : cèdres du Liban, ormes de Sibérie, platanes d'Orient, toutes les essences du monde ont rendez-vous aux Buttes-Chaumont.

Je ferme les yeux.

En général, j'évite de venir le samedi – jour des photos de mariage – mais il ne se passe guère de dimanche sans que j'arpente les allées du parc. Sur ces quelques hectares volés au bitume, on croise le dimanche tous les âges de la vie. Les enfants accompagnés de leurs parents occupent les abords des manèges, du théâtre de Guignol et des marchands de gaufre ; les jeunes turbulents font tourner dans les allées leurs planches ou leurs rollers et les autres, amoureux, se bécotent sur les pelouses rases ou au bord des eaux calmes du lac ; enfin les vieux monopolisent les bancs ombragés pour se reposer d'un monde trop agité et se souvenir d'un temps que les moins de quatre-vingts ans...

La Fouine lâche enfin ses doigts et relève les yeux vers moi.

— Tu sais vers quelle heure il a été tué, Lazlo ?

— D'après les questions que m'ont posées les flics, je dirais entre 21 heures et 22 heures. Les meurtriers ont dû rester un petit moment avec lui puisqu'ils ont pris le temps de le torturer.

Une grimace lui tord la bouche et le nez.

— Oh, putain. Je... C'est... euh... Je crois bien que je suis dans la merde, Pierre.

— Pas plus que moi, si ?

Il me fait oui de la tête avant d'ajouter :

— Je me demande si je ne devrais pas aller voir les flics...

— Quelle idée !

— C'est que... je... je pense que j'ai vu les types qui ont fait le coup.

Je sursaute mais m'efforce de ne rien dire.

— En quittant Lazlo, j'ai croisé deux types dans l'escalier de son immeuble. Je ne sais pas s'ils allaient chez lui mais, plus j'y pense et plus je trouve qu'ils avaient l'air louche.

— C'est quoi un air louche ?

— Je sais pas... Ils avaient des visages, euh, sévères, fermés. Ils étaient plutôt basanés, quoi.

— Le type maghrébin ?

— Ah non, c'étaient pas des Arabes. Mais ils étaient très bruns, comme des Européens du Sud, quoi.

— Deux types bruns, tu as dit ? Ils portaient des impers ?

— Non, je ne crois pas. Des blousons, plutôt. Tu penses les connaître ?

— Je ne sais pas mais j'ai croisé récemment deux mecs bruns, étrangers apparemment. L'un des deux avait les sourcils qui se rejoignaient au-dessus du nez, ça te dit quelque chose ?

— Non, je n'ai pas fait gaffe. Je les ai vus surtout de dos parce que je me suis retourné après les avoir croisés. Et ce que j'ai remarqué, moi, c'est que y'en avait un qui avait comme une plaque sombre dans le cou.

— Une plaque sombre ?

— Ouais, je sais pas, comme un énorme grain de beauté ou une tache de naissance.

— Et tu les as entendus parler ?

— Non. Moi, je leur ai dit bonjour mais ils ne m'ont pas répondu.

— Rien d'autre de particulier ?

— Non.

La Fouine inspecte à nouveau ses doigts à la recherche d'une petite peau qu'il aurait oubliée. Il n'en trouve pas et décide de s'attaquer aux ongles. Il en arrache un et le crache aussitôt.

— Je ne sais vraiment pas quoi faire, continue-t-il. Ça ne se fait pas, hein, d'aller causer aux flics ? En même temps, Lazlo, il a toujours été correct avec moi. Sympa, non, ça je ne peux pas dire. Mais correct, oui, c'est sûr.

La Fouine s'interrompt. Une jeune femme passe à proximité de notre banc en poussant un landau d'où s'échappent des pleurs d'enfants.

— Et puis, j'ai la trouille, reprend Grégoire. Si c'est bien les meurtriers que j'ai croisés, eux aussi m'ont vu. En même temps, si je vais chez les flics, je vais bien être obligé de leur raconter les p'tits boulots que je faisais pour Lazlo. Et puis je suis quand même pas sûr que ce soient eux les meurtriers. Si c'est pas eux et que je déballonne tout, je me mets dans la merde tout seul, j'aurais l'air d'un con, hein ? Qu'est-ce que je dois faire, à ton avis ?

Je soupire bruyamment. Son dilemme me rappelle le mien et je ne vois pas très bien comment l'aider.

— Tu as fait beaucoup de conneries pour Lazlo ?

— Pas mal, ouais.

— Tu n'es peut-être pas obligé de tout leur dire.

— C'est pas toujours facile de savoir s'arrêter. Quand t'as commencé à te dessaper, les flics, ils sont forts pour te mettre à poil complètement.

J'observe sa face de fouine, son œil torve et son nez de guingois. Quand il cesse de vouloir jouer les durs, Grégoire a l'air de ce qu'il est : un petit mec mal à l'aise dans des fringues trop grandes pour lui.

— Tu as un casier, tu m'as dit : qu'est-ce que t'as fait exactement ?

— Des vols de voiture et des cambriolages, me répond-il sans barguigner. Et puis j'ai piqué du fric une fois à une grand-mère.

— Félicitations !
— C'était ma grand-mère.
— Encore mieux.
— Elle avait déjà porté plainte avant de savoir que c'était moi. Alors, après c'était trop tard. Une fois que les flics sont lancés...
— Je sais, je connais.
— Et toi, t'as fait quoi pour avoir un casier ?
— Officiellement, je n'ai plus de casier, répliqué-je vivement. Alors, toi aussi, tu m'oublies, d'ac !
— Ouais, ouais, je voulais pas te froisser. Et... euh, je fais quoi, moi, alors ?
— J'en sais rien, mon gars. Y'a que toi qui peux savoir. Je suppose que t'as un sursis qui te pend au nez ?
— Neuf mois en tout, ouais. Si je plonge, ça se rajoutera.
— Tu pourrais peut-être négocier un truc avec le procureur. Tu prends un risque mais en même temps, si les flics épluchent sérieusement les dossiers de Lazlo, ils arriveront probablement tout seuls à toi. Et là, tu seras complètement coincé sans marge de manœuvre. C'est risqué aussi.
— C'est pas con, ce que tu dis.
— N'est-ce pas ? Prends encore un peu de temps pour réfléchir quand même. Ça ne fait pas quarante-huit heures que Lazlo a été tué, les flics ne sont pas si rapides.
— Ouais, t'as sans doute raison, je vais réfléchir.
La Fouine renifle vigoureusement avant de s'essuyer les narines avec les doigts. Il se lève ensuite et me tend la main. Pas très appétissant. Je me mets debout à mon tour et lui pose ma paluche sur l'épaule.
— Si tu décides d'aller voir les flics, t'es sympa, t'évites de mentionner mon nom, hein ?

Round 8

Nous roulons dans le taxi sur le périphérique. La nuit est calme, Sergueï a coupé sa radio, nous ne serons plus dérangés par les appels de clients. Il est près de 22 heures. Nous entamons notre deuxième tour de Paris.

— Je suis vraiment désolé de t'avoir entraîné dans cette histoire, s'excuse Sergueï. Si j'avais pu prévoir...

— Tu n'y es pour rien, camarade. C'est la faute à pas de bol : il m'en veut beaucoup, celui-ci, ces derniers temps.

Sergueï lance de fréquents coups d'œil dans le rétroviseur. Le régulateur de vitesse du véhicule est bloqué sur 80 kilomètres-heure, la circulation est fluide. Les lumières urbaines n'éclairent l'intérieur du taxi que par intermittence.

— Tu as une idée de ce qui a pu arriver à Lazlo ? je demande.

— Un banal règlement de comptes, probablement.

— Un client mécontent ?

— Il doit y en avoir un paquet, tu ne crois pas ?

— C'est sûr. Mais pourquoi l'avoir torturé avant ?

— Pour lui faire avouer l'endroit où il cachait son fric. Le client aura voulu récupérer son argent.

— Les flics disent qu'il a été tué par des spécialistes de la torture.

— Lazlo ne connaissait pas forcément le passé de ses clients. Vous avez des spécialistes, en France ... Des anciens d'Algérie, par exemple.

— Ou des anciens de Yougoslavie...

J'ai avancé cela sans y avoir réfléchi. Le visage des deux bruns s'est une nouvelle fois imposé à moi. Dupont et Dupond. Ces deux-là commencent à m'obséder.

— Sergueï, tu n'as pas remarqué ces jours-ci deux types basanés qui se baladeraient en imper ?

— Non.

— Y'en a un des deux dont les sourcils se rejoignent au-dessus du nez. Ils étaient l'autre jour au Café de la Poste, assis à une table du fond. Tu étais là aussi : c'était quand tu m'as parlé pour la première fois d'arrêter la boxe.

— Ça ne me dit rien.

— Je ne suis pas sûr mais j'ai l'impression qu'ils viennent de Yougoslavie : ils roulent les « r » comme toi.

— Ah bon. Non, vraiment, je ne vois pas de qui tu veux parler. C'est important ?

— Je ne sais pas. Peut-être. C'est curieux, j'ai eu l'impression au moins une fois que ces gars me suivaient. Et puis, il y a un des sbires de Lazlo qui pense avoir croisé deux types semblables dans l'escalier de Lazlo peu avant son assassinat, justement.

— Ça veut dire quoi « sbire » ?

— Une sorte d'homme de main.

— Et il s'appelle comment, ce... sbire ?

— De son vrai nom, Grégoire Petit, mais tout le monde l'appelle la Fouine.

— Et qu'est-ce qu'il aurait vu exactement ?

— Je t'ai dit : deux types basanés qui montaient l'escalier alors que lui s'en allait. L'un d'eux aurait comme une tache de naissance dans le cou.

Sergueï fait la grimace :

— C'est un peu vague pour une description. Tu vas parler de ça à la police ?

— Tu plaisantes ? Si j'ai nié jusqu'au bout que je connaissais Lalzo, ce n'est pas pour aller leur raconter ce que m'a confié l'un de ses hommes de main. Ce serait un aveu.

Il sourit devant l'évidence.

— Et la Fouine, il va parler ?

— Je ne sais pas. Il m'a demandé conseil mais je ne pense pas l'avoir beaucoup aidé.

Sergueï ne dit plus rien. Il se contente de regarder dans son rétroviseur. Je demande :

— Tu le connaissais depuis longtemps, Lazlo ?

— Assez, oui. Depuis que je suis arrivé en France.

— Tu savais qu'il n'était pas hongrois ?

— Évidemment... Hongrois et Croates sont deux peuples et deux langues très différents. On peut tromper un Français, pas un autre Croate.

Ce dernier mot me surprend dans la bouche de Sergueï. D'ordinaire, il ne l'emploie pas pour lui-même.

— C'est toi qui as deviné qu'il était croate ou c'est lui qui te l'a dit ?

Sergueï suit du regard un camion que nous sommes en train de doubler. Je sens qu'il en profite pour m'observer.

— C'est important pour toi de le savoir, mon ami ?

— Non, non, pas vraiment. Je demandais ça comme ça.

Il se range sur la file de droite après avoir fini de dépasser le camion.

— Tu n'aimes pas parler de la guerre, n'est-ce pas ?

— Pas trop, non.

— Je t'ai déjà dit que mon père avait travaillé en Yougoslavie ?

— Ah non, j'ignorais. Il était diplomate, c'est ça ?

— Oui. Il a surtout travaillé en Amérique latine mais, après notre retour en France au début des années quatre-vingt-dix, il a effectué plusieurs missions en Yougoslavie.

— C'était dans les premières années de la guerre... Tu sais ce qu'il y faisait précisément ?

— Pas du tout. J'étais trop jeune...

Les immeubles défilent à vitesse constante de part et d'autre du périphérique. Leurs façades scintillent de lumières capricieuses et bleutées. Certaines fenêtres dansent en cadence, d'autres non. D'un bâtiment à l'autre, on pourrait presque suivre les programmes télévisés du soir et calculer l'audimat de chaque chaîne.

Du métier de mon père, je ne me souviens que d'absences douloureuses et de retours joyeux. Papa nous rapportait toujours des cadeaux. Pour ma mère, pour Laurette et pour moi. Maman disait avec un éclat particulier dans les yeux que le plus beau des présents, c'était qu'il soit présent. Je croyais qu'ils s'aimaient fort, mes parents. Je me trompais.

Sergueï est le premier à rompre le silence qui s'est installé entre nous.

— Et toi, tu n'aimes pas trop parler de ta famille, n'est-ce pas ?

— Non, c'est vrai.

— Il ne faut pas rouvrir les vieilles blessures si on veut qu'elles cicatrisent.

— Je le croyais aussi. Mais quand elles persistent à saigner, c'est parfois difficile de toujours souffrir en silence.

Tout en semblant réfléchir à mes propos, Sergueï accélère sensiblement. On dépasse les 100 kilomètres-heure. Un coup d'œil dans le rétro. Quelques secondes d'attente. Puis il ralentit à nouveau. Enfin, il se décide à parler.

— En fait, pour Lazlo, je ne me souviens plus trop. Je crois qu'il s'est présenté comme Hongrois mais qu'il m'a tout avoué dès qu'il a su que j'appartenais moi aussi à l'ancienne Yougoslavie.

— Mais pourquoi a-t-il menti aux autorités françaises ?

— Pour avoir le droit de rester en France, évidemment ! La Hongrie appartient à la Communauté européenne. Tout ressortissant hongrois a le droit de vivre et de travailler en France.

— Mais toi, tu n'as pas eu besoin de mentir ?

— Moi, ce n'est pas pareil, je suis un réfugié politique.

— Et lui ne pouvait pas avoir ce statut ?

— Non, je ne crois pas qu'il pouvait y prétendre.

— Tu sais de quel côté il était pendant la guerre, là-bas ?

Je vois ses mains se crisper sur le volant.

— Non, je ne sais pas. Je ne lui ai jamais demandé.

Sa réponse m'étonne. Il le sent et tente de m'expliquer.

— Il faut savoir tourner la page. Si ce conflit a existé c'est justement parce qu'on avait refusé d'enterrer les vieilles haines. Et si on continue, il n'y aura jamais de paix sincère. La guerre est une grande cicatrice...

Ses yeux me quittent pour se poser à nouveau sur la route devant lui.

— Je comprends que ce discours t'étonne, mon Pierre. Tu as la chance, toi, de n'avoir jamais connu ni guerre ni dictature. La paix a un coût, il s'appelle l'oubli. La réconciliation espagnole s'est faite à ce prix et si la démocratie a pu s'installer facilement après la mort de Franco, c'est parce que les démocrates ont accepté de ne pas regarder la poussière sous les tapis.

— Aujourd'hui, certains réclament que l'on rouvre les dossiers.

— Des imbéciles, oui. C'est... – comment vous dites en français, la boîte de Pandore, hein, c'est cela – c'est la boîte de Pandore qu'ils vont rouvrir.

— Mais quand même... des crimes de guerre et même des crimes contre l'humanité ont été commis.

— En Espagne ?

— Non ! Chez toi, en ex-Yougoslavie.

Ses mains se contractent sur le volant. Le sujet l'irrite visiblement mais il reste concentré sur la conduite. Petit coup d'œil dans le rétro.

— On a beaucoup exagéré, fait-il d'une voix sifflante. Il y a eu des crimes de guerre, oui, et alors ? C'était la guerre, non ?

— Mais comment tu peux dire ça, toi, qui as été victime de ces crimes ?

— Je ne suis pas mort...

— Toi non ! Mais les tiens, ta femme, ta fille, tu m'as bien dit qu'elles avaient été tuées par les Serbes...

Son visage s'est figé en une grimace atroce. Il pose une main sur ma cuisse et la serre si fort qu'il me fait mal.

— Arrête, petit Pierre, arrête... Tu veux bien... ?

Je réalise la douleur que je viens de lui infliger et je me confonds en excuses. Comment ai-je pu me laisser aller ainsi ? Il a raison, je ne connais rien à ces choses-là, je ne suis qu'un petit con de Français.

Il respire longuement plusieurs fois de suite. Une moto puissante nous dépasse à vive allure. Son rugissement hante nos oreilles longtemps après que ses lumières se sont effacées de nos rétines.

Sergueï reprend d'une voix douce.

— J'ai pensé à la vengeance pendant des mois. Si des Serbes m'étaient tombés sous la main à ce moment-là, je ne sais pas ce que j'aurais fait.

Il se tourne de nouveau vers moi.

— Et puis un jour, au lieu de vivre toujours centré sur ma peine, je me suis mis à penser à elles. À elles vivantes et non plus mortes. Et je me suis dit que propager la haine n'était pas la meilleure façon de faire honneur à leur mémoire. Elles étaient douces et bonnes, elles. Sincèrement douces. Infiniment bonnes.

Il se tait et un profond silence s'installe entre nous. Je n'ose plus rien dire. Sergueï semble s'absorber dans la conduite. Nous arrivons à proximité de la porte d'Italie quand Sergueï se remet enfin à parler.

— Vous, les Occidentaux, au lieu d'ouvrir des tribunaux internationaux et de maintenir nos plaies à vif, vous devriez nous aider à oublier.

Il ponctue sa phrase en donnant un brusque coup de volant. Après un nouveau coup d'œil dans le rétro, il a décidé de quitter le périphérique.

Sergueï m'a déposé devant mon immeuble. La main sur la poignée, j'hésite. Je n'ai pas sommeil. Moi qui avais l'habitude d'un rythme de vie bien établi, me voilà tout décalé. Boulot, boxe, repos, depuis le départ de Sarah, je n'avais pas dévié de ce tiercé que je pensais gagnant. Je faisais mon taf et respectais mes horaires. Je croyais que c'était suffisant. L'autre jour, Émile m'a fait comprendre qu'il manquait encore quelque chose. Un « petit supplément d'âme », probablement. Tiens ! c'est dans une chanson, ça. Je fredonne pour raviver ma mémoire.

« ...Ce tout petit supplément d'âme,
Cet indéfinissable charme,
Cette petite flamme... »

Une chanson de Michel Berger interprétée par France Gall.

J'ai une soudaine envie de fumer. Le mot « flamme » sans doute... Je retrouve dans mes poches le paquet de cigarettes acheté au lendemain de ma beuverie. Il est froissé, les clopes ont mauvaise mine mais j'en dégotte une qui m'a l'air fumable.

Une petite bise souffle fraîchement et je n'arrive pas à allumer ma cigarette. J'entrouvre mon blouson pour abriter la flamme de mon briquet. Après plusieurs tentatives, le bout de ma clope vire enfin au rouge. Quand je relève la tête, je perçois un mouvement à une dizaine de mètres sur ma droite. Comme une silhouette disparaissant derrière une camionnette grise.

Je slalome entre les voitures stationnées, m'approche prudemment de la camionnette et surprends, adossé à elle, un grand type brun vêtu d'un imper.

— Bonsoir, je fais.

Il ne répond pas mais se redresse vivement. Je fais encore deux pas vers lui.

— Vous me suivez ?

Il ouvre ses mains devant son visage en signe d'apaisement. Moi, je sens la rogne monter. Je le saisis par le colbac.

— Oui, bien sûr que vous me suivez... mais pourquoi ?

Ses mains ont disparu dans ses poches mais je n'y prête pas attention. J'ai tort. L'une d'elles réapparaît bientôt armée d'une longue lame. Je vois l'acier briller sous les lampadaires juste avant de sentir une pointe appuyer sur mon ventre. Je lâche aussitôt son col.

— OK, OK, on se calme. Je voulais seulement causer, moi.

Il abaisse lentement sa lame. Je ne sais pas s'il compte la ranger mais je ne lui en laisse pas le temps. Je lui colle deux directs très secs du gauche avant d'enchaîner par une lourde droite. Sa tête heurte la carrosserie de la camionnette, le gars s'accroche au rétro extérieur pour ne pas s'écrouler.

Je m'apprête à le sécher définitivement d'un crochet à l'estomac lorsque je reçois un autobus sur la nuque. Ce n'est peut-être pas ça mais ça y ressemble sérieux. Je tombe à genoux puis m'affale sur le trottoir. J'ai le temps de me dire *in petto* « Putain, encore un KO » avant de perdre conscience.

Et je n'entends même pas d'applaudissements dans le public.

Round 9

Mais qui donc aurait pu avoir envie de m'acclamer ?

Je m'attaque à un type qui n'est pas un tocard – c'est sans doute lui qui a tué Lazlo après l'avoir torturé – et j'oublie qu'il a un complice.

Je ne sais même plus compter jusqu'à deux.

Je me redresse lentement et je m'assieds sur le bitume. Je tente de reprendre mes esprits.

Aucune trace de mes lascars. Ils ont pris la fuite. Je dois sans doute m'estimer heureux d'être en vie.

Pourtant, je n'arrive pas à me réjouir.

Je passe une main sur ma nuque. Un liquide chaud poisse entre mes doigts. Ce n'était pas un autobus mais probablement ce que l'on appelle en jargon policier un « objet contondant ».

Et moi, je suis un con tombant.

Je m'aide du lampadaire pour me mettre debout. Apparemment, tout fonctionne. La tête me fait mal mais je n'ai pas de vertige. Une cinquantaine de mètres me sépare de mon immeuble. Je crois que je vais pouvoir faire la traversée d'une seule traite.

Je me soigne.

Dans l'armoire à pharmacie, je n'ai trouvé qu'un fond d'alcool à 90°. Comme il est légèrement éventé, la brûlure est supportable. Après avoir désinfecté la plaie, je jette le coton imbibé de sang dans la poubelle.

Je m'efforce de respirer calmement. Pas évident. J'ai l'habitude des rounds de boxe mais je n'avais jusqu'ici jamais pratiqué le combat de rue.

J'ai besoin d'un remontant.

J'ouvre les placards de la cuisine et ne trouve qu'une vieille bouteille de rhum que Sarah utilisait pour sa pâte à crêpes. Il en reste un bon quart. Je tète le breuvage au goulot.

Le rhum aussi est éventé mais c'est bon quand même. L'alcool se répand doucement dans mes veines. Il chasse l'adrénaline et répand dans mon corps une chaleur apaisante. Je le suis à la trace, du gosier à l'estomac puis de l'estomac au cerveau. Mon souffle s'apaise.

Je peux enfin réfléchir.

Pourquoi les deux bruns me suivaient-ils ? Je commence à penser qu'ils avaient tué Lazlo pour régler avec lui un vieux compte remontant à l'ancienne Yougoslavie. Mais moi ? Qu'est-ce que je viens faire là-dedans ?

Je devrais faire part aux flics de mes soupçons, je le sais, mais je bute toujours sur les mêmes obstacles : parler, c'est balancer la Fouine et avouer mes turpitudes chez Arnoult. Et ça, je ne le veux pas.

Je m'assieds sur le lit. Bois une gorgée.

Dans quel merdier je me suis fourré ? Et surtout comment m'en sortir sans dégâts ?

Je m'enfile une nouvelle gorgée.

Je crois qu'il faut envoyer la Fouine chez les flics.

C'est à lui de causer. Après tout, c'est lui, le témoin. Le risque est grand cependant qu'il se prenne tout seul les pieds dans le tapis. Futé comme il est, le Greg, il leur dira très vite tout ce qu'il sait et plus encore. Les flics vont lui faire dresser une liste de complices, plus longue que le bottin du 20e arrondissement et, à la lettre C, figurera en lettres d'or le nom de Couture.

Je sens poindre un furieux mal de tête. Je tète une dernière goutte de rhum. La bouteille est vide et je n'ai pas d'autre somnifère.

La nuit promet d'être longue et douloureuse.

Round 10

Je cours autour du lac des Buttes-Chaumont. Ou plutôt je trottine. Des nuits trop courtes, une consommation excessive d'alcool, des KO à répétition, je ne m'attendais pas à péter la forme mais là, vraiment, je me traîne. Tous les autres joggeurs me doublent et même certains marcheurs. Il n'y a guère que les poussettes et les petits vieux que je suis encore capable de dépasser.

J'ai passé le week-end à essayer de contacter la Fouine mais je n'y suis pas parvenu. Mon triste compère s'est mis aux abonnés absents. Entre deux tentatives téléphoniques, j'ai pas mal picolé. Il fallait bien passer le temps.

Ce lundi matin, j'ai décidé de mettre un terme à ma dérive.

J'ai enfilé un pantalon de jogging, un T-shirt, deux sweats et un K-Way. Puis je suis descendu en petites foulées jusqu'au parc des Buttes-Chaumont pour y transpirer mon alcool et mon spleen.

Putain que c'est dur...

Un joli petit cul moulé dans un collant fluo me déborde sur la gauche. Il court plus vite que moi mais j'accélère. Stimulé par le mouvement ondulatoire et souple de ce fessier musclé, je parviens à conserver une distance respectable.

Pas longtemps.

Tel un vieux moteur fatigué, je tousse, je crache et je cale.

J'ai mal au crâne, en plus.

Le petit cul continue son swing angélique et s'éloigne à chaque ondulation davantage. Adieu, mon cœur...

Je m'approche d'un banc libre juste en face de la montagne du parc, un pic de béton au sommet duquel trône prétentieusement un temple aux volutes vaguement gréco-romaines. Je pose la jambe droite sur le dossier et entame une série d'étirements. La force de l'habitude. Car, après vingt minutes à tricoter, les muscles n'ont guère eu le temps de se fatiguer.

Je jette constamment des coups d'œil derrière moi. Depuis vendredi soir, je n'ai rien noté de suspect. Pas l'ombre d'un brun autour de moi.

Peut-être que je leur ai fait peur. Va savoir.

Je tends les bras vers le ciel et j'essaye de me grandir. J'ai mal au dos à force de dormir n'importe où, n'importe comment.

Je vais reprendre la boxe. Pas seulement l'entraînement mais aussi la compétition. J'ai pris cette résolution hier soir en même temps que celle d'arrêter l'alcool. Je sais que les deux vont de pair. Je ne pourrai cesser de boire que si je reprends intensivement le sport.

Ce soir, j'irai à la salle. Il faut qu'on cause, Émile et moi.

J'aperçois le collant fluo qui revient vers moi. Il a dû faire le tour du lac. Le petit cul me fait face. Je constate qu'il roule curieusement plus des épaules que des hanches en s'approchant mais il possède malgré tout un visage fin et doux éclairé d'un sourire avenant. On dirait que c'est à moi qu'il s'adresse. Il me rappelle vaguement quelque chose. Une jeune femme s'arrête à ma hauteur.

— Vous ne me reconnaissez pas ?

Je fais un effort de mémoire. Oui, ce visage me rappelle quelque chose. Mais quoi ? Je me résous à une moue d'excuse.

— Pourtant, nous nous sommes croisés au moins deux fois cette semaine.

Le sourire s'élargit jusqu'aux yeux. Je plonge dans un regard bleu océan. La mer est calme, transparente, on devine le sable fin sous la surface étale. Ça y est, j'y suis.

Putain, quel con !

— Excusez-moi, je ne vous avais pas reconnue... Dans cette tenue et... euh... sans votre uniforme.

— Je sais. Ce n'est pas la première fois qu'on m'en fait la remarque.

— Je... C'est-à-dire que, quand vous êtes en uniforme, vous n'êtes pas pareille, quoi.

— C'est surtout la façon dont les gens nous regardent qui n'est pas la même.

— Oui, c'est possible... C'est-à-dire... avant la femme, on voit surtout le, enfin euh la...

— Le flic ?

— Non, c'est pas... pas ce que je voulais dire... Je, enfin... euh. Oh et puis, si ! Merde, vous avez raison.

Elle éclate de rire devant ma confusion. C'est la deuxième fois que je me sens minable devant cette jeune femme. Faudrait pas que cela devienne une habitude.

Un ange passe. Un couple en vélo également, puis une poussette et trois rollers.

— Vous habitez le quartier ? me demande-t-elle.

— Pas très loin, oui. Boulevard d'Algérie. Juste à côté du périf. Et vous ?

— J'habite à Pantin. Mais je suis rattachée au commissariat du quartier, alors après mon service je viens souvent courir ici. J'adore ce parc.

— Moi aussi.

Un nouveau silence s'installe. Je crois le moment venu pour moi de faire des excuses.

— Je suis désolé – sincèrement désolé – pour l'autre soir. Je ne sais pas ce qui m'a pris.

— Un grand gaillard comme vous, vous en prendre à une faible femme... plaisante-t-elle.

— Ce n'est vraiment pas mon genre, vous savez. D'ordinaire, je me choisis des adversaires plus dans ma catégorie.

— Vous êtes boxeur, m'a-t-on dit ?

— Je crois que je peux continuer de le dire, oui. Certains voudraient que je prenne ma retraite sportive mais je viens de décider de rempiler.

Elle regarde sa montre et se met à sautiller sur place.

— J'ai encore dix minutes à courir, vous venez avec moi ?

J'accepterais avec joie si je n'avais pas peur d'être ridicule.

— Oh non, j'en ai ma claque, ça fait une heure et demie que je cours.

Elle rigole.

— À d'autres, s'il vous plaît, vous oubliez que je suis flic. Je vous observe depuis le début, ce n'est pas la grande forme, on dirait.

— OK, j'avoue tout, je ne suis pas au top effectivement, j'ai des petits soucis.

— L'alcool.

Je n'ai pas perçu d'élévation de ton vers la fin de sa phrase, ce n'était pas une question. Mais pour qui elle se prend, celle-là ?

— C'est un interrogatoire officiel ?

Elle s'arrête de sautiller et me répond avec une grande douceur.

— Je suis désolée, j'ai été maladroite, je ne voulais pas vous froisser.

— De toute façon, je ne suis pas sûr que nous ayons le droit de discuter ensemble comme ça.

— Pourquoi ?

— Vous avez porté plainte contre moi, non ? Il y a une enquête en cours.

— Porté plainte ? Pour l'autre soir ?

Elle se pince les lèvres mais ne peut se retenir de sourire.

— Ah oui, c'est vrai, j'avais oublié.

— Comment cela « oublié » ?

— Mes collègues de la Criminelle souhaitaient faire pression sur vous avec cette histoire mais moi je n'ai jamais eu l'intention de porter plainte. Si je devais le faire chaque fois qu'on m'insulte lorsque je verbalise une voiture, les tribunaux seraient complètement engorgés.

Elle me semble sincère. Comment ne pas croire en la clarté de ses yeux ?

— Et pourquoi vous me dites ça ? C'est pas sympa pour vos collègues.

— Si vous croyez que les gars de la Criminelle sont sympas avec nous ! Ils se considèrent comme l'élite de la police, vous savez. Nous, les agents en tenue, nous ne sommes que de la merde pour eux. Et puis, allez, ne me dites pas que leur bluff grossier avait fonctionné...

— Pas vraiment. Mais j'ai fait des conneries quand j'étais jeune et cette affaire pouvait me faire du tort.

— J'ai gaffé alors...

Elle continue de sourire et ne semble pas perturbée outre mesure.

— Mon prénom, c'est Julie. On aura sûrement l'occasion de se recroiser. Je cours presque tous les matins ici. Et vous, la course fait partie de votre entraînement ?

— Entre autres choses, oui.

— Alors, à bientôt...

Elle m'offre une poignée de main ferme et virile. Puis elle s'éloigne en trottinant. Son petit cul fluo rapetisse à chaque foulée jusqu'à disparaître complètement dans la brume du petit matin.

« *Moi, j'essuie les verres au fond du café*
J'ai bien trop à faire pour pouvoir rêver »

Je n'y peux rien, c'est comme ça. Chaque fois que je me tape la plonge au Café de la Poste, j'ai cette ritournelle dans la tête. Édith Piaf, « Les Amants d'un jour ».

« *Et dans ce décor banal à pleurer*
Il me semble encore les voir arriver... ».

Et merde, les revoilà... Ils ne se tiennent pas par la main et n'ont rien des deux chérubins dont parle la chanson. Ce sont les deux flics. Meyer et Casalis. Quatre jours seulement qu'ils m'ont relâché : ils ne peuvent plus se passer de moi.

— On peut vous parler ? me demande Meyer.

— Je dois vous suivre ?

— Jusqu'à une table au fond du bistrot, cela devrait suffire aujourd'hui, me rassure-t-il.

Je m'essuie les mains et passe de l'autre côté du bar. Je les entraîne vers une table à l'écart.

— Je vous offrirais bien à boire mais vous êtes en service...

Meyer consent à sourire mais Casalis fait la grimace. Je m'assois, ils m'imitent. Meyer sort un mini-calepin de la poche arrière de son pantalon. Puis il décapuchonne un stylo et attaque.

— Connaissez-vous Jean-Pierre Arnoult ?

Je sens mon estomac se vriller. L'étau se resserre. Pendant les deux secondes de réflexion que je m'octroie, je croise le regard de René.

— Je n'ai rien à vous déclarer.

— Nous ne sommes pas des douaniers, monsieur Couture.

Je hausse les épaules. Casalis s'agite sur sa chaise. Je capte le regard qu'il envoie à son collègue. Un coup d'œil de triomphe qui affirme : « Tu vois, je te l'avais bien dit ! »

— Vous ne nous facilitez pas la tâche, fait Meyer, visiblement dépité.

— On peut poursuivre cet entretien au commissariat, propose Casalis sur un ton agressif.

Meyer pose sa main sur le bras de son collègue. Il tourne ensuite les pages de son calepin pour s'arrêter sur une page noircie de notes.

— Jean-Pierre Arnoult est un chef d'entreprise. Nous l'avons placé en garde à vue pour le meurtre de Lazlo...

— C'est une manie, ne puis-je m'empêcher de lâcher.

— Non, c'est une procédure, répond Meyer en se lissant patiemment la moustache. Chaque fois que nous avons un suspect, nous le plaçons en garde à vue.

— Et qu'est-ce que vous avez contre ce... Arnoult? Ses empreintes?

— L'arme du crime lui appartenait, il n'a pas d'alibi et il a un mobile : Lazlo le rackettait depuis plusieurs mois. Bref, c'est notre suspect numéro un.

— J'ai été rétrogradé alors...

Meyer s'efforce de sourire.

— Vous savez bien que vous n'avez jamais été un suspect crédible pour nous.

— Vous me l'avez pourtant laissé croire.

— C'est le jeu, non?

— Et avec Arnoult, vous jouez aussi?

— D'une certaine façon, oui, reconnaît Meyer. Mais pour Arnoult, la particularité, c'est que c'est vous qui avez ses atouts en main.

Je ne peux retenir ma surprise.

— Comment ça?

Meyer tourne une page de son calepin.

— Arnoult prétend qu'on lui a volé son pistolet vers 20 heures le soir du crime. Soit quelque temps seulement avant le meurtre. Nous avons d'abord trouvé cela un peu gros comme défense. Et puis...

Il s'arrête brusquement pour me fixer. J'ai une idée de ce qui va suivre mais je tâche de ne rien laisser paraître.

— Et puis Arnoult nous a raconté précisément comment on lui avait subtilisé son arme. Et pour nous, ça a fait tilt. Vous voyez où je veux en venir ?

— Pas vraiment, non...

J'aurais aimé affirmer cela d'un ton plus assuré.

— Arnoult prétend avoir eu la visite lundi dernier – une heure trente donc précisément avant le meurtre – de deux hommes de main de Lazlo. Vous ne voyez toujours pas où je veux en venir ?

— Toujours pas...

Casalis s'agite de nouveau sur sa chaise mais Meyer, imperturbable, poursuit.

— La discussion aurait tourné court. Arnoult prétend avoir sorti son revolver dans l'intention de faire peur à ses adversaires. Mais il aurait reçu un coup de poing dans le ventre et on l'aurait désarmé. Selon Arnoult, l'homme qui l'a frappé a saisi son revolver par le canon avant de le passer à son complice.

Il marque une nouvelle pause pour m'observer. Je sens le regard de son collègue peser également sur moi.

— Par le canon... Vous imaginez bien que ces déclarations nous interpellent. Elles présentent une crédibilité certaine puisqu'elles expliquent comment vos empreintes digitales se sont retrouvées sur l'arme du crime.

— Je ne suis pas certain de vous comprendre...

Meyer soupire, Casalis souffle bruyamment.

— Pour mener à bien une opération de racket, il faut en général deux individus ; disons un causeur et un cogneur. Ces derniers se recrutent d'ordinaire dans le milieu des sports de combat, la boxe par exemple.

Je hoche la tête.

— Et vous en déduisez donc que je suis ce... cogneur ?

Meyer sourit.

— Vous feriez quoi d'autre à notre place ?

— Je ne suis pas à votre place. Vous voulez boire quelque chose finalement ?

J'ai besoin de temps pour réfléchir.

— Je prendrais bien un jus de fruits, me répond Meyer.

— Rien pour moi, fait sèchement Casalis.

Je me lève pour aller chercher deux jus d'orange et j'essaye de penser rapidement. Dois-je vraiment continuer à nier l'évidence ? Je tourne dix fois cette question dans ma tête sans parvenir à trouver de réponse.

Je pose un verre devant Meyer et verse dedans le contenu d'une petite bouteille. J'exécute la même besogne pour moi avant de me rasseoir. Mon sursis a expiré et je n'ai toujours pas pris de décision.

— Et, euh, ce monsieur Arnoult, prétend-il connaître ses agresseurs ?

Les deux inspecteurs se consultent du regard. Après quelques secondes, Casalis fait un signe d'assentiment et Meyer se retourne vers moi.

— Il a reconnu l'un des deux, oui. Le causeur. Il était fiché chez nous. Il s'agit de Grégoire Petit, surnommé la Fouine dans le Milieu.

Je sais que je ne devrais pas poser d'autres questions mais la curiosité me démange.

— Et ce... la Fouine, euh, il a reconnu les faits ?

Nouveau coup d'œil des policiers. Nouvel acquiescement de Casalis.

— Il n'en a pas eu l'occasion...

— Vous ne l'avez pas encore arrêté ?

— Non. Nous sommes arrivés trop tard.

Je m'étrangle en avalant une gorgée de jus d'orange. Je tousse et évite de justesse d'éclabousser mes vis-à-vis.

— Il a pris la fuite ? espéré-je d'une voix brisée autant par l'inquiétude que par la toux.

— Il n'en a pas eu le temps... répond Meyer.

Il ménage ses effets d'une manière trop théâtrale mais qui reste efficace sur moi. Après quelques secondes, il ajoute :

— Malheureusement.

Le temps s'arrête. Je perçois un ricanement du côté de Casalis tandis que Meyer extirpe lentement de son calepin une photo. Il me la tend. Je la regarde sans la prendre. La Fouine est allongé sur un carrelage gris taché de sang. Ses yeux sont fermés et son cou s'orne d'un sourire carmin.

— Vous le reconnaissez ? me demande doucement Meyer.

— Il a été égorgé ?

— Mon collègue vous a demandé si vous le reconnaissiez, reprend Casalis d'un ton ferme.

Je détache péniblement mes yeux du visage à jamais endormi de Grégoire pour les lever sur l'inspecteur. Casalis me confirme qu'il n'est pas disposé à m'en confier davantage.

— Que vous importe ce qui lui est arrivé si vous ne l'avez jamais vu ?

— Vous avez raison, je fais d'une voix blanche. Je ne le connaissais pas et je me fous de ce qui a bien pu se passer.

Je n'ai plus la prétention de leur faire croire quoi que ce soit. Ils savent tout désormais. Mais je ne leur ferai pas le plaisir de leur confirmer.

— Je vais jouer franc-jeu avec vous, déclare Meyer. Nous pourrions vous confronter à Arnoult mais il y a deux risques. Le premier, c'est qu'il refuse de vous dénoncer. Visiblement, vous avez réussi à lui foutre une sacrée trouille. Il a reconnu Grégoire Petit mais sans doute seulement parce qu'il était mort. Le deuxième risque – et je sais que vous en avez conscience – c'est que nous ne pourrons pas expliquer comment notre enquête nous a conduits jusqu'à vous. Toujours cette foutue question d'empreintes, ajouta-t-il en jetant un regard en coin à son collègue. Alors aidez-nous et aidez-vous par la même occasion. Si vous avouez tout maintenant, je suis sûr que les juges seront cléments. Et Arnoult aussi. En avouant, vous prouvez son innocence, il vous en saura certainement gré et il ne portera pas plainte contre vous. Je m'en porte garant. L'affaire sera classée.

La plaidoirie policière a des aspects convaincants. Mais, depuis mes 15 ans, je ne fais plus confiance aux flics. À l'époque, je leur avais tout dit et ils ne m'ont pas cru. Ils m'ont condamné et n'ont rien classé du tout. Même quand la justice les obligeait à le faire.

Je prends une profonde inspiration.

— Je n'ai rien à vous déclarer.

Casalis se redresse brusquement et fait tomber sa chaise. Dans la salle du café, tous les regards convergent vers nous. Meyer se lève à son tour. Il pose sa main sur l'épaule de son collègue et lui chuchote quelques mots à l'oreille.

— Mais tu ne vois pas qu'il se moque de nous ? riposte Casalis à haute voix.

Meyer se retourne vers moi.

— C'est vrai que vous avez le don de nous mettre en colère, monsieur Couture. Vous ne devriez pas abuser de la situation, vous savez. À la longue...

Il n'en dit pas plus, se penche pour prendre son verre et le vide.

— J'ai une dernière demande à vous faire : nous aimerions perquisitionner votre appartement.

— Vous avez un mandat ?

— Nous ne sommes pas dans une série américaine, réplique-t-il avec un sourire condescendant. Nous n'en avons pas forcément besoin. Surtout si nous avons votre accord.

Je réfléchis rapidement. De toute façon, ils ne trouveront rien chez moi. Je sens qu'il serait bon de lâcher un peu de lest.

— Si vous avez du temps à perdre...

Une voiture de police attendait garée en double file dans la rue. Casalis prend place à droite du policier en uniforme qui sert de chauffeur. Je monte derrière avec Meyer. Celui-ci n'a pas perdu l'espoir de me convaincre.

— Arnoult est en garde à vue. Nous pouvons le garder encore vingt-quatre heures au moins. Il ne tient qu'à vous qu'il sorte tout de suite.

Je secoue la tête énergiquement.

— Non, il ne tient qu'à vous. Vous savez qu'il n'a pas tué Lazlo. Vous ne le gardez finalement que pour faire pression sur moi. Vous voulez me faire le coup de la bonne conscience mais ça ne prend pas. Je n'ai rien à voir avec cette affaire. Je ne connais pas Arnoult. Je ne connais pas Lazlo.

Meyer se tait. Je crois que j'ai épuisé toute sa patience avec mon entêtement d'enfant capricieux. Je doute de plus en plus de la pertinence de ma tactique mais j'ai appris sur un ring qu'il est dangereux d'en changer trop vite en plein combat.

Nous roulons en silence jusqu'à mon immeuble. Le chauffeur se gare de nouveau en double file. Meyer descend et lui fait signe de nous suivre. Casalis, lui, reste assis dans la voiture.

En sortant de l'ascenseur, nous croisons ma voisine d'en face, une petite vieille qui sort faire ses courses tous les après-midi après sa sieste, avec son dos voûté et son cabas usé. Elle sursaute en nous apercevant. C'est surtout l'agent en uniforme qui retient son attention. Je fais des présentations rapides en m'efforçant à l'humour.

— Ma voisine, Mme Moulin, des... amis.

La vieille nous scrute avec ses yeux de myope jusqu'à ce que la porte de l'ascenseur se referme sur elle. Sûr qu'elle doit s'imaginer maintenant habiter à côté d'un dangereux terroriste. Et l'info va bientôt faire le tour de l'immeuble. M'en fous ! Je ne connais personne.

Je déverrouille ma porte et m'écarte pour laisser passer les policiers. Mais Meyer n'esquisse aucun geste.

— Ce ne sera pas la peine finalement, lâche-t-il après quelques secondes de réflexion. Étant donné votre attitude fermée depuis le début, je suppose que si vous nous autorisez à visiter votre appartement, c'est que vous êtes sûr qu'on n'y trouvera rien. N'est-ce pas ?

— Vous n'y trouverez rien surtout parce que je n'ai rien à me reprocher. Je ne suis pas concerné par cette affaire...

— Oui, je sais, m'interrompt Meyer avec lassitude. Vous ne connaissez pas Arnoult et vous n'avez jamais vu Lazlo. Vous avez de la suite dans les idées, vous, mais je ne désespère pas de vous faire changer de refrain. Cette affaire est loin d'être terminée.

Il me tend la main.

— Je ne vous dis pas « Au revoir » mais « À bientôt ».

Round 11

Ambiance studieuse à la salle de boxe. Une vingtaine de boxeurs transpirent activement. Sur le ring, Émile donne la leçon à Kamel. Bobby, en retrait, saute à la corde tout en profitant des conseils.

Je salue tout le monde et me dirige vers le vestiaire. En quittant le bar après mon service, j'ai ressenti à nouveau le besoin physique de me défouler. La mort de Grégoire me touche plus que je ne le pensais. Je n'aimais pas ce gars, vraiment pas, mais la photo de son corps égorgé me hante. C'était un pauvre type qui ne méritait pas de finir ainsi.

Plus égoïstement, je ne peux m'empêcher de penser à l'arme du crime. La lame qui a tranché la gorge de Grégoire est probablement celle que l'un des bruns l'autre soir a posée sur mon ventre.

J'ôte quelques épaisseurs de vêtements pour ne conserver qu'un débardeur. Dans mon placard, j'attrape une paire de gants d'entraînement et une gourde que je remplis.

La Fouine a été tué par les assassins de Lazlo. Pour moi, cela ne fait aucun doute. Je ne sais comment ils ont su que Grégoire avait fait le rapprochement mais ils se sont vite arrangés pour le faire taire avant même qu'il ne se décide à aller voir les flics.

Je me concentre sur le bandage de mes mains. Puisque je suis venu me changer les idées, il faut que je cesse de penser à Grégoire. Je bande ma main gauche, puis la droite, en veillant bien au maintien du poignet et à la protection des phalanges. Je suis heureux de renouer avec ce rituel apaisant. Je ferme les yeux un instant. Les bruits de la salle me parviennent étouffés et sourds. Ils me rassurent, me reposent, me redonnent force et confiance. Comme les voix de mes parents, autrefois, derrière la porte de ma chambre à coucher.

Les gants sous le bras, je retourne dans la salle.

Je m'échauffe en faisant du shadow. Face à une immense glace, je boxe un adversaire imaginaire. Je travaille des enchaînements en tentant de revenir toujours à une position de garde haute. Quand les premières gouttes de sueur me perlent au front, je m'installe devant le punching-ball. Je fixe un instant la poire de caoutchouc pendue à un support de bois accroché au mur.

Puis je frappe.

Un premier coup. Chlonk.

Et j'enchaîne. Chlonk, chlonk.

Main droite, main gauche. Chlonk, chlonk.

Les premiers coups provoquent les sons puis les sons donnent le rythme des coups suivants. Chlonk, chlonk.

Le mouvement perpétuel. Chlonk, chlonk.

Mon souffle ensuite se met au diapason. Chlonk, chlonk. Contrairement à ce que laisse penser son nom, le punching-ball ne sert pas à travailler la force de frappe, chlonk, chlonk, mais la vitesse et la précision des coups.

Émile surgit dans mon champ de vision. Il m'observe. J'apprécie son regard bienveillant. Il a l'air heureux de me voir travailler. Je fais un effort pour tenir le rythme tout en sachant que je ne pourrai pas tromper son œil affûté. Il me connaît tellement... Je sais que, dès qu'il m'a vu entrer, il a compris que j'étais hors de forme.

Je termine essoufflé une première période de trois minutes.

— Ça tombe bien que tu sois passé, me confie Émile, j'allais t'appeler. Jérôme Tisserand m'a téléphoné à ton sujet, hier.

Il n'y a pas de meilleure entrée en matière pour capter l'intérêt d'un boxeur.

— Qu'est-ce qu'il voulait ?

— Te faire boxer, pardi.

Jérôme Tisserand est promoteur, un poste clé dans la boxe d'aujourd'hui. Les promoteurs montent des soirées de boxe comme d'autres organiseraient un spectacle de variété. Une soirée, on appelle ça un gala d'ailleurs, c'est tout dire. Responsables de la qualité et de la rentabilité du spectacle, les promoteurs trouvent des stars pour un combat vedette et construisent une affiche autour, avec d'autres combats, moins prestigieux, en première partie. Des jeunes boxeurs, des moins jeunes, voire de vieux chevaux sur le retour. Un promoteur digne de ce nom est obligatoirement en cheville avec une chaîne de télévision. Question de prestige et surtout de pépettes. La boxe est le seul sport en France à s'être ainsi abandonné aux hommes d'argent et de télé. Les autres fédérations sportives ont su garder le contrôle de leurs championnats et du calendrier. Imagine-t-on des soirées de football montées autour d'un match PSG-OM avec une rencontre style Nancy-Rennes en lever de rideau ? À ce régime, certaines équipes ne joueraient jamais. Et c'est ce qui m'est arrivé : faute du soutien d'un promoteur à une certaine époque, je n'ai pas pu trouver de combats.

— Je tiens quel rôle dans son affaire ?

— Tu boxes dans le combat vedette.

— OK. Et je suis le faire-valoir de qui, alors ?

— Quentin Rolland.

Je siffle bruyamment pour lui dire que j'apprécie « l'honneur » que l'on me fait. Quentin Rolland, c'est de la graine de champion. Un type qui ira loin à condition qu'il ne tombe pas trop vite sur un cador qui l'envoie au tapis.

— Le gamin a besoin de se faire les dents, c'est ça ?

— Je pense qu'il y a de ça, effectivement.

La sonnerie retentit. Je me remets à boxer. Un punching-ball en attendant Quentin.

Chlonk, chlonk.

Au début de sa carrière, l'objectif d'un boxeur est de se constituer un palmarès. Quel que soit son talent, il ne sera jamais pris au sérieux avant d'avoir une bonne vingtaine de victoires à son actif, et de préférence des victoires avant la limite. Mais le chiffre ne suffit pas. Il faut encore que ces victoires soient significatives. Celui qui remporterait tous ses combats dès la première reprise ne passerait pas pour un puncheur exceptionnel mais pour un garçon timoré qui n'affronte que des tocards. Et puis pour une télé, un combat qui dure moins longtemps qu'une page de pub, ce n'est pas satisfaisant. Bref, la difficulté pour le manager d'un type comme Quentin, c'est de lui trouver un adversaire bon mais pas trop. Un type incapable de l'emporter mais qui sache encaisser. Mon portrait tout craché, en quelque sorte !

Aujourd'hui, je ne fais plus peur à personne.

Sans m'en rendre compte, j'ai accéléré la cadence et je suis déjà essoufflé. Je ralentis. Toujours sous le regard d'Émile.

Je termine le round et m'arrête.

— Combien il propose, Tisserand ?

— 4000 euros.

— Ah, quand même... Et Quentin, il se prend combien ?

— Tisserand n'a pas voulu me le dire.

— Et si je gagne, j'ai combien en plus ?

— La question n'a pas été évoquée, reconnaît Émile.

— Sympa, merci, c'est beau la confiance.

Il me sourit de ses deux chicots.

— Moi, j'ai confiance, y'a pas de souci. Mais je n'ai pas voulu effaroucher Tisserand en laissant entendre que tu pouvais gagner.

— Le combat serait pour quand ?

— Début novembre. Tisserand ne nous laisse pas le choix.

— Dans moins d'un mois ? C'est un peu court.

— J'ai essayé de grappiller quinze jours mais y'a pas eu moyen.

— Il veut être sûr que je n'aie aucune chance.

Je ramasse ma gourde que j'avais posée sur le parquet et je bois. Puis je m'éponge le visage avec une serviette.

— T'en penses quoi, Émile ?

— Je pense qu'il y a un risque mais qu'il est somme

toute limité. Quentin est un excellent technicien, en revanche, côté punch, il doit encore progresser.

— Je peux gagner ?

— Si tu arrêtes tes conneries – alcool et tabac, notamment – c'est possible, bien sûr.

— Je vois... C'est tout ce que tu as trouvé pour me remettre dans le droit chemin.

— Qu'est-ce que tu veux dire ?

— Je croyais que je devais prendre ma retraite.

— Ça me semble toujours d'actualité, en effet.

Je ne comprends plus. Émile se marre franchement :

— Financièrement, c'est une bonne affaire que Tisserand nous propose et une retraite, mon gars, ça se prépare. Psychologiquement et financièrement. Et dans ces deux domaines, tu n'es pas prêt du tout.

— Et toi, t'es prêt ?

— Financièrement, oui.

On éclate de rire et on tombe dans les bras l'un de l'autre.

Autant que la perspective de remonter sur le ring, le soutien d'Émile m'a redonné le moral. J'ai disputé cinq rounds au punching-ball avant de poursuivre par un enchaînement abdo-pompes. Je suis complètement claqué mais je me sens mieux.

La salle de boxe est vide maintenant. Les boxeurs sont partis. Émile également. J'ai les clés. Je fermerai quand j'aurai terminé.

Je m'apprête à filer à la douche quand la porte s'ouvre. Un homme d'une trentaine d'années fait son entrée dans la salle. Il a beau porter un costume élégant, il y a un je-ne-sais-quoi qui le trahit.

— Commissaire Cyril Lefèvre, se présente-t-il.

J'avais déjà remarqué que, par moments, la vie nous inflige des journées à thème : aujourd'hui, c'est ma journée poulaga. J'ôte mon gant droit et je lui tends par provocation une main poisseuse qu'il serre avec réticence.

— J'ai déjà vu deux de vos collègues tout à l'heure.

— Je sais, me répond-il avant de préciser avec un brin de condescendance. Les inspecteurs Meyer et Casalis appartiennent à la brigade criminelle, je fais partie, moi, du service de coopération technique internationale de police. En schématisant, je dirais que c'est une sorte de police diplomatique.

— Et alors... Qu'est-ce que vous attendez de moi exactement ?

— J'ai des questions à vous poser.

— Sur le meurtre de Lazlo ? Vos collègues m'en ont déjà posé pas mal.

Son sourire se fait plus sincère.

— Je sais, j'ai lu leurs rapports. J'ai vu les questions mais je n'ai pas trouvé beaucoup de réponses.

Je lui souris à mon tour.

— Peut-être qu'ils n'ont pas été assez convaincants.

— Alors je vais essayer de l'être davantage.

Je croise les bras pour lui indiquer mon scepticisme.

— Nous avons été saisis d'une demande d'enquête par la police croate.

Il commence à m'intéresser mais, pour n'en rien montrer, je m'applique à détailler son visage. Lefèvre a le regard clair bien abrité sous des cils droits et blonds. Sa bouche finement dessinée adoucit le carré de son menton volontaire. On sent beaucoup de détermination chez ce type. Certaines de ses mimiques me font penser à un animateur télé, d'autres à un acteur américain. Dans les deux cas, j'ai oublié les noms.

Lefèvre a l'air sûr de lui. Il n'a aucun doute. Il sait qu'il va réussir à capter mon attention.

— J'aurais aimé vous parler de votre père, lâche-t-il soudain.

Mes bras se décroisent tout seuls et tombent le long de mon corps. Je sens mon dos s'affaisser. Il a gagné.

— Qu'est-ce que c'est que cette histoire? ne puis-je m'empêcher de questionner. Qu'est-ce que mon père vient faire là-dedans?

Il jette un regard circulaire dans la salle de boxe.

— On peut s'asseoir cinq minutes?

Je l'entraîne au vestiaire. Il s'installe sur un bout de banc. J'enfile un peignoir pour ne pas attraper froid.

— Je vous écoute, je fais, impatient.

Il sort d'une poche un petit agenda électronique qu'il allume.

— Corrigez-moi si je me trompe : votre père était diplomate, il a exercé essentiellement en Amérique latine – Argentine, Panamá, Pérou – avant de revenir au Quai d'Orsay, ici, à Paris.

Après la naissance de Laurette, ma mère avait souhaité vivre de nouveau en France.

— Votre père a effectué ensuite des missions ponctuelles dans de nombreux pays. Au Proche-Orient notamment, mais également dans l'ancienne Yougoslavie. À ma connaissance, votre père s'est rendu cinq fois à Zagreb entre novembre 1990 et... août 1993.

Il a marqué une courte hésitation. Août 93. La mort de papa.

— C'était une période particulièrement trouble, là-bas. Les premières élections libres dans chacune des républiques yougoslaves ; puis les déclarations d'indépendance en juin 1991 ; enfin, le déclenchement du conflit en Bosnie et en Croatie.

— Qu'est-ce que mon père a à voir avec le meurtre de Lazlo ? je questionné à nouveau avec impatience.

Il attend quelques secondes avant de me répondre par une autre question.

— Ai-je été suffisamment convaincant ?

Je dois bien admettre qu'il a réussi à m'aguicher mieux que n'aurait pu le faire Monica Belluci en sonnant un matin en string à la porte de mon appartement.

— Avec moi, c'est du donnant-donnant, propose-t-il. Je vous livre une information importante, en échange, vous m'en donnez une autre. Si je la juge satisfaisante, je vous confie autre chose et ainsi de suite. Donnant-donnant, gagnant-gagnant. Le jeu vous convient-il ?

— On peut essayer. À vous de commencer...

— Euh, je n'ai pas compris, s'étonne-t-il. J'ai déjà commencé, non ?

— Ah bon ?

— Oui, je vous ai donné une information, déjà.

— Laquelle ?

— Je vous ai parlé de votre père...

— Effectivement, vous m'avez dressé un résumé de sa biographie. Je ne vois pas en quoi cela peut constituer une nouveauté. Je vous ai demandé ce que mon père venait faire dans cette histoire mais vous ne m'avez pas répondu.

Il pose son organizer à côté de lui sur le banc.

— Vous êtes dur en affaires mais j'aime ça. C'est d'accord.

De sa veste, il sort un portefeuille dont il extrait deux photos. Il m'en tend une.

Je la reconnais sans peine. Mon père sourit devant notre maison de vacances en Roussillon. C'est l'été, il fait chaud. Papa porte un débardeur blanc qui met en évidence son bronzage. Une photo identique ouvre un de mes albums de famille. J'en ai trois qui croupissent au fond du placard dans mon appartement.

Je lui redonne rapidement la photo mais Lefèvre a eu le temps de capter le tremblement de ma main.

— Vous l'avez eue comment ?

— Ça je ne peux pas vous le dire tout de suite. Cela m'obligerait à vous donner trop d'informations d'un seul coup.

— Je ne sais pas qui de nous deux est le plus dur en affaires. Vous êtes parfait pour éveiller ma curiosité mais vous ne m'avez encore rien donné. Me mettre sous le nez une vieille photo de famille que je connais par cœur, je n'appelle pas cela une info.

Il semble sincèrement chagriné, grimace puis propose :

— D'accord. J'ai peut-être un petit bonus à vous offrir. Cela n'a rien à voir avec l'affaire qui nous préoccupe aujourd'hui mais je suis sûr que cela vous intéressera. Vous vous souvenez de Paul Martin ?

Je grimace à mon tour. Paul Martin, c'est le pédophile qui a agressé Myriam, il y a douze ans. Celui que j'ai tabassé et qui m'a fait condamner pour coups et blessures.

— Décidément... pour une affaire qui devrait être effacée de mon casier...

— J'ai fait corriger cet... oubli et je pense qu'on ne vous embêtera plus avec ça. Ce que je voulais vous dire sur cette affaire, c'est que Paul Martin a plongé. Il y a trois ans, une jeune femme devenue majeure a porté plainte contre lui et depuis les témoignages se sont multipliés. Au jour d'aujourd'hui, cinq jeunes femmes accusent Paul Martin. Il a été mis en examen pour « agressions sexuelles sur mineurs par personne ayant autorité » et il est actuellement en préventive. Il sera jugé l'année prochaine. À mon avis, il en prendra au moins pour dix ans.

Je ferme les yeux et je serre les poings. J'ignore si Myriam était la première victime mais je sais que, si les flics m'avaient cru, il n'y en aurait pas eu après elle.

Je rouvre les yeux. Je m'efforce de sourire.

— C'est bon ! Vous pouvez poser vos questions.

Il me tend la deuxième photo qu'il avait sortie de son portefeuille.

— Est-ce que vous reconnaissez ces hommes ?

Il me tend le cliché. On y voit mes deux bruns debout dans une rue. La photo a été prise au téléobjectif, probablement à leur insu.

— Oui. Je les reconnais.

— Quand et comment les avez-vous rencontrés ?

— Ils ont pas mal zoné ces derniers temps autour du Café de la Poste. Un soir, ils m'ont suivi.

— Un soir ?

— Vendredi.

— Et ?

Je passe ma main sur ma nuque. La plaie a commencé à cicatriser.

— Au départ, il n'y en avait qu'un et nous nous sommes – comment dire ? – expliqués ! Et puis l'autre est arrivé par-derrière et m'a assommé.

Je me tais. Il attend la suite puis, comme rien ne vient, me demande :

— Vous n'avez pas porté plainte ?

Je soupire longuement.

— Non. Moins je vois la police, mieux je me porte. Surtout ces temps-ci. Et puis après tout, c'est moi qui ai frappé le premier. Au fait, on a dit donnant-donnant : c'est qui, ces types ?

— Nous ne le savons pas encore avec certitude. Ils sont entrés sur notre territoire avec de faux passeports slovènes.

— Vous avez bien une petite idée tout de même sur leur identité ?

— Nous pensons qu'ils sont serbes.

— La police croate, des passeports slovènes, deux bruns serbes... C'est toute l'ancienne Yougoslavie qui défile devant moi.

— Et qu'est-ce que vous leur reprochez à mes deux bruns, à part l'utilisation de faux papiers ? Le meurtre de Lazlo ?

— Le meurtre de Lazlo, oui, c'est une hypothèse. Également peut-être celui de Grégoire Petit, dit la Fouine.

— Qu'est-ce qui lui est arrivé exactement à Grégoire ?

— Alors vous le connaissez donc ? Comme vous me le rappeliez il y a un instant, nous avions dit donnant-donnant...

Je prends le temps de la réflexion mais je sais que je suis prêt à tout avouer. Le secret est devenu trop lourd pour moi. Cette affaire me dépasse et l'annonce d'une éventuelle implication de mon père me déroute.

— Si vous le souhaitez, certaines choses resteront confidentielles, m'assure Lefèvre. Je n'ai aucune obligation à fournir toutes les informations que je recueille à mes collègues de la Criminelle.

Je hoche la tête comme si cette garantie pesait dans ma décision. Je compte jusqu'à dix pour faire bonne mesure. Puis je prends une profonde inspiration et je balance. La descente chez Arnoult, la récupération du revolver et comment celui-ci s'est retrouvé aussitôt chez Lazlo. Je garde quelques informations sous le coude pour les négociations futures. Lefèvre prend des notes à la volée, me pousse à donner quelques précisions puis repose son organizer.

— Pourquoi Grégoire Petit a-t-il été tué, selon vous ? me demande-t-il. Je ne comprends pas très bien. Son meurtre semblerait indiquer qu'il faille chercher dans les affaires louches de Lazlo plutôt que dans son passé yougoslave.

— Si vous le voulez bien, le pourquoi, ce sera après le comment. Vous ne m'avez encore rien dit sur les circonstances de la mort de Grégoire.

— Vous connaissez le mobile de son assassinat ?

— J'ai mon idée...

— Très bien, sourit le commissaire. Grégoire Petit, dit la Fouine, a été retrouvé mort hier soir dans les toilettes d'un bar. On lui a tranché la gorge par surprise. Il n'y a aucune trace de lutte, il n'a reçu aucun coup. Son agresseur est arrivé dans son dos et... couic ! Petit est mort en quelques secondes. Il n'a pas dû avoir le temps de comprendre ce qui lui arrivait.

— Un ou plusieurs meurtriers ?

— Aucun élément matériel ne nous permet de tranch... pardon, de le déterminer. Mais nous pensons que, pour effectuer ce type d'action dans un lieu public, il vaut mieux être deux : un pour faire le guet tandis que l'autre agit.

— Dupont et Dupond...

— Pardon ?

— C'est le surnom que j'ai donné aux deux types bruns. Deux policiers aussi, peut-être. Comme les Dupont-Dupond de Tintin.

— Pourquoi deux policiers ? s'étonne Lefèvre.

Comment lui expliquer cette impression que j'ai ressentie l'autre jour au Café de la Poste ? Comment lui faire comprendre que pour nous, citoyens ordinaires et suspects en puissance, tous les flics du monde se ressemblent ? Parce qu'ils évoluent dans leur environnement avec une assurance surjouée et qu'ils posent sur les êtres et les choses un regard d'un scepticisme consciencieux.

— Je ne sais pas... Comme ça. Une intuition.

— Intéressant. Et pour le mobile du meurtre de Petit, c'est également une intuition ?

— Non. Plutôt une déclaration. Grégoire m'a confié qu'il pensait avoir croisé les assassins de Lazlo dans l'escalier. Il hésitait à en parler à la police.

— Une hésitation qui lui aura coûté cher. Que vous a-t-il dit précisément sur les types ?

— Qu'ils étaient deux, le visage fermé, la peau mate et les cheveux bruns.

— Ça pourrait correspondre mais c'est un peu flou.

— Il a précisé que l'un d'eux avait une marque sombre dans le cou. Quelque chose comme une tache de naissance.

Il reprend son organizer électronique et note ce dernier détail. Un profond silence s'installe entre nous. Lefèvre relève plusieurs fois la tête pour me dévisager.

Il semble se demander s'il a obtenu suffisamment de confidences. Puis il se décide à reposer son organizer. Il ressort ensuite une des photos. Celle de mon père.

— Vos Dupont et Dupond ont pris la fuite précipitamment. On suppose qu'ils ont quitté le pays. Après leurs forfaits ou tout simplement parce qu'ils savaient que nous les avions repérés. Ils occupaient un appartement dans le 14e arrondissement. Ils n'ont pas pris toutes leurs affaires en s'enfuyant. C'est dans le tiroir de la table de nuit que nous avons retrouvé cette photo.

J'hésite puis je m'empare à nouveau du cliché. Je passe doucement un doigt sur le visage souriant de mon père.

— Je ne comprends pas.

— Honnêtement, moi non plus.

— C'est une photo personnelle, en plus. Prise un été dans le Roussillon. Je ne vois pas comment ils ont pu se la procurer.

— Ce n'est qu'un détail. L'important, c'est de savoir pourquoi ils l'avaient avec eux. Votre père ne vous a jamais parlé de ses missions en Croatie ?

— J'avais dix ans...

— Il n'a pas laissé de papiers relatifs à son travail ?

— Je ne sais pas. De toute façon, j'ai tout jeté autrefois. Je n'ai gardé que trois albums photos et une boîte ne contenant que des objets familiaux.

— Qu'y a-t-il précisément dans cette boîte ?

— Je ne m'en souviens pas trop. Je n'ai pas touché à cela depuis plus de quinze ans. C'est trop... douloureux.

— J'imagine, s'efforce de compatir Lefèvre. Cependant... si vous pouviez y jeter un coup d'œil ces jours-ci... On ne sait jamais.

— C'est inutile. Il n'y a rien, j'en suis sûr. Je... je

n'arrive pas à comprendre ce que mon père vient faire là-dedans. Il est mort. Cela fait dix-sept ans !

— C'était dans un accident de voiture, n'est-ce pas ?

Je relève la tête et scrute son visage. Il a l'air sincère. Il ne sait rien. Je pèse mes mots pour, sans mentir, ne pas lui dire la vérité.

— Un soir d'été. Le 24 août 1993. Nous étions en vacances comme chaque été dans les Corbières.

— Votre sœur et votre mère étaient avec lui.

Il ne pose pas de questions, il guide seulement ce qu'il pense être mon souvenir.

— Oui. Ma sœur est morte aussi.

Ma voix s'est cassée à la fin de la phrase. Le commissaire Lefèvre respecte mon émotion puis déclare d'une voix douce :

— Je ne devrais sans doute pas vous le dire mais nous avons décidé de rouvrir l'enquête.

Affolé, je sursaute.

— Quelle enquête ?

— Celle sur l'accident dans lequel votre père et votre sœur ont trouvé la mort.

Round 12

Je suis assis sur un trottoir de Paris. Où exactement, je ne sais plus. Aux environs de Stalingrad, je crois.

Je n'irai pas plus loin pour l'instant. Je n'ai plus de force, plus d'envie. J'aimerais que tout s'arrête enfin, que le bitume s'ouvre devant moi et m'engloutisse à jamais. Comme la mer Rouge avala jadis l'armée de Pharaon.

Je me suis fixé un pari idiot. J'avais tant besoin de bouger ! Trop d'émotions, trop de souvenirs exhumés. Trop de questions sans réponses. Je voulais des lumières, du bruit, de la vie.

Je suis parti de l'Arc de triomphe et je voulais rentrer chez moi à pied en m'arrêtant dans tous les troquets rencontrés. Je sais, c'est con. Mais on a vu plus con. Il suffit d'ouvrir un *Livre des records*.

Je m'étais accordé le droit de choisir ma route. Car à ce petit jeu-là, le plus court chemin n'est pas forcément le plus sûr. Si j'avais descendu les Champs-Élysées, je me serais écroulé avant d'avoir atteint le jardin des Tuileries.

J'ai pris plutôt plein nord. Il me fallait éviter aussi les gares et la butte Montparnasse. Pas évident.

J'aurais dû mieux potasser le plan avant de partir. Un record comme celui-là, ça se prépare...

J'ai tenu le compte jusqu'au douzième bistrot. Je fais des progrès depuis le premier soir. Comme quoi ! L'entraînement, ça paye toujours. J'avais pris soin de me munir d'un papier et d'un crayon mais j'ai tout laissé bêtement dans un rade du côté de Château-Rouge.

Tout est confus maintenant dans ma tête. Il me revient des visages, des impressions, des bruits. Dans le désordre : une odeur d'anis et de cendrier, des bouffées de chaleur et des courants d'air froid, des voix crayeuses qui se chevauchent et se mêlent sans jamais parvenir à couvrir le ronflement d'un percolateur, le tintement des verres ou d'une porte qu'on ouvre, des éclats de rire et de colère et, parfois dans une arrière-salle, le roucoulement électronique d'un flipper maltraité. Plus moyen de différencier un lieu d'un autre : même à Paris, tous les bistrots finissent par se ressembler.

J'espère qu'un crime n'est pas en train de se commettre quelque part avec un pistolet sur lequel j'aurais bêtement laissé mes empreintes. Car je ne pourrai pas demain reconstituer mon emploi du temps. Demain, c'est peut-être aujourd'hui d'ailleurs.

Je n'ai plus la notion de l'heure.

J'ai entamé ma traversée de Paris au blanc limé : un quart de sirop de fraise, un quart de limonade, une moitié de vin blanc sec. Près de la porte de Clignancourt, je suis passé au ballon de rouge. Et c'est là que j'ai commencé à tricher : j'ai changé plusieurs fois de trottoir pour éviter quelques enseignes, j'ai privilégié les jardins publics – y'en a pas beaucoup à Paris, c'est dommage. Près de la Chapelle, j'ai sommeillé sur un banc dans un square, puis j'ai arrosé les plates-bandes avant de reprendre ma route.

Et un peu plus loin, j'ai gerbé sur un horodateur.

J'ai les fesses sur le trottoir, je suis gelé. Un filet d'eau coule dans le caniveau. Mes pieds forment un barrage temporaire. Il y a une fuite quelque part. Ou alors il a plu. J'ai oublié. Ou je ne m'en suis pas aperçu.

Le sourire de papa, celui de la photo, s'anime. Nous avions une petite maison dans les Corbières roussillonnaises, on y passait quinze jours tous les étés. Sur la photo, papa est seul. Il sourit, évidemment. On sourit toujours sur les photos. À part moi ! Je me souviens d'une photo d'enfance où je faisais la gueule, j'l'aimais pas celle-là mais elle faisait rigoler maman.

Un jour, j'aurai le courage d'ouvrir les albums rangés au fond du placard sous les vieux pulls mités. Les albums de ma vie heureuse. Papa, maman, Laurette et moi. J'attraperai un album au hasard et je l'ouvrirai d'une main décidée. Sans réfléchir.

Si je réfléchis, j'ouvre pas.

J'essaye de stabiliser ma pensée. Papa. Yougoslavie. Mission. Accident. Meurtre... Je n'arrive pas à croire à tout cela. J'ai beau être saoul comme un cochon, je n'y arrive pas. Le commissaire m'a entraîné dans ses délires mais ce n'est pas sérieux. Ce n'est pas possible. Papa n'a pas été assassiné pour ses missions dans l'ex-Yougoslavie. Je sais qui l'a tué et je sais pourquoi : j'étais là.

Pourtant, il y a la photo. Que faisait-elle dans les affaires des Dupont-Dupond ?

— Tu ne vas pas fort, mon fils.

Il se penche vers moi. Il n'a pas pris une ride. Toujours aussi bronzé, toujours aussi souriant.

— Je suis là, le cauchemar est fini.

Je me blottis dans ses bras. Il me soulève sans difficulté et m'emporte sous les étoiles chaudes d'un ciel d'été. Il s'assied sur le banc et me pose sur ses genoux. J'ai ma tête dans son cou, je respire son odeur. Il se met à chanter. Je sens sa voix vibrer dans sa poitrine.

Je croyais souffrir d'avoir perdu mon enfance brusquement à 10 ans. Je me suis trompé. Je ne l'ai pas perdue, elle survit en moi comme un abcès purulent. J'en crève.

Papa... tu es parti depuis longtemps mais jamais tu ne m'as manqué autant que ce soir.

Des coups de pied me labourent les côtes.

Je gis sur le bitume. C'est la nuit. C'est la rue.

Je perçois des rires gras et méchants. En rythme avec les coups. Ils frappent fort mais pas assez : ils ne me font pas mal. Des connards heureux d'avoir trouvé plus bourré qu'eux.

S'ils savaient comme je les remercie...

Leurs coups m'aident à chasser les fantômes. Certains se pincent pour être sûrs de ne pas rêver, moi je prends des baffes. C'est peut-être pour ça que je boxe. Pour encaisser ces coups qui font fuir les souvenirs.

Il pleut. Cette fois-ci c'est sûr.

Je suis allongé sur un banc. J'ai fini par m'endormir et j'ai pioncé d'un bloc, lesté par l'alcool.

Des voitures circulent dans la rue. Leurs roues font gicler l'eau jusqu'à moi. Je suppose que je suis mouillé, je suppose que j'ai froid. Je ne ressens plus rien. L'alcool engourdit l'esprit et les sens. C'est un puissant anesthésiant.

J'ai une envie de gerber tapie au creux de l'estomac. Tous les médicaments ont leurs effets secondaires. Ce n'est pas grave. J'ai l'habitude maintenant.

J'ai fait des rêves étranges. Je me souviens de mon père. Je me souviens de Sergueï. Il me disait qu'il partait. Heureusement, ce n'était qu'un songe. Mais il reste étrangement présent dans mon cerveau plombé.

Je m'assieds sur le banc et passe une main froide dans mes cheveux mouillés. Quelle heure est-il ? Je déniche mon portable dans une pochette extérieure de mon blouson.

Il est 7 h 30.

Je me lève. La terre tremble et je passe une manche sur mes lèvres. Je pense à une chanson de Thiéfaine. Hubert-Félix. « La Terre tremble et tu t'essuies la bouche. » C'est le refrain. Mes parents m'ont légué leurs disques. Ce n'est pas ma génération, pourtant je les connais par cœur. Je ne sais pas si je les aime mais ils sont tout mon univers. Quand je n'avais pas le courage d'ouvrir les albums de famille, j'écoutais la musique. Où suis-je ? Je n'en ai pas la moindre idée.

Toutes les rues se ressemblent. Je me mets en marche et me retrouve bientôt sur un pont au-dessus de la Seine. Je ne me croyais pas si loin de chez moi. La circulation est dense maintenant dans Paris et les phares des voitures me vrillent le cerveau.

Je m'appuie sur le parapet, j'ai le cœur au bord des lèvres. Je gerbe. Mon délire éthylique disparaît par giclées dans les flots noirs et glacés du fleuve.

Soudain, je grimpe sur le parapet et m'assieds les pieds dans le vide. Le fleuve coule sous mes chaussures. « Pourquoi pas ? », me dis-je, pris d'un soudain vertige.

Pourquoi pas ? L'éternelle question.

Plonger. Disparaître.

Ce serait si simple.

Pourquoi pas ? Un jour, sans doute, j'aurais une réponse.

Mon ventre gargouille. La nausée est passée mais je sens un vent puissant monter de mes entrailles. Il faut que j'expulse. J'ouvre le bec et je rote. Le bruit que j'aurais voulu un cataclysme se perd dans un concert de klaxons.

DEUXIÈME RENCONTRE

Round 1

La tramontane a rugi toute la nuit.

Le muret de pierre derrière lequel j'avais couché mon duvet ne m'a épargné que les plus douces rafales. Je frissonne. Un long tremblement glisse de ma nuque aux orteils et achève de me réveiller. Au-dessus de moi, les étoiles s'éteignent les unes après les autres. Du côté de la mer, le ciel se délave déjà. Je me fais violence pour m'extirper de mon duvet. J'ai dormi tout habillé et je me sens aussi fripé que mes fringues. J'ai envie de fermer la fenêtre, de mettre en route la cafetière électrique et d'écouter le journal de 8 heures à la radio. Je n'en suis qu'au troisième jour de ma randonnée et le mythe des vacances à la dure en prend déjà un coup sur la gueule.

Octobre est là et les nuits sont fraîches. Même en Roussillon.

Je verse l'eau de ma gourde dans une casserole que je pose en équilibre sur deux pierres. Je remets quelques sarments de vigne dans le foyer endormi. Une flamme délicate et peureuse goûte le bois d'une langue timide. Je me penche et approche mon visage.

Je souffle lentement. Profondément. Abusée par cette bise, la flamme développe ses ardeurs. Elle lèche les brindilles, les caresse doucement puis se décide à les embrasser. À les embraser. Je me recule, estimant mon feu prêt à résister à la tramontane.

Je sors un sachet de café soluble de mon sac, je l'ouvre et en verse le contenu dans ma timbale.

J'attends.

L'eau ne tarde pas à s'agiter. Je la jette, frémissante, sur la poudre. Elle devient noire et sa vapeur m'apporte aussitôt le parfum âpre du café. La timbale communique sa chaleur à la paume de mes mains. Avec le café, j'avale des gâteaux et des fruits secs.

Le paysage s'éclaire autour de moi. Je baigne dans un océan de vignes endeuillées par l'automne. À chaque cépage son linceul. Le Carignan étale ses rouges tandis que le Grenache et la Syrah développent leur gamme animée de jaunes et d'orange. La vallée de l'Agly en octobre ressemble à la palette d'un peintre fauve. Comme si les subtilités du raisin se déclinaient en couleurs à l'automne. Au-dessus de ma tête, doigt d'honneur défiant le temps, la silhouette du château cathare de Quéribus se détache de la crête rocheuse.

Je roule mon duvet et le range au fond de mon sac à dos. Puis je dispose toutes mes affaires avec ordre et rigueur. Le matériel de cuisine avec la bouffe pardessus le duvet ; les fringues à côté, contre l'arrière du sac, pour éviter que l'arrondi d'une boîte de conserve ne vienne meurtrir le dos durant la marche. Je place la trousse de toilette et une petite serviette dans la sacoche avant, la cape de pluie, la lampe de poche et quelques coupe-faim dans la pochette de droite, enfin une gourde dans la pochette de gauche. « Une place pour chaque chose et chaque chose à sa place», m'avait expliqué un éducateur l'été où le juge des mineurs avait estimé pertinent de m'envoyer me défouler au grand air. Je n'avais pas écouté les conseils et, dès le premier matin, j'étais contraint de déballer fébrilement toutes mes affaires afin de trouver un rouleau de PQ pour un besoin pressant.

La leçon a porté ses fruits.

Je suis enfin prêt et je me mets en route.

J'ai débarqué du train lundi matin à Perpignan avant de prendre un car pour Maury. Depuis trois jours, je marche. Je sillonne la vallée, grimpant tantôt la crête au nord, côté Aude, tantôt les sommets au sud, versant Pyrénées-Orientales. À part le vent qui souffle en permanence, le temps est idéal. Pas une goutte de pluie. Les nuages qui viennent du nord-ouest s'effilochent en chemin et n'atteignent pas la mer.

Je tourne autour de mon but. Une fois, j'ai aperçu la maison au loin. Je n'ai pas osé m'approcher.

Pas encore.

Je crapahute toute la journée. Je fais des pauses pour manger, boire et soigner mes ampoules. Ici, il n'y a pas de bar, je ne suis pas tenté par des paris imbéciles. Je marche du matin au soir et m'écroule, crevé, une fois la nuit tombée. Jambes lourdes, dos raide et tête vide.

J'avais besoin de faire le point, de quitter Paris et de respirer le grand air du passé. Je marche coupé du monde, je n'ai pas pris mon téléphone. J'ai choisi de partir à une époque où le portable n'existait pas.

Je m'applique à ne pas penser à l'affaire mais elle me revient par bouffées de frayeur. Avant de prendre le train, j'ai appris par la lecture du journal que les flics avaient décidé de relâcher Arnoult. L'intervention du commissaire Lefèvre n'y est certainement pas étrangère. La pression sur moi va sans doute se relâcher.

Je rumine les différents aspects de l'affaire. Je bute toujours sur l'implication de mon père – mort il y a dix-sept ans – et je n'ai pas le début du quart d'une hypothèse pour expliquer la présence d'une photo de vacances dans la valise des deux faux Slovènes. Pour le reste, l'affaire me semble plutôt simple : les Dupond-Dupont ont assassiné Lazlo pour une sombre affaire de vengeance datant sans doute de la guerre yougoslave, puis ils ont éliminé la Fouine pour l'empêcher de parler.

Un pied après l'autre, les chaussures martèlent le sol. Le sac sur le dos n'est pas une gêne mais un régulateur. Il empêche tout excès de vitesse, tout essoufflement inutile. La marche, au bout d'un certain temps, me rend euphorique. Elle libère mon esprit plus lentement mais plus sereinement que l'alcool. Et sans aucune gueule de bois.

Ce break va me faire du bien. Il le faut. Au retour sur Paris, je reprendrai l'entraînement. À fond. Et je serai prêt dans quelques semaines pour mon prochain combat. Je sens une rage nouvelle monter en moi.

Je m'approche du grand mas perdu dans les vignes. Mes jambes tremblent.

Ce n'est pas la fatigue.

Ce n'est pas le froid.

Ce n'est pas le vent.

Le mas se compose de trois ailes protégeant la cour des excès de la tramontane. Ces lieux sentent la retraite et la solitude. Sur ma gauche, les portes ouvertes d'une grange désormais inutile me laissent apercevoir des machines agricoles agonisantes de rouille et d'ennui. Je n'ose pas me retourner vers l'aile droite du bâtiment mais je la devine sommeillant derrière des volets bleus écaillés. Seule la maison qui me fait face est vivante.

Un gros chien baveux m'accueille bruyamment. Pas besoin de sonnette. Il suffit d'attendre. Pas longtemps. Une porte s'ouvre en grinçant. Un vieux bonhomme apparaît sur le seuil.

Il répond à mon bonjour par un sobre mouvement de tête. Sous des sourcils aussi broussailleux qu'une garrigue, deux fentes laissent passer un éclat bleuté. Le vieux m'examine de la tête aux pieds. Il attend. Son clébard est plus démonstratif et entreprend de m'explorer l'entrejambe de sa truffe humide. Je décroche de ma ceinture ma gourde vide.

— Je pourrais avoir de l'eau, s'il vous plaît ?

Le vieux continue de m'observer. D'un geste, il calme la frénésie de son chien. Sa lèvre supérieure frémit, ce doit être un sourire.

— Vous êtes en vacances dans le coin ?

— Tout à fait.

Ma voix est éraillée. Cela fait trois jours que je n'ai pas parlé, seulement chanté pour scander la marche.

— Vous êtes à pied ?

— Oui, je fais une randonnée.
— En cette saison ?
— Il fait moins froid qu'à Paris.
— Oui mais y'a le vent. Randonner par cette tram', ce n'est pas banal ça.
— Ça souffle, c'est sûr, mais on s'y fait.
— Même les gens d'ici ne s'y font pas toujours.
Le corniaud qui s'était assis se redresse et me renifle à nouveau.
— Vous dormez dehors ?
— Oui.
— Vous avez une tente ?
— Non, je dors à la belle étoile.
— En cette saison et par ce vent ? Ce n'est pas banal, ça.
Les rides de son front se plissent en un soudain soupçon.
— Vous n'avez pas d'argent ?
— Ce n'est pas qu'une question d'argent. J'aime ça, dormir dehors.
— En cette saison...
— C'est pas banal, hein ?
Sa bouche s'entrouvre et me dévoile un gouffre noir et profond. Ça fait un bail qu'il n'a plus de facture de dentiste, lui. L'atmosphère s'est détendue et je juge le moment opportun pour renouveler ma demande.
Il me fait encore patienter, puis finit par prendre la gourde que je lui tends. Il disparaît dans la maison. J'en profite pour balancer une pichenette sur la truffe du clébard. Il n'a pas l'air de comprendre mon agressivité mais mon geste lui tempère provisoirement la curiosité.
Je m'approche d'une balançoire branlante. Je caresse

le métal froid. La peinture s'effrite sous mes doigts. Je pousse doucement la balancelle. Les jointures couinent et mes souvenirs grincent. Je perds, un instant, conscience du présent.

Le vieux tousse derrière moi. Il est déjà revenu. Je me retourne et il me tend la gourde pleine en disant :

— Au moins, en cette saison, on n'a pas trop soif.

— Moins qu'en été, c'est sûr, mais le vent, ça dessèche.

J'avale une longue gorgée. Le vieux, lui, s'assied sur un banc posé à côté de la porte.

— Remarque, tu n'es pas mal tombé. Il n'a pas encore plu.

Il est passé sans prévenir au tutoiement. Est-ce son âge, le mien ou comme une intuition ?

— La pluie ne me dérange pas. J'ai une cape.

— T'es pas d'ici pour faire le fanfaron. Tu connais pas les pluies d'automne.

Il a raison : je ne suis jamais venu qu'en été...

— Quand ça se décide à tomber ici, ça tombe vraiment. Les chemins deviennent des rivières, les routes des fleuves. Ces jours-là, tout s'arrête et il ne faut pas traîner dehors. Si tu crois que tu resterais longtemps au sec avec ton ciré sous la douche...

— Ils annoncent de la pluie ?

— Pas avant la fin de la semaine. Tu seras encore là ?

— Non, je rentre bientôt à Paris.

Un silence s'installe entre nous. Je louche sur l'habitation voisine et je me décide à lui demander :

— Elle est jolie, la maison aux volets bleus. Elle est habitée ?

Les deux fentes sous sa garrigue se referment.

— Pourquoi ? Elle t'intéresse ? Pourtant, t'as pas l'air d'un gars qui cherche une résidence secondaire.

— Vous trouvez que je ressemble plutôt à un type en repérage pour un cambriolage ?

Il m'examine de nouveau des pieds à la tête.

— Pas trop, non.

— Et puis ça ne serait pas prudent de se faire repérer avant.

— Pour sûr. D'autant que j'ai un vieux fusil de chasse à la maison et que je sais encore m'en servir...

Une fois l'avertissement donné, il se détend.

— Elle est seulement occupée l'été, à Noël et quelques week-ends au printemps. Un couple de Toulousains avec leurs trois enfants.

Je désigne la vieille balançoire déglinguée.

— Elle n'est pas dangereuse pour des enfants ?

Je perçois de nouveau l'éclat bleuté de son regard.

— Cap de cony, non ! La balançoire, on n'y touche pas. Ce n'est pas un jeu, c'est un souvenir.

Je retiens mon souffle et reste silencieux. Les souvenirs n'aiment ni le bruit ni la lumière.

— Ce sont les enfants des propriétaires d'avant qui venaient jouer ici, ajoute-t-il.

— Des amis à vous ?

Ses fentes s'élargissent encore. J'aperçois deux pupilles, au loin.

— Des amis ? Je ne sais pas.

Il plonge un ongle sale dans le creux d'une oreille avant de poursuivre.

— J'suis un vieux paysan, moi. Eux, c'était des citadins, des gens de Paris comme toi. On n'avait pas la même façon de vivre, pas les mêmes goûts et quand on était d'accord sur un truc, on ne le disait pas avec les mêmes mots.

Il retire son doigt de l'oreille, l'inspecte un instant puis l'essuie sur son pantalon.

— Mais j'espère qu'on n'était pas loin d'être des amis, oui.

J'avale ma salive et demande d'une voix blanche.

— Ils ont vendu la maison ?

Son front se plisse. Les meurtrières se sont refermées. Mes questions le surprennent mais les souvenirs sont trop forts. Il a besoin de raconter.

— Ils ont disparu brutalement... Un drame terrible. Le père, la fille. Assassinés. Seul le fils a survécu...

Je le coupe avant qu'il ne me donne des détails inutiles.

— Elle est triste, votre histoire.

— Ouais, l'ami, elle est triste mais ce n'est pas une histoire, c'est la vie. La chienne de vie.

— Et la maison a donc été vendue après ?

— Ouais, pour payer les frais de justice. Mais ça n'a pas été facile de vendre, tu parles, les gens sont superstitieux. Après une telle histoire... Et puis finalement, une autre famille a acheté. Avec d'autres enfants. Mais les meilleurs moments n'effacent jamais les mauvais souvenirs.

En l'écoutant, j'ai bu toute la gourde.

— Excusez-moi, vous pourriez me la remplir à nouveau ?

Il la prend et la regarde de longues secondes sans paraître comprendre. Puis il disparaît de nouveau dans la maison. Je m'assieds un instant sur le banc.

Quand il revient, j'ai l'impression que ses yeux ont rougi. Je me lève, il va pour me tendre la gourde mais retient son geste.

— Tu as quel âge ? me questionne-t-il brusquement.
— 32 ans.
Il hoche pensivement la tête. Il semble déçu. Je tends une main tremblante pour réclamer la gourde.
— Je perds la mémoire depuis quelque temps. La vieillesse, bien sûr, la solitude aussi. Ça n'arrange rien, ça, la solitude. Je n'arrive pas à me souvenir du prénom du gamin d'à côté. Je revois bien son visage mais le prénom, y'a pas moyen.
Il m'abandonne la gourde. Je la remets à la ceinture. Je suis soudain tellement pressé de partir.
— Et toi, garçon, tu t'appelles comment ?
— Serge... C'est Serge mon prénom.
Il hoche lourdement la tête.
— T'as p't'être le temps de boire un café ?
Sûr qu'un petit jus me ferait du bien. Mais derrière, je sens qu'il y aura le coup de gnôle et les autres souvenirs.
— Je vous remercie mais je ne veux pas vous déranger.
Pour que mon refus ne paraisse pas trop brutal, je détourne la conversation.
— Il est sympa, votre chien.
— Ah bon ? D'ordinaire, les gens le trouvent plutôt collant.
— Je ne vois pas pourquoi...
Sur ce, je lui tends la paluche.
— C'est pas banal quand même, reprend-il, de se promener par ce vent.
— Je suis boxeur, j'ai l'habitude d'être secoué !
Il pouffe bruyamment, balançant quelques éclaboussures. Heureusement, je suis plus grand que lui et je prends ses embruns sur le col plutôt que sur la joue.

— Merci pour la flotte.

Il me pose une main paternelle sur l'épaule.

— Salut, garçon, bonne route.

Il hésite un instant. Ses lèvres sèches frémissent, son front se plisse et il m'offre en grand le regard bleu de sa jeunesse. De mon enfance.

— Et surtout, n'hésite pas à revenir. Quand tu veux. Tu seras le bienvenu. Toujours.

Je lui tourne brusquement le dos et je m'éloigne. Le chien m'emboîte le pas puis se ravise. Il n'a pas aimé ma pichenette sur le pif, le chien. Tiens ! Pif le chien. C'est rigolo. Qu'est-ce qu'on se marre...

La gare de Perpignan est déserte. Il est 21 h 30. Mon train part dans une demi-heure. Demain au réveil, je serai à Paris. Je rédige une carte postale avant de quitter le Roussillon. J'ai pris très tôt l'habitude de le faire à chacun de mes voyages en dehors de la capitale. Une carte postale de temps en temps et un bouquet de fleurs chaque mois. Ce n'est pas beaucoup, je sais, mais je ne peux faire plus.

J'écris quelques mots tendres, j'évoque la maison et la balançoire, puis je signe : « Ton Pierrot ».

Round 2

Je commence mes journées à 7 heures par un footing à jeun. Quarante minutes sans forcer. Je rentre ensuite avaler un petit déjeuner équilibré : lait, céréales, yaourt et jus de fruits. Deux jours par semaine, j'enchaîne avec une heure de musculation, deux autres jours par un kilomètre de natation. Vers 11 heures, je vais bosser au Café de la Poste. J'assure le rush de midi, je fais du ménage et de la vaisselle puis je retourne à l'appartement vers 15 heures pour une sieste réparatrice ; une demi-heure, c'est suffisant. Au réveil, comme les mômes, je fais mon goûter : deux tranches de pain de mie avec une lichette de confiture, on n'a jamais rien inventé de mieux pour les sportifs. La fin de l'après-midi, je la passe – six jours sur sept – à la salle de boxe pour deux ou trois heures d'entraînement avec Émile.

De retour à mon domicile, je me prépare un festin de pâtes au beurre et je me couche avec un polar.

En général, je m'endors comme une masse. Huit à neuf heures d'un sommeil de plomb. Sans rêves et sans cauchemars.

À mon retour sur Paris, il y a une quinzaine de jours, nous avons établi ce programme avec Émile. Il voulait que j'en fasse un peu moins mais j'ai tenu bon. Je n'ai jamais montré autant d'acharnement dans une préparation. J'ai l'impression d'être remonté à la surface et d'être prêt à repartir d'un bon pied. L'important, c'est de ne plus toucher à l'alcool. D'essayer de ne plus y penser. De ne plus y sombrer.

J'attends le combat contre Quentin. Sans impatience aucune. Si parfois j'ai peur, ce n'est pas de cette échéance mais de la suite. Après, tout de suite après.

— On accélère ?

Je n'ai jamais su dire non à une femme. Et me voilà, langue pendante, en surrégime dès le début de la journée.

Chaque fois qu'elle est libre, je cours avec Julie, la fliquette. On se retrouve au petit matin à l'ouverture du parc des Buttes-Chaumont. Elle termine son service, je commence ma journée. Je préfère nettement sa tenue de course à son uniforme de travail. Des fois, je la laisse partir devant. Parce qu'elle court plus vite que moi et pour que son collant fluo me serve de phare dans le jour naissant.

Courir avec Julie est un réel plaisir. J'accroche bien avec elle, même si je suis toujours gêné quand je pense à notre première rencontre. Nous n'en avons jamais reparlé.

Elle s'est mise à la course il y a quatre ans seulement, et elle s'y est lancée avec passion. Comme pour tout ce qu'elle fait, apparemment. Julie aime son métier, elle adore la nuit. Mais ce n'est pas facile. Il se passe de drôles de trucs la nuit à Paris. À la fin de son service, elle a besoin de se défouler, d'autant qu'elle occupe la plupart de ses loisirs à bosser l'examen pour devenir inspecteur. La course lui lave la tête. C'est une hygiène indispensable, dit-elle.

Julie court une petite heure. C'est donc elle qui me raccompagne chaque fois. J'aime autant. Je ne me vois pas la ramener au commissariat de quartier.

Je lui ai offert deux places pour mon combat. Ça lui a fait plaisir, je crois. J'ignore qui bénéficiera du deuxième billet.

Je n'ai eu de nouvelles de personne. Ni des inspecteurs Meyer et Casalis, ni du commissaire Lefèvre. J'ignore tout des enquêtes en cours sur l'assassinat de Lazlo et celui de Grégoire. Je ne sais rien de plus sur cette foutue photo de mon père dans la valise de deux bruns inconnus. Je ne peux pas dire que je m'en moque mais je m'efforce de faire comme si. Ma convalescence est précaire. Je sens qu'un souffle suffirait à me faire basculer.

Depuis deux semaines, je n'ai fait que croiser Sergueï. Toujours en coup de vent. Mon pote semble pressé et inquiet. Je n'ai pas l'impression qu'il bosse vraiment, ces temps-ci. Cette affaire fait remonter de vieilles rancunes à la surface. Elle remue sans doute son passé. Pour lui non plus, cela ne doit pas être facile. Nous n'en avons pas reparlé. Je sais que nous avons tort. Mais c'est comme ça.

Il y a deux jours, j'étais décidé à forcer la discussion. Je l'ai appelé. J'ai laissé un message. Il ne m'a pas encore répondu.

Je dessine goutte après goutte un arc de cercle autour de moi. Je saute à la corde depuis une demi-heure. Il fait chaud dans la salle de boxe et je sue abondamment.

Un pied puis l'autre, je rebondis sans pause. La corde de plastique gifle le parquet. Parfois j'accélère, parfois je ralentis. Je ne suis pas fatigué. Une pointe de douleur dans le mollet droit m'indique toutefois que je commence à forcer.

J'ai pris une longue leçon sur le ring avec Émile mais j'ai hâte de m'entraîner avec de vrais adversaires. Le Vieux m'a déniché deux sparring-partners pour ma préparation mais il pense que c'est encore trop tôt. Il trouve que je suis à la limite du surmenage.

— Tu as repris trop brutalement, me serine-t-il. Il n'y a pas de demi-mesure avec toi.

J'ai du mal à lever le pied, c'est vrai, mais je n'ai pas le choix. Je redoute les temps morts. Les loisirs, c'est la porte ouverte aux cogitations et aux tentations. D'ailleurs, les deux vont de pair. Les questions sans réponse me donnent soif et les gueules de bois décuplent mon anxiété. C'est une mécanique infernale, un puits sans fond. La boxe est ma bouée. La seule dont je dispose.

Nous sommes une dizaine de boxeurs ce soir. J'ai échangé quelques mots avec tout le monde. On a plaisanté. Certains m'ont demandé des conseils pour leur prochain match. Malgré mes défaites, je reste le champion de la bande. Le plus ancien. Le plus gradé.

Je ferme les yeux. On dirait une chorale. Le claquement sec de ma corde, tel un métronome, cadence l'effort de tous. Le chuintement aigu des chaussons glissant sur le parquet s'accorde avec les sons de basse des gants qui frappent. Les coups sont sourds quand le cuir heurte un autre cuir, rauques lorsque le gant frappe la peau d'un boxeur. Et puis, par-dessus tout, résonne, infernal, le canon envoûtant des souffles.

Comment pourrais-je survivre un seul jour privé de cette musique ?

La tête me tourne. Je m'arrête brutalement. J'ai trop forcé.

Émile s'approche de moi.

— Je crois que ça suffit pour aujourd'hui, fait-il.

— J'avais prévu une petite séance d'abdos.

Le Vieux fait la grimace. La même que celle qu'il m'offrait autrefois quand j'étais toujours pressé de partir.

— Sans forcer alors, concède-t-il.

Le jeune Kamel choisit ce moment pour faire son entrée dans la salle. Pas de chance pour lui : Émile est énervé.

— En retard comme d'habitude, grince le prof. Pour la peine, tu vas me faire une séance d'abdominaux avec Pierre. Mets-toi en tenue vite fait.

— Oh non, pitié, se lamente Kamel, tu veux vraiment me dégoûter, là...

— Grouille-toi. Sinon j'te fais mettre les gants demain contre lui.

Kamel n'insiste pas et file au vestiaire. Je me passe un coup de serviette sur le visage et vais chercher deux tapis de mousse dans une pile adossée au mur du fond. Je les pose l'un contre l'autre et m'allonge. Très vite, Kamel me rejoint au sol.

— J'ai eu une rude journée aujourd'hui, tente-t-il de m'amadouer. On commence doucement, hein ?

Sans lui répondre, je lui montre le premier mouvement. Jambes fléchies, relevé de buste.

— On souffle en montant, on reste trois secondes en haut et on inspire en descendant.

Vingt répétitions, dix secondes de repos et nous recommençons. Trois fois. Kamel peste et grimace. Moi aussi, je peine : une brûlure s'est installée dans le creux de mon ventre. Nous nous étirons et faisons une pause un peu plus longue.

— C'est fini ? demande Kamel, plein d'illusions.

— On reprend le même mouvement mais, au lieu des dix secondes de repos, on enchaîne avec dix pompes.

— Génial... Le Club Med, quoi !

La brûlure prend ses aises dans mon ventre. La douleur, il ne faut pas en avoir peur sinon elle te bouffe tout entier. On ne doit pas la fuir mais l'apprivoiser. On choisit le terrain, on l'appelle, on la maîtrise. La douleur, c'est comme la solitude. D'abord une ennemie, ensuite une complice. À la fin, peut-être, une compagne.

Kamel tire la langue. Il est plus rouge qu'un camion de pompiers.

— J'ai mal au dos, gémit-il.

— Plie-toi davantage et rentre le ventre, ça ira mieux.

On termine la série et je me mets debout. Kamel m'imite. Il n'ose plus me poser de questions mais ses yeux sont remplis d'espoir.

— Rentre ton ventre, bascule ton bassin, on va travailler les obliques. Trois minutes de chaque côté.

Nous commençons par le côté droit. Nos mains glissent le long de la jambe jusqu'à la cheville, nos bustes suivent. On descend doucement puis on remonte. Au moment où j'aborde le deuxième mouvement, un nom me revient en mémoire.

De la Rochedière. Philippe de la Rochedière.

Je suis bien incapable d'expliquer de quel recoin obscur de ma mémoire ce nom a pu surgir mais je sais que c'était un collègue de papa. Peut-être venait-il de temps en temps dîner à la maison ?

De la Rochedière... Et si ce type savait quelque chose sur les activités de mon père ? Je pourrais le contacter, le rencontrer, lui poser des questions. Savoir. Comprendre. Expliquer.

Est-ce bien raisonnable ?

Je ne le crois pas, non. Je sais qu'il est préférable de me concentrer sur le but que je me suis fixé : me préparer pour le combat à venir contre Quentin. Rien d'autre ne doit compter. Le délai est trop court pour que je me laisse disperser. Quentin. Le combat. Boxer. Gagner. Je ne dois penser qu'à cet objectif. Le pourrai-je seulement ?

— Tu n'avais pas dit trois minutes ?

Kamel a arrêté l'exercice et me regarde, étonné.

— La sonnerie a retenti. On a fait beaucoup plus...

— Et alors ? Tu veux un crédit, une reconnaissance de dette ? Allez, on change de côté. Le gauche maintenant. Trois minutes. Ou plus. Va savoir.

Sans doute devrais-je aussi reprendre contact avec le commissaire Lefèvre. Il avait l'air d'être un bon flic, il a probablement du nouveau sur la photo. Sauf qu'il a sûrement déjà découvert la vérité sur la mort de papa.

Je sens un gouffre sourd dans mon ventre. Rien à voir avec les exercices d'abdominaux. J'ai mal aux tripes chaque fois que j'y repense. Papa. Laurette. L'enquête rouverte. Je ne veux pas y penser. Je ne peux pas.

Je me concentre sur les bruits de la salle. J'entends dans mon dos sur le ring deux boxeurs qui s'affrontent.

Les souffles sont courts, les gars fatiguent. Leurs coups commencent à faire mal. Émile ne va pas tarder à les arrêter.

Je parviens à calmer ma respiration. Depuis quinze ans, je suis passé maître dans l'art d'écarter les pensées qui font mal. Et même si celles-ci reviennent régulièrement me hanter, la tactique ne m'a pas trop mal réussi puisque je suis en vie. Alors pourquoi en changer? Je ne veux plus rien savoir de Lazlo, de la Fouine, de la Yougoslavie et de mon père. Je ne connais qu'un monde, celui de la boxe, et je ne veux être obsédé que par un nom, celui de Quentin.

— C'est bon les gars, ça suffit pour aujourd'hui, crie Émile à la cantonade.

— Bon, et nous? On arrête aussi, non?

J'ai encore oublié le temps. Kamel me sourit niaisement, comme à un abruti. Ou à un demeuré. Il va comprendre sa douleur.

— T'as raison, la pause est finie, camarade, on s'allonge à nouveau.

— Tu veux ma mort, ma parole...

— Tu connais ton alphabet?

— Quand même... Tu me prends pour un demeuré?

— On va vérifier, si tu veux bien. On prend appui sur les coudes, on tend les jambes et on les lève.

Nos pieds entreprennent de dessiner une à une dans l'espace les lettres de l'alphabet. La douleur revient vite. Elle se répand du plexus au bas-ventre.

Au F, le souffle de Kamel se fait bruyant et saccadé. Au L, ses mouvements de jambes ne tracent plus que des signes non décryptables.

— Applique-toi, garçon, ce n'est pas l'alphabet arabe!

— Heureusement ! Y'a vingt-huit lettres en arabe...
— On est des petits joueurs finalement.
Au R, Kamel abdique.
— On fait une pause, concédé-je. Après on termine.
Kamel se masse le ventre des deux mains.
— T'es pire que le Vieux, toi. Vous auriez dû organiser des stages commandos.
— On l'a fait mais on s'est fait virer, toutes nos recrues désertaient.
— Tu m'étonnes...
Nous reprenons à partir du R et jusqu'au Z. J'oublie volontairement le U et le X. Kamel ne m'en fait pas la remarque. Finalement, le garçon a vraiment besoin d'améliorer son français. Je me promets de lui donner d'autres leçons.

Round 3

Je respire un grand coup.

Cette fois-ci, je crois que je vais le faire. Je n'ai plus le choix. En quittant la salle de boxe, ce n'est pas un visage qui m'obsédait – ni celui de Quentin, ni un autre – mais une absence de visage. Impossible en effet de me souvenir de la frimousse de Laurette.

Ma sœur avait disparu.

Je ne peux pas la laisser mourir à nouveau.

Je dois affronter les souvenirs. J'étais descendu dans le Roussillon pour le faire et, au dernier moment, j'ai reculé devant l'obstacle. Je me suis contenté de flirter avec ce passé.

La nuit est maintenant tombée. La rumeur cathodique perce les murs et berce les cerveaux. Le radio-réveil m'indique 20 h 35 en chiffres rouges. Ce soir, pas de polar avant de dormir mais une séance photos.

J'ouvre le placard. Je m'accroupis et déplace la pile des vieux pulls. Je commence par exhumer une vieille boîte de biscuits bretons.

Je me relève et pose la boîte sur les draps chiffonnés de mon lit. Je respire un grand coup.

J'ouvre.

Je sors d'abord un foulard bleu à motifs que je déplie devant mes yeux. Il est usé jusqu'à la corde. Je le roule en boule comme le faisait Laurette. Je le renifle et je ferme les yeux. Ça vient, lentement mais ça vient. Je respire plus fort ces fragrances lointaines. Un bouquet sucré me revient à travers les années.

Ça y est...

Laurette avait des taches de rousseur sur le nez qui brillaient comme des diamants dans la lumière du soir. Je tire le fil et je perçois maintenant son rire de cristal précieux. Elle me faisait des câlins avant d'aller se coucher. Je la chatouillais, elle riait et ses boucles dorées dansaient de part et d'autre de son visage insouciant.

Jamais l'idée de la mort n'avait traversé son jeune esprit de gazelle.

Le soir de son départ, Laurette est venue m'embrasser dans le lit. J'étais malade, elle était triste. Une perle salée a coulé de sa joue sur la mienne. Elle me brûle chaque fois que j'y songe.

J'accroche le doudou de Laurette autour de mon cou et j'extrais de la boîte deux minuscules bracelets de maternité. Même si mes parents vivaient à l'étranger, nous sommes nés, ma sœur et moi, dans la même clinique parisienne. Sous les bracelets, je trouve deux avis de naissance découpés dans une brochure interne du Quai d'Orsay. Il y a aussi deux anciens faire-part.

Je fais un effort pour respirer lentement mais j'ai le souffle court. Je referme la boîte et m'accorde une pause. Puis je me lève et extirpe du placard trois albums photos.

Notre vie. Mon enfance.

Le premier s'ouvre sur le mariage de mes parents. Ils étaient beaux, mon père dans son costume de flanelle bleu, ma mère avec sa robe blanche. Mariage classique. Photo classique également sur les marches de l'église. Rien d'original si ce n'est qu'il n'y avait pas beaucoup de famille. Mon père était fils unique et n'avait plus que sa mère. Maman avait déjà perdu ses parents – sa mère s'était suicidée après le décès de son mari des suites d'un cancer – et n'était accompagnée que de son frère.

Je feuillette doucement l'album. Ma mère enceinte, ma naissance, des sourires autour du berceau. Mes premiers pas, mon vélo à roulettes, les premiers cadeaux de Noël. Ma mère à nouveau enceinte, la naissance de Laurette, encore des sourires, les mêmes plus le mien tenant ma sœur dans mes bras courts et fiers. Les premiers étés à la plage, la maison des Corbières, ma rentrée à l'école maternelle.

Tout va trop vite. Je ferme les yeux. J'ai le vertige.

J'entends des voix. Les encouragements de mon père, de nouveau le rire de Laurette, celui plus grave de ma mère. Tout me revient.

C'est doux et cruel à la fois.

Je referme le premier album. Maintenant que j'ai osé, j'y reviendrai. Plus tard. Plus longuement.

J'ouvre le second à la recherche de la photo identique à celle retrouvée sur le cadavre du Serbe. Contrairement à ce que je croyais, elle ne figure pas sur la première page. Je tourne les feuilles rapidement mais ne la trouve pas. Je recommence dans l'autre sens, plus attentivement. Toujours pas.

Dommage... Je l'aimais bien, moi, cette photo !

Round 4

— L'Europe, malheureusement, n'a pas eu une position claire au début du conflit dans l'ex-Yougoslavie.

Philippe de la Rochedière, ancien diplomate, me reçoit dans son appartement cossu du 5e arrondissement.

— L'Allemagne était favorable à l'indépendance des républiques yougoslaves, Croatie et Slovénie en tête ; la France, elle, avait du mal à cacher ses sympathies pour la Serbie. Et puis nos diplomaties étaient à cette époque-là encore absorbées par les soubresauts de la désintégration de l'URSS. Nos atermoiements ont permis que s'impose sur le terrain une politique du fait accompli.

Hier soir après la séance photos, j'ai craqué. Les emmerdes et les souvenirs, c'est comme la vapeur. Tu maintiens un couvercle dessus le plus longtemps possible mais il y a toujours un moment où il te faut lâcher la pression. C'est physique, on ne peut pas toujours gagner. Après deux heures à me retourner dans le lit sans trouver le sommeil, j'ai compris qu'il me fallait en savoir plus. J'ai eu un bol insensé : j'ai cherché de la Rochedière dans les pages blanches sur Internet, je l'ai trouvé, je l'ai appelé et non seulement il ne m'a pas envoyé sur les roses – il était plus de 23 heures – mais il m'a donné immédiatement rendez-vous.

— Bien que censée défendre tous les peuples, l'armée fédérale yougoslave était composée très majoritairement de Serbes et elle s'est, bien évidemment, rangée dans le camp de ces mêmes Serbes dès le début du conflit. D'où la supériorité de ce camp sur tous les autres dans les premières années...

Maintenant je subis un cours d'histoire récente. Une session de rattrapage, plutôt. Mon prof s'exprime avec affectation mais son exposé est clair. Pour mon petit cerveau de boxeur, c'est l'essentiel.

— Lorsque la Croatie se déclare indépendante en juin 1991, elle est déjà amputée d'une partie de son territoire. Les régions peuplées majoritairement de Serbes se sont déclarées autonomes un an auparavant et elles se transforment alors en République serbe de Krajina. De nombreuses exactions sont commises dans ces zones : pillages, assassinats, destruction de monuments culturels et religieux. Je ne sais pas si vous le savez mais les Croates sont catholiques et les Serbes orthodoxes.

Non, je ne le savais pas, mais je ne dis rien pour ne pas fâcher mon professeur. Un fils de diplomate se doit de savoir des choses comme ça.

— Si je me souviens bien, on a parlé de 10 000 morts et de 250 000 personnes déplacées entre 1991 et 1992. Il s'agissait de rendre homogènes certaines régions du pays. C'est ce qu'on a appelé l'épuration ethnique.

Je croise et je décroise sans cesse les jambes. Je ne suis pas à l'aise dans ces fauteuils Louis quelque chose. De la Rochedière, lui, se tient droit comme un

« i ». On dirait qu'il est empalé naturellement sur son siège.

— Avec l'aide des Américains, l'armée croate a reconquis ces territoires en août 1995 au cours d'une opération militaire baptisée « Tempête ». Ce fut une guerre éclair, quelques jours à peine. Capitale de cette éphémère République serbe de Krajina, la ville de Knin est tombée comme un fruit mûr.

Knin... Je connais le nom. Sergueï en était originaire.

— On ne le sait pas assez mais les Croates ont commis eux aussi des crimes de guerre et même des crimes contre l'humanité. Le nom d'Ante Gotovina vous dit-il quelque chose ?

Je dois lui avouer que non.

— C'était un ancien soldat de notre Légion étrangère. Il a rejoint son pays pour combattre les Serbes et il a gravi rapidement tous les échelons de l'armée croate. Il s'est retrouvé à la tête de l'opération « Tempête ». Le général Gotovina est encore un héros dans son pays mais il est aujourd'hui en prison à La Haye, poursuivi par le TPI...

Il voit mes yeux s'arrondir et m'explique avec un brin de déception :

— Le Tribunal pénal international a été chargé par l'ONU – les Nations unies – d'instruire les crimes de guerre et les crimes contre l'humanité, perpétrés par les différents camps lors du conflit dans l'ex-Yougoslavie. L'acte d'accusation du TPI contre Gotovina mentionne des meurtres de civils – 150 au moins, je crois – et le pillage de nombreux villages.

Tout cela est très instructif mais je me rends compte que nous nous sommes considérablement éloignés du seul sujet qui m'intéressait vraiment.

— Et mon père dans tout ça ?

— J'allais y venir, mon jeune ami, j'allais y venir. Je ne l'ai pas perdu de vue mais j'estimais nécessaire de vous brosser d'abord un plan d'ensemble de la situation de l'époque. Votre père n'a connu que le début de cette guerre. Il a effectué plusieurs missions auprès de Zagreb : il s'agissait d'abord de préparer la reconnaissance officielle par la France de l'indépendance du pays – reconnaissance intervenue en janvier 1992 – puis d'ouvrir quelques semaines plus tard nos premières relations diplomatiques.

Il s'arrête et semble pour la première fois avoir du mal à choisir ses mots.

— Il n'y a là, a priori, pas matière à... extrapolations. J'ai bien dit a priori.

Je me tortille sur ma chaise Louis Truc, impatient. J'ai mal au dos, en plus. De la Rochedière reprend :

— Il faut bien comprendre que le métier d'un diplomate consiste également à renseigner son gouvernement sur la situation d'un pays tiers. Or le renseignement, c'est aussi l'activité de tous les services secrets.

— Vous voulez dire que mon père était un agent secret ?

— Je n'ai absolument pas dit cela, jeune homme. Votre père – en tout cas à ma connaissance – était un diplomate pur jus. Il m'est souvent arrivé de croiser des individus qui n'avaient de diplomate que le nom et qui étaient appointés en réalité par nos services secrets. Ce n'était pas le cas de votre père. Toutefois...

Il cherche encore à peser ses mots. Diplomate, c'est une seconde nature chez lui. Plus qu'un métier, une vertu.

— Toutefois... dans certaines situations troubles, il peut arriver à un diplomate de travailler également pour les services secrets.

— Ce fut le cas de mon père ?

— Très honnêtement, je n'en sais rien. J'étais en poste à Belgrade essentiellement et lui effectuait ses missions en Croatie. Nous étions évidemment en relation permanente et nous nous sommes croisés plusieurs fois lors de réunions au Quai d'Orsay, et je suis même venu dîner une fois ou deux chez vous à Paris. Mais votre père et moi n'avons pas travaillé ensemble sur le terrain.

J'ai du mal à cacher mon dépit en réalisant que, contrairement à ce qu'il m'a laissé entendre au téléphone, de la Rochedière n'a pas côtoyé suffisamment mon père pour me renseigner avec précision. Je choisis de le ramener sur un thème qu'il maîtrise mieux. Je dispose d'un stock tout prêt de questions. Celles que je n'ai jamais posées à Sergueï.

— J'ai un ami croate qui a été emprisonné dans un camp de l'armée croate. Il y en a eu beaucoup comme lui, selon vous ?

— Qui dit qu'il est croate ? Lui-même ?

— Non, lui s'est longtemps affirmé yougoslave. Mais son père était croate et sa mère serbe.

— Ce qui voulait sans doute dire que son père était catholique et sa mère orthodoxe. C'est la plus grande différence entre un Croate et un Serbe. Et lui, est-il croyant ?

— Non, pas du tout.

— Alors qu'est-ce qui fait qu'il est croate selon vous ?

C'est la question piège. Je sèche. De la Rochedière me sourit avec indulgence.

— Nous sommes là au cœur des questions d'identité nationale et de la manière dont celles-ci se déterminent, reprend-il. C'est ce qui rend les affaires balkaniques si passionnantes et si complexes. Qu'est-ce qui distingue un Serbe d'un Croate ? La religion ? Un peu. La langue ? À peine. En fait, c'est avant tout le sentiment intime pour l'un d'être serbe et pour l'autre d'être croate. Pendant des années, l'État yougoslave a tout fait pour gommer les différences entre les peuples et il a en partie réussi. Au début du conflit, ils étaient nombreux comme votre ami à se sentir plus yougoslaves que serbes, croates, bosniaques ou monténégrins. Et puis la guerre les a forcés à choisir. Parce que, dans une guerre civile, il n'y a pas de neutralité possible. N'être d'aucun camp, c'est se retrouver contre tous les camps.

Il me laisse le temps d'assimiler ce qu'il vient de dire avant de me questionner sur le parcours de Sergueï. Je lui confie ce que je sais. Sergueï était policier à Knin et il a démissionné dès les premières tensions pour ne pas avoir à prendre parti. Il est devenu chauffeur de bus scolaire. C'est quand les Serbes ont conquis Knin que sa femme et sa fille ont été violées et tuées. Sergueï s'est ensuite réfugié en Croatie où il aurait été emprisonné pour avoir refusé de rejoindre l'armée croate.

— C'est l'illustration de ce que je disais, triomphe de la Rochedière. La guerre, en l'occurrence ici l'armée serbe, a choisi pour votre ami. En assassinant sa famille, les milices l'ont fait croate. Ce qui est remarquable, c'est qu'il a continué à se prévaloir encore de sa première identité yougoslave. Jusqu'à risquer la prison. Si une majorité de gens avaient eu cette force, le pays n'en serait pas là aujourd'hui. Au fait, dans quelle prison a-t-il été interné, votre ami ?

— Un nom comme « Laura », cela vous dit quelque chose ?

— La prison de Lora...

De la Rochedière avait usé jusqu'ici d'un ton détaché, très professoral. Sa voix se fait plus grave.

— Votre ami vous a-t-il raconté ce qu'il avait vécu à la prison de Lora ?

— Non, je ne lui en ai jamais parlé. Je n'ai jamais voulu réveiller ce que je pensais être des mauvais souvenirs.

— Mauvais souvenirs, c'est un euphémisme. Près d'un millier de Serbes – j'ignorais qu'il y eût également des Croates – ont été emprisonnés et torturés dans cette prison militaire. Certains ont été tués, près de 70, je crois, ont disparu. Après avoir acquitté plusieurs anciens gardiens de cette prison à l'issue d'un procès grotesque, la justice croate a entrepris d'en rejuger certains en 2009. Ils ont été condamnés à des peines de prison. Deux d'entre eux par contumace : ils sont en fuite.

De la Rochedière passe un doigt manucuré sur ses lèvres.

— Ce qui s'est passé dans la prison de Lora reste l'une des pages les plus sombres de la guerre d'indépendance croate...

Je frémis en pensant à ce que Sergueï a dû subir et je m'en veux de n'avoir jamais évoqué cette période avec lui.

— Pensez-vous que cette guerre puisse susciter encore aujourd'hui des actes de vengeance ?

— C'est évident. Malgré les accords de paix de

Dayton et l'intervention de l'OTAN contre la Serbie, rien n'a changé sur le fond. Et les haines sont tenaces.

— Cette guerre pourrait tuer encore aujourd'hui, y compris à Paris ?

— À Paris ? Bigre ! Voilà qui devient littéralement passionnant. Il faut m'en dire plus, mon jeune ami.

Je raconte le meurtre de Lazlo et évoque les deux suspects, probablement des Serbes porteurs de faux passeports slovènes. Je ne lui dis rien, évidemment, d'Arnoult et de ma propre implication. À quoi bon l'embrouiller avec des détails sans importance...

— Vraiment intéressant, commente-t-il à la fin de mon récit. Mais très énigmatique encore. Je dois avouer que je ne saisis pas bien les tenants et les aboutissants de tout cela.

— Une affaire de vengeance, sans doute, comme je vous le disais tout à l'heure.

— C'est probable, oui. Mais de qui envers qui ?

— Des Serbes envers Lazlo.

— Pour quels motifs ?

Je soupire.

— Alors là, vous m'en demandez trop. Je ne sais pas, peut-être que les deux Serbes sont des criminels de guerre poursuivant leurs anciennes victimes, Lazlo et mon ami Sergueï.

— Pas très crédible, votre théorie, mon cher ami. Voyez-vous, après une guerre, ce sont les victimes qui poursuivent leurs bourreaux. Jamais l'inverse.

Rue Vaudremer, je trouve une place libre à deux pas de l'immeuble de Sergueï. Je coupe le moteur de la Clio et le quartier retrouve aussitôt une tranquillité quasi provinciale. Sergueï ne répond toujours pas à mes appels mais je veux lui parler de son histoire.

Je sonne à l'interphone. Le deuxième bouton en partant du haut. J'appuie une fois, deux fois. Pas plus de réponse que sur le téléphone portable. Je sais que lorsqu'il veut rester seul il est capable de faire le mort.

Je connais le code. Je rentre.

Sergueï habite un deux-pièces-cuisine au troisième étage. Arrivé devant sa porte, je vais pour frapper quand j'aperçois des éclats de bois au niveau de la serrure. La porte est entrouverte, je n'ai qu'à la pousser.

À l'intérieur, un véritable capharnaüm m'accueille. Les rayons de la bibliothèque n'abritent plus que des traces de poussière et les tiroirs me dévoilent sans pudeur des plaies béantes. Des livres et des papiers jonchent la moquette où ils se mêlent aux CD et aux DVD. Sergueï n'a jamais été fan du rangement mais ce type de bordel ne peut avoir que deux origines : des flics ou des cambrioleurs. La porte fracturée me pousse inévitablement vers la seconde hypothèse.

Dans la chambre, le matelas éventré a glissé du sommier et les affiches de cinéma arrachées des murs ont semé des confettis dans la pièce. Je me faufile jusqu'au placard. Les vêtements ont été retournés mais j'ai l'impression qu'il en manque.

Je reviens au salon, inspecte ensuite salle de bains et cuisine.

Sous les monceaux de pâtes, de farine et de yaourts éclatés, je dégote une bouteille intacte. Il n'y a pas d'étiquette mais je sais que c'est de la vodka. Je la débouche et la respire. C'est bien ça ! La boisson préférée de Sergueï importée clandestinement de je ne sais quel pays slave. Ce n'est pas de l'alcool mais du feu liquide, ce truc-là. J'en ai déjà bu et, après la première lichette, j'avais pas fini de tousser que j'étais déjà ivre. Je repose la bouteille sur le plan de travail aussi précautionneusement que s'il s'agissait de nitroglycérine.

D'ailleurs...

Avant de quitter l'appartement, je rappelle Sergueï mais je tombe toujours sur le même message. Jusqu'ici je trouvais cela agaçant, maintenant cela devient inquiétant.

Sur le palier, je perçois un reflet sur le judas de la porte voisine. J'entends un frottement puis les claquements successifs de deux verrous. La porte s'entrouvre légèrement, retenue par une chaînette de sécurité. Le visage replet d'une jeune femme se glisse dans l'entrebâillement.

— Vous cherchez quelqu'un ? me demande-t-elle d'une voix endormie.

— Mon ami, votre voisin. Sergueï Yankovic.

— Il n'est pas là.

— J'ai vu. Son appartement a été visité, vous le savez ?

— Je le sais, oui.

D'un œil las, elle m'examine des pieds à la tête. Heureusement que mon visage a retrouvé ses traits naturels depuis mon dernier combat, sinon elle aurait pris peur.

— Vous êtes Pierre ?

J'acquiesce, surpris.

— Vous faites quoi dans la vie ?

Je devine le sens de cet interrogatoire.

— Je suis serveur dans un bar.

Ma réponse ne lui suffit pas. Elle attend.

— Je suis boxeur également. Boxeur professionnel.

— Et Sergueï, il était dans quelle catégorie ?

— Poids welter. Los Angeles, 1984.

La porte se referme. J'entends la chaînette glisser de sa réglette. Le sésame a fonctionné, la porte s'ouvre plus largement.

La jeune femme m'apparaît vêtue d'un simple peignoir à fleurs. Elle a une petite trentaine d'années et une bonne vingtaine de kilos en trop.

— Entrez vite, me dit-elle en se mettant de profil pour me laisser passer.

Je ne sais pas si c'est sa corpulence ou la mienne qu'elle a mal estimée mais je suis contraint moi aussi de me mettre de profil pour me glisser dans le couloir. Nos corps se frôlent. Elle referme derrière moi les deux verrous de la porte.

Je pénètre dans une pièce qui semble servir de salon, de bureau et de chambre à coucher. C'est presque aussi bordélique que chez Sergueï. Sur des étagères branlantes, des livres empilés s'efforcent de garder l'équilibre pour ne pas rejoindre ceux qui tapissent déjà le sol. Un vieux canapé recouvert de vêtements, de magazines et de pelures d'oranges fait face à une table basse dont le plateau de verre disparaît presque complètement sous une accumulation de feuilles manuscrites. Les stores sont baissés et la pièce baigne dans une pénombre que n'arrive pas à percer l'ampoule nue et cacochyme qui expire au plafond.

La pièce pue le tabac froid.

— Ne faites pas attention au désordre, me prie la jeune femme, j'ai travaillé une partie de la nuit.

Elle enlève une paire de collants, une petite culotte et un vieux cendrier qui traînaient sur le canapé et m'invite à m'asseoir.

— Vous prendrez un café peut-être, ou un thé ?

— Ça m'est égal. Comme vous...

— Alors, va pour un thé. J'ai déjà de l'eau qui chauffe.

Elle rapatrie son gros derrière dans la cuisine et me laisse seul. Si tant est que l'on puisse se sentir seul dans ce bordel.

Je contemple les livres qui somnolent à mes pieds. J'en reconnais un. *Le Paumé* de Fatos Kongoli en Rivages poche. J'ai lu ce roman d'un auteur albanais. Sergueï me l'avait conseillé.

La jeune femme revient avec une théière, deux tasses et du sucre. Elle dégage un coin de table basse pour les poser. Puis elle me tend une main grassouillette et chaude.

— Je ne me suis pas présentée. Je m'appelle Nathalie.

Je lui serre la main et lève une fesse du canapé en guise de salut.

— Et vous êtes donc la voisine de Sergueï ?

Ma question en contient une autre. Elle pige.

— Je suis une amie également.

J'enregistre le « une ». Simple coquetterie ? Sergueï ne m'a jamais parlé d'elle, même lorsque nous passions la soirée dans son appartement juste à côté. Pourtant quelque chose dans le ton de la jeune femme – sans doute la complicité qui s'est immédiatement installée entre nous – m'incite à penser qu'elle n'est pas une simple amie de Sergueï.

— Vous vous connaissez depuis longtemps ?

Elle attrape un vieux pouf qu'elle étouffe en s'asseyant. Son peignoir s'écarte largement mais la rondeur de ses cuisses préserve son intimité.

— Je me suis installée ici il y a deux ans. On a très vite sympathisé. Je m'intéresse beaucoup aux Balkans.

J'écris d'ailleurs une thèse sur la littérature albanaise. Plus précisément sur l'évolution de cette littérature depuis la chute du régime communiste.

J'émets un petit sifflement admiratif et j'attrape le livre de Kongoli.

— Sergueï m'avait conseillé ce livre.

— Ah bon ?! s'étonne-t-elle. C'est moi qui le lui avais prêté mais je ne savais même pas qu'il l'avait lu.

Elle nous sert le thé.

— Sergueï n'aime pas trop les Albanais, précise-t-elle. Les haines sont tenaces dans ce coin d'Europe.

C'est à mon tour d'être surpris.

— Pourtant, il m'a toujours paru étonnamment ouvert. Par rapport à ce qu'il a connu là-bas, je le trouve plutôt tolérant, pas vous ?

Elle prend le temps de bien m'observer. J'ai l'impression qu'elle sait des choses sur mon ami que j'ignore.

— Vous prenez du sucre ?

— Oui. Un. Merci.

Elle met un morceau dans ma tasse, en jette trois dans la sienne. Puis elle se penche par-dessus la table pour farfouiller sous les feuilles étalées. Son peignoir se met à bâiller par le haut. Deux seins laiteux de trois bonnes livres chacun tentent de s'échapper par l'encolure. Nathalie trouve enfin ce qu'elle cherche. Un stylo. Elle se redresse et ses seins s'assagissent. Elle plonge le Bic dans sa tasse pour touiller. Quand elle a fini, elle me le tend. La politesse m'oblige à l'imiter. Elle me regarde remuer mon sucre avant de me répondre.

— Je dirais, moi, qu'il n'est pas spontanément tolérant. Il s'y efforce – sincèrement sans doute – mais n'y parvient pas toujours. Il y a parfois de vieux réflexes chez lui.

Une fois de plus, je me prends à regretter de n'avoir pas davantage parlé de la guerre avec Sergueï. C'est une part importante de sa vie que j'ai toujours voulu ignorer. Je réprime un sentiment de jalousie vis-à-vis de cette jeune femme qui semble mieux connaître mon pote que moi.

— Qu'est-ce qu'il se passe, Nathalie ? Je n'arrive plus à joindre Sergueï depuis trois jours, son appartement est cambriolé mais on dirait qu'il est parti juste avant...

Elle sirote une gorgée de son thé brûlant.

— Il m'a réveillée vers 3 heures cette nuit. Il avait deux valises avec lui. Il m'a dit qu'il avait besoin de s'éloigner un peu.

— C'est tout ?

— Quand je lui ai demandé des explications, il s'est contenté de dire : « La guerre m'a rattrapé. » C'est tout. Il m'a embrassée et il est sorti.

Qu'a donc voulu dire Sergueï ? Serait-ce possible qu'il soit impliqué dans cette histoire de lointaine vengeance ?

— « La guerre m'a rattrapé », vous l'avez comprise comment cette phrase, Nathalie ?

— Je ne sais pas. Je lui ai demandé des explications mais il m'a dit que moins j'en savais, mieux cela valait pour moi. Depuis, je n'arrête pas de réfléchir au sens de cette formule. Peut-être est-il poursuivi aujourd'hui encore par ceux qui ont tué sa famille...

Elle m'interroge du regard mais je reste dubitatif. « Votre théorie n'est pas crédible », lui répondrait de la Rochedière.

— Je n'ai jamais vraiment parlé de la guerre avec Sergueï mais vous qui vous intéressez aux Balkans, vous avez dû en parler souvent, non ?

— Pas tant que ça, en fait, reconnaît Nathalie. Moi, j'aurais bien voulu, mais lui, il évitait le sujet au maximum.

— Il ne voulait pas réveiller des souvenirs douloureux...

— Ouais, sans doute.

Elle semble pas du tout convaincue.

— Il y a autre chose, Nathalie ?

Elle reprend le stylo et remue machinalement dans sa tasse un sucre déjà dilué depuis longtemps.

— Je... je ne sais pas. Je ne suis pas sûre que ce soit seulement cela.

— Alors quoi ? Un sentiment de culpabilité, peut-être ? J'ai entendu dire que les rescapés des camps d'extermination nazis avaient parfois éprouvé un tel sentiment. Sergueï lui aussi a survécu à beaucoup de morts dont celles de sa fille et de sa femme...

— Oui, il y a peut-être de cela... Dans les camps, certains prisonniers n'ont pu s'en sortir qu'au prix de quelques lâchetés. J'ai eu l'impression parfois que Sergueï n'était pas spécialement fier de son comportement durant la guerre.

— Il peut aussi s'en vouloir de ne pas avoir cherché à venger ses proches.

— C'est peut-être cela aussi, oui. Qui sait ?

Mon thé vient d'atteindre une température acceptable. J'y trempe mes lèvres. Pourquoi ai-je accepté cette eau chaude ? Je n'aime pas le thé. Cette boisson ne manque pas de goût, mais de vie. J'interroge à nouveau Nathalie :

— Sergueï vous a-t-il paru inquiet, ces derniers jours ?

— J'ai toujours connu Sergueï inquiet. Enfin, non, inquiet, ce n'est peut-être pas vraiment le mot, disons, prudent. Il ne tournait jamais le dos à une porte, par exemple.

— Oui, je sais, j'avais remarqué. Mais cela ne s'était pas accentué, ces derniers temps ?

— Si, peut-être depuis une dizaine de jours. D'ailleurs, je crois qu'il ne dormait plus chez lui depuis déjà plusieurs nuits. J'ai même d'abord cru...

Elle s'interrompt et rougit.

— J'ai pensé qu'il y avait une autre femme. Mais ce n'était pas ça, n'est-ce pas ?

Je me demande ce qu'elle aurait préféré. Sans doute ne le sait-elle pas vraiment. Ou peut-être évite-t-elle judicieusement de se poser la question.

— Est-ce que Sergueï vous a parlé d'un certain Lazlo ?

Son visage poupin se plissc sous l'effort de réflexion.

— Lazlo ? Non, ce nom ne me dit rien.

Je lui raconte le meurtre, les Dupont-Dupond, mon « entretien » avec eux, leur disparition soudaine.

— Ils étaient comment, ces deux types ? me questionne-t-elle.

— Bruns de poils et de peau, minces, tailles et âges moyens. Ils portent des impers. Je ne les ai vus que deux fois, dont une fois de nuit et de trop près à mon goût. Sans doute l'un d'eux a-t-il une tache brune dans le cou. Le même ou l'autre, je ne sais pas, a des sourcils particulièrement fournis. Ils parlent français mais avec un accent semblable à celui de Sergueï : ils roulent les « r » comme lui.

À son attitude, je devine qu'elle les reconnaît. Elle me le confirme aussitôt.

— A priori, ils ont réapparu, vos lascars, me révèle-t-elle à voix basse. Je crois bien que ce sont eux qui ont visité l'appartement de Sergueï.

— Vous les avez vus ?

— Je n'ai pas réussi à me rendormir après le départ de Sergueï. Et je me suis mise à travailler. J'ai entendu du bruit quand ils ont fracturé la porte. J'ai perçu leurs voix à travers la cloison. Pas suffisamment pour comprendre ce qu'ils disaient mais ils parlaient le serbo-croate, j'en suis certaine. J'en ai reconnu la musique. Mon grand-père est né en Yougoslavie, il m'a appris des chansons dans sa langue natale.

— Vous voulez dire qu'ils parlaient serbe ou qu'ils parlaient croate ?

Elle me sourit comme une prof indulgente à un mauvais élève.

— Vous savez, pour les linguistes, il n'existe qu'une seule langue : le serbo-croate. Certes, il y a bien quelques différences de prononciation ou des variantes de grammaire d'une région à l'autre mais la plus grande distinction se fait à l'écrit : les Serbes utilisent l'alphabet cyrillique et les Croates l'alphabet latin.

— Évidemment, à travers la cloison, ce n'était pas facile de distinguer l'alphabet...

Ma plaisanterie lui convient. J'espère qu'elle lui fera oublier mon inculture crasse sur le dossier des Balkans.

— À votre avis, Sergueï est en danger? me demande-t-elle.

Je prends le temps de réfléchir. Les deux principaux suspects du meurtre de Lazlo sont revenus à Paris et semblent maintenant s'intéresser à Sergueï. Ces types ne sont pas des enfants de chœur. Ils ont torturé Lazlo et, bien que repérés par la police, ils n'hésitent pas à revenir dans la capitale. Je ne vois pas quels mots utiliser pour rassurer Nathalie.

— Apparemment, Sergueï lui-même a jugé qu'il était en danger et il a préféré s'éloigner.

— Vous pensez que cette affaire est liée au passé ?

— C'est ce qu'il vous a laissé entendre, non ?

— Mais pourquoi ne demande-t-il pas la protection de la police ?

La question me semble pertinente mais je n'ai pas de réponse à lui fournir.

— Et vous, vous ne croyez pas que nous devrions alerter la police ? insiste-t-elle.

Sa voix a tremblé. Nathalie semble morte de trouille. Je quitte le canapé pour m'accroupir à ses côtés. Elle pose la tête sur mon épaule. Son peignoir bâille de plus belle et m'offre une vue d'ensemble sur la silhouette de son sein gauche. Trois livres et demie, voire quatre, ne puis-je m'empêcher de corriger. Tout en bas, j'aperçois une zone plus sombre. L'amorce d'un mamelon. Je bande. Quel con ! Quand je pense que l'on se prétend le sexe fort et qu'il suffit d'un nichon sous le nez pour qu'on se laisse distraire. Même dans une situation où notre meilleur pote se révèle en danger. Si je ne me retenais pas, je me foutrais des baffes.

— Quand ils sont sortis de l'appartement de Sergueï, je les ai guettés, m'explique-t-elle dans un souffle. Et je les ai aperçus par le judas...

— Ils n'ont pas pu vous voir, eux.

— Non. Mais ils ont dû remarquer quelque chose. Car l'un d'eux a montré ma porte à son complice et il a fixé le judas en mettant d'abord son doigt à sa bouche puis il a fait comme ça...

De son doigt, elle trace une ligne imaginaire sous son cou. Je pose ma main sur son poignet tremblant. Elle me sourit et son regard s'embue. Je tente de la tranquilliser.

— Ne vous inquiétez pas. Ils ont sans doute fait cela sans savoir que vous les observiez. Et puis, ils n'ont rien à gagner à revenir ici. Ils ne peuvent pas savoir que vous connaissiez bien Sergueï. Et, de toute façon, vous ne savez pas où il est parti.

Je serre son poignet.

— Vous ne le savez pas, n'est-ce pas ?

Une larme coule sur sa joue ronde. Elle me fait un non énergique de la tête. De mes deux mains, je lui relève la tête et l'embrasse sur le front.

— Ne bougez pas, je reviens.

Je l'abandonne quelques secondes pour un aller-retour express et prudent dans l'appartement dévasté de Sergueï. Je reviens muni de la bouteille de vodka. J'en verse trois gouttes dans le fond de sa tasse, un peu plus dans la mienne. Mon thé avait refroidi mais la vodka le réchauffe. Je vide la moitié de mon godet en une gorgée.

— Vous pensez qu'il peut revenir un jour ? me questionne-t-elle.

— Il faudrait savoir d'abord ce qu'il fuit.

— On ne prévient pas la police, alors ?

Je lui griffonne mon numéro de portable sur une feuille.

— Si vous avez peur un soir, n'hésitez pas à m'appeler. Mais, pour la police, attendons un peu. Si Sergueï ne l'a pas fait, c'est qu'il a ses raisons. Bonnes ou mauvaises, il faut lui faire confiance. C'est notre ami, non ?

Round 5

— Ne te retourne pas, Pierre, mais je crois que tu es suivi.

Je sais que c'est important, ce qu'elle vient de me dire, mais je ne retiens qu'une chose : Julie m'a tutoyé. Spontanément. Pour la première fois.

— Hein ?

— J'ai dit : ne te retourne pas mais je crois que tu es suivi.

Attablés dans un bar, nous prenons un café après notre jogging matinal.

— Qu'est-ce que vous... Quoi, euh, toi... qu'est-ce que tu racontes ?

Mon buste amorce instinctivement un quart de tour vers l'arrière. Julie me retient en posant la main sur mon avant-bras.

— Ne te retourne pas... Il y a un gars qui nous suit depuis ce matin. Il était là au départ de notre footing et il nous a attendus près du lac. Il doit déjà bien connaître tes habitudes.

Je chique le mec cool, presque blasé.

— C'est un brun assez mince avec un imper ?

— Absolument pas. Lui, c'est plutôt le type bûcheron norvégien, si tu vois ce que je veux dire. Grand, blond, baraqué. Il porte juste une chemise à carreaux. Une tenue pas très discrète, en cette saison. C'est d'ailleurs à cause de ça que je l'ai repéré.

Julie retire avec lenteur sa main de mon bras.

— Et ce grand brun vêtu d'un imper, c'est qui ? m'interroge-t-elle.

J'ai l'impression de passer mon temps à résumer l'affaire. De la Rochedière et Nathalie l'autre jour, maintenant Julie. Heureusement, ma fliquette est déjà au courant de l'assassinat de Lazlo. Je peux donc passer directement au meurtre de la Fouine, aux deux faux Slovènes et à la fuite de Sergueï. Julie m'écoute en posant sur moi un regard clair et caressant. Ses yeux océan me font penser à un vers de Renaud. Dans ses yeux, y'a la mer et quand elle me regarde, je plonge. Son regard est un sérum de vérité. Elle me pose des questions et je lui donne tous les détails. J'avoue ma collaboration avec Lazlo. Je lui parle également de la photo de mon père et de la réouverture de l'enquête sur sa mort.

— Elle m'a l'air compliquée, ton histoire. Tu devrais faire attention. Ça peut être dangereux.

— Et le type, là, celui qui me suit, tu crois qu'il est dangereux ?

— J'en ai peur. J'ai noté quelque chose de félin dans sa démarche. Soit il a des années de pratique de la danse classique, soit il est rompu aux sports de combat. Et si tu veux mon intime conviction, je ne parierais pas un sou sur la première hypothèse.

Je m'efforce de sourire mais je n'en mène pas large.

D'autant que je ne comprends vraiment pas ce qu'il vient faire dans cette histoire, le blondinet.

— Si tu veux, je peux le faire arrêter? propose Julie.

— Sous quel prétexte?

— Il te suit, c'en est un suffisant.

— Et si c'était un flic, tout simplement?

— Ça m'étonnerait, il n'en a pas le style. C'est probablement un copain de tes Dupont-Dupond.

— D'après ta description, il a pas le type yougoslave...

— Et alors, tes Dupont-Dupond, peuvent avoir des copains norvégiens, non? Après tout, ils se sont déjà fait repérer et ils ont peut-être préféré sous-traiter leurs filatures.

— Mais pourquoi moi?

— Parce que tu es mêlé à cette histoire à plus d'un titre. Tu as bossé pour Lazlo, tu es le fils de ton père et l'ami de ton copain! Ça fait déjà trois bonnes raisons. S'ils recherchent Sergueï, ils pensent probablement que tu pourras les mener à lui. Au fait, tu ne sais vraiment pas où il est?

— Mais non, j'en sais rien!

Ça va bientôt faire une semaine que je n'ai pas de nouvelles de Sergueï. Je laisse un message tous les soirs sur son portable.

— Tu veux que je me renseigne sur ce grand blond? demande Julie. Il a sûrement un casier chez nous.

— Si tu peux, je veux bien, ouais.

Elle termine son café et se lève. Je l'imite. Je profite d'un miroir accroché au mur derrière le bar pour jeter un coup d'œil sur l'homme qui me file. J'ai juste le temps d'apercevoir une longue tignasse de cheveux blonds coulant sur des épaules massives. Je frissonne.

Je ne sais pas qui je préférerais croiser la nuit dans une ruelle déserte. Un Dupont ou Boucle d'Or ? Je crois que je vais surtout éviter les rues la nuit et travailler ma pointe de vitesse lors des séances de footing. Je me dirige vers la sortie d'un pas maladroit et emprunté. Julie s'en aperçoit. Elle me prend le bras et me guide tel un aveugle jusqu'au trottoir.

— Je t'appelle dès que j'ai du nouveau, me promet-elle avant de déposer un bisou sur ma joue.

Tout corps plongé dans un liquide s'emmerde au bout d'une demi-heure.

Une longueur dans un sens, une longueur dans un autre. Quand c'est fini, on recommence. Pour varier, on peut passer du crawl à la brasse, puis de la brasse au crawl. Si on est doué, on fait une longueur en papillon, si on a de la place, on se met un moment sur le dos. Bref, on s'emmerde.

Je n'aime pas l'eau froide, je n'aime pas nager, je n'aime pas la piscine. La nage m'a toujours paru un loisir imbécile.

Imbécile et masochiste.

Nager dans une piscine couverte, c'est comme assister à une séance de cinéma dans une salle Art et Essai. Je le sais, j'y suis allé : Sergueï réussissait à m'y entraîner au début de notre amitié. Dans une salle Art et Essai, on regarde de mauvaises copies de films aux images tristes. Le son est faible, on est mal assis, ça dure toujours trop longtemps, le chauffage est souvent mal réglé. On en sort avec mal au dos, mal aux jambes et, parfois, mal à la tête.

J'ai mis mes lunettes de plongée mais les fonds sous-marins sont tristes à pleurer. Incolores et insipides. Je suis depuis une demi-heure une ligne de fond bleue. On se croirait dans un film de Peter Haneke. Y'a même pas de belles gonzesses à mater. Rien que des mémères.

Je termine mon kilomètre. Ça suffira pour aujourd'hui. Émile insiste pour que je nage au moins une fois par semaine. Pour détendre les muscles, affirme-t-il. J'ai fait mon taf, j'arrête.

Je sors. J'ai froid. J'enfile mon peignoir.

Un maître-nageur installe une ligne d'eau. Trois jeunes – deux garçons, une fille – se pointent pour leur entraînement quotidien. Ils viennent nager pendant une heure dans ce paysage immobile et indifférent. Dès qu'ils sont dans l'eau, leur entraîneur se met à gueuler. Pourtant, sa voix se dégage à peine d'une purée de sons clapoteux. Les gamins nagent. En silence. Je ne sais pas si la voix de leur sergent-chef parvient à leurs oreilles immergées. De toute façon, ils ne peuvent pas répondre. Pas moyen de protester, ni même de lancer une vanne aux copains pendant l'effort. Qu'il neige ou qu'il vente dehors, les gamins sont là tous les midis, maillot de bain sur les fesses et bonnet sur la tête, pour améliorer leurs gestes et grappiller quelques secondes sur un chrono.

Quand je pense que certains disent de la boxe que c'est un sport de cons...

Avant de sortir de la piscine, je consulte mon portable. J'ai deux messages. Aucun ne provient de Sergueï mais je n'y comptais pas trop. Le premier message est d'Émile. Il me demande pour la millième fois de ne pas trop forcer. Le second est de Julie. Elle annonce avoir des informations importantes pour moi. Je la rappelle.

— J'ai eu de la chance. J'ai pu identifier le gars. Il s'appelle Kurt Sven. Il est d'origine danoise. Il a été condamné à six mois de prison en 2005 pour coups et blessures volontaires mais je n'ai pas pu encore avoir de détails sur cette affaire. Il est employé par Bodysafe, une agence qui propose des gardes du corps à des personnalités. C'est un ancien de la Légion étrangère.

Le mot fait tilt dans ma tête. J'ai entendu parler récemment de la Légion. Mais où ?

— Sven s'est engagé en 1995. Il a servi en Afrique surtout, Côte d'Ivoire et Cameroun. Il a quitté la Légion en 2001.

— Il n'a pas de lien avec l'ex-Yougoslavie ?

— Je n'ai pas trouvé, non. Mais cela ne veut rien dire. Ce n'est sans doute qu'un comparse.

— Sans doute, oui.

— Dès que j'aurai un peu de temps, je tâcherai d'en savoir plus sur Bodysafe.

Je la remercie et raccroche. Dans mon portefeuille, j'ai la carte du commissaire Lefèvre avec son numéro de portable. Il va falloir que je le contacte. Je voulais me maintenir à distance de cette sombre affaire mais il n'y a pas moyen. Quand ce n'est pas mon manque de volonté qui m'y replonge, ce sont les circonstances. D'abord le silence de Sergueï. Puis Boucle d'Or qui s'accroche à mes basques. En quittant la piscine, j'aperçois sa chevelure claire au-dessus d'une voiture à cinquante mètres de moi. On dirait qu'il ne cherche même pas à être discret.

Je ne trouve pas cela rassurant.

— Je ne comprends pas comment tu as pu décrocher un tel combat...

René n'arrive pas à saisir. Pourtant je lui ai expliqué mille fois. Rien à faire. Maurice et Jean-Bernard, eux, ont renoncé depuis longtemps : ils papotent entre eux à l'autre bout du bar, le chien Pasqua roupillant à leurs pieds.

— Quentin Rolland, c'est pas de la petite bière, insiste-t-il. Vraiment je ne comprends pas comment c'est possible. À l'époque où tu pétais la forme, tu ne trouvais pas de combat et maintenant que tu... euh, enfin... maintenant que t'es proche de la retraite, quoi, on t'offre une affiche formidable.

— C'est le mystère de ce sport merveilleux, j'élude.

Je parle de mystère pour que René renonce enfin à comprendre et à me questionner mais c'est on ne peut plus simple : il y a cinq ans, je faisais peur et personne ne voulait m'affronter. Après mon titre de champion de France, j'ai été classé numéro cinq européen. C'était bien mais pas assez toutefois pour être incontournable. Comme je ne faisais pas partie d'une grosse écurie et que je n'avais pas de promoteur derrière moi, on n'avait pas grand-chose à gagner, financièrement, à boxer contre moi. Sportivement, en revanche, on avait tout à perdre.

Les choix étaient vite faits.

À l'époque, Jérôme Tisserand, le promoteur, m'avait proposé un contrat. C'était une belle offre avec plusieurs zéros sur le chèque. Si j'acceptais, il fallait que je change de salle et que je quitte Émile. Le Vieux m'a poussé à dire oui mais je n'ai pas pu m'y résoudre. Émile, c'est ma famille. Il a pourtant déployé mille arguments pour me convaincre de partir mais il n'a pas pu cacher sa joie quand je lui ai annoncé que je restais.

Après, rien ne fut jamais pareil entre nous.

Je crois que l'on s'en est voulu. Pas l'un à l'autre mais chacun à soi. Il croit que, par égoïsme, il n'a pas su se montrer suffisamment convaincant et moi je sais que si je ne suis pas parti, c'est autant par peur de l'inconnu que par fidélité.

Bref, ça a foiré très vite ensuite.

Dans un coin de ma tête, je me dis qu'une nouvelle chance s'offre à moi aujourd'hui. Je vais la jouer à fond mais sans me prendre le chou. J'essaye de ne pas voir plus loin que ce combat. M'entraîner et le gagner, c'est mon but. Après, on verra. Comme disent les footeux, il faut prendre les matches les uns après les autres.

— Tu crois que tu pourras remonter sur un ring ? me demande Josy avec inquiétude. Après ce qu'il s'est passé...

— Tu veux dire quoi, après mon KO ?

— Ton KO et... ce qui a suivi...

— Si tu veux parler de mes deux-trois cuites mémorables, sache que je n'ai pas touché à un verre depuis qu'Émile m'a proposé ce combat.

Je ne crois pas utile d'évoquer le thé allongé de vodka que j'ai bu l'autre matin chez Nathalie.

— Ça fait combien de temps ?

— Bientôt trois semaines.

— Pas mal.

— J'ai arrêté la clope, aussi.

— Ah, c'est bien !

— Et tu sais, l'entraînement, j'y vais à fond. Comme jamais...

— Et tu te sens comment ?

— Franchement, un peu nase. Je crois que j'ai repris trop vite. Et puis, je ne dors pas assez en ce moment.

Un éclat d'intérêt brille dans l'œil de Josy.

— Hum, hum. Y aurait-il une demoiselle derrière ces nuits un peu courtes ?

— Même pas. C'est plutôt que je suis pas mal préoccupé. Je pense beaucoup à Sergueï, depuis son départ.

— Tu n'as toujours pas de nouvelles ? intervient René.

— Non.

— Et les policiers ne t'emmerdent plus ?

— En ce moment, ça va.

Je ne fais pas mention de Boucle d'Or qui continue de faire les cent pas dans la rue à quelques mètres de la vitrine du café. René et Josy s'inquiéteraient trop. Déjà que moi...

Round 6

Le commissaire Cyril Lefèvre me reçoit dans son bureau à Nanterre. Tout de suite, il me refait son speech attendu sur le donnant-donnant. Mais je le sens sur la réserve et je sais bien pourquoi.

Afin de l'amadouer, j'amorce :

— J'ai du nouveau sur les Dupont-Dupond...

— Je vous écoute.

— Ils sont revenus sur Paris.

— Vous les avez vus ?

— Pas moi, non. Mais l'info est sûre : je connais quelqu'un qui les a croisés.

— Qui cela ?

Je ne lui réponds pas.

— Déjà mon tour ? fait le commissaire sans sourire. Si vous voulez. Nous avons pu identifier l'un de vos Dupond. Il s'agit d'un certain Milan Zukovic, un policier, à la retraite officiellement depuis deux mois. Il exerçait ces dernières années au ministère de l'Intérieur à Belgrade mais il est originaire de Knin, une ville de Croatie qui fit partie durant la guerre de l'éphémère République serbe de Kra...

— De Krajina, je complète.

Il me félicite d'un haussement de sourcils étonné.

— Je me suis un peu documenté sur la question, éludé-je. Vous avez dit « officiellement à la retraite », vous n'y croyez pas ?

— Absolument pas. C'est un procédé commun de faire croire qu'on a retiré un agent du service avant de lui confier des missions délicates.

— La mission de venir tuer Lazlo, ici, à Paris ?

— Ah ça... Vous allez un peu vite en besogne.

— La Fouine les a vus !

— Peut-être mais moi je n'ai pas vu la Fouine. Il a été tué avant de témoigner, je vous le rappelle. Et puis, d'après ce que vous m'avez dit, Grégoire Petit a croisé deux bruns de type méditerranéen dans l'escalier. Il n'a pas été plus précis. Zukovic et son complice ne sont pas les seuls sur Paris à répondre à ce signalement.

— Vous ne les pensez pas coupables ?

— Ils font partie de mes suspects mais je n'ai aucun élément probant contre eux. J'aimerais bien les rencontrer, d'ailleurs, vos Dupont-Dupond, pour leur poser quelques questions. Alors, qui les a vus récemment ?

— Nathalie Caradache. C'est la voisine de palier de mon ami Sergueï Yankovic.

— Intéressant. C'était quand et dans quelles circonstances ?

— En début de semaine. Ils ont cambriolé l'appartement de Sergueï.

— Ce cambriolage a eu lieu avant ou après la disparition de votre ami ?

Disparition... Le mot me frappe. Pour moi, Sergueï était parti. Disparition, cela fait soudain très grave.

Une fois cette réflexion faite, je réalise que Lefèvre est plus informé que je ne le croyais.

— Sergueï avait fait ses adieux à sa voisine quelques heures seulement avant la visite de son appartement.

— Il a dit quelque chose avant de partir ?

— Oui. Il a dit : « La guerre m'a rattrapé. »

Le commissaire Lefèvre hoche pensivement la tête. Cette phrase ne le surprend pas. Elle paraît au contraire le conforter. Je demande :

— Vous avez une idée de ce que Sergueï vient faire là-dedans ?

— Pas encore, non. Mais je constate qu'un faisceau d'éléments nous ramène sans cesse à la guerre dans l'ex-Yougoslavie.

— Il y avait encore un doute ?

— Pas pour moi. Mais la PJ, par exemple, persiste à vouloir voir dans le meurtre de Lazlo un crime crapuleux.

— Les lieutenants Meyer et Casalis ?

— Exactement. Il faut dire à leur décharge que c'est la seule façon pour eux de se maintenir sur l'enquête. Dès qu'il sera formellement établi que le mobile de ces crimes est un règlement de comptes lié à l'ancienne Yougoslavie, l'affaire leur sera retirée.

Il semble hésiter à poursuivre puis se lance.

— C'est d'ailleurs leur précipitation à établir la piste crapuleuse qui explique les erreurs commises avec vous. Vous interpeller sur la seule base d'empreintes digitales qu'on n'était pas censé avoir gardé était risqué. Mais si vous aviez été impliqué et si vous aviez craqué durant la garde à vue, on aurait toujours pu arranger le coup.

— Je leur fais confiance...

— Je sens comme une pointe d'ironie...

— On ne peut rien vous cacher.

— J'aimerais bien..., persifle-t-il.

Il ouvre un tiroir de son bureau et extrait un dossier peu épais. Il le pose sur la table et me laisse le temps de lire le nom inscrit sur la couverture avant de l'ouvrir. Le nom, c'est Sergueï Yankovic.

— Que savez-vous du passé de votre ami ?

— Peu de chose, en fait. Avant la guerre, il était policier à Knin...

Je m'interromps brusquement, réalisant seulement maintenant que Sergueï a dû être collègue avec Milan Zukovic. Lefèvre me sourit. Lui avait déjà fait le rapprochement.

— Sergueï m'a toujours dit qu'il avait démissionné lors du déclenchement du conflit. Il ne voulait pas avoir à prendre parti. Il s'est reconverti en chauffeur de bus, un poste moins compromettant.

— Mais déjà à l'époque, « la guerre l'avait rattrapé »...

— On peut le dire comme ça, oui. J'ignore dans quelles circonstances précises mais la femme et la fille de Sergueï ont été assassinées par les milices serbes alors qu'il était au travail.

— Qu'a-t-il fait alors ?

— Il s'est enfui vers une ville de la côte, Split, je crois, en dehors de la zone contrôlée par les Serbes.

Lefèvre n'a pas sorti son organizer électronique. Il s'est muni d'un stylo et note d'un trait rapide mes réponses. Je poursuis :

— À Split, les Croates ont tenté de l'enrôler dans leur armée mais il a refusé. Il ne voulait toujours pas s'engager dans un camp. Lui se considérait encore comme Yougoslave. Alors, les Croates l'ont interné dans un camp. Le camp de Lora.

— Vous ne trouvez pas cela étonnant ?

— Quoi donc ?

— Les Serbes tuent la famille de votre ami et il persiste à vouloir rester neutre. Aucun sentiment de vengeance, pas d'envie d'en découdre. Moi, je trouve cela étonnant. Vous auriez agi ainsi, vous ?

— Je n'en sais rien. Personne ne peut dire avec certitude ce qu'il ferait dans une telle situation. Sergueï est sans doute un vrai pacifiste. Ça existe, non ?

— Sans doute. C'est juste que je n'en ai jamais vraiment rencontré. Ou alors des lâches ou...

— Des lâches ? C'est pas un peu réac, comme réflexion ?

— Peut-être mais vous ne m'avez pas laissé terminer. J'allais ajouter des lâches ou des menteurs.

— Ce n'est pas plus flatteur. Vous pensez que Sergueï m'a menti.

— Et vous ? Vous le croyez sur parole ?

— Évidemment, puisque c'est mon ami.

— Ça, ce n'est peut-être pas réac, comme réflexion, mais complètement crétin, non ?

Lefèvre marque un point. Je dois trouver mieux comme argument pour défendre Sergueï. Je me souviens soudain de notre discussion, l'autre nuit, dans son taxi.

— Il m'a dit qu'il avait longtemps songé à la vengeance et que, si des Serbes lui étaient tombés sous la main à cette époque, il ne savait pas comment il aurait réagi. Puis, quand il a commencé à surmonter son chagrin, il a compris que sa femme et sa fille n'auraient pas souhaité qu'il les venge.

Lefèvre a noté nerveusement le début de mon argumentation.

— C'était à quel moment, ce revirement ? Avant ou après la prison ?

— Je ne sais pas. Nous n'avons jamais beaucoup parlé de la guerre. Sergueï n'aimait pas évoquer cette période.

— Ah bon... Et cela ne vous a pas surpris ?

— Pas le moins du monde. Bien au contraire. Je pense comme lui qu'il faut s'appliquer à laisser dormir les fantômes.

Il cesse de noter et relève les yeux vers moi. Soupèse ce que je viens de dire. Le replace dans ce qu'il a pu découvrir de mon histoire familiale. Puis il hoche lentement la tête. Je poursuis mon plaidoyer.

— Vous avez l'air de penser que mon ami a menti. Mais je vous rappelle qu'il a obtenu le statut de réfugié politique. Il y a eu une enquête lors de son arrivée en France et, d'après ce que je sais, on ne donne plus facilement ce statut, de nos jours.

Lefèvre tapote les feuilles du dossier ouvert devant lui.

— Tout est là, effectivement. Nous avons le certificat de décès de Milena et d'Alexandra Yankovic ainsi qu'un rapport d'une organisation humanitaire allemande précisant les circonstances de leur assassinat. Nous avons également un extrait du fichier de la prison de Lora qui mentionne l'entrée de Yankovic et détaille même les séances d'interrogatoires qu'il a subies. Enfin, nous avons un témoignage de l'un de ses codétenus. Tout cela est parfait. Trop parfait...

— C'est bien la police, ça. Toujours à chercher la petite bête !

— Je ne cherche pas. Ou plutôt je ne cherche plus. Je l'ai trouvée...

Le visage de Lefèvre s'illumine. Il est ravi de son effet.

— Je vous écoute, je fais, impatient.

— Non, c'est moi qui vous écoute.

— Je ne comprends pas.

— Donnant-donnant, je vous le rappelle. Vous n'avez pas d'autres informations à me communiquer ?

Il commence sérieusement à m'énerver avec son jeu à la con ! Je me redresse sur mon siège et croise les jambes.

— Je suis suivi...

Moi aussi, je peux jouer à sa manière. Balancer une info, marquer une pause et attendre.

— Par les Dupont-Dupond ?

— Non. Vous pensez bien que je vous l'aurais déjà dit si c'était eux.

— Alors qui ?

— Un grand blond baraqué qui semble porter en toute saison une chemise écossaise.

— Vous avez une idée de son identité.

— Peut-être...

Lefèvre s'impatiente à son tour.

— Allez-y, prenez un jeton d'avance, propose-t-il, sinon nous allons perdre le fil de la discussion.

— OK. Il s'appelle Kurt Sven. C'est un Danois. Un ancien de la Légion étrangère. Il travaille pour une agence de protection rapprochée. Il a fait de la tôle pour violences.

— Nous avons sûrement quelque chose sur lui alors...

— Sûrement, oui. Vous avez des fichiers sur tout le monde, non ?

Sans se formaliser de ma remarque, Lefèvre se tourne vers son ordinateur de bureau qu'il réveille en secouant la souris. Puis il pianote nerveusement sur le clavier. L'ordinateur se met à ronronner. Le commissaire se retourne vers moi.

— Comment êtes-vous parvenu à l'identifier ?

— J'ai mes sources et je préfère rester discret.

— On ne se dit pas tout, alors ?

— Vous le savez très bien. Et je suis sûr que vous avez, vous aussi, vos secrets.

Lefèvre ne me répond pas. Son ordinateur s'est arrêté de chercher. Le commissaire regarde l'écran avant de le tourner vers moi.

— C'est lui ?

Le visage de Kurt Sven emplit l'écran. Regard froid, visage fermé, un numéro inscrit sous le menton. La photo classique réalisée par les flics.

— Affirmatif.

— Il vous a suivi jusqu'ici ?

— Non, je ne crois pas. Ce matin, je ne l'ai pas vu.

— Quelqu'un d'autre aura pris le relais. S'ils ont décidé de vous suivre, ils le font forcément vingt-quatre heures sur vingt-quatre.

— C'est qui « ils » ?

— Vous ne le savez pas ?

— Je sais seulement que la boîte pour laquelle travaille Sven s'appelle Bodysafe.

— Vos... sources ne vous ont rien dit ?

— Pas encore. Vous pouvez nous faire gagner du temps. Pourquoi ne pas prendre à votre tour un jeton d'avance ?

— Ce n'est pas un jeton que je vais prendre, là, mais une ligne entière. Remarquez, pourquoi pas ? Je crois qu'il n'est pas inutile que vous commenciez à comprendre les enjeux de ce qui se passe autour de vous.

— Vous êtes bien aimable...

— N'est-ce pas...

Après cette fausse mondanité, Lefèvre marque une pause pour rassembler ses idées.

— Sans doute devons-vous commencer par Ante Gotovina. Ce nom vous dit-il quelque chose, monsieur Couture ?

— Absolument.

Je n'ai pas encore tout oublié du cours magistral ingurgité chez de la Rochedière. Je récite.

— C'est un général de l'armée croate. Il a commandé l'opération de reconquête de la Krajina au cours de laquelle des crimes contre l'humanité ont été commis. Il est jugé en ce moment par le Tribunal pénal international.

— Bien, me félicite Lefèvre. Je vois que vous vous êtes documenté sur la question. À part ça ? Saviez-vous que Gotovina, bien que croate, avait également la nationalité française ?

— Non, je l'ignorais.

— Ante Gotovina est né en Croatie en 1955 dans un milieu modeste de pêcheurs mais, dès l'âge de 18 ans, il a quitté son pays pour s'engager dans notre Légion étrangère...

La Légion, bon sang ! Ça y est, j'y suis. C'est de la Rochedière qui m'avait parlé d'elle, au sujet de Gotovina justement. La Légion dont a fait partie également Kurt Sven...

— Gotovina a servi à Djibouti et en Côte d'Ivoire. Il a rejoint les rangs du 2e REP, le 2e régiment étranger de parachutistes, un corps d'élite souvent engagé dans des opérations commandos.

Il a allumé son organizer et maintenant s'aide de ses notes pour sa narration.

— Gotovina quitte la Légion en 1978 avec le grade de caporal-chef. Il obtient la nationalité française et choisit de rester sur notre territoire. Il va travailler alors pour des sociétés de sécurité et fera même le coup de poing pour l'extrême droite. Il développe également des liens avec la pègre. En 1986, il est condamné à cinq ans de prison pour un cambriolage qui lui aurait rapporté deux millions de francs. Curieusement, il est libéré dès l'année suivante. J'ignore pourquoi. En 1990, il retourne en Croatie pour s'engager dans la lutte contre les Serbes et il dirigera, comme vous le savez, l'opération « Tempête » destinée à reconquérir les territoires occupés par les Serbes.

Il relève un instant les yeux de ses notes, les pose sur moi puis replonge dans son récit.

— Ante Gotovina est un héros en Croatie. Mais le TPI a quand même fini par l'inculper officiellement en 2001. Sauf qu'au moment où l'annonce de cette inculpation a été faite, Gotovina avait déjà pris la fuite. Et comme par hasard avec un passeport français qu'il venait juste de recevoir.

— Bravo la France ! Comment expliquez-vous ça ?

— Gotovina a été arrêté en 2005 aux îles Canaries mais sa fuite a duré quatre ans, quatre ans durant lesquels il a nargué Interpol et toutes les polices européennes. Il aurait même fait durant sa fuite quelques séjours dans le sud de la France.

Il n'a toujours pas répondu à ma question mais je sens que ça vient.

— Gotovina a bénéficié d'un puissant réseau d'amitiés. En Croatie, évidemment, mais également en France : les anciens de la Légion font preuve d'une grande solidarité envers leurs anciens compagnons d'armes.

Il abandonne son organizer pour revenir sur son ordinateur, tapote sur le clavier puis tourne à nouveau l'écran vers moi. La photo de Kurt Sven a cédé la place à celle d'un homme d'une cinquantaine d'années au visage carré. Lefèvre me le présente.

— Michel Siora. 54 ans. Ancien légionnaire. Ancien de Kolwezi. Patron aujourd'hui de Bodysafe.

Il se tait pour attendre ma réaction. J'ai l'impression que, comme l'ordinateur de Lefèvre, mon cerveau ronronne en fonctionnant. Les connexions se font petit à petit.

— Alors, les gens qui me suivent travailleraient pour le général Gotovina... Mais pourquoi ? Qu'est-ce qu'ils me veulent ? C'est après Sergueï qu'ils en ont, n'est-ce pas ? Et les Serbes, qu'est-ce qu'ils lui veulent ?

Je pose ces questions sans regarder Lefèvre. Comme si je me les posais à moi-même. J'évite d'interroger directement le commissaire : il m'en ferait payer la facture.

— Quel est donc le lien entre ces gens et Sergueï ? Ces gens et Lazlo ?

Lefèvre m'observe en silence. Sous des sourcils clairs, ses yeux, tels des moineaux méfiants, ne cessent de bouger. Ils ne se posent sur moi que par intermittence mais ce mouvement fébrile n'altère en rien l'assurance qui émane du commissaire.

Au lieu de me répondre, Lefèvre me suggère une nouvelle question :

— Vous pourriez également vous demander quelle est la vraie nature du lien entre Sergueï et Lazlo ?

Je balaie sa remarque d'un revers de manche.

— Lazlo et Sergueï se sont rencontrés en France. Ils ont peut-être un peu magouillé ensemble mais je connais Sergueï, ce n'était probablement que des broutilles pour se faire un peu d'argent.

Lefèvre se tait et sourit d'un air supérieur. Je me fourvoie, il le sait, je le comprends avec retard.

— J'ai dit une connerie ?

Il hausse les épaules.

— Nous en arrivons maintenant au point que nous avions laissé tout à l'heure en suspens : la petite bête que j'ai trouvée dans le dossier de Sergueï Yankovic...

— Je suis impatient de vous entendre.

— Au jeu du donnant-donnant, j'ai beaucoup d'avance sur vous.

Agacé, je réplique :

— Je vous signerai une reconnaissance de dette, si vous le désirez, mais je n'ai plus rien à vous balancer comme info.

— Il faudra tout de même que nous reparlions de vos parents.

— Il faudra... dis-je, résigné.

— En attendant, vous ne m'avez rien dit pour vos sources. Qui vous a donné l'identité de Kurt Sven ?

— Ça, je ne peux pas vous le dire. Je risque de la mettre en danger.

— La ?

— Oui, LA source.

Pour la première fois, les yeux de Lefèvre se plantent dans les miens et me scrutent quelques secondes. Je soutiens son regard.

— D'accord, si vous voulez, concède-t-il. Mais je préfère vous mettre en garde : dans cette affaire, vous ne devez faire confiance à personne.

— Pas même à vous, alors ?

— Allez savoir...

Je respire un grand coup et j'en reviens à nos moutons.

— Vous n'allez pas vous arrêter en si bon chemin. C'est quoi, cette bébête que vous avez dénichée ?

Lefèvre marque une nouvelle pause. Calculée. Il a toujours eu l'intention de me la filer, cette info. Il ne veut pas la brader, c'est tout.

— Je peux me contenter d'une promesse en échange.

— À savoir ?

— La promesse de m'appeler dès que Yankovic prendra contact avec vous.

— Vous pensez qu'il le fera ?

— Je le crois, oui.

Moi, je n'en suis pas convaincu. Je ne vois pas pourquoi Sergueï prendrait de tels risques : il sait que les flics ne me lâchent pas ; il doit se douter aussi que je suis suivi. Je peux bien promettre tout ce qu'on me demande. Les promesses d'un petit délinquant à un flic ne valent pas plus que celles d'un politique à ses électeurs. Si Lefèvre est assez con pour y croire...

— OK, c'est promis !

Le commissaire a l'air satisfait. Il prend une feuille dans le dossier de Sergueï et la pousse vers moi.

— Voici le témoignage en anglais d'un des codétenus de Yankovic. Il raconte combien votre ami Sergueï l'a soutenu moralement durant toute sa détention. Mais ce qui nous intéresse, c'est la signature.

Mes yeux survolent le texte pour se fixer sur un graffiti tout en bas. Je déchiffre.

— Marko Zvonimir, c'est ça ?

Le nom ne m'est pas inconnu.

— C'est qui ? Je m'y perds avec tous ces noms slaves...

— Moi aussi. Heureusement, j'ai mes notes : Marko Zvonimir, c'est le vrai nom de Lazlo.

Ça y est, je me souviens. Casalis m'avait livré ce nom lors du premier interrogatoire de ma garde à vue. Sergueï m'aurait donc menti : il connaissait Lazlo depuis la guerre. Mais qu'est-ce que cela change sur le fond ?

— Je ne vois pas où est le problème... Si Lazlo a été prisonnier au camp de Lora, ça ne remet pas en cause l'authenticité de cette lettre.

— Si Lazlo avait été prisonnier, effectivement...

— Mais ce n'était pas le cas, c'est ça ?

— Non. D'après les autorités croates, les fichiers de la prison ne comportent aucun Marko Zvonimir parmi les prisonniers.

— Il peut y avoir des lacunes dans ces fichiers. C'était la guerre, après tout !

— En revanche, il y avait bien un Zvanko Zvonimir à la prison de Lora, enchaîne Lefèvre. Ce Zvanko serait le frère de Lazlo, et il n'était pas prisonnier, mais gardien. Là, vous en conviendrez, cela change tout.

Le commissaire reprend la lettre et la replace soigneusement dans le dossier. Il le referme et le range dans le tiroir de son bureau. Je suis encore sous le choc de la révélation quand il décide de mettre une dernière cartouche dans son chargeur et de me la tirer à bout portant.

— Il serait temps maintenant de parler de la mort de votre père, vous ne croyez pas ?

Round 7

Il est 22 h 30.

Je tourne en rond dans mon appartement grand comme trois cellules de garde à vue. Je voulais me coucher tôt, mais comment parvenir à dormir ?

Je n'ai rien répondu à Lefèvre, j'ai choisi de le laisser venir.

— Vous m'avez menti, l'autre jour...

— Absolument pas.

Le commissaire a levé les sourcils.

— Vous m'avez dit que votre père et votre sœur étaient morts dans un accident de voiture...

— Pas du tout, je n'ai rien dit de tel. C'est vous qui avez lu devant moi ce qu'il y avait sur vos fiches. Je n'y peux rien, moi, si les dossiers de la police sont mal faits.

— Vous auriez pu me détromper.

— Ce dossier n'était pas censé exister, vous ne pensez pas que j'allais vous aider à le rectifier !

Lefèvre s'est agité sur sa chaise, ma rhétorique visiblement l'énervait.

— Écoutez ! Là n'est plus le problème. Il s'agissait de savoir si votre père pouvait avoir un lien avec l'affaire qui nous occupe aujourd'hui et si sa mort était réellement accidentelle. Vous auriez pu me faire gagner un temps fou en me disant la vérité.

Je n'ai pu retenir un sourire. Enfant puis adolescent, j'avais tellement souhaité que Papa et Laurette soient plutôt morts dans un accident de voiture que je répétais cette fable à l'envi. Systématiquement. À l'école, à mes amis, aux journalistes sportifs, même aux flics et aux juges. Ma version a fini par s'imposer dans tous les articles et les dossiers me concernant. J'ai commencé à y croire moi-même, ma vérité était devenue réalité. Il n'y a là rien d'étonnant : les pages des faits divers des journaux racontent régulièrement l'histoire de faux médecins ayant exercé pendant des années, sans diplômes, à l'insu de leur famille, de leurs patients et de leurs confrères. Après tout, moi, j'étais un vrai orphelin. C'est seulement sur la manière dont je le suis devenu que j'ai menti.

— Nous avons retrouvé la déposition de votre mère ainsi que votre témoignage et ceux des voisins. Ils sont corroborés par les relevés d'empreintes et l'expertise balistique. Tout est limpide. Il n'y a pas matière à fantasmer, n'est-ce pas ? Vous n'avez rien à changer à votre témoignage de l'époque ?

— Pas une ligne.

Il a hoché tristement la tête en me regardant. J'ai fui ses yeux dans lesquels je voyais naître ces reflets de pitié que je connais trop bien.

— Bien, a conclu le commissaire, on peut donc écarter définitivement l'hypothèse que l'assassinat de votre père ait un rapport avec la guerre dans l'ex-Yougoslavie. Mais cela ne nous permet pas d'expliquer ce que faisait sa photo dans les valises de Milan Zukovic.

J'ai pris congé et je suis rentré. Il y avait des embouteillages sur la route, je crois. Je n'ai rien vu. J'apprendrai peut-être plus tard qu'en chemin, j'ai écrasé deux piétons, trois motards et un chien. Je n'en serai pas autrement surpris.

Comment trouver maintenant le repos ?

Ma vie n'est pas un long fleuve tranquille mais un petit étang calme. L'eau peut sembler douce et limpide tant qu'on ne remue pas la vase qui en tapisse le fond. Sinon, la fange de mes souvenirs d'enfance remonte brusquement à la surface en gros bouillons pestilentiels et jette entre deux eaux des matières incertaines et glauques qui confèrent à l'étang l'aspect trouble d'une sortie d'égouts parisiens.

Il faut toujours plusieurs jours pour que le limon reprenne sa place.

En plus de remuer mes souvenirs, Lefèvre m'a balancé en vrac une flopée d'infos troublantes.

Le vrac, c'est cela le problème...

Je suis sûr que pour le commissaire, ces infos ont un sens. Elles font cohérence. Pour moi, que dalle ! Je n'y comprends rien. J'entrevois que Sergueï joue dans cette histoire un rôle plus important que je ne le pensais mais je ne pige pas lequel. Trop de questions tournent dans ma tête. J'essaye d'élaborer des réponses.

Sergueï a produit un faux pour obtenir son statut de réfugié. C'est légalement condamnable, d'accord, mais sans doute n'a-t-il agi que pour renforcer une requête justifiée. Combien de personnes se sont vu refuser ce statut, faute d'avoir présenté un dossier suffisamment étayé par des documents crédibles ? Sergueï n'est pas un crétin, il aura voulu blinder sa demande.

Mais pourquoi un de ses anciens gardiens aurait-il accepté de lui faire ce faux? Un remords tardif? Je crois encore entendre la voix de Lefèvre me traiter de naïf...

Pour comprendre le fond de l'affaire, je tente de contourner l'obstacle. Ne pas attaquer d'emblée le «Pourquoi?». J'essaye de raisonner d'abord par équipes. D'un côté, donc, Kurt Sven-Boucle d'Or, Michel Siora, Bodysafe, les anciens de la Légion étrangère et le général croate Gotovina; de l'autre les Dupont-Dupond dont l'un, au moins, est un policier serbe. Entre les deux, Sergueï. Et moi par voie de conséquence.

Où classer Lazlo? La logique – et l'Histoire – le range dans le camp Gotovina mais je présume que ce n'est pas si simple.

Revenons maintenant sur les faits. Lazlo a été assassiné. À mon avis, par les Dupont-Dupond. La réserve du commissaire à leur endroit devrait m'inciter à la prudence mais cela me semble tellement évident! Évident et facile. À partir de leur culpabilité, on peut dérouler une pelote, celle de la vengeance : deux Serbes, anciens policiers de la Krajina, sont venus porter à Lazlo, vingt ans après la guerre, l'addition de ses crimes comme geôlier du camp de Lora. Pour se protéger, ils ont ensuite assassiné Grégoire, témoin trop gênant.

Mais pourquoi n'être pas repartis après l'exécution de leur mission? Pourquoi avoir cambriolé l'appartement de Sergueï? Que lui veulent-ils? Que cherchent-ils?

Oui, je sens qu'il y a là un élément intéressant. La vengeance finalement n'est peut-être pas leur seule motivation. Les Dupont-Dupond cherchent quelque chose. Oui, c'est ça... Ils ont torturé Lazlo pour le faire parler. Lui faire avouer quoi? Un crime? Non, je ne vois pas l'intérêt, ils ne veulent pas instruire un procès. Je dirais plutôt une cachette. Les Serbes cherchent... je ne sais pas, un objet, des papiers, quelque chose de compromettant. De très compromettant.

Pour qui? Pour eux? Peut-être. Ou alors, mais oui... tout s'emboîterait alors... Quelque chose de compromettant pour le général Gotovina! D'où l'entrée en lice de Bodysafe et des anciens de la Légion.

Cet objet compromettant, les Serbes ne l'ont pas trouvé chez Lazlo et l'ont cherché ensuite chez Sergueï. Et ils ne sont pas les seuls à penser que mon pote est impliqué dans l'affaire. Les hommes de Bodysafe sont arrivés à la même conclusion. Ils me pistent en espérant ainsi remonter jusqu'à Sergueï et mettre la main sur... Sur quoi, je n'en sais foutre rien, mais ce n'est peut-être pas le plus important. Du moins pour l'instant.

Ces hypothèses – bien que très bancales encore, j'en ai conscience – m'apaisent quelque peu.

Mais il reste une question. Une interrogation qui à elle seule pourrait m'empêcher de dormir durant toutes les nuits qu'il me reste à vivre. Celle sur laquelle s'est achevé mon entretien avec Lefèvre : que vient foutre mon père dans cette histoire? Et là, toujours pas le moindre début d'amorce de réponse.

Je continue à marcher de long en large dans mon appartement. J'aimerais pouvoir sortir et évacuer mon trop-plein d'énergie et de questions dans les rues de Paris. Mais dehors, il y a encore des bistrots ouverts. Je sais que je ne résisterais pas.

Le téléphone sonne. Le réveil indique 6 heures en chiffres rouges. Je suis allongé dans mon lit. Je ne sais pas si je dormais. J'ai dû m'assoupir par intermittence mais j'ai l'impression d'avoir passé une partie de la nuit les yeux ouverts dans le noir.

Je décroche.

— Pierre ?

Une voix féminine.

— Oui.

— Je vous réveille ?

— Je ne sais pas.

— Excusez-moi... C'est Nathalie.

— Comment ça va ?

— Mal.

Un silence.

— J'ai peur. Je crois qu'on me suit.

— Comment cela ?

— Il y a un homme devant mon immeuble. Il était déjà là hier soir. Il n'a pas bougé de la nuit. Je me suis levée à plusieurs reprises, il était toujours là.

— C'est peut-être un voisin qui s'est disputé avec sa femme et qui n'ose pas rentrer.

— Non, ce n'est pas un voisin. J'ai l'impression de l'avoir déjà croisé avant. J'ai peur, Pierre. Je voudrais partir quelques jours, j'ai une amie en province qui peut m'accueillir. Il y a un train qui part tout à l'heure mais je n'ose pas sortir.

— Cet homme qui vous suit, vous pourriez me le décrire ?

— C'est un individu de forte stature. Il est blond. Il n'est pas frileux apparemment car il a passé toute la nuit dehors avec pour seul vêtement une chemise écossaise.

— OK, Nathalie. Ne bougez pas. J'arrive.

Je gare ma voiture dans une ruelle voisine et je m'approche à pied de l'immeuble de Sergueï. La rue me semble vide. Boucle d'Or est peut-être allé se coucher.

Nathalie m'observe par le judas avant de déverrouiller sa porte. Dès que je suis entré dans son appartement, elle referme derrière moi. Deux valises attendent dans le salon.

— Il est à quelle heure, votre train ?

— 7 h 30.

— Vous avez votre billet ?

— Oui, je l'ai réservé sur Internet. J'ai vérifié qu'il restait des places avant de vous appeler.

— Vous allez où ?

— Je préfère ne pas vous le dire.

Elle pose une main sur mon bras et s'excuse.

— Ce n'est pas que je ne vous fasse pas confiance, Pierre. Je ne vous aurais pas appelé sinon... Mais je crois que, dans notre situation, il est préférable d'en dire et d'en savoir le minimum. Dans la clandestinité, on appelle cela « compartimenter l'information ». J'ai étudié la Résistance française avant de m'intéresser à la littérature albanaise.

Elle glisse un papier dans la poche de mon blouson.

— Je vous ai mis mon numéro de portable.

— Je vous promets de l'apprendre par cœur et de manger le papier aussitôt, plaisanté-je.

Avant d'ouvrir la porte cochère de l'immeuble,

je pose un instant les valises. Je jette un coup d'œil dans la rue mais je ne vois pas âme qui vive.

— On peut y aller.

Nathalie hésite un instant puis elle se décide à me suivre. Elle passe son bras sous le mien. Nous marchons d'un pas vif jusqu'à ma voiture.

— Si vous pouviez au moins me dire à quelle gare je vous emmène, ça m'aiderait.

— Gare de Lyon.

— Ça marche.

Je démarre et actionne avec le plus de délicatesse possible l'accélérateur de la Clio. Peine perdue. Fangio n'aurait pas été plus bruyant sur la ligne de départ d'un 24 Heures du Mans. En chemin, je révèle à Nathalie l'identité de l'homme qui la suit. Je lui résume également ce que j'ai appris de Lefèvre mais en omettant, dans les informations que je lui livre, le semblant d'ordre que j'ai cru y trouver. Nathalie est abasourdie. Après quelques secondes de réflexion, elle tire une première conclusion positive.

— Au moins, on sait maintenant, même s'il se sentait menacé, pourquoi Sergueï n'a pas appelé la police : avec ce faux témoignage dans son dossier, il risquait gros.

— Vous pensez que c'est la seule raison ?

Je commence, moi, à me poser de sérieuses questions sur notre ami commun. Nathalie me dévisage gravement avant de répondre.

— Je ne sais pas. Et vous, qu'en pensez-vous ? J'ai l'impression que vous ne m'avez pas tout dit...

— Je vous ai donné toutes les informations. Le reste, ce ne sont que des élucubrations que je préfère garder pour moi tant que je n'ai pas de certitudes. Tout ce que je peux vous dire, c'est que le rôle de Sergueï dans cette affaire est peut-être plus complexe que nous ne le pensions. Son rôle durant la guerre également. Justement, lorsque nous avons discuté l'autre matin chez vous, vous m'avez confié votre sentiment que Sergueï n'était pas fier de son comportement durant cette guerre...

— Oui, je me souviens. J'ai justement beaucoup réfléchi à cette question ces derniers jours mais sans trouver de réponse satisfaisante. Sentiment de culpabilité pour avoir survécu ? Regrets de ne pas avoir vengé sa famille ? Nous avons évoqué ces hypothèses ensemble mais rien ne m'a semblé satisfaisant.

Nous arrivons place de la Nation. La circulation est fluide encore, à cette heure matinale.

— Je me suis dit alors que Sergueï avait peut-être été témoin de quelque chose : d'actes sordides, par exemple. Témoin ou complice.

— Complice ?

— Être témoin d'un crime sans le dénoncer, par exemple, c'est quelque part être complice. Je ne sais pas si Sergueï s'est trouvé dans une telle situation, mais c'est possible.

Un cycliste sans lumière surgit brusquement sur ma droite.

Je freine pour le laisser passer.

— Quoi que Sergueï ait pu faire durant cette guerre, poursuit Nathalie, il faudra se garder de le juger trop vite. Vous savez, Pierre, dans notre partie calme de l'Europe, nous sommes très forts pour donner des leçons et distribuer des bons points. Mais nous avons tendance à oublier ce que c'est qu'une guerre et surtout ce que c'est, concrètement, de vivre une guerre. Dans une guerre, et surtout une guerre civile, les cartes sont considérablement brouillées. Les notions morales également deviennent floues. Le Bien et le Mal... Pour certains, le Bien c'est tout simplement ce qui permet de protéger les siens, sa famille ou sa communauté, face à l'autre camp devenu le camp du Mal.

Je m'engage dans l'avenue Daumesnil. La gare de Lyon n'est plus très loin.

— Et le courage... Qu'est-ce que le courage durant une guerre civile ? L'acte physique, par exemple, risquer sa peau sur le champ de bataille ? C'est souvent ce que l'on croit et ce que l'on récompense. Moi, je pense que le vrai courage, c'est l'acte moral qui consiste à lutter contre la haine. S'élever, par exemple, contre les crimes commis par son propre camp. Sergueï a vaincu sa propre haine. Il a refusé de se ranger derrière une bannière pour venger les siens. Il a dû souvent être traité de lâche alors qu'il a été, à mon avis, un des rares hommes courageux de cette guerre.

Sa plaidoirie me touche. Je m'en veux. Quand Lefèvre a parlé de lâcheté à propos de Sergueï, je n'ai pas su trouver les mots.

— Mais il n'est pas simple dans une guerre de faire tout de suite le bon choix et de s'y tenir jusqu'au bout, précise Nathalie. Survivre n'est jamais simple. Peut-être Sergueï a-t-il dû se résoudre à quelques compromis. Je n'en sais rien. Mais si c'est le cas, qui sommes-nous pour le juger ?

Je me gare dans une rue voisine de la gare de Lyon et j'accompagne Nathalie jusqu'au quai, histoire de m'assurer qu'aucun grand blond en chemise écossaise ne monte derrière elle. Le train va jusqu'à Marseille mais il s'arrête à Lyon et Valence auparavant. Nathalie composte son billet puis elle me fait la bise et me serre dans ses bras.

— Merci, Pierre. Soyez prudent, surtout.

Elle approche ses lèvres de mon oreille et murmure :

— Et embrassez bien Sergueï pour moi si vous le voyez.

Je la regarde s'éloigner sur le quai puis je quitte la gare. Je me dirige vers la rue Parrot où j'ai laissé ma Clio. En m'approchant, j'aperçois un gaillard qui lui tourne autour. Grand et baraqué, coulé dans le même bronze que Boucle d'Or, à ceci près qu'il connaît un début d'embonpoint et que son crâne chauve brille sous les lumières urbaines.

Je fouille dans mes poches et déniche un ticket de métro chiffonné. Les transports en commun protègent la planète, nous rebat-on les oreilles, ces derniers temps. Ce matin, je me sens la fibre écolo.

Round 8

Nous trottinons, Julie et moi, dans le parc des Buttes-Chaumont. Nous faisons le tour du lac à petites foulées. Le jour n'est pas encore levé, il fait froid. Le sol gelé craque sous nos baskets et nos souffles exhalent un brouillard chaud devant nous.

Malgré ma courte nuit, je respecte notre rendez-vous matinal. Je cours mais je ne force pas. Et même si Julie veut me défier comme à son habitude, je ne céderai pas à la provocation.

Pour l'instant, elle a d'autres chats à fouetter.

— Ta description est sommaire mais je vais tâcher de me renseigner aussi sur ce type-là. Crâne d'œuf. Je ne te promets rien.

Julie est passionnée par cette affaire. Elle m'assaille littéralement de questions. Elle est flic et je conçois très bien que cette histoire de meurtres aux ramifications internationales la change de son quotidien. Moi, ça m'énerve un peu. Je voudrais lui parler d'autre chose. Elle est en congé pour une semaine à partir d'aujourd'hui et j'aurais aimé lui proposer d'aller dîner quelque part...

De temps en temps, Julie court en marche arrière. Pour muscler davantage les quadriceps, m'a-t-elle expliqué une fois. Je la soupçonne d'abuser ce matin de cette variante afin de vérifier que nous ne sommes pas suivis. Elle va finir par être plus obsédée que moi.

À la fin de la séance, Julie me propose de faire des accélérations en côte.

— Je vais plutôt m'arrêter là. J'ai posé ma journée et je vais aller me recoucher. J'ai surtout besoin de repos.

— Petit joueur, va !

— Si tu veux...

Julie sautille pour ne pas se refroidir. Faute d'avoir pu saisir une opportunité, je me décide à placer maintenant mon invitation :

— Au fait, je me disais qu'on pourrait aller dîner quelque part, un de ces soirs...

— Dîner...

— Ben oui, on pourrait se faire un resto, quoi.

Ses yeux bleus me transpercent, décryptant sans peine mes arrière-pensées.

— Écoute, Pierre, je ne pense pas que cela soit une bonne idée...

Elle n'en dit pas plus. Elle hésite visiblement. Je me repasse en mémoire les moments que nous avons vécus ensemble. Depuis trois semaines, nous courons presque tous les matins. Après le footing, nous prenons parfois le café dans un bistrot. Certes, nous n'avons jamais vraiment abordé la question de nos vies privées mais j'avais l'impression que le courant passait plutôt bien entre nous. Un matin, elle m'avait même confié dans un sourire qu'il n'y avait pas d'homme dans sa vie. Et je m'étais mis à rêver.

Je commence à trouver vexantes ses tergiversations. Je ne lui ai tout de même pas demandé de s'allonger tout de suite dans l'herbe gelée et d'écarter les cuisses.

— Ce n'est qu'une invitation à dîner...

Seul un coin de sa bouche me sourit. Elle hésite encore quelques secondes puis, soudain, son sourire devient franc.

— OK, ça marche mais à une condition.

— Si c'est que je ne profite pas de l'occasion pour te draguer un peu, cela me semble difficile.

— Non, non, ce n'est pas ça. La condition, c'est que nous n'allions pas au restaurant mais que tu viennes dîner chez moi ce soir.

— Chez toi ? Ce soir ?

— Oui, chez moi. À la maison. Enfin... dans mon appartement.

J'accepte aussitôt sans parvenir à lui dissimuler mon étonnement. J'aimerais me réjouir mais quelque chose dans son ton, dans ses yeux ou dans son sourire m'empêche de prendre sa proposition pour une promesse.

Valérie, la fleuriste, m'accueille avec son sourire bienveillant.

— Je pensais à vous, justement. J'ai une jolie composition à vous proposer. Ça vous plaît ? Je lui envoie ?

— C'est très joli. Mais pas besoin d'envoi pour celui-ci. Je pars avec.

Valérie ne cache pas sa surprise. Je me sens obligé de lui expliquer.

— Ce n'est pas pour elle mais pour une jeune femme...

— Hum, hum... Un premier rendez-vous ?

Je sens que je rougis.

— Un dîner, oui. Combien je vous dois ?

Valérie me fait un prix. Elle me fait toujours un prix. Elle ne me l'a jamais dit mais je l'ai compris depuis longtemps. Et je sais qu'elle sait que je sais. Ça nous convient ainsi.

On se quitte sur un sourire complice.

Round 9

Je me sens en forme. J'ai pioncé de 10 heures à 16 heures, puis je me suis permis un petit entraînement de boxe. Je suis rentré chez moi prendre une douche. J'ai mis des vêtements et des sous-vêtements propres, un peu de gomina sur mes cheveux et, pour une fois, je me suis parfumé. Avant de partir, j'ai glissé dans la poche arrière de mon pantalon quelques préservatifs. Le souvenir de l'attitude de Julie me laisse des doutes sur l'issue de ce dîner mais comme me le répète souvent Émile avec sa philosophie simpliste de la vie : « Quand on accepte de monter sur un ring, c'est que, quels que soient les pronostics, on espère l'emporter. »

La porte s'ouvre et me dévoile une jeune femme brune aux yeux noirs.

— Je... euh... excusez-moi, j'ai dû me tromper d'étage.

La petite brunette s'amuse de ma surprise.

— Non, non, vous ne vous êtes pas trompé. Julie est en cuisine. Si vous voulez bien entrer...

Elle s'écarte et je pénètre dans l'appartement. De

suaves odeurs s'échappent de la cuisine. La jeune femme se présente :

— Je m'appelle Marina.

— Enchanté. Moi, c'est Pierre. Excusez mon étonnement, mais j'ignorais que Julie avait une colocataire.

— Colocataire... répète-t-elle en soulevant un sourcil.

Elle me fait avancer dans un salon des plus cosy. Un tapis épais étouffe mes pas. Je m'installe sur un canapé rose fuchsia garni de coussins moelleux. À ma droite, une cheminée à l'éthanol dispense dans la pièce une douceur exquise. J'ai toujours mon bouquet dans les mains. Marina m'a laissé seul.

Je me lève et m'approche d'une table ronde située près d'une haute fenêtre. Je grimace en constatant que trois couverts ont été mis. Pour le tête-à-tête, c'est raté. Je pose le bouquet sur une assiette.

Des éclats de voix me parviennent de la cuisine. Le ton est sec, on dirait une dispute. Par discrétion, je m'éloigne en direction de la fenêtre mais la vue ne vaut pas tripette : une cour d'immeuble aussi étroite et noire qu'un conduit de cheminée.

— Bonsoir, me fait la voix de Julie dans mon dos.

Elle a coiffé ses cheveux en arrière et souligné ses yeux d'un léger trait bleuté. Deux cercles rouge et bleu pendent de ses oreilles. Un rouge à lèvres discret fait briller sa bouche. Je sens l'odeur de la vanille sur ma joue quand elle m'embrasse.

Je frémis en songeant qu'elle s'est faite belle pour moi.

— Oh, il ne fallait pas, s'exclame-t-elle en découvrant les fleurs. Elles sont magnifiques !

— Pas tant que toi, osé-je.

Elle accueille mon compliment d'un sourire pâle.

— Donne-moi ton blouson, je vais l'accrocher dans l'entrée.

Je me désape et lui abandonne mon blouson. Au moment où elle s'éloigne, je tente de l'arrêter.

— J'ai laissé mon portable dans une poche...

— Tu attends un appel important ?

— Non, je réponds en haussant les épaules.

Julie repart vers l'entrée et la cuisine. Elle porte une robe fuseau qui moule son fessier presque aussi bien que son collant de course. Je me retrouve à nouveau seul et me réinstalle confortablement dans le canapé. Pour la première fois, je perçois une musique qui s'échappe des enceintes accrochées au plafond. Du jazz. Je ne suis pas fan mais, en sourdine, je supporte.

Marina me rejoint avec un plateau garni de trois verres, d'un bol de glaçons et de quelques amuse-gueules. Elle pose le plateau sur une table basse qu'elle rapproche du canapé. Puis elle s'empare d'une sorte de petit matelas mou et coloré. Elle le dresse devant la table basse et s'assied brusquement dessus. Ce matelas est un pouf qui prend aussitôt sa forme.

— Astucieux, je commente.

— Et délicieusement confortable. À condition de ne pas chercher à s'en extraire toutes les deux minutes. Julie va être obligée de faire le service.

Je pioche une cacahuète dans une coupelle que je lui tends. Julie refait son apparition et pose le vase des fleurs sur la table du repas. Puis elle s'approche de nous avec une bouteille remplie d'un liquide couleur caca d'oie.

— Qu'est-ce que je te sers ? me demande-t-elle. Je t'ai préparé un cocktail de jus de fruits, ça te dit ?

Mon verre est plein avant que j'aie pu trouver les mots aimables pour refuser. Julie me rassure :

— Kiwi, pomme et banane. Tu vas voir, c'est délicieux.

Je goûte avec réticence. Délicieux, le mot me semble exagéré, toutefois la boisson se révèle douce et veloutée. Ça ne vaut pas un double scotch mais cette douceur est à l'image de l'atmosphère du salon. Ton sur ton, en quelque sorte.

— Alors, comme ça, tu es boxeur? m'interroge Marina avec une sympathique familiarité. J'ai hâte de voir bientôt mon premier combat. Je me suis renseignée sur ce Quentin Rolland. Il paraît que c'est le Français le plus prometteur de sa génération. Certains le voient déjà champion d'Europe, voire champion du monde.

J'avais offert deux places à Julie, je sais maintenant qui l'accompagnera.

— C'est sûr qu'il peut aller loin. À moins qu'il ne se fasse dévorer avant par le grand méchant loup.

Un éclair gourmand s'allume dans les yeux noirs de la colocataire.

— Et ce grand méchant loup, ce pourrait être toi ?

— Je l'espère...

Je lève bien haut mon verre et j'ajoute :

— Tu vois, je suis même prêt à tous les sacrifices pour y parvenir...

Marina éclate de rire. Je me tourne vers Julie qui, assise en tailleur à mes côtés sur le canapé, fait mine de bouder.

— Dis tout de suite que ce n'est pas bon...

Je pose la main sur son genou et je la rassure :

— Disons que c'est... surprenant.

— Mais Julie est une femme surprenante, déclare Marina sur un ton mystérieux qui jette un froid entre les deux amies.

Mes yeux bondissent de l'une à l'autre. J'ai la désagréable impression de ne pas être étranger à cette tension.

— Et toi, tu fais quoi dans la vie ? je demande à Marina pour détendre l'atmosphère.

Elle me raconte qu'elle est kiné et qu'elle partage son temps entre trois maisons de retraite. Son boulot n'est pas drôle. Des heures de travail avec des petits vieux pour leur faire gagner un peu de mobilité. Ou plutôt pour éviter qu'ils ne la perdent trop vite. Elle leur fait lever les jambes, tendre les bras, redresser le dos. Afin qu'ils puissent continuer d'aller seuls de leur lit au fauteuil ou de se relever sans aide de la cuvette des chiottes. Elle les fait souffrir, toujours. Pleurer aussi, de temps en temps. Pour un trop court sursis.

J'entends chanter Brel dans ma tête :

«*Les vieux ne bougent plus, leurs gestes ont trop de rides, leur monde est trop petit, du lit à la fenêtre, puis du lit au fauteuil et puis du lit au lit.*»

Empêcher la mort de s'insinuer sournoisement dans des corps trop usés... le combat de Marina est magnifique mais perdu d'avance. Ses petits vieux claquent les uns après les autres. Malgré les efforts. Inéluctablement. Les vieux ne meurent pas, ils s'endorment un jour et dorment trop longtemps. Elle apprend leur décès par un simple coup de fil annulant un rendez-vous ou par une porte fermée dans le couloir. Parfois on ne lui dit rien mais c'est un autre vieux qu'elle doit soigner dans la même chambre. Une course, un tourbillon. Chaque fois, elle y va de sa petite larme. Elle prend les choses trop à cœur, elle le sait. Pas moyen de faire autrement.

Son rêve, à Marina, c'est d'avoir son cabinet. Mais pas pour soigner d'autres rhumatismes ou d'autres arthroses, même moins avancés. Elle veut ouvrir un cabinet spécialisé. Soigner les sportifs, rien que les sportifs. Masser des corps vigoureux, sains et musclés. Des corps pleins de sèves et de vie. Sans rides et sans escarres. J'ai un premier client à lui proposer. J'ose. Sans fausse modestie.

— Tu devrais faire ça à domicile pour commencer. Ça me ferait sans doute du bien, un massage, après mon combat...

— Je ne peux pas me déplacer avec une table de massage...

— Si tu passes le soir du combat à la salle de boxe, y'aura pas de problème. On a une vieille table qui fera bien l'affaire.

— Ce ne sera pas très confortable pour toi.

— Ce sera bien suffisant, va. On fera ça au black. De la main à la main, c'est l'expression qui convient, non, pour un massage ?

Ma proposition a l'air de lui convenir et elle tend son verre à Julie pour qu'elle le remplisse à nouveau. Elle n'est pas tenue au régime kiwi-pomme-banane, elle, et carbure à la vodka-orange. Quand elle a fini son verre, nous passons à table. Julie a débouché une boutanche de Bordeaux. J'en réclame un verre que je fais durer tout le repas. Dîner délicieux. Julie est un vrai cordon-bleu. Coq au vin avec des lardons et des petits légumes, carottes, champignons, oignons et pommes de terre. Ça me change de mon ordinaire.

Après le dessert – une mousse aux trois chocolats –,

nous reprenons nos places au salon. Marina ne parle plus. Elle fixe Julie et semble attendre quelque chose. La conversation s'effrite, une gêne s'installe.

Marina choisit de s'éclipser et Julie se décide enfin.

— Pierre, je crois que je ne t'ai pas vraiment présenté Marina comme il aurait fallu.

D'un seul coup, je comprends.

Je revis la soirée en quelques secondes : des regards trop doux malgré l'agacement mutuel, une grande proximité, quelques frôlements aussi parfois. Je revois Julie en uniforme la nuit où je l'ai bousculée, sa façon de marcher en roulant les épaules plus que les hanches.

Je choisis de prendre l'initiative. J'estime que j'aurai l'air moins con ainsi.

— Ce n'est ni une colocataire ni une simple amie, n'est-ce pas ?

— Non, répond-elle. C'est... c'est mon amie.

Je hoche lentement la tête. J'essaye de masquer ma déception.

— Elle a bon goût. Et toi aussi.

Julie me caresse doucement la joue droite.

— Merci. Je suis désolée, je sais que j'aurais dû te le dire avant. Marina m'a tannée toute l'après-midi pour que je t'appelle et que je te prévienne. Mais je ne voulais pas te dire ça au téléphone.

— Tu aurais dû me l'avouer beaucoup plus tôt, tu ne crois pas ?

— Sans doute, oui. Mais si tu crois que c'est facile...

— Y'a pas de honte.

— Bien sûr ! Le problème n'était pas là. Mais entre la honte et la revendication permanente, il y a un juste milieu qui n'est pas toujours facile à trouver. Et puis... je ne savais pas comment tu réagirais.

— C'est si con que ça, un boxeur ?

Elle me donne une petite pichenette sur le menton.

— Ne dis pas de bêtises, ça n'a rien à voir. C'est que... je ne voulais pas te perdre. Te perdre comme ami.

Elle se rapproche de moi et me claque un bisou sur la joue. Ses lèvres sentent encore la vanille. Je n'aurai jamais ce parfum sur ma langue.

— Et puis, j'ai trouvé cela tellement charmant, reprend-elle.

— Charmant ?

— Oui, la façon délicate et timide dont tu me draguais. J'avais envie de faire durer le plaisir. D'habitude, les hommes sont plus lourdingues.

Et elle ajoute, un éclat de sourire dans ses yeux bleus :

— Surtout les boxeurs !

La voix de Marina nous parvient depuis la cuisine :

— Thé, café ou tisane ?

Julie me relaie la question.

— Tu veux quoi ?

J'hésite. Mes préférences vont sans conteste au café mais je crains d'avoir du mal à m'endormir.

— Plutôt un thé.

— Thé vert, rouge, noir, jaune ou blanc ?

— Ce n'est plus un choix, c'est un arc-en-ciel !

— Thé de Chine, de Thaïlande ou du Japon ?

— Ce n'est plus une question, c'est un examen de géographie !

— Au jasmin ou à la rose ?

— OK, d'accord. Je vois le genre. Un thé, oui, ce sera très bien. Avec de l'eau si c'est possible. De l'eau du robinet.

— Tu veux que je choisisse pour toi? propose aimablement Julie.

— Ce serait une délivrance, oui.

Elle crie à destination de Marina.

— Tu n'as qu'à faire du rooibos pour tout le monde!

Puis elle se tourne vers moi.

— Le rooibos est issu d'une plante d'Afrique du Sud. En fait, ce n'est pas vraiment un thé puisqu'il ne contient pas de théine. Le rooibos est très relaxant et possède des vertus digestives.

— Tu m'en diras tant. Je suis sûr que ce doit être délicieux. Au moins autant que le jus de fruits.

Je soupire bruyamment :

— La boxe, ce n'est plus un sport, c'est un sacerdoce.

— Au moins, question abstinence sexuelle, tu ne feras pas d'écart...

La réplique est salée. Il faudra que je m'y fasse. D'une certaine façon, nous sommes entre potes.

Marina ne tarde pas à revenir avec une théière et trois tasses. Elle nous sert et me fait l'article à son tour.

— Le rooibos est riche en calcium, en manganèse et en zinc...

— Tu sais moi, le zinc, j'en ai ma dose au bistrot.

La conversation est relancée. Marina me pose des questions sur mon boulot puis revient sur la boxe. Mon sport la fascine. Je lui fais donc le récit de ma carrière. Je me sens en verve et lui décris avec panache mes instants de gloire et avec humour, je crois, mes lamentables défaites. Les filles rient à plusieurs reprises.

Sur les joues de Marina, des fossettes apparaissent une fraction de seconde avant que n'éclate un rire.

Lorsque nous terminons nos dernières gorgées de thé, Julie profite d'un trou dans la conversation pour revenir sur l'affaire Lazlo. J'ai l'impression que cela fait un moment qu'elle en attendait l'occasion.

— J'ai eu du mal à identifier ton nouveau gars mais je crois que j'y suis parvenue.

Elle va chercher son sac à main, fouille dedans et extirpe une feuille format A4 chiffonnée. La photo est en noir et blanc mais assez ressemblante. C'est bien Crâne d'œuf, le copain de Boucle d'Or.

— Pedro Fernandez, 38 ans. D'origine espagnole. Ancien de la Légion étrangère. Pas de surprise, lui aussi travaille pour Bodysafe.

— Décidément...

Marina grimace. Elle est inquiète.

— J'espère qu'ils ne t'ont pas suivi jusqu'ici.

— Ne te bile pas. J'ai appliqué à la lettre les conseils que m'a donnés Julie pour semer des poursuivants. J'ai fait le chemin jusqu'au BHV rien que pour cela. Un grand magasin avec beaucoup de monde et de multiples entrées. Après, j'ai loué un Vélib, emprunté des zones piétonnes. Puis le métro. Quand je suis sorti à votre station, j'ai attendu cinq minutes pour être sûr qu'il n'y avait personne.

— De toute façon, ils me connaissent déjà, précise Julie. Ils nous ont vus courir ensemble, ils ont dû se renseigner sur moi et doivent déjà tout savoir. Mon adresse, mon numéro matricule, ma date de naissance et certainement celle de ma première communion.

— Qui c'est, ces types ? continue de s'inquiéter Marina.

— Pas forcément des méchants, tente de la rassurer Julie. En tout cas, ils ne nous feront pas de mal. Nous ne les intéressons pas.

Elle tend son bras vers son amie qui vient se blottir contre elle. J'essaye de dissimuler ma gêne pendant que Julie la tranquillise.

— Jusqu'ici tu n'as jamais eu peur d'une éventuelle vengeance des voyous que j'arrête, alors tu ne vas pas commencer !

— Tu arrêtes souvent des gens ? demandé-je.

— Le moins possible...

— Ah bon, pourquoi ?

— Un coupable est moins dangereux en liberté qu'en prison. En prison, il contamine les innocents !

Je fronce les sourcils me demandant comment prendre cette réponse. Marina vient à mon secours.

— Réplique jouée par Bernard Blier face à Depardieu et Carmet. Dans *Buffet froid*, un film de Bertrand Blier.

— Ah, je comprends mieux. Je me disais aussi...

Julie nous raconte ensuite ses nuits dans les rues de Paris. Elle parle avec beaucoup d'humanité de son travail. On dirait qu'elle se prend non pour une gardienne de l'ordre public mais pour une assistante sociale. Pour un peu, elle me ferait aimer les flics.

Marina et moi nous l'écoutons silencieusement et nos regards se croisent de temps en temps. On ne se dit rien mais nos yeux se comprennent. Les miens sont voilés de regret, les siens empreints de fierté. Une étrange connivence se noue entre nous. Il n'y a plus de gêne, plus d'arrière-pensées, plus de non-dits. Je me sens comme avec deux copains, deux vieux potes. Pas des types poilus aux voix trop graves, non, des amis agréables à regarder et qu'on aimerait prendre simplement dans ses bras.

Le temps n'existe plus. J'aimerais ne plus quitter leur nid douillet.

Jamais.

Je voudrais rester avec elles. Partager leur intimité. Me lover dans leur lit pour les regarder dormir et respirer toujours ce parfum de vanille.

Brusquement, je coupe la parole à Julie.

— Vous n'avez jamais pensé à adopter, euh, je veux dire pas un enfant mais un adulte. Un gars du genre cogneur mais sensible et attentionné. Je peux faire la vaisselle, passer l'aspirateur, descendre les poubelles. Je ne ronfle pas la nuit, je ne regarde pas le football à la télé, je n'ai jamais de coup de fil à passer au moment de débarrasser la table. Et puis surtout, je remonte toujours la lunette des toilettes quand je fais pipi.

Julie et Marina se regardent, interloquées. Puis elles me dévisagent. Enfin elles se décident à pouffer pour que je n'aie pas l'air bête.

Round 10

— Monte ta garde... Fais gaffe à son crochet... Tourne sur ta droite pour ne pas te laisser coincer.

Émile persiste à me donner des conseils inutiles. Avant qu'il ait parlé, j'ai déjà obéi. On est sur la même longueur d'onde. L'entente parfaite. Quatorze ans que je travaille avec lui. Quatorze ans qu'il me donne la leçon. J'ai tout assimilé. Je ne récite plus ma boxe avec l'application d'un écolier modèle mais avcc le naturel d'un acteur totalement imprégné de son personnage.

Je pourrais boxer les yeux fermés.

J'en suis à mon sixième round. J'alterne les partenaires d'entraînement : Boubacar, un lourd, pour travailler ma puissance, Patrick, un welter, pour améliorer ma vitesse d'exécution. Ils prennent le temps de récupérer, moi j'enchaîne.

J'ai une pêche d'enfer.

Mon professeur s'en félicite, mes adversaires s'en désolent. Ils touchent chacun trente euros la séance, ce n'est pas cher payé pour s'en prendre plein la gueule, même avec un casque. Mais je ne peux pas leur offrir plus : j'ai besoin d'eux trois fois par semaine pendant un mois. Cela me fera débourser plus de mille euros, un bon quart de la bourse que je touche pour le combat. En comptant les quatre cents qui reviennent de droit à Émile, les faux frais et les imprévus, il me restera au bout du compte entre mille et mille cinq cents euros. Pour deux bons mois de préparation, c'est pas bézef. Ce n'est pas un hasard si je bosse au Café de la Poste.

En me rendant à la salle, je n'ai vu ni Boucle d'Or ni Crâne d'œuf. Peut-être un troisième homme mais je ne suis pas sûr. Il était moins reconnaissable, celui-là. Un physique passe-partout : taille moyenne, cheveux châtains, lunettes discrètes. Je l'ai repéré et puis je ne m'en suis plus soucié. Je commence à avoir l'habitude.

Je me suis trop dispersé, ces derniers jours. Il faut que je me reconcentre sur mes objectifs. Le combat, rien que le combat. Le reste ne me concerne pas.

Jérôme Tisserand, le promoteur, assiste aujourd'hui à l'entraînement. Il est venu se rendre compte de mes progrès. Je pense qu'il ne regrettera pas de m'avoir fait confiance.

Sur le ring, Patrick tente d'enchaîner une série rapide au visage. Le premier coup m'effleure le front mais j'esquive sans difficulté les suivants. Puis je trouve une ouverture et lui glisse un petit crochet au foie. Comme ça. Gentiment. En passant.

La sonnerie retentit et Patrick pousse un soupir de soulagement. Il enlève son casque, crache son protège-dents dans la main et se masse le ventre.

— Je croyais qu'on avait dit qu'on travaillait la vitesse et qu'on n'appuyait pas les coups.

— Je suis désolé. Excuse-moi.

Je ne peux en dire plus. Si je lui avoue que j'ai retenu mes coups, je risque de le vexer. Je croise le regard satisfait d'Émile. Il a compris, lui. Il m'aide à retirer les gants puis il me prend le pouls.

— Un peu rapide, non ?

— Tu chipotes.

— Pas sûr.

— Explique-toi.

Tisserand se rapproche de nous. Émile entreprend de défaire les bandes qui protègent mes mains.

— Tu fais preuve d'une énergie que je t'ai rarement connue, explique-t-il, ça c'est plutôt bien, mais sur le fond, physiquement, c'est pas encore ça.

— Tu rigoles ?

En prenant ma main droite dans sa pogne, il appuie longuement sur la paume. C'est un signal.

— L'autre jour sur le stade, t'as pas réussi à faire toutes les séries de 400 mètres que je te demandais.

Émile ment. Des séries, j'en ai même rajouté à ce qu'il me demandait. Je décide de rentrer dans son jeu.

— Tu sais bien que j'avais pas bien dormi, la nuit qui précédait. Y'avait eu un de ces boucans dans mon immeuble !

— Tu n'as pas retouché à l'alcool au moins ?

— Euh, non... Promis, juré.

Il me gratifie d'un regard sceptique.

— Et la clope ?

— La clope ? Deux ou trois par jour pour me détendre, ça peut pas faire de mal.

— Je t'avais dit d'arrêter tout, bordel.

Je regarde mes pieds et j'adopte la mine contrite

d'un écolier pris en faute. Je ne sais pas à quoi rime ce micmac mais je crois savoir à qui Émile le destine.

— Ça ira quand même pour le combat ? s'inquiète Tisserand, c'est dans une quinzaine de jours, maintenant.

Je me redresse et frappe dans le vide, jouant les matamores.

— Pas de problème, monsieur, je serai prêt, vous verrez.

— Dix reprises, cela sera sans doute un peu dur, tempère mon coach. Mais il sera à la hauteur.

— J'espère. Je vous ai fait confiance...

Tisserand nous laisse et s'éloigne discuter avec mes partenaires, Patrick et Boubacar.

— Qu'est-ce qui t'a pris ?

— On dirait que t'as toujours rien compris au fonctionnement de la boxe, m'engueule Émile en sourdine. Pourquoi que Tisserand t'a choisi, tu ne t'en souviens pas ?

— Pour que le petit Quentin se fasse la main, non ?

— Et alors ? T'as vu ta forme sur un ring ? Il va pas se faire la main sur toi, le Quentin, il va s'y casser les dents, plutôt.

— Tu crois ?

Je suis d'abord heureux du compliment qu'il me fait, Émile en est si avare d'ordinaire. Ce n'est que peu à peu que je réalise.

— Tu veux dire que Tisserand ne sera pas forcément heureux de me savoir en forme ?

Avec son index, Émile fait des ronds rapides dans l'air au niveau de sa tempe.

— Ça y est, tu piges enfin.

Le Vieux regarde avec inquiétude le promoteur papoter avec mes sparrings-partners. De temps en temps, Tisserand louche vers nous. Je m'efforce de rester serein.

— De toute façon, qu'est-ce qui peut arriver ? On a un contrat avec lui. Il ne peut pas annuler comme ça !

— Ce ne serait pas une première...

— Il n'a pas le droit. Il lui faudra avancer une raison.

— Quentin peut se blesser ou tomber malade.

— Il lui faudra un certificat médical.

Émile ricane devant tant de candeur.

— Et tu crois que c'est un problème ?

Je passe de la niaiserie à la colère idiote.

— Ah putain, le salaud ! S'il fait ça, cet enfoiré, je lui pète la tronche.

— C'est intelligent, ça, comme réflexion...

Mon professeur attrape ma main droite dans sa pogne et entreprend de la masser doucement avec un air préoccupé. Je m'étonne.

— C'est bon, j'ai pas mal, tu sais.

— Mais si tu as mal, me rétorque-t-il en appuyant très fort.

Trop fort.

— Aïe ! T'es louf...

Tisserand revient doucement vers nous.

— Qu'est-ce qui se passe ?

— Rien, rien, élude Émile sans regarder le promoteur.

J'ai compris le jeu.

— Une vieille douleur qui revient régulièrement quand je m'entraîne un peu fort...

— Non, non, c'est rien, me coupe Émile en prenant un air agacé. Y'a pas de souci. On gère.

— Aïe, c'est bon, là, t'appuies trop.

— Tu rigoles, je t'ai à peine touché.

Je retire ma main d'un geste brusque.

— C'est bon, je te dis. Je vais mettre de la glace comme d'habitude.

Je remballe mes gants et mes bandes et je quitte le ring en passant sous les cordes. J'entends un Tisserand hypocrite demander à Émile :

— J'espère que ça ne remet pas en cause le combat. Je serais vraiment dans la merde. J'ai investi lourd sur cette rencontre.

— Ne vous tracassez pas, Pierre ne ratera pas ce rendez-vous.

Je rejoins le vestiaire en souriant. Je crois qu'à ce jeu de poker menteur, nous n'avons pas été mauvais, Émile et moi.

En rentrant chez moi, je découvre une enveloppe dans ma boîte aux lettres. Postée la veille du 1er arrondissement de Paris. J'en reconnais aussitôt l'écriture. J'attends d'avoir regagné mon appartement et fermé la porte à double tour derrière moi pour l'ouvrir.

A priori, Sergueï n'a pas encore quitté Paris. À l'intérieur de l'enveloppe, je découvre un ticket de consigne. Gare du Nord, casier n° 135. Un petit mot l'accompagne. Une simple recommandation, en fait : « Sois prudent. »

Je n'hésite pas très longtemps. J'aurais pu attendre le lendemain pour me rendre à la gare. C'eût été plus raisonnable d'ailleurs. Mais je sais que je n'arriverai pas à dormir avant d'avoir récupéré ce que mon ami veut bien me confier.

Qu'est-ce qui ressemble le plus à une gare parisienne la nuit ?

Une autre gare parisienne, évidemment.

Moi qui devrais utiliser mes soirées à une indispensable récupération physique, me voilà à visiter les gares. La semaine dernière, la gare de Lyon, aujourd'hui la gare du Nord. Si ce jeu s'apparente au Monopoly, il me restera encore Montparnasse et Saint-Lazare. Sinon, il faudra encore que je me tape Austerlitz et la gare de l'Est. Je connais plus romantique pour un jeune célibataire. Et beaucoup plus reposant pour un boxeur en préretraite.

Arrivé dans le grand hall de la gare du Nord, je m'assieds sur un banc. À cette heure tardive, il y a de la place. J'attends, j'observe. Pour venir, j'ai multiplié les détours. En sortant de chez moi, j'ai aperçu Boucle d'Or qui poireautait appuyé sur un réverbère. J'ai connu alors une seconde de faiblesse, un instant de vaine compassion en imaginant l'ennui qu'il devait éprouver à faire ce job. Pour un homme d'action – un ancien légionnaire –, passer des heures à filer un boxeur au quotidien aussi réglé que le mien doit être moins passionnant encore que de suivre la retransmission d'une compétition régionale de curling à la télévision slovaque. Arrivé à la hauteur de Kurt Sven, je me suis fendu d'un clin d'œil, promesse d'un peu d'action à venir.

Puis je suis descendu à grandes enjambées vers la porte de Pantin.

J'ai pris le métro, direction place d'Italie. Boucle d'Or est monté dans le wagon suivant. Durant le trajet jusqu'à République, je suis resté debout devant la porte. À la station, j'ai attendu que la sirène retentisse pour descendre. Le métro est reparti avec Boucle d'Or. Nos regards se sont croisés, Kurt n'a montré ni colère ni déception. Peut-être travaillait-il avec un complice.

J'ai changé de quai pour reprendre un métro dans l'autre sens jusqu'à Stalingrad puis j'ai pris la ligne 2 pour descendre à Barbès. Chaque fois, je quittais la rame au tout dernier moment. À la sortie de la station Barbès, j'ai mis un vieux bonnet mité sur ma tête et je me suis fondu dans la foule bigarrée. J'ai slalomé un instant parmi les gens jusqu'à ce que j'avise un clochard à qui confier mon bonnet. Ensuite, j'ai couru jusqu'à la gare du Nord.

Après une bonne dizaine de minutes d'attente sur mon banc, je n'ai rien remarqué d'anormal. Il n'y a pas grand monde dans le hall. Ce n'est ni une veille de week-end, ni un jour de départ en vacances. Quelques couples et une famille patientent en attendant leur train mais il y a surtout des hommes seuls, tous avec des valises ou un ordinateur portable, parfois avec les deux. Aucun ne ressemble de près ou de loin à un ancien militaire.

Je descends à la consigne automatique située au premier sous-sol. Une employée en uniforme m'oblige à passer sous un portique électronique. Je dépose mon porte-monnaie, mes clés et mon téléphone pour ne pas déclencher la sonnerie puis je récupère le tout et l'employée cesse de s'intéresser à moi.

Je repère sans difficulté le casier n° 135. Un autocollant affiché sur la porte m'indique qu'il en coûte neuf euros pour un dépôt d'une durée maximale de soixante-douze heures. J'enregistre l'info qui confirme celle donnée par l'enveloppe trouvée dans ma boîte aux lettres : Sergueï traîne toujours sur Paris.

Je sors le ticket de mon portefeuille et l'introduis dans la fente à gauche du casier. La porte fait entendre son déclic.

Je l'ouvre.

À l'intérieur, il n'y a qu'un carnet noir. Taille moyenne. Relié cuir.

Après avoir jeté un regard autour de moi, je m'empare du carnet et le dissimule aussitôt sous mon blouson.

À l'extérieur, je m'offre un taxi. Je lui demande de m'amener gare de Lyon où j'ai laissé ma voiture la veille. Le carnet me brûle la peau à travers les vêtements. Je le sors et je l'ouvre. Je tourne les pages tranquillement d'abord, puis de plus en plus fébrilement. Elles sont vierges à l'exception de la première. Sur celle-ci, Sergueï a écrit de sa main un nouvel avertissement : « Sois vraiment très prudent maintenant. » Et il a signé.

Décidément, je n'y comprends rien. J'ai l'impression d'être un jouet dans une partie truquée.

Round 11

J'ai mal au crâne, mon nez qui coule autant qu'un robinet mal fermé et je poireaute maintenant dans une pharmacie du 17e arrondissement. J'ai ressenti les premiers symptômes du rhume ce matin en quittant l'appartement et ils se sont aggravés tout au long de la matinée. Il faut que je me soigne : je n'ai pas le droit d'être malade maintenant. Même si ça réjouirait plutôt Tisserand.

Une quinzaine de personnes patientent devant moi dans la boutique. Il fait chaud mais, chaque fois qu'un nouveau client vient s'entasser avec nous, un courant d'air froid me caresse la nuque.

Je jette un œil sur mon portable. Déjà 15 heures. Je constate aussi que la batterie est un peu faible. Il faudra que je rebranche le téléphone durant ma sieste.

Derrière moi, un petit vieux caché sous un bonnet me tousse ses miasmes dans le dos. Il y a une concentration de bactéries dans cette échoppe, c'est incroyable. Grippe A ou grippe Z, gastro, angine, eczéma, rubéole, hépatite, j'en passe et des bien pires. Ça mijote, bouillonne et fermente ici mieux que dans une éprouvette de labo. Chacun échange ses bacilles. Ne cherchez plus où s'élaborent les mutations génétiques, les croisements de microbes et de virus : les maladies de demain s'inventent chaque jour dans les pharmacies bondées de Paris.

L'apothicaire est un professionnel consciencieux. Stylo sur l'oreille, lunettes sur le front, il prend son temps. Il a l'air de considérer ses clients comme des cons doublés d'analphabètes puisqu'il relit chaque fois l'ordonnance à haute et intelligible voix avant d'inscrire la posologie au stylo sur les boîtes de médoc.

Grâce à lui, les uns profitent de la misère des autres. Rien ne nous est épargné. Au moins, ça occupe. Si les banques, la Poste et même la Sécu et la SNCF ont depuis longtemps ménagé des espaces réservés pour protéger la confidentialité des discussions, le progrès n'a pas encore atteint toutes les pharmacies. Pourtant, personnellement, si je devais choisir, je préférerais rendre public un découvert bancaire plutôt qu'un furoncle purulent ou une chaude-pisse.

Devant moi, un jeune type vit un enfer. Il tend timidement son ordonnance. Le marchand de pastilles s'en saisit. Il ajuste ses carreaux et déchiffre d'une voix claire le parchemin amphigourique avant de le reposer sur le comptoir. Il disparaît derrière les rayons de médicaments et revient rapidement avec trois boîtes différentes.

Il les pose à côté de l'ordonnance et se met à réciter en écrivant sur les boîtes :

— Alors... pour les hémorroïdes, en cas de crise douloureuse, vous appliquez cette pommade trois fois par jour sur les zones sensibles, c'est un anti-inflammatoire local.

Il prend deux boîtes en main et les présente au jeune homme :

— En revanche, pour l'anesthésique, vous avez le choix : pommade également ou suppositoires ?

— Euh... pommade, bredouille le malade en se dandinant d'un pied sur l'autre comme s'il subissait soudain une crise aiguë.

Impitoyable, le pharmacien continue :

— En cas de constipation, je vous conseille ces gélules. Trois fois par jour. Jusqu'à ce que les selles redeviennent molles. Après, vous arrêtez.

Il range les boîtes dans un sac plastique et les tend à son client.

— Voilà, cela vous fera 12,50 euros.

Le jeune homme règle la douloureuse et quitte la pharmacie sur la pointe des pieds, les yeux rivés au sol et les joues aussi rouges que son... que mon nez qui coule.

Je fais ma commande à mon tour et sort peu après avec mon petit paquet. Je n'ai jamais été aussi fier d'avoir un rhume.

C'est l'heure de ma sieste et je regagne mes pénates bien décidé à prendre un bain chaud pour me dégager les sinus et les bronches et roupiller correctement. Un gros entraînement de boxe m'attend en fin d'après-midi et, après la dernière nuit encore trop courte, j'ai besoin de récupérer. Je délaisse l'escalier au profit de l'ascenseur. La boîte à sardines me conduit en couinant à mon huitième étage.

En m'approchant de mon appartement, j'ai l'impression de revivre une scène vieille d'une petite quinzaine de jours déjà. Une porte entrouverte et des éclats de bois sur un paillasson. Pas de doute. Après celui de Sergueï, mon appartement a été à son tour cambriolé.

Un bruit dans mon dos me fait sursauter. Je me retourne vivement, les poings levés, prêt à frapper. La porte de ma voisine se referme aussitôt. Je baisse les bras. Ébauche mon plus aimable sourire pour amadouer la vieille Moulin qui doit m'observer par son judas.

La porte s'ouvre à nouveau, lentement, limitée dans sa course par une chaînette.

— Vous avez eu de la visite, monsieur Couture.

Ma vieille voisine est morte de trouille et conjure sa peur en usant d'euphémismes.

— Vous les avez vus ?

— Non. J'étais chez mon coiffeur lorsque c'est arrivé. Ils vous ont dérobé quelque chose ?

— Je ne sais pas, je ne suis pas encore rentré. Mais bon, chez moi, il n'y a rien à voler...

Comme la veille dans le taxi, je sens le carnet noir de Sergueï me chauffer à travers le tissu de mon blouson.

— Vous devriez appeler la police.

Sa suggestion me surprend.

— Vous ne l'avez pas fait, madame Moulin ?

— Je ne savais pas si je devais le faire. L'autre jour, vous ne sembliez pas trop à l'aise avec vos « amis » policiers.

Je suis pris d'une soudaine affection pour ma voisine que je connais si peu et dont je découvre à l'instant le tact et la discrétion. Je n'avais jusqu'ici échangé avec elle que de banals « Bonjour ». Jamais plus. Avec les vieux, en général, j'évite les « Comment ça va ? ».

— Vous avez des ennuis, monsieur Couture, on pourrait le croire.

Lorsqu'elle parle, Mme Moulin ne peut réprimer un mouvement de tête saccadé. Un début de Parkinson, peut-être. Elle me fait penser à ces chiens tristes collés sur les plages arrière de voiture et qui semblent dire « oui » à tout le monde. Sauf que ma voisine n'a pas le poil ras mais des cheveux permanentés de frais dont le blanc tire merveilleusement vers un bleu alpestre.

— Mes félicitations à votre coiffeur, madame Moulin. Il vous a particulièrement réussi aujourd'hui.

— Merci, vous êtes gentil, répond-elle, sincèrement touchée.

— Vous n'avez pas trop peur, j'espère.

— Je dois vous avouer que je ne suis pas rassurée.

— Ne vous inquiétez pas. Il y a des gens qui m'en veulent mais ils ne s'en prendront qu'à moi. Ils ne viendront pas vous embêter, je vous le promets.

— Je ne voudrais pas être indiscrète mais qu'est-ce que vous leur avez fait pour qu'ils vous en veuillent ainsi ?

— Moi, rien. En fait, c'est plutôt à un de mes amis qu'ils en veulent. Mais on ne leur a pas fait de mal, mon ami et moi, on est les gentils dans l'histoire.

— Votre ami, c'est le chauffeur de taxi ? Le Yougoslave ?

— Oui. Sergueï Yankovic. On ne peut rien vous cacher.

— Il m'a déjà emmenée une fois à l'hôpital, lorsque je m'étais cassé le poignet en tombant de mon escabeau...

— Justement, vous n'auriez pas vu des gens qui ressemblent à Sergueï, ces temps-ci, dans le quartier ?

Je veux dire des types bruns qui portent souvent des imperméables. L'un d'eux a des sourcils très épais qui lui barrent le haut du visage.

— Non, cela ne me dit rien. En revanche...

Elle s'arrête.

— Oui ?

— J'ai vu un monsieur, comment dire, bizarre, ce matin en bas de l'immeuble quand je suis sortie. Un grand monsieur encore jeune mais totalement chauve qui semblait attendre. Cela vous dit quelque chose ?

Je prends deux secondes pour réfléchir puis je juge préférable de lui mentir pour ne pas l'inquiéter.

— Un grand chauve, dites-vous ? Non, je ne vois pas. Il voulait peut-être vous suivre pour connaître l'adresse de votre coiffeur...

Ma vieille voisine rit de toutes ses fausses dents, me prouvant par la même occasion qu'en plus d'un coiffeur, elle connaît également un bon dentiste.

J'avance à quatre pattes dans mon appartement. Je ne veux rien écraser. Toute ma vie est étalée sur la vieille moquette défraîchie. Je ne savais pas que j'existais si peu.

Je fredonne :

« *Et j'existais si peu que j'n'étais même pas personne.* »

Je ramasse les CD. Ferrat, Escudero, Brassens, Ferré mais également Téléphone, Thiéfaine, Higelin, Souchon, Renaud, tiens Trust justement... Les goûts de mon père étaient très éclectiques. Je fais des tas le long d'un mur. Certaines boîtes sont ouvertes, je range soigneusement les disques après en avoir piétiné un bon nombre : heureusement que mes parents ne collectionnaient pas les vinyles...

Sur le lit, c'est le coin des photos. Les albums ont été secoués puis jetés à travers la pièce. Je rassemble. Un jour de courage ou de folie, je reclasserai tout cela.

Je retrouve le doudou de Laurette. Ainsi qu'une culotte de dentelles rose oubliée par Sarah, la femme qui m'a quitté il y a deux ans. Dans les nuits qui ont suivi son départ, j'ai dormi avec le sous-vêtement sur mon visage. Mon doudou à moi. Sarah. Ma vie n'est que ruptures.

Papa et Laurette. Maman.

Sarah.

Sergueï m'a largué à son tour.

Émile et la boxe le feront bientôt.

Chaque départ creuse un gouffre. Ma chute aura une fin.

Je sors comme un fou de mon appartement et descends quatre à quatre l'escalier de l'immeuble. Pas la patience d'attendre l'ascenseur.

Je sais que je vais faire une connerie.

Tant pis.

J'ai un besoin urgent de donner un coup de pied dans la fourmilière.

En bas de l'immeuble, Crâne d'œuf ne peut réprimer sa surprise en me voyant débouler. Je passerais bien mes nerfs sur lui mais je vise plus haut.

Je récupère ma voiture dans une rue voisine. Crâne d'œuf est resté une trentaine de mètres en retrait. Je démarre et je recule jusqu'à lui.

Je pile. Sors la tête de la voiture.

— Tu montes avec moi ? Ce sera plus simple.

Surpris, il me regarde sans répondre.

— OK. Comme tu veux...

Je pars sur les chapeaux de roues. De longues minutes plus tard, je sonne au 12 rue de la Trémoïlle, près de la place de l'Alma. À côté de la sonnette, la plaque ne mentionne que le nom de la société.

Bodysafe.

Round 12

— Bonjour, me crache une voix féminine à travers l'interphone.

Elle n'en dit pas plus et attend que je me présente. Au-dessus de la porte, une caméra m'observe d'un œil inquisiteur. Je me lance :

— Je viens de la part de Sergueï Yankovic.

— Vous avez rendez-vous ?

— Pas encore.

— Quel nom avez-vous dit ?

— Yankovic. Sergueï.

La voix m'abandonne et je patiente. Je respire doucement. En chemin, j'ai réussi à me calmer. Bien obligé : il y avait des bouchons. Dans la vie comme sur un ring, la colère est mauvaise conseillère. Mais mon calme nouveau n'entame en rien ma détermination.

Au moment où je commence à désespérer, un clic retentit, débloquant la porte, puis la voix métallique m'indique le chemin.

— Si vous voulez bien vous donner la peine d'entrer, les bureaux sont au fond de la cour, vous trouverez facilement.

Je traverse un vestibule luxueux avant de déboucher dans une cour pavée et agréablement fleurie. Au fond, une volée de marches me conduit à une porte vitrée. Je l'ouvre. Une jeune femme m'accueille avec un sourire commercial.

— Asseyez-vous, s'il vous plaît. M. Siora devrait pouvoir vous recevoir.

Son ton est affecté : ce ne doit pas être dans les habitudes de la maison de laisser pénétrer les gens sans rendez-vous et elle me prend pour un client important.

Je m'installe sur un fauteuil en cuir confortable. Mon bras heurte un casque posé à cheval sur l'accoudoir. La jeune femme me désigne un écran plat accroché au mur juste en face de moi.

— Si vous voulez du son, vous pouvez mettre le casque.

Par curiosité, je m'exécute. L'écran diffuse un spot publicitaire sur les activités de Bodysafe. Le clip se compose d'une succession de photos de gardes du corps en situation. Parmi les personnalités protégées, je reconnais des hommes politiques, des acteurs et des chanteurs. Les agents de Bodysafe semblent sortis du même moule. Des épaules larges, une coupe de cheveux militaire et un écouteur greffé dans l'oreille droite dont le fil disparaît dans le col d'un complet-veston noir. Sur les images, un commentaire sobre prétend que Bodysafe propose du personnel polyglotte, hautement entraîné et bénéficiant d'une autorisation de détention d'arme. L'agence travaille en France mais peut intervenir dans le monde entier. Et pour être sûr que le message soit compris, le film s'achève sur les mots « Efficacité » et « Discrétion » scintillant autour du nom de l'agence.

L'écran distille le clip en boucle. En français et en anglais. Je repose le casque sur l'accoudoir. La jeune femme croise mon regard et me gratifie d'un sourire prévenant mais je garde un visage fermé et distant. Je suis un client important, quoi !

Un bip sonne dans ma poche. Mon portable. Batterie vide. Merde ! Je devais le rebrancher durant ma sieste mais je n'ai pas pris le temps de me reposer. Tout le monde sera à plat ce soir.

Au bout d'une dizaine de minutes, la secrétaire se lève et disparaît dans les couloirs. Elle revient peu après en me souriant encore.

— Si vous voulez bien me suivre, M. Siora va vous recevoir.

Elle me montre une porte au fond du couloir et me conduit jusqu'à elle. Elle frappe et l'ouvre sans attendre de réponse.

Derrière un large bureau en bois sombre, Michel Siora me regarde approcher. Il ne me tend pas la main mais d'un geste m'invite à m'asseoir.

— Je n'ai pas bien compris votre nom.

— Sergueï Yankovic.

— Vous n'êtes pas Sergueï Yankovic.

— Comment le savez-vous ? Vous connaissez Sergueï ?

— J'ai accepté de vous recevoir sans rendez-vous, vous pourriez au moins me donner votre nom.

— Vous savez qui je suis.

— Tiens donc !

— Vous me faites suivre depuis plusieurs jours.

Les muscles saillants de ses maxillaires étirent sa bouche aux lèvres fines. Sous des sourcils droits et drus, deux éclairs verts me fixent.

— Vous êtes le boxeur ?
— Vous voyez...
— Enchanté ! C'est ce que l'on dit normalement entre gens bien élevés.
— Entre hypocrites aussi.
Sa mâchoire se contracte, faisant naître deux fossettes sur ses joues glabres. Je précise :
— Enchanté, vous ne l'êtes pas plus que moi, je crois.
Siora continue de me fixer intensément. Je l'intrigue.
— Ça dépend. Je n'ai pas encore compris le sens de votre visite. Peut-être m'apportez-vous un message...
— Un message de qui ?
Siora s'interroge. Il se demande si je suis un crétin ou un petit futé. Je souris pour masquer ma gêne : moi aussi, je me pose la question.
— Si vous ne le savez pas, c'est que vous ne l'avez pas... J'espérais que vous m'apportiez un message de Yankovic. Sinon, qu'est-ce que vous faites ici ?
— J'ai des questions à vous poser.
— Je n'aime pas les questions.
— Pourquoi me faites-vous suivre ?
— Je n'ai rien à vous dire.
— Pourquoi cherchez-vous Sergueï ?
Silence.
— Pourquoi avez-vous cambriolé mon appartement ?
Les doigts de Siora pianotent vigoureusement sur son bureau. Mon interlocuteur s'agace. Je crois qu'il commence à avoir un avis sur mon personnage et que cet avis ne m'est guère favorable. Il est urgent de regagner son intérêt.

— Je voulais aussi vous causer de mon père.

— Tiens donc ! Votre père... le diplomate ? J'ai entendu parler de lui, effectivement. J'aimerais bien savoir ce qu'il vient faire dans cette histoire.

Là, il me prend de court : c'est la question que j'allais lui poser. Je tente de gagner du temps.

— Je vois que vous êtes bien informé.

Il fait un geste ample du bras qui signifie quelque chose comme : « C'est mon métier. »

— Comment avez-vous su ? je demande en restant volontairement vague sur la formulation.

— Pour ?

Je décide de compter jusqu'à cinq avant de sortir une réponse quelconque. J'espère qu'il reprendra la parole avant.

— Pour la photo de votre père dans les affaires des Serbes ?

Ça a marché !

— Décidément, vous êtes très bien renseigné.

Un mince sourire s'échappe de ses lèvres fines. La flatterie aussi, ça marche. Mais j'ai suffisamment tergiversé. Je dois me lancer. Parler de mon père. On verra bien ce qu'il en ressortira.

— Comme vous le savez donc mon père était diplomate. Il a réalisé des missions en Croatie au début de la guerre.

— Quel type de missions ?

— Officiellement, mise en place de relations diplomatiques entre les deux pays.

— Et officieusement ?

— Officieusement, on peut tout imaginer.

Siora doit se demander si je lui cache des choses ou si je suis aussi ignorant que j'en ai l'air.

— Mon père est mort assassiné dans notre maison du Roussillon en 1993.

Il plante ses yeux verts dans les miens. Je soutiens son regard en me demandant ce qu'il sait réellement de la mort de papa. J'ai balancé ça au jugé, un peu comme un pêcheur qui jette son hameçon dans l'eau sans connaître ni la taille ni les mœurs des poissons qui peuplent la rivière. Siora passe le revers de sa main sur le bois de son bureau pour nettoyer d'improbables poussières. Il n'y a pas de feuille, pas de dossier, même pas d'ordinateur sur ce bureau. Rien qu'un stylo de luxe, un interphone et un téléphone fixe.

— Je ne connais pas votre père, finit-il par me confier. Jusqu'à ces derniers jours, je n'avais jamais entendu son nom. Et je me suis renseigné : personne dans l'entourage du général ne le connaît non plus.

Le général... Siora n'a pas jugé utile de préciser.

— Vous travaillez donc bien pour Gotovina ?

Ma question maladroite lui a fourni la confirmation de ce qu'il supposait : je suis complètement paumé dans cette affaire. Siora se lève :

— Cet entretien est terminé. Vous prenez les choses à cœur, c'est normal. Votre présence ici le prouve : vous avez du cran et j'aime ça. Mais cette discussion ne nous mènera nulle part. Quel que soit le rôle qu'ait pu jouer ou pas votre père, c'était il y a longtemps et cela ne vous concerne pas. Je ne vous retiens plus, monsieur Couture.

Je reste ostensiblement assis.

— Pourquoi me faites-vous suivre, alors ?

— Vous devez le savoir. Nous aimerions reprendre contact avec Sergueï Yankovic.

— Mais lui n'a pas l'air d'en avoir envie. Pourquoi ? Qu'est-ce que vous lui voulez ?

— Si vous l'ignorez, n'insistez pas. C'est mieux ainsi. Je vous le redis : vous n'êtes pas concerné par cette affaire.

— Ce n'est pas mon sentiment. Sans parler de mon père, Sergueï est mon ami et vous me faites suivre. Je suis donc concerné.

— Pas directement.

Il lève le bras pour m'indiquer la porte.

— S'il vous plaît, cet entretien est terminé. N'abusez ni de ma patience ni de ma sympathie.

Je me lève mais je ne suis toujours pas décidé à quitter les lieux. Je me plante devant son bureau, bien campé sur mes jambes, à l'aise comme au centre d'un ring.

— Pourquoi avoir mis à sac mon appartement ?

— Je ne sais pas de quoi vous parlez.

Sa dénégation est de pure forme. Il ment et ne cherche pas à le cacher.

— Au revoir, monsieur Couture.

— Qu'est-ce que vous cherchiez chez moi ?

La porte du bureau s'ouvre. Deux hommes pénètrent dans la pièce. L'un d'eux est blond. Sa chemise écossaise a aujourd'hui des teintes bleu et vert. Je le salue.

— Bonjour, Kurt, comment allez-vous ? J'aime beaucoup votre style.

Son visage ne manifeste aucune expression, son corps aucune tension. Le deuxième homme, en revanche, serre nerveusement les poings. Son T-shirt moulant ne laisse rien ignorer de sa puissante musculature. La silhouette en V, un cou de taureau, des biceps prêts à exploser, il pue le culturiste à plein nez.

Régime protéiné, stéroïdes et anabolisants. Il est impressionnant mais pas dangereux.

— Je crois que nous nous sommes dit « Au revoir », insiste Michel Siora.

— Vous ne m'avez pas répondu : qu'est-ce que vous cherchiez chez moi ?

— Maintenant, ça suffit. Il y a une limite entre le courage et l'inconscience et vous êtes en train de la franchir.

Je sors le carnet noir récupéré à la consigne de la gare et le lui mets sous le nez.

— C'est ça que vous cherchiez ?

La tension est montée subitement. Kurt Sven a fait un pas vers moi, imité aussitôt par son compère. Nos souffles courts meublent le silence. Comprimée par la contraction de ses maxillaires, la bouche de Siora n'est plus qu'une mince cicatrice.

— Vous êtes venu m'apporter ce carnet ? demande-t-il en levant un sourcil.

Avec cet appât, je lance un nouvel hameçon dans l'eau.

— Je... je peux vous le vendre.

Le visage de Siora se détend et ses lèvres dessinent un sourire carnassier. Ses yeux clairs se posent sur Sven avant de revenir vers moi.

— Vous ne vous êtes pas mis dans les meilleures conditions pour entamer une négociation.

— Je ne crains pas vos menaces. Combien ?

Siora me dévisage un instant.

— Vous n'avez aucune idée de la valeur de ce carnet, n'est-ce pas ? À mon avis, vous ignorez même ce qu'il contient. Vous lisez couramment le serbo-croate ?

Je retiens difficilement un sourire. Toi aussi, tu ne sais pas ce qu'il contient et tu vas être surpris.

— Combien ?

— Donnez-le-moi sans faire de vagues. Ça vaudra mieux pour tout le monde.

Lentement, je lui tends le carnet. Il l'attrape avec précaution et passe le plat de la main sur la couverture de cuir noir.

Puis il l'ouvre.

Puis il hurle :

— C'est quoi cette plaisanterie ? Où est le vrai ? Si vous êtes venu ici pour vous foutre de ma gueule...

Il me lance violemment le carnet qui vient cogner ma poitrine. Tout en gardant un œil sur Sven, je me baisse lentement pour le ramasser. Je le range ensuite dans la poche intérieure de mon blouson.

— Où est le carnet que vous a fait parvenir Yankovic ?

— C'est celui-ci.

— Vous vous moquez de moi !

— Pas le moins du monde.

Siora se met à arpenter son bureau à grandes enjambées. Les yeux de Musclor sautent de son patron à moi puis de moi à son patron. Le regard de Boucle d'Or semble, lui, perdu dans le vague mais je ne m'y trompe pas : il guette le moindre de mes gestes.

Siora s'arrête enfin et se replace derrière son bureau.

— Alors c'est Yankovic qui se moque. De moi et de vous aussi. Vous n'êtes ni courageux ni inconscient, monsieur Couture, vous êtes un fou, tout simplement. Maintenant, cassez-vous !

Kurt Sven fait un signe à Musclor qui ouvre grande la porte.

— Cassez-vous, « s'il vous plaît », reprend Siora.

Je n'ai pas l'intention de me presser. Je me sens calme et détendu. J'ai l'impression de vivre la scène au ralenti. Comme les premiers instants d'un combat de boxe. Je m'allumerais bien un cigarillo tel Clint Eastwood dans un western spaghetti. Je tâte mes poches. Je sens un vieux paquet de blondes complètement chiffonnées. Je préfère m'abstenir.

Siora m'a traité de fou. Je dois l'être puisque j'ai pris ça pour un compliment.

Kurt Sven écarte lentement un bras pour me désigner la porte ouverte.

— Si vous voulez bien vous donnez la peine...

Sa voix est douce, son ton presque implorant. Son attitude, en revanche, est sans équivoque. Si je ne m'exécute pas, il m'en colle une. Et même plusieurs. Je crois que j'ai appris ici tout ce que je pouvais apprendre. Je me suis bien amusé aussi.

C'est vrai que je suis fou.

En quittant la pièce, je passe tout près du culturiste. Je vais même jusqu'à frôler son épaule. Instinctivement, il se recule. Puis, les deux cerbères sur les talons, je retraverse les couloirs de l'agence.

Arrivé à la sortie, je fais une pause pour saluer la secrétaire. La jeune femme a saisi la tension qui nous accompagne mais peine à comprendre la situation. Après quelques secondes d'hésitation, elle opte pour un très neutre « Au revoir, monsieur ».

Musclor s'impatiente et pose une main sur mon épaule. Je la regarde comme s'il agissait d'une grosse merde sur un drap de soie. Tout en haussant les épaules, j'effectue un quart de tour rapide sur moi-même. Il croit à une attaque et retire précipitamment sa main.

— S'il vous plaît, insiste Sven d'une voix toujours douce et ferme.

Je descends les cinq marches qui me ramènent dans la cour de l'immeuble. Musclor m'emboîte le pas. Il a reculé à deux reprises face à moi, il va tenter de reprendre l'avantage.

— Tu t'en tires à bon compte, lâche-t-il. Ne remets plus les pieds ici sinon...

Je me retourne lentement et le toise de mon regard de tueur des rings. Une colère formidable monte en moi. J'aimerais tellement la laisser s'exprimer.

— Sinon quoi ?

Puis j'ajoute avec un sourire gourmand :

— Ne me tente pas, surtout, ne me tente pas.

Malgré mon calme apparent, la rage transpire par tous les pores de ma peau. Musclor la sent, je le sais, y'a comme du mou dans son regard. Les gros costauds comme lui ne me font pas peur. Avec ces gars-là, il faut frapper vite et fort. Toucher le visage et faire couler le sang. Ils s'aiment trop pour être dangereux dans une bagarre.

Imperceptiblement, Musclor se retourne vers Sven. Celui-ci émet une série de claquements de langue.

— Tsst, tsst, messieurs, s'il vous plaît...

Kurt Sven descend la volée de marches pour se rapprocher de nous. Lui, c'est un autre calibre. Il fera tout pour éviter l'affrontement mais il ne reculera pas. Et quand il cognera, il ne fera pas de quartier.

— Monsieur Couture, ce serait bête de se blesser maintenant, vous ne croyez pas ? Si près d'un combat autrement plus important pour vous que celui-là...

Après la Légion, Sven aurait dû s'engager avec les Casques bleus. Il a un talent remarquable. Il relève mon défi mais sans renchérir dans la provocation. Et il a trouvé les mots justes pour me désamorcer. J'ai trop de choses à perdre.

La rage reflue peu à peu en moi.

— Une dernière chose, monsieur Couture, poursuit Sven qui a déjà compris qu'il n'y aurait pas de bagarre aujourd'hui. Ne soyez pas étonné si vous avez encore l'impression d'être surveillé les jours prochains. Ce ne sera sans doute pas un hasard. Mais vous le savez maintenant, ce n'est pas contre vous.

TROISIÈME RENCONTRE

Round 1

81 kg 340.

Parfait. Impec.

Nous sommes à la pesée, c'est la veille du grand jour.

Enfin.

Je fais le poids. Ni plus ni moins. Sans avoir eu à forcer. Ça s'annonce bien. L'Irlandais va en prendre plein la gueule.

Pour mon précédent combat, j'étais trop lourd et j'avais dû utiliser toutes les ruses du métier pour descendre au poids correct. Le jour de la pesée, j'avais effectué à jeun dix kilomètres de footing avec deux pulls et un K-Way sur le dos. Avant d'enchaîner sur une demi-heure de sauna. Je n'avais pas perdu un gramme de graisse, évidemment, juste quelques précieux litres de flotte. Le soir, je faisais le poids mais j'étais lessivé.

Attention ! Il ne faut plus penser au combat précédent. Pas bon pour le moral, ça.

Nous sommes en slip à côté de la balance officielle. Gerry Sullivan et moi. Une dizaine de journaleux nous font face. Les flashes crépitent.

Une fois de plus, Émile a eu raison. Quentin est forfait : il se serait foulé une cheville durant un entraînement un peu trop poussé. Quand il nous a appelés, Tisserand avait déjà un autre adversaire à nous proposer. Tiens donc ! Nous aurions pu refuser et réclamer des indemnités. Mais j'étais prêt et affûté. On n'arrête pas un pur-sang sur la ligne de départ. Tisserand le savait. Il m'a fait aussi miroiter d'autres rendez-vous prestigieux en cas de victoire.

Gerry Sullivan est un solide gaillard de 25 ans. Un bûcheron. Il frappe lourd, il encaisse bien. Mais sa boxe est simple et sans originalité. Ça doit pouvoir passer.

Nous nous serrons la main. Sullivan possède une bonne bouille d'Irlandais burinée par le vent et les embruns. Il a le poil carotte et des taches de rousseur jusque sur sa large poitrine.

Il a l'air sympa.

Trop.

Sans réfléchir, je me mets à lui balancer quelques horreurs dans un anglais de cour de récré que je retrouve par miracle. En termes peu policés, je lui déclare qu'il pourrait être le fruit d'une liaison contre nature entre sa mère et l'héritier de la couronne d'Angleterre.

Je fais mouche.

Il ne s'attendait pas à ce coup bas. Il s'énerve. Son visage devient cramoisi et il veut me régler mon compte sur-le-champ. Son manager le retient avec peine. Les journalistes apprécient cette provocation à l'américaine. Émile, beaucoup moins.

Tant pis.

Sullivan a les nerfs fragiles, je note cela dans un coin de ma tête : cela peut toujours servir.

Je ne dors pas.

Je ne dors plus.

Je me suis endormi tôt hier. Vers 22 heures. Sans problème.

Mais je me suis réveillé dès 4 heures et depuis, plus moyen de renouer avec le sommeil. Il a suffi que je pense durant quelques secondes au combat qui m'attend. L'adrénaline a envahi mon cerveau et je suis complètement réveillé.

Ce soir, je monterai sur le ring.

Je sais que je ne dois pas y penser et que je ne dois pas faire et refaire cent fois ce combat dans ma tête. Sinon, je risque de manquer complètement de spontanéité tout à l'heure.

Autrefois...

Autrefois ? Autrefois, c'était il y a bien longtemps, il me suffisait d'évoquer le corps de Sarah pour oublier la boxe. J'imaginais mes mains glissant sur sa peau, mes doigts sur son visage ou dans ses cheveux. Et si je manquais d'inspiration, il me suffisait de soulever les draps.

Je m'efforce de penser à Julie. À ses yeux bleus, à ses formes douces. Je tente de m'inventer des moments intimes avec elle mais je n'y parviens pas, faute d'un espoir auquel accrocher mes pensées. J'imagine alors Julie avec Marina. Le songe devient précis et graveleux. Mon corps s'en émeut.

Cette fois, je ne dormirai plus.

L'immeuble se réveille doucement. Je perçois les plaintes du petit matin. La cascade d'une chasse d'eau dans la tuyauterie. Le gazouillis assourdi du mécanisme de l'ascenseur. Le hululement d'un nourrisson réclamant la tétée de 6 h 37. Une porte claque sur le palier. Ma petite vieille s'en va acheter chez le boulanger sa demi-baguette quotidienne.

Depuis quinze jours, rien de nouveau n'est survenu. Je suis toujours suivi mais je n'y prête plus attention. Je me concentre sur le combat.

Je n'ai pas eu de nouvelles de Sergueï, je ne sais pas s'il est toujours à Paris. Est-il seulement encore vivant ? Sans doute puisque l'on me suit encore. De son côté, Nathalie m'a appelé une fois depuis son départ. Pour me dire que tout allait bien, qu'elle se sentait en sécurité chez son amie.

Mon déplacement au siège de Bodysafe n'a pas été qu'un acte de folie. Il a confirmé l'hypothèse que j'avais élaborée quelques jours plus tôt : Sergueï détient un truc qui intéresse autant les hommes de Bodysafe que les Dupont-Dupond. Ce truc, c'est un carnet contenant des informations en serbocroate – informations précieuses pour certains, compromettantes sans doute pour d'autres. Ce carnet est identique à celui que Sergueï m'a fait parvenir.

Ce raisonnement débouche toujours sur cette phrase qui me hante. « Yankovic se moque de moi et de vous aussi », a dit Siora. J'ai peur de comprendre ce que cela veut dire, alors je préfère ne pas y penser.

On verra cela plus tard.

D'abord le combat.

Après, je reprendrai l'enquête. Je retournerai voir Lefèvre. De la Rochedière également. Et je n'aurai plus rien à perdre. S'il faut faire le coup de poing, je le ferai. Même de Kurt Sven, je n'aurai pas peur.

Je me lève.

Définitivement réveillé.

Définitivement énervé.

L'attente va encore être longue jusqu'à ce soir. C'est la dernière ligne droite. J'espère que Sullivan a réussi à dormir. Je lui promets une chaude soirée. Tout à l'heure, ce sera pour lui « Opération Tempête ».

Round 2

Les premiers combats ont chauffé à blanc la petite salle de banlieue. Deux d'entre eux se sont soldés par des KO qui ont mis le public en appétit. D'après ce que m'a raconté Émile, le petit Kamel s'est bien tenu : il a un peu peiné au début avant de prendre la mesure de son adversaire et de conclure avant la limite.

J'attends dans le couloir d'accès en sautillant sur place. La sueur coule sur mon front. Je suis prêt. Le combat qui précède le mien vient de se terminer. Les organisateurs attendent que le calme revienne.

Dans quelques secondes...

La salle est pleine à craquer. Les journaux sportifs ont rebondi sur ma provocation lors de la pesée. Répondant aux questions, Jérôme Tisserand a tracé un portrait de moi à la limite de la caricature. Orphelin, alcoolique et délinquant – j'ai quand même effectué vingt-quatre heures de garde à vue dans une affaire de meurtre, excusez du peu –, je serais le Mike Tyson de la boxe française, le Mickey Rourke de la banlieue parisienne.

Même la télé est là. Un petit binoclard qui travaille pour une chaîne du net m'a bafouillé quelques questions tout à l'heure dans les vestiaires. J'ai joué le jeu. J'ai répondu à la caméra que ce combat était pour moi celui de la dernière chance et que la perspective de retrouver le ring m'avait aidé à remonter la pente. J'ai lâché cela avec tellement de conviction que j'en arrive à me demander si je n'étais pas sincère. Le journaleux, lui, ne s'est guère soucié de la vérité, ce que je lui disais était du pain bénit pour son reportage.

Émile vérifie, pour la mille et unième fois, le bandage de mes mains. Oui, c'est suffisamment serré pour maintenir le poignet et protéger mes phalanges. Non, ce n'est pas trop bridé et le sang circule normalement. Émile est content, tout est parfait.

Le speaker présente mon adversaire sous les sifflets du public. C'est l'avantage de rencontrer Sullivan plutôt que Quentin. Face au jeune espoir français, j'aurais eu les spectateurs contre moi.

Émile me relève le menton et me colle deux petites claques sur les joues. Ça y est, c'est mon tour. Le speaker me présente et la sono balance à pleins tubes les synthés hurlants de « The Final Count down » du groupe Europe. Incontournable. La porte de la salle s'ouvre en grand et je plonge dans la lumière blanche d'une poursuite.

Des gros bras du service d'ordre me précèdent, fendant la foule devant moi. Je ne suis pas une star, personne n'a l'intention de s'avancer pour me toucher, encore moins pour m'agresser, mais le cérémonial met une ambiance du tonnerre.

Ce moment-là est magique. Toujours. À cet instant, nous sommes invincibles. Tous.

Je chemine lentement à travers la salle en boxant un invisible adversaire devant moi. J'arrive au ring dont je gravis en sautillant les trois marches avant d'enjamber les cordes. La poursuite s'éteint et tous les projecteurs de la salle se mettent à danser une joyeuse sarabande. Du vert, du bleu, du rouge, un vrai feu d'artifice. Je salue le public qui m'acclame. Jamais je ne pourrais me passer de cette féerie. Je suis prêt à encaisser tous les KO du monde pour l'intensité de ces quelques secondes.

Le calme revient peu à peu.

Émile m'aide à me défaire de mon peignoir et me fait enfiler mes gants. Le Vieux distille ses derniers conseils. Il sait que je ne l'écoute pas mais que j'ai besoin de la musique de ses mots pour rester concentré. Avant un combat, on se dit toujours les mêmes choses, on effectue les mêmes gestes. Je rentre au-dedans de moi. Les clameurs de la salle s'assourdissent et je sens un fourmillement me parcourir les muscles.

Je souffle bruyamment par mes naseaux dilatés.

L'arbitre nous fait venir sur le ring pour les dernières recommandations. Il vérifie nos gants et nos protections. Sullivan et moi nous défions du regard. On s'en promet des vertes et des pas mûres. L'Irlandais me gueule un truc que son accent mâchonné des faubourgs de Dublin m'empêche de piger. Mais le message est clair : il n'a pas digéré mes offenses.

Je m'en doutais un peu.

Je souris.

Tout sera plus simple ainsi.

Nous regagnons nos coins et la lumière s'éteint. Ultimes moments de concentration. D'habitude, je m'efforce de penser au travail accompli et aux sacrifices consentis lors des semaines de préparation, tentant ainsi de mobiliser toute l'énergie et la motivation pour le combat à venir.

Aujourd'hui, je n'ai pas besoin de cela.

Je sens la rage monter du plus profond de mon être. Dans quelques secondes, je vais me jeter comme un fauve sur un type que je ne connais pas mais que je hais.

Sullivan va payer.

Pour tout et pour tous.

La salle s'impatiente et mêle dans une même furie applaudissements, cris et sifflets.

Les projecteurs se rallument mais seul le ring est maintenant éclairé. D'une lumière intense et crue. Une Miss Machinchose monte sur le ring, vêtue d'un simple body. Elle lève bien haut un carton sur lequel est inscrit le numéro un.

L'arbitre nous fait revenir au centre du ring. Sullivan et moi tendons les bras. Nos gants ouverts se touchent. Les muscles de ma mâchoire me font mal. Je sais que j'ai revêtu le masque. Celui du tueur. La première fois que je me suis vu sur une photo dans cette attitude, je ne me suis pas reconnu. Les yeux à demi fermés, le regard lointain, la bouche serrée et les joues creusées par la puissance des maxillaires. Un mercenaire avant l'assaut final. Ce type-là faisait peur à Sarah. Il fait pourtant partie de moi. Je n'existe pas sans lui.

L'arbitre lève le bras. Le gong retentit.

Bling.

L'arbitre baisse le bras et nous levons les nôtres.

Sullivan s'installe au centre du ring. La victoire lui a été promise, il est le favori. Il doit gagner en patron.

Je tourne autour de lui. Je frappe d'abord dans ses gants. Voir comment il réagit. Sa garde n'est pas serrée, il est en confiance. Un peu trop.

Il faut que je patiente.

Je le laisse placer quelques piques que j'étouffe mais que je contre mollement. Je suis un tocard. Il ne faut pas le détromper trop vite. Je lui adresse un crochet du gauche un peu timide sur les flancs. Il bloque sans souci et cherche à riposter. Je pivote. Sa droite ne rencontre que le vide. Il est surpris.

On continue de s'observer une bonne partie du round puis je lui remets un petit crochet gauche à l'estomac à peine plus appuyé que le précédent. Il ne recule pas et ne voit pas venir le deuxième, plus net, sur sa tempe.

Fin de la première reprise.

Émile installe le tabouret dans notre coin. Je m'assois.

— Parfait, fils, impeccable. Round d'observation. Égalité aux points. Juste ce qu'il faut.

Je crache mon protège-dents dans la bassine que me tend Kamel. Le petit beur a récupéré de son combat et joue les aides-soigneurs auprès notre coach. Miss Playmate revient sur le ring avec un nouveau body et un carton numéro deux.

— Comment tu te sens ? me demande Émile.

— Pleine forme. Il commence quand, ce combat ?

Le Vieux sourit.

— Bientôt.

Puis il replace le protège-dents dans ma bouche.

Bling.

Quand je me lève, Sullivan m'attend déjà au centre du ring. Je reviens lentement vers lui. Il accélère soudain, caché derrière sa gauche. Il a une bonne vitesse de bras, ses jambes arquées sont solidement plantées sur le ring. Je choisis de battre en retraite. Après tout, c'est lui, le patron.

Je tourne autour pour amortir ses attaques. Je place quelques contres, un crochet par-ci, une droite par-là. Ça ne l'arrête pas mais ça tempère ses ardeurs. Il persiste à avancer mais balance ses coups sans chercher à enchaîner. Il prend garde à ne pas se découvrir. Il me teste. Il a l'air de s'amuser.

La deuxième reprise se passe pour l'essentiel ainsi. De simples escarmouches. Rien de déterminant. Sullivan a l'initiative et marque sans doute des points.

Émile me le confirme.

— Il doit avoir un peu d'avance sur toi, au décompte. Ça ne pèsera pas au final.

Le Vieux m'offre à boire avec une pipette et me passe un coup d'éponge fraîche sur le visage. C'est agréable. Je respire un grand coup. J'ai déjà retrouvé mon souffle. « Je suis un grand fauve d'Amazone », chantait Bernard Lavilliers. Je me sens félin jusqu'au bout de mon cuir. J'ai envie de mordre, de griffer, de déchirer la peau de ma proie jusqu'au sang.

Bling.

Le combat reprend. Sullivan est déjà au centre. Je le laisse encore attaquer. Je lui fais croire que ses coups m'impressionnent et je recule lentement. Petit à petit, il s'enhardit. Ses coups se font plus nets et plus durs. Au moment où il s'apprête à me coincer dans les cordes, je réplique. Deux petites droites bien sèches. Il est surpris mais il enchaîne aussitôt.

Il frappe fort et, cette fois-ci, je suis dans les cordes. Le corps à corps, c'est son truc, à l'Irlandais. Il a le physique pour cela. Trapu, solide, un poitrail de taureau. Il aime la boxe de proximité et me le prouve. Il passe en force. Ses coups tambourinent sur mon ventre. Je ne regrette pas les longues séances d'abdominaux.

Nos poings s'expliquent. Le débat est vif mais courtois. Je trinque, lui aussi. Mais moi, j'ai l'impression que cela me fait du bien. Lui encaisse, moi, j'évacue.

Le public a l'air content. Le combat est lancé. Je perçois les cris derrière le bruit de nos gants.

Je travaille en crochets courts, bien calé sur mes appuis. Je sais que mes coups font mal. Un instant, je crois trouver l'ouverture et je tente un uppercut. Sullivan l'évite d'un rapide mouvement de buste. Ça le fait réfléchir et il fait un pas en arrière. J'en profite pour me glisser sur sa droite.

Et je remise.

Trois directs du gauche en piston. Les deux premiers touchent. Sérieux. Le troisième ne frappe que le vide, l'Irlandais a esquivé. Il balance d'instinct sa droite en avant. Elle ripe sur mon gant et n'atteint que le haut de mon crâne, m'arrachant quelques cheveux. Je m'en tire bien. Ce coup-là, il ne l'avait pas retenu. Si je l'avais pris sur le nez, j'étais bon pour aller respirer le parquet.

Je le vois jeter un regard vers son coin. Il commence à cogiter, le gars. C'est pas bon, ça, pour un boxeur.

Pas bon du tout.

Il tourne autour de moi et brasse du vent avec ses poings. Il a besoin de temps pour réfléchir. Il ne sait plus à quoi s'en tenir. Cela me donne un avantage certain.

J'avance en frappant violemment des deux mains. Ses gants bloquent mes poings mais il est contraint de céder du terrain. Je me rapproche et, soudain, je plie le buste. Je me baisse et me relève d'un coup sec. Mon uppercut rencontre l'os du menton. Bonjour et à bientôt. Je fais suivre une série de crochets à bout portant. Je touche mais je suis trop près pour lui faire mal et il parvient à s'échapper.

Il revient au milieu du ring, sautille sur place, me regarde, surpris. Un peu déçu aussi. Comme si j'avais rompu un pacte tacite entre nous.

Une nouvelle pause intervient.

— Parfait, me félicite Émile. Tu as repris l'avantage aux points. Continue comme ça mais ne t'engage pas trop, surtout maintenant. Il va vouloir te montrer qu'il reste le favori. Garde tes distances.

Il est heureux, le Vieux, il biche. Un bail qu'on n'avait pas fait un combat pareil, lui et moi. Il me donne ses consignes, je les suis à la lettre et ça marche. Comme lorsque j'étais minot.

Bling.

Je suis le premier au centre. Sullivan va vouloir me déloger, c'est sûr.

Il place un enchaînement droite-gauche. Violent. Âpre. J'accepte de reculer. Deux pas. Puis je me plante sur mes deux jambes et j'entame le dialogue. Deux réparties saillantes avant de décrocher à nouveau. Nous boxons ainsi à distance sans baisser le rythme. Gardes serrées, les bras collés au corps. Nos cuirs chantent à l'unisson. Nous restons prudents mais cognons lourd.

En fin de reprise, Sullivan cherche à accélérer. Il s'engage davantage et je pivote opportunément à chaque fois. Je sens qu'il s'essouffle à me courir après.

— C'est bien, commente Émile durant la pause. Il ne trouve pas la faille. Tu vas pouvoir te permettre de passer à la vitesse supérieure.

Nouveau coup d'éponge sur le visage, nouvelle giclée de flotte dans le gosier. La pin-up revient en maillot de bain. Les sifflets augmentent de volume. Son carton porte déjà le numéro 5. On aborde la mi-course. Les choses sérieuses vont pouvoir commencer.

Bling.

Je rejoins Sullivan et me mets à le travailler à la face. J'enchaîne rapidement les séries pour placer mon adversaire sur la défensive. Je ne trouve souvent que le haut de sa tête mais parfois je touche sa pommette droite qui se met à rougir. Puis soudain, je frappe plus bas. Mon crochet gauche s'enfonce dans son estomac. Sullivan se plie légèrement. Je fais suivre un crochet droit et j'aperçois une faille. Un boulevard. Je m'engouffre. Mon poing passe sous sa garde et remonte jusqu'à la pointe de son menton. Il mange l'uppercut de plein fouet et recule, alarmé. Je le poursuis. Un, deux, trois, il subit mes directs du gauche. Sa bouche s'entrouvre, il manque d'air. Un autre coup fait voler son protège-dents.

L'arbitre m'arrête. Le public hurle. L'homme en blanc ramasse sans dégoût l'objet baveux et sanguinolent qui vient d'échouer sur le sol. Il le fait rincer et le replace là où il peut encore servir et relance le combat.

— Boxe !

Je ne laisse pas de temps mort et j'attaque à nouveau. Sullivan recule et m'attend dans les cordes. J'hésite.

C'est encore un peu tôt pour prendre des risques. Je garde un bon pas d'écart et procède par brefs assauts. Je touche de temps en temps, j'engrange les points, Sullivan ne fait que se défendre.

Le gong lui offre un sursis.

— Tu l'as à ta main, super, mais c'est loin d'être fini. Tu as eu raison de refuser le corps à corps. On va voir comment il va récupérer, maintenant.

Émile éponge la sueur sur mon visage et sur mon torse. Puis il me masse le cou. Je roule des épaules sous ses pognes sans quitter des yeux le coin adverse. Mais soigneur et manager me cachent Sullivan. Miss Trou du cul se glisse sous les cordes, m'offrant au passage une vision intime. Son maillot de bain a rétréci depuis la pause précédente. Si le combat va à son terme, elle va finir à poil, la demoiselle.

Bling.

Sullivan revient en sautillant. Il frappe dans ses poings comme s'il était impatient d'en découdre. Mais son bluff ne m'impressionne pas. Son attitude est moins alerte, plus voûtée aussi qu'au début du combat. Et surtout son regard est redevenu humain.

Ça, ça ne trompe jamais.

L'Irlandais tente de reprendre l'initiative mais je ne suis pas décidé à lui laisser de l'espoir. Ses poings font mal, je ne cède pas et je contre ses attaques. Il les encaisse sans intermédiaire, frais de port et TVA inclus. Son jeu de jambes a des ratés. Je ne le lâche pas.

Le public crie plus fort.

Crochet du gauche au foie, crochet du droit à la face, un petit swing sur la tempe pour faire bon poids. Sullivan ne sait plus où donner de la tête. Il n'apprécie guère les colis que je lui adresse. Il recule une nouvelle fois dans les cordes, se cale et m'attend.

Cette fois-ci, je le rejoins.

Et on cogne.

On s'en donne à cœur joie, tous les deux. Et on s'en prend aussi. Ses coups me revigorent. Je me sens de mieux en mieux. Capable de frapper ainsi et d'encaisser toute la nuit. Je suis affûté. J'ai des jambes d'acier et des poings de béton. Miracle de l'entraînement. Des heures de travail et de répétition pour exploser ainsi le jour du combat.

Ouais, « Je suis un grand fauve d'Amazone ». Un grand fauve affamé.

En une fraction de seconde, j'aperçois une nouvelle faille. La même que tout à l'heure. Et bang. L'uppercut retrouve le menton irlandais. Plus franchement encore que précédemment. Un voile passe furtivement devant ses yeux. Ses jambes le trahissent. Il pose un genou à terre.

L'arbitre m'arrête.

Knock-down. Le public est aux anges. Pour la première fois, je regarde la salle. Au premier rang, j'aperçois l'éclat bleuté des yeux de Julie.

L'arbitre compte jusqu'à sept et l'Irlandais se relève.

— Boxe !

Le signal à peine donné, je suis sur Sullivan. Mais j'ai juste le temps de lui faire parvenir une petite série à la face que le gong retentit à nouveau. Trop vite, trop tôt. J'enrage.

— Du calme, fils, du calme. Ne te précipite pas. Il peut encore faire mal. T'es devant lui aux points, laisse venir.

— Si je lui laisse du temps, il va récupérer.

— Et alors ? T'es meilleur que lui, plus rapide, surtout en contre. Laisse-le venir, je te dis. Ne prends pas de risques inutiles.

Cette consigne-là, je ne suis pas sûr de la tenir. Une rage folle me fait bouillir le sang. Émile me passe un peu de vaseline sur les parties sensibles du visage. Tempes, arcades sourcilières et pommettes.

— Laisse venir, me répète-t-il encore, devinant que son message passe mal. Un KO ne s'accouche pas aux forceps. Il doit arriver à terme et se cueillir comme un fruit mûr. Tu dois le préparer correctement. Tu profites des ouvertures, tu enchaînes, tu ne le laisses pas souffler mais tu ne t'engages pas trop. OK ?

J'acquiesce mollement. Une dernière giclée de flotte et je suis debout.

Bling.

Ce soir, je voudrais démolir un mur avec mes poings. Je m'en sens parfaitement capable. Mais je n'ai qu'un Irlandais de 80 kilos face à moi, il faudra que je m'en contente.

Sullivan a choisi de temporiser. Il a adopté une garde prudente, les jambes légèrement en retrait. Il tourne. Il attend. Son entraîneur a dû lui imposer cette prudence. L'Irlandais a trop à perdre dans ce combat. Il doit l'emporter et sans y laisser trop de forces. La suite de sa carrière en dépend.

Moi, je n'ai rien à perdre.

J'attaque.

Deux crochets à la tempe suivis d'une droite appuyée. Un coup qui se veut fatal mais qui ne touche pas. Je me suis trop avancé et je prends le gant de Sullivan dans le plexus. J'ai le souffle coupé.

L'Irlandais n'est peut-être pas aussi solide qu'un mur mais il a davantage de répondant.

J'entends qu'Émile me crie dessus depuis le coin. Oui, je sais, il a toujours raison, le Vieux. Je n'aurais pas dû. Excuse-moi, patron.

Je recule. Heureusement, Sullivan n'a pas poussé son avantage et je reprends doucement mon souffle en tournant autour de lui. On valse tous les deux. Mais c'est une boxe contre nature, je le sens, pour l'Irlandais. Il bouge à contretemps et ne semble pas à l'aise sur ses appuis. Ça le démange de me bloquer dans un coin pour me faire ma fête.

Je le travaille à distance sans forcer, revenant sagement aux conseils d'Émile. J'y vais de mon gauche, un petit coup, parfois deux et je me retire. Il est moins rapide qu'au début et je fais mouche souvent. Je vise son œil gauche qui disparaît petit à petit sous sa paupière gonflée.

Le public se tait. Il a compris que nos échanges à distance n'étaient qu'un court entracte. Il attend.

Pas longtemps.

Je recule lentement vers les cordes. J'ai cerné mon bonhomme et veux le pousser à la faute. Je sais qu'il ne résistera pas longtemps à la tentation du corps à corps.

Il accélère effectivement. S'avance impatient. Il me cherche et ne me trouve pas. Pas tout de suite. J'ai pivoté au dernier moment pour éviter ses coups et Sullivan se retrouve tout bête face aux cordes. Quand il se retourne, je suis sur lui. Gauche-droite. Je l'assaisonne à bout portant. Il encaisse. Sans bouger. Les pieds rivés au sol. Je garde une prédilection pour l'œil gauche de Sullivan mais je vise un peu plus bas. Un œuf de pigeon éclôt lentement sur sa pommette.

Putain, ça doit faire mal.

Je perçois les vociférations de son entraîneur. Je ne comprends rien mais je devine qu'il lui crie de se remuer le cul et de ne pas rester ainsi sous la tempête.

On avait dit tempête, oui, « Opération Tempête ».

L'Irlandais fait un pas en avant et réussit à passer ses bras autour de ma taille. Il en profite pour m'envoyer des pichenettes dans les reins mais je les sens à peine.

L'arbitre nous sépare. Il contemple les dégâts autour de l'œil de Sullivan et fait venir son soigneur. Celui-ci tapote la plaie avec un coton-tige puis passe une noisette de pommade miracle. L'hémorragie est stoppée, l'arbitre satisfait. Mais je me dis qu'il faut que je change de cible si je ne veux pas voir le combat stoppé sur blessure.

— Boxe !

Sullivan resserre encore sa garde, gants collés aux joues, coudes rivés au corps. La défense est hermétique mais prive l'Irlandais de toute rapidité pour me contrer. Je reprends le travail, frappe dans ses bras, cogne dans ses poings, touche parfois le haut du front ou le creux de son estomac. Je maintiens la pression car, sur le long terme, ça va payer.

Le gong nous interrompt provisoirement.

— Merci, me fait Émile.

— Merci de quoi ?

— De m'avoir donné au moins une fois l'occasion de te gueuler dessus. Ça me manquait.

Il me colle la pipette dans le coin de la bouche pendant que Miss Gros Lolos revient avec une nouvelle pancarte. Numéro 8. Encore trois reprises. J'ai pas envie de les faire. Je veux en finir avant. Émile, d'ailleurs, me donne son feu vert.

— J'crois que maintenant tu peux y aller. Il est à point.

Bling.

Sullivan se lève avec lourdeur. Il est devenu borgne et son œil unique me lance de pâles éclairs. Je gicle de mon coin et m'installe au centre. L'Irlandais n'a pas récupéré, il a peur, je le sens. Les fauves perçoivent la peur de leur proie, dit-on. Et ça les rend agressifs.

« Je suis un grand fauve d'Amazone. »

Pressé.

Sullivan est à ma portée et j'ai du mal à garder le contrôle de mes nerfs. J'aimerais lui sauter à la gorge et sentir dans ma bouche les derniers soubresauts de son corps. Je ne sais pas ce qui m'arrive, je ne me reconnais plus. J'avance sur mon adversaire. Il lit la rage dans mes yeux et recule instinctivement de deux pas avant de se ressaisir.

Sa garde est moins serrée, il choisit d'attaquer. Son premier gauche me touche. Je ne recule pas. Il tente de récidiver mais je passe rapidement sous son bras et place un uppercut en remontant d'un coup sec. J'aime bien son menton volontaire, cible ronde et proéminente. La tête de Sullivan part en arrière sous l'impact.

J'attends qu'il se replace puis je fais mine de tenter un nouvel uppercut. J'incline le buste et relève le bras droit. Il recule le haut de son corps. Erreur. Son ventre reste à ma portée et Sullivan déguste mon gauche dans l'estomac. Un coup de masse dans le buffet. Il tousse, crache, me postillonne dessus. Un filet de bave lui coule des lèvres. Je l'essuie sans délicatesse d'un coup de gant. Ce n'est plus de la bave mais du sang. L'arbitre reçoit quelques éclaboussures. Sa chemise blanche s'orne maintenant d'une boutonnière rouge sur le flanc droit.

Je ne m'arrête pas à ces détails vestimentaires et martèle à bras raccourcis le visage de l'Irlandais, en évitant toutefois la pommette blessée. Sullivan garde la bouche ouverte à la recherche d'un peu d'air. En vain. Il boxe en apnée, cela ne peut durer bien longtemps. Je vois son œil unique qui se vide de ses derniers éclats. Sur ses joues, les taches de rousseur disparaissent sous la brûlure du cuir. C'est fragile, la peau blanche d'un rouquin.

Sullivan réussit une nouvelle fois à passer les mains autour de mon corps et à bloquer mes poings. Mais je me dégage avant que l'arbitre n'ait eu le temps d'intervenir.

Je lance le sprint final. Je frappe devant moi. Je touche. Un coup sur deux au moins. Je vise le torse et le bas du visage. Je perds un peu en efficacité mais ce n'est pas grave : cela fait même durer le plaisir.

J'entends frémir au bas du ring. Une droite bien ajustée sur la bouche ouverte de l'Irlandais a aspergé de sang les feuilles blanches des journalistes sportifs. Ceux qui n'ont pas l'habitude ont des vapeurs. Qu'ils se rassurent : le combat touche à sa fin.

Je passe encore une série rapide. De bas en haut. Le foie, le sternum, la mâchoire, le nez. Une leçon d'anatomie. La tête de Sullivan ballotte comme si son cou ne la tenait plus. Une serviette vient de tomber sur le ring mais je ne la vois pas. Enfin... pas vraiment. Je ne veux pas arrêter, j'en veux encore, je ne me sens même pas essoufflé. J'avais pris mon élan et je voulais frapper jusqu'à plus soif. Crever ce sac de sable inerte en face de moi.

Sullivan a posé un genou à terre.

L'arbitre s'interpose et je retiens de justesse un coup qui ne lui était pas destiné. Il me repousse sans ménagement. Je vois ses lèvres faire des ronds et des carrés. Il doit hurler quelque chose mais je n'entends plus rien.

Je comprends juste que le combat s'arrête. Coïtus interruptus.

À reculons, je retourne vers mon coin. Je me sens groggy, moi aussi. Émile se tait et me tend une bouteille d'eau. Mais quand je m'approche, il me la vide sur la tête. Je m'ébroue. Comme un jeune fauve sortant de l'eau.

Les mains de Marina caressent mon dos.

Je me laisse bercer par leur mouvement et la chaleur du vestiaire. Je flotte dans une demi-conscience. J'aimerais me dissoudre entièrement. Fondre dans la tiédeur de ces mains fermes et douces à la fois. Disparaître. Toujours. Corps et âme. Âme surtout, le corps, je m'en fous.

Les mains de Marina appuient au creux de mes reins et remontent ensuite graduellement le long de ma colonne. Ses pouces comptent une à une mes vertèbres puis, dans un large mouvement, ses paumes raclent ma peau comme une spatule le fond d'une casserole.

J'ai entendu la salle se vider peu à peu et le calme est maintenant revenu. Dans le couloir, quelques voix résonnent encore. Des journalistes, des officiels, quelques parasites qui gravitent dans le monde de la boxe ou celui de la presse.

Les mains de Marina rassemblent vers mes épaules un amas de muscles endoloris qu'elles laissent échapper ensuite comme de l'eau vive entre les doigts.

Tout de suite après le combat, Tisserand est venu sur le ring me féliciter. Il était heureux et fier. Heureux pour moi – et pour Quentin aussi, je crois –, fier d'avoir eu le nez creux de me trouver un autre adversaire. Tout cela, il ne me l'a pas dit, évidemment, mais il n'a pas vraiment cherché à le cacher non plus.

L'euphorie fait tomber les masques.

Tisserand a plein de projets pour nous. Une liste d'adversaires possibles et même déjà des dates. Je pourrais faire la première partie de Quentin quand il disputera son championnat d'Europe. Pour l'instant, le jeune champion va mieux, beaucoup mieux, et il remontera sur le ring dans une quinzaine de jours. Son combat de rentrée l'opposera à mon ancien adversaire. S'il l'emporte, il se verra donc ouvrir les portes d'un championnat d'Europe. Tisserand, qui a toujours plusieurs coups d'avance, me veut sur l'affiche : il a déjà posé des jalons, pour une revanche justement face à celui qui m'a foutu une raclée récemment. Le monde de la boxe décidément est petit. « Une revanche, mon gars, t'imagines, ça aurait de la gueule ! » Tisserand l'affirme, Émile le pense très fort.

Ouais, ça aurait de la gueule, c'est sûr.

L'ennui, c'est qu'au fond de moi, je m'en fous.

Les mains de Marina glissent longuement sur mes flancs pour mieux reprendre une vigoureuse ascension le long de ma colonne vertébrale.

Je suis calme. Détendu. Apaisé.

Ma rage s'est éteinte brutalement devant le visage tuméfié d'un cyclope étonné. À genoux, Sullivan, résigné, attendait mes coups. Son œil unique braqué sur moi tentait de comprendre l'origine de ma haine.

Sur le moment, je n'ai rien vu, je ne pensais qu'à frapper l'homme qui était en face de moi. L'homme ? Non, justement, j'ai oublié un instant qu'il s'agissait d'un homme. Je ne voyais plus en lui qu'un obstacle sur ma route. Je l'aurais frappé longtemps si l'arbitre ne m'avait pas arrêté.

Jusqu'où ?

Cet œil dans ma tête ne cesse de m'interroger.

Marina se concentre maintenant sur le haut de mon corps. Ses mains malaxent mes épaules et mes bras, là où la violence du combat a tissé des nœuds complexes. Ma kiné s'applique à l'ouvrage. C'est physique, un massage, mine de rien. Elle turbine bouche ouverte. Un bout de langue vient de temps à autre humidifier ses lèvres et une rosée de sueur fait briller son front.

Marina s'empare de ma main droite, étire et masse mes doigts l'un après l'autre. C'est curieux, j'en éprouve une gêne. Davantage que lorsqu'elle a pétri le bas de mon dos puis le haut de mes fesses.

« *Prendre un enfant par la main*
Pour l'emmener vers demain... »

La dernière fois qu'une femme m'a pris la main, c'était quand. Il y a longtemps. Trop longtemps. Je ne me souviens que de ma mère serrant ma main dans la sienne pour m'emmener à l'école. La main, c'est le chemin vers l'autre. Elle est notre premier guide dans le monde. La prendre, la donner, la serrer. Avec la main, aucun geste n'est jamais anodin.

Deux coups frappent à la porte et interrompent mes cogitations. Sans attendre de réponse, Émile entre dans le vestiaire, quelques feuilles à la main. Mon professeur a la banane, une bonne grosse banane bien arquée qui ne cache rien de ses chicots. Ma victoire a repoussé de quelques semaines nos projets de retraite et cette perspective le rend ouvertement heureux.

— Ah, ces journalistes, j'te jure. Ils t'ignorent pendant des mois et après ils t'agrippent pires que des morbacs dans la toison d'une nonne.

— Belle image, commente Marina.

Émile devient rouge de confusion.

— Oh, excusez-moi, mademoiselle, je n'ai pas fait attention. Je ne voulais pas vous choquer.

— J'ai déjà entendu pire, rassurez-vous.

— Si Marina veut travailler dans le sport, interviens-je, il faudra qu'elle s'habitue. Y'a pas que dans la boxe qu'on trouve de vieux machos grossiers.

— Pléonasme, persifle ma masseuse en me pinçant le gras du biceps.

— Aïe ! Et une kiné attentionnée, c'est quoi ça ? Un antonyme ?

Pour couper court à notre verbiage, Émile me tend les feuillets qu'il avait en main.

— Y'a un journaliste allemand qui était plus accrocheur que les autres. Tiens, il voulait à tout prix te remettre son article.

— Déjà ?

— Tu sais, il est plus de 23 heures. La plupart des journaux ont bouclé leur édition, à cette heure.

— Le public allemand était donc si pressé... Quelle gloire !

Les mains de Marina plaquent mes épaules et mes bras sur la table et je ne peux esquisser aucun mouvement.

— Pose l'article sur le banc. Je le lirai plus tard. Je suis curieux de savoir quel intérêt un journaliste allemand peut trouver au combat entre un Français et un Irlandais.

— C'est ça, l'Europe, sûrement. Tu veux que je te le lise ?

— Non, ça peut attendre, merci.

— Bon ! Quand mademoiselle aura terminé ses câlineries, tu prends une douche et tu nous rejoins à l'étage au salon VIP ?

— Je suis obligé ?

— Ça fait partie du job, ouais. À tout de suite.

Émile me laisse seul entre les mains de Marina. De ses deux pouces, ma kiné évacue le dernier nœud coincé entre mes omoplates.

— Tu n'as pas trop envie d'y aller, hein ?

— Pas trop, non. Il y a deux mois, tout le monde me parlait de retraite. Maintenant, les mêmes ont des tas de projets pour moi.

— Tu devrais apprécier, justement.

— Ouais, je devrais...

Marina abandonne le haut de mon dos et me claque la cuisse.

— Tourne-toi, je vais finir par les jambes.

Je me mets sur le dos et plie mes membres inférieurs. Marina entreprend de me pétrir les muscles des cuisses. Ses doigts s'attaquent d'abord aux quadriceps en dessinant des cercles au-dessus de mes genoux. Puis ses mains, lentement, s'aventurent de plus en plus haut à l'intérieur de mes cuisses pour pétrir les petits et les grands quadriceps.

Au bout d'un moment, je ne peux m'empêcher de la taquiner.

— Tu sais quoi, Marina ?

— Je crois que je devine, réplique-t-elle, méfiante.

— Non, c'est pas graveleux, j't'assure.

— Alors, accouche...

— Elles sont incroyablement douces et précises...

— Quoi donc ?

— Tes mains ! Je crois que je suis en train de tomber amoureux d'elles.

— Et si je te les mets sur la gueule, tu les aimeras autant ?

Elle ponctue sa réplique d'une nouvelle claque sonore sur le gras de ma cuisse. Comme on tape dans le dos d'un vieux pote.

— Voilà, c'est fini. On se revoit demain, si tu veux.

Marina se lave les mains au lavabo du vestiaire tandis que je me redresse à regret. J'avouerais bien à ma kiné qu'il lui reste un muscle à détendre mais elle me traiterait de boxeur phallocrate. Et ce serait le plus inutile des pléonasmes.

Je ne suis pas resté longtemps avec les VIP. J'ai bu un verre de champagne, avalé des petits-fours et serré des paluches. Il ne faut pas m'en demander plus. Le service minimum, c'est déjà trop pour moi.

J'ai tapé une clope à un élu de banlieue et je l'allume. Je tire une taf, la première depuis... depuis longtemps. Putain, que c'est bon !

Je vérifie mon portable. Pas de nouveaux messages.

J'ai laissé le téléphone en charge dans le vestiaire durant le combat. La batterie ne tient plus, il faudra que je la change.

Je devrais être heureux et fier de ma victoire mais je n'y arrive pas. J'ai l'esprit poisseux, empêtré dans des états d'âme indéfinissables. Je ne suis ni gai ni triste. Je ne suis rien.

Je ferme les yeux et aspire langoureusement une seconde bouffée de nicotine.

Ma main glisse sur le banc et attrape négligemment l'article du journaliste allemand. Je tente de déchiffrer les premières lignes dactylographiées mais je n'y comprends rien. Normal, c'est en VO. Suivent deux feuillets manuscrits. C'est en français. L'écriture est soignée et pourtant je mets un long moment à comprendre.

Parce que cet article n'a rien à voir avec la boxe.

Round 3

Paris, France
Le meurtre d'un malfrat pourrait compromettre l'entrée de la Croatie dans l'Union européenne

Au cœur de cette affaire, la possession des carnets personnels d'un général croate jugé pour crimes contre l'humanité

Le 5 octobre dernier, les policiers français pensent intervenir sur un banal règlement de comptes entre voyous et sont surpris de découvrir un cadavre mutilé. Ongles arrachés, doigts écrasés, dents brisées, testicules éclatés et visage énucléé : avant d'être tué de deux balles dans la tête, Lazlo Molnar a subi une véritable séance de torture.

L'homme était bien connu des services de police qui le soupçonnaient depuis longtemps de diriger une entreprise de prêts illégaux et de racket. Dans un premier temps, l'enquête s'oriente donc logiquement vers une piste crapuleuse. Le responsable d'une société victime des méfaits de Lazlo Molnar est placé en garde à vue. C'est lui qui avait acheté l'arme du crime, un pistolet Beretta 9 mm, quelques semaines auparavant. Après plusieurs heures d'interrogatoire, le suspect est libéré, preuve ayant été faite que l'arme lui avait été subtilisée le jour même du meurtre par un des hommes de main de Lazlo, Grégoire Petit, surnommé la Fouine dans le Milieu. Ce voyou sera d'ailleurs retrouvé égorgé à son domicile quelques jours plus tard.

Une seconde enquête très discrète

Même si elle n'a encore rien donné de concret, la piste crapuleuse est toujours officiellement privilégiée par la police française. Mais, loin des projecteurs et des journalistes, une deuxième enquête a démarré après la découverte de la véritable identité de la victime. Sous le patronyme de Lazlo Molnar se cachait en effet Marko Zvonimir, criminel de guerre recherché par les polices européennes depuis sa mise en examen par le Tribunal pénal international.

Membre d'une milice bosno-croate, Marko Zvonimir a d'abord combattu les Serbes en Bosnie-Herzégovine avant de rejoindre en 1994 l'armée croate et de participer, sous l'égide du sulfureux général Gotovina (1), à «l'Opération Tempête» de reconquête de la Krajina, une région de la Croatie détenue par les Serbes depuis le début du conflit. Pendant cette campagne militaire, Marko Zvonimir a dirigé une unité militaire d'une cinquantaine d'hommes avec laquelle il s'est livré à des exactions sur la population civile serbe.

Le 4 octobre 1995 au petit matin, sa troupe investit

un village serbe. Surpris dans leur sommeil, les habitants n'opposent aucune résistance. Les soldats, répartis par groupes de cinq à dix, passent dans chaque maison afin d'en faire sortir les habitants et de les obliger à fuir, tirant à bout portant sur ceux qui n'obéissent pas assez vite. Dans la cour d'une maison, on retrouvera plus tard les cadavres calcinés d'une femme et d'un enfant. Quatorze personnes furent tuées dans cette sinistre opération de purification ethnique. Les soldats incendièrent également la plupart des habitations serbes, tuant le bétail et jetant les dépouilles dans des puits pour contaminer l'eau et prévenir ainsi un éventuel retour des habitants.

Lorsqu'il fut inculpé de crimes de guerre par le TPI en 2003, Marko Zvonimir avait déjà quitté la Croatie depuis plusieurs années. On sait donc aujourd'hui qu'il avait rejoint la France sous une fausse identité.

Des Serbes, premiers suspects

Alors que les lieutenants Meyer et Casalis continuent d'occuper le devant de la scène en suivant la piste crapuleuse, Cyril Lefèvre, commissaire au service français de coopération technique internationale, est chargé de l'enquête officieuse. Rapidement, il identifie deux anciens policiers serbes, présents à Paris au moment des faits. Milan Zukovic et Petar Matic sont entrés en France grâce à de faux passeports slovènes. Étant originaires de la Krajina, l'hypothèse d'une vengeance semble alors évidente pour le commissaire Lefèvre. Conscients d'être de parfaits suspects, Milan Zukovic et Petar Matic quittent le territoire français pour revenir aussitôt sous leur véritable identité et munis de passeports diplomatiques les mettant à l'abri de toute investigation policière.

Tout aurait pu s'arrêter là.

Une étrange officine

Mais les amis politiques de Lazlo Molnar entrent alors en jeu. Regroupés au sein d'une curieuse officine spécialisée dans la protection rapprochée des personnalités, ces individus – parmi lesquels de nombreux anciens de la Légion étrangère française – mettent en place une série de filatures autour des personnes ayant côtoyé Lazlo. Très vite, il apparaît au commissaire Lefèvre que leur but est de mettre la main sur un chauffeur de taxi parisien d'origine croate, Sergueï Yankovic, qui s'est mystérieusement évanoui dans la nature, emportant avec lui des papiers compromettants détenus avant lui par la victime. On ignore comment Yankovic est entré en possession de ces documents mais on sait qu'il est lié avec Lazlo depuis le conflit yougoslave, et surtout depuis que celui-ci, gardien d'un camp de détention vers la fin de la guerre, lui a rédigé un faux certificat de prisonnier lui permettant d'obtenir lors de son arrivée en France le précieux statut de réfugié politique.

Une bombe à retardement

Si l'enquête du commissaire Lefèvre n'a pas encore permis de trouver les responsables du meurtre de l'ancien criminel de guerre, elle a sans doute d'ores et déjà permis de mettre au jour le mobile, ce qui est dans cette affaire l'élément le plus important. D'après nos informations, ces papiers compromettants envolés avec le chauffeur de taxi ne seraient autres que les carnets personnels du général Gotovina. L'ancien chef d'état-major de « l'Opération Tempête » avait l'habitude de consigner par écrit ses moindres faits et gestes, ses rendez-vous secrets (2) ainsi que ses objectifs politiques et militaires. Longtemps considérés comme une légende, ces carnets contiendraient des informations particulièrement gênantes, notamment des projets d'annexion d'une partie de la Bosnie-Herzégovine élaborés à l'époque par les plus hauts responsables croates.

La mise au jour de telles informations provoquerait non seulement une lourde condamnation du général Gotovina à La Haye mais elle pourrait également compromettre les chances de la Croatie d'entrer rapidement au sein de l'Union européenne.

Les policiers français sont donc aujourd'hui persuadés que le meurtre de Marko Zvonimir n'est pas un crime crapuleux mais qu'il puise son mobile dans les pages les plus sombres de l'histoire récente des Balkans.

(1) Ancien légionnaire français, Ante Gotovina a dirigé l'armée croate durant la guerre de reconquête du territoire. Considéré encore comme un héros par de nombreux Croates, il est actuellement jugé par le TPI à La Haye pour crimes de guerre et crimes contre l'humanité.

(2) Les services secrets américains sont soupçonnés d'avoir favorisé l'Opération Tempête qui tout en permettant la reconquête du territoire croate a donné lieu à de nombreuses exactions contre la population civile serbe.

De notre correspondant à Paris, Thomas Rösler

Thomas Rösler me reçoit dans son bureau parisien, un espace de neuf mètres carrés tout au plus, immense placard niché dans les locaux d'un news magazine français. À la fin de la traduction manuscrite de son article, le journaliste allemand avait ajouté son numéro de portable accompagné d'une supplique : « Appelez-moi vite, j'ai besoin de vous pour d'autres articles. »

Rösler s'exprime dans un français vivant et presque sans accent.

— Belle victoire, me félicite-t-il en guise de préambule. Vous avez bien mené votre combat. Vous n'étiez pas favori, pourtant.

— Il faut toujours se méfier des vieux chevaux sur le retour...

— Un vieux cheval, vous ? Quel âge avez-vous donc ?

— 27 ans.

— Et 27 ans, c'est vieux en boxe ?

— On le dit, oui. Avant ce combat, certains m'ont même conseillé de prendre ma retraite.

— Non ! Et aujourd'hui, qu'en disent-ils ?

Je pense à Sergueï. Il fut le premier à me parler d'arrêter. Cela paraît si loin.

— Je suppose que je leur ai cloué le bec.

— Et maintenant, vous avez d'autres objectifs ?

Les commissures de ses lèvres tirées vers le haut dessinent un sourire permanent aux coins de sa grande bouche. Elles donnent à Rösler un air bienveillant, presque enfantin, malgré la gravité de son regard.

— Je pense que nous ne sommes pas là pour parler de mon avenir de boxeur.

— Pourquoi pas ? J'ai tout mon temps.

— Y compris du temps à perdre ?

— Je ne suis pas sûr que je perde mon temps à parler avec vous de vos projets. On apprend souvent beaucoup de choses sur les gens, dans des discussions informelles.

— Et vous avez besoin d'apprendre des choses personnelles sur moi ? C'est utile pour votre enquête ?

— Certainement. Vous occupez une place importante, centrale même, dans cette affaire. Une place que j'ai parfois du mal à comprendre.

— Alors, je ne sais pas si je pourrai vous aider parce que, franchement, moi non plus, je n'arrive pas à comprendre mon rôle dans toute cette histoire.

Il sourit. Son visage entier se détend. Seuls ses yeux restent graves.

— Par quoi voulez-vous commencer ? Votre ami Sergueï ?

— Pourquoi pas...

Il sort un stylo de la poche de sa chemise et d'un clic fait pointer la mine. Le coup de gong de l'entretien : les choses sérieuses commencent.

— Depuis quand le connaissez-vous ?

— Cinq ans environ. Il faisait déjà partie des habitués du Café de la Poste lorsque j'ai commencé à y travailler.

— Vous l'avez donc rencontré par hasard.

— En quelque sorte, oui.

— Et comment vous êtes vous liés d'amitié ?

— Cela s'est fait progressivement. Naturellement. Dans un bar, le personnel discute toujours beaucoup avec les habitués. Avec Sergueï, on s'est découvert très vite des points communs. La boxe, par exemple. Sergueï l'a pratiquée en amateur dans son pays. Il a même participé aux jeux Olympiques de Los Angeles en 1984.

Rösler a l'air sincèrement impressionné.

— Vous avez une vingtaine d'années d'écart, c'est beaucoup pour une amitié, non ?

Je hausse les épaules.

— De nos jours, on ne considère plus un tel écart comme un handicap dans un couple, pourquoi n'en serait-il pas ainsi dans une relation d'amitié ?

Ma remarque le séduit mais ne semble pas le convaincre entièrement.

— Je suppose qu'il y a quelque chose de filial également dans notre relation. Il a perdu sa fille et j'ai perdu mon père. Papa était un peu plus âgé que lui mais Sergueï m'a confié un jour – c'était mon anniversaire, mes 24 ans, je crois – que sa fille avait à quelques semaines près le même âge que moi.

— Que savez-vous de sa femme et de sa fille ?

Je lui raconte le peu que je connais sur sa famille et ce qu'elle a subi. Aussitôt, je m'inquiète.

— Ça cadre avec ce que vous savez ?

— À peu près, oui !

Ses yeux s'assombrissent.

— C'est après que cela se complique. J'ai peur que la suite ne soit pénible.

— Allez-y. N'ayez pas peur : je sais encaisser.

— OK ! On y va. Après la mort de sa femme et de sa fille, Yankovic s'est enfui vers Split. Il a d'abord cherché du travail. Sans résultat. Il a ensuite tenté de quitter le pays pour rejoindre la France. Sans succès non plus. Finalement, il s'est engagé dans l'armée croate et a participé à la reconquête de la Krajina. Il...

Rösler marque une hésitation.

— Yankovic faisait partie du bataillon de Zvonimir.

Je me remémore rapidement les grandes lignes de l'article.

— Ne me dites pas...

— Si ! Il a participé le 4 octobre 1995 aux massacres dans le village serbe martyr de la Krajina.

— Ce n'est pas possible...

— Et pourtant, j'en suis certain. Différentes sources le confirment.

— Sergueï, un criminel de guerre... Je ne veux pas y croire.

— Il n'a pas été répertorié comme tel officiellement par le TPI. Son rôle ne paraît pas avoir été déterminant : c'était un simple exécutant. Et encore... D'après ce que je sais, ses relations avec Marko Zvonimir se sont rapidement dégradées après ce massacre. Yankovic a tenté de déserter, il a été rattrapé puis interné au camp de Lora.

J'ai peut-être été présomptueux en affirmant que je savais encaisser. Là, je suis sonné. Hébété. Abasourdi. Un bug a éclaté dans mon cerveau et j'ai du mal à rétablir les connexions. Je repense d'abord à la douleur de Sergueï les rares fois où il parlait de sa famille. Une douleur physique. La vengeance peut-elle être une excuse ? J'écarte tout de suite la question. Non ! Même pas une circonstance atténuante : les habitants de ce village n'étaient coupables de rien, sauf d'être serbes.

Je retrouve péniblement le fil de notre conversation. Le camp de Lora...

— Il a bien été prisonnier alors ?

— Oui, j'en ai la preuve. Et je ne pense pas que ce soit un hasard, mais, après l'Opération Tempête, Zvonimir a été gardien dans le même camp. C'est ainsi qu'il a pu l'aider en lui fournissant son dossier de prisonnier ainsi qu'une fausse attestation.

Rösler persiste à parler de Marko Zvonimir et je dois faire un effort chaque fois pour comprendre de qui il s'agit. Ce sinistre individu est entré dans ma vie sous le nom de Lazlo : Lazlo, il restera à jamais pour moi.

Thomas Rösler reprend :

— Les relations entre Yankovic et Zvonimir ont toujours été ambiguës, oscillant entre haine et amitié, coups bas et coups de main.

— Vous avez écrit dans votre article que Lazlo... enfin Zvonimir, avait été inculpé par le TPI. Comment a-t-il pu quitter son pays, s'installer en France et échapper à la police ?

— Il a bénéficié de l'aide du réseau Gotovina car il avait une excellente monnaie d'échange.

— Les carnets de Gotovina ?

— Exactement ! Les fameux carnets... Je pense que c'est le général lui-même qui les lui a confiés. Malgré le danger qu'ils représentaient, Gotovina ne voulait pas les détruire. Sans doute s'imaginait-il à l'époque que le T.P.I. n'oserait jamais le poursuivre. Ou que, si cela arrivait, la Croatie le protégerait coûte que coûte.

— C'était un risque énorme. Il aurait été si simple de les brûler.

— Oui, mais vous savez, c'est assez classique finalement. Avant de m'intéresser au conflit de l'ex-Yougoslavie, j'ai travaillé à Berlin sur des dossiers politico-financiers sensibles. Eh bien, c'est étonnant le nombre de documents compromettants que l'on voit ressurgir régulièrement : des factures, des courriers, des mails ou de simples notes qu'il aurait été si facile de faire détruire. Souvent, ce sont des comparses qui les ont préservés pour se couvrir, mais parfois, ce sont les principaux intéressés qui conservent les preuves de leurs malversations. Les psychologues expliquent ce phénomène par le désir inconscient de se faire arrêter. Je suis un peu sceptique mais je dois dire que je ne trouve pas d'autre explication à ce type de comportement.

Rösler se tait quelques secondes avant de reprendre.

— Gotovina, lui, voulait conserver ses carnets pour leur importance historique. Il pensait qu'ils pourraient témoigner plus tard de la grandeur de son combat. Pour Lazlo, ces carnets représentaient surtout la meilleure des assurances-vie, la garantie d'une protection éternelle.

— Vous n'exagérez pas un peu ?

— À peine, répond-il dans un sourire. Tant que Lazlo avait en main ces documents, le réseau de Gotovina se devait de tout mettre en œuvre pour le protéger.

— Et il est si puissant que cela, ce réseau ? Même en France ?

Rösler lève les bras en ciel.

— Qui le sait vraiment... En tout cas, il ne se limite pas à quelques nostalgiques de la Légion étrangère française. Après ses cinq années passées à l'armée, Gotovina a obtenu en 1979 la nationalité française. Il a travaillé ensuite pour des boîtes spécialisées dans la sécurité, il a été proche de l'extrême droite et a flirté avec la Mafia. En 1986, il a été condamné à cinq ans de prison pour vol à main armée, et dès l'année suivante, il bénéficiait étrangement d'une libération conditionnelle. En 2001, quelques semaines avant son inculpation par le TPI – qui n'était déjà qu'un secret de polichinelle –, l'ambassade de France à Zagreb lui renouvelait son passeport français. Enfin, durant ses quatre années de fuite – alors que toutes les polices d'Europe le recherchaient – Gotovina a probablement effectué un ou plusieurs séjours dans le sud de la France.

Rösler ne m'apprend pas grand-chose. Ces informations, de la Rochedière et Lefèvre me les avaient tour à tour distillées.

— Je ne sais comment mieux dire l'importance des complicités dont le général Gotovina a disposé dans votre pays, conclut le journaliste.

— A disposé ou dispose encore ?

— Voilà une question intéressante, effectivement. C'est vrai que, depuis l'arrestation de Gotovina en 2005 et le début de son procès en 2008, les soutiens se font plus discrets.

— C'est ce qui pourrait expliquer l'assassinat de Lazlo ? Il n'était plus aussi bien protégé ?

— Non, je ne crois pas que ce soit cela. En fait, tout a commencé à s'accélérer avec le début de ce procès à La Haye, justement. Tout le monde s'est mis à s'intéresser à ces carnets qui auraient pu constituer la clé de voûte de l'acte d'accusation. Cette fois-ci, les proches de Gotovina ont cherché à récupérer les carnets pour les détruire mais Marko Zvonimir n'a pas voulu les rendre. Puis tout s'est accéléré lorsque les Serbes ont commencé à flairer la bonne piste. La Serbie veut absolument mettre la main sur ces documents pour que le procès de Gotovina soit exemplaire et mette en lumière les atrocités commises par la

Croatie. Les Serbes en ont assez d'apparaître comme les seuls « méchants » de la guerre.

— D'où la présence à Paris ces dernières semaines de deux anciens policiers serbes...

— Exactement. Milan Zukovic et Petar Matic.

Je répète dans ma tête les noms des deux Serbes en espérant parvenir enfin à les retenir. Dupond et Dupont, c'était tout de même plus simple. Rösler poursuit :

— Zukovic et Matic ont d'abord tissé une toile autour de Zvonimir en suivant ses proches pour se faire une idée de son réseau de soutien...

Je complète, me croyant intelligent.

— Puis ils sont passés à l'action en le torturant pour lui faire avouer où il avait caché les fameux carnets.

— C'est possible mais rien n'est prouvé. S'ils ont tué Zvonimir, ils sont audacieux d'être revenus sur le territoire français.

— Ils ont un passeport diplomatique, maintenant, ils ne risquent rien.

— Il ne faut pas exagérer, le passeport diplomatique n'est pas un permis de tuer non plus. La Serbie cherche actuellement à redorer son blason : elle aussi souhaite intégrer le plus tôt possible l'Union européenne. Elle n'irait pas provoquer ainsi un État comme la France. Un tel défi pourrait repousser de dix ans son adhésion.

— Ils tenaient absolument à récupérer les carnets. Lazlo ne les avait sans doute déjà plus lorsqu'ils l'ont torturé. Aujourd'hui, ils poursuivent Sergueï. L'un d'eux au moins, Zikovic...

— Zukovic, rectifie Rösler.

— C'est ça, oui... Zukovic était policier à Knin. Il connaissait forcément Sergueï et avait probablement un compte personnel à régler. À propos, quand vous affirmez dans votre article que Sergueï est aujourd'hui en possession de ces carnets, vous êtes sûr de vous ?

— Je n'écris jamais rien dont je ne sois sûr.

Il m'est sympathique, le futur Pulitzer, mais, par moments, je trouve qu'il se la pète un peu.

— Je sais de bonne source qu'il a ouvert les enchères.

— C'est-à-dire ?

— Il a fait savoir aux différentes parties qu'il avait les carnets et qu'il était prêt à les vendre aux plus offrants. Maintenant que son passé est connu, Sergueï Yankovic va perdre son statut de réfugié et va devoir quitter la France, fuir, toute sa vie peut-être. Il a besoin d'argent. Forcément.

Forcément...

Je rumine en silence. Je me sens trahi, trompé, en un mot comme en mille : cocu. Je croyais avoir un ami. C'était un criminel de guerre. Sans scrupule et vénal.

Après avoir respecté mon mutisme, Thomas Rösler reprend :

— Parlons de vous maintenant, Pierre, si vous le voulez bien. Que faites-vous dans cette affaire ? Vous êtes l'ami de Yankovic, vous avez travaillé pour Lazlo le jour du meurtre et la photo de votre père a été retrouvée dans les affaires de Milan Zukovic, l'un des deux policiers serbes. Ai-je oublié quelque chose ?

J'avais mille questions à lui poser encore sur Sergueï mais c'était à mon tour de parler. Nous ne sommes pas dans un donnant-donnant formel comme avec le commissaire Lefèvre, je me dois pourtant de payer ma quote-part à l'entretien.

— Mes empreintes figuraient sur l'arme du crime.

— Ah, ah, j'ignorais ce point.

Je lui explique cette partie de l'affaire, ressuscitant quelques secondes en pensée ce pauvre Grégoire. Lui aussi a été assassiné, mais tout le monde s'en fout aujourd'hui. Il n'intéresse pas plus les protagonistes de l'affaire qu'un vol de sucette dans une épicerie serbe de Knin à la fin du conflit.

Pour la première fois depuis le début de notre entretien, Rösler prend des notes. Je parviens à déchiffrer quelques mots à l'envers : le journaliste allemand écrit en français. À la fin de mon exposé, je le félicite de sa maîtrise de notre langue.

— Je n'ai pas de mérite, m'explique-t-il. D'une certaine façon, ma langue maternelle est le français puisque ma mère est française. Mais mon père est allemand et nous avons toujours vécu à Hambourg. C'est avec l'allemand que je m'exprime le mieux. C'est dans cette langue que je travaille et que j'écris. Sauf là, bien sûr : vous me parlez en français, alors je note en français.

Il relit justement ce qu'il vient d'écrire, corrige un mot et reprend :

— J'aimerais que nous parlions de votre famille, maintenant. De votre père, surtout. Je me suis renseigné et je n'ai rien trouvé de spécial. Pascal Couture était un diplomate, je dirais, ordinaire. Ne vous vexez pas, le mot ne veut pas être blessant. Votre père n'était pas un diplomate de haut rang, pas encore, il n'était qu'au début de sa carrière...

Je balaie ses précautions oratoires d'un revers de la main.

— Un de ses anciens collègues m'a laissé entendre que certains diplomates avaient parfois des liens avec les services secrets de leur pays.

— C'est vrai, cela arrive, confirme Rösler. J'ai mes sources aussi dans ce milieu mais je n'ai rien pu obtenir concernant votre père. Ou il n'y a rien à dire ou les secrets sont bien gardés.

Il me voit m'agiter sur ma chaise.

— Ne vous méprenez pas : je penche sérieusement pour la première hypothèse.

— Alors, pourquoi mon père, aujourd'hui ?

Une lueur s'allume dans ses yeux et il se retient de sourire : je sens qu'il a un début de réponse à cette interrogation mais qu'il attend de l'étayer davantage avant de me la livrer.

Il a encore des questions à poser.

— Et la réouverture de l'enquête sur son accident, vous avez du nouveau ? demande-t-il.

— La dernière fois que j'ai vu le commissaire Lefèvre, il n'y avait rien de neuf, j'élude, heureux de constater qu'il y a des failles dans la documentation du journaliste.

— C'était quand ?

— Il y a une quinzaine de jours.

— Et vous n'avez pas appelé depuis ?

Je hausse les épaules.

— Je voulais me concentrer sur mon combat.

— Comme je vous comprends, tout cela a dû être très déstabilisant. Mais, de toutes les manières, je ne pense pas que les circonstances de la mort de votre père aient beaucoup d'importance.

Son regard se remplit de promesses. Je crois que Rösler a encore des révélations à me faire.

— Venons-en à cette photo que l'on a retrouvée dans les affaires des Serbes. Je n'ai pas eu la chance de la voir mais je sais qu'il s'agit d'un cliché familial, pas d'une photo professionnelle.

— Exact. Elle a été prise un été dans notre maison du Roussillon.

— Il y avait des doubles de cette photo ?

— Sûrement.

— Pourquoi « sûrement » ?

— Parce que j'avais la même dans un de mes albums photos.

— Vous avez dit « j'avais » : pourquoi ?

— La dernière fois que je les ai regardés, je ne l'ai pas trouvée.

Il ne dit rien mais il n'en pense pas moins. Je crois deviner sa conclusion. Et si... Mais oui, bordel ! Dans l'album familial, chaque page – sauf cas exceptionnel de photo grand format – accueillait au moins trois clichés. Sauf la première page qui n'en avait que deux. La première page... celle où je pensais que figurait la fameuse photo de mon père...

— Merde... On me l'aurait volée ?

Rösler se contente d'une moue d'évidence.

— Mais qui ? Et pourquoi ?

— Le pourquoi me semble facile à deviner, le qui également... Vous ne croyez pas ?

— J'ai été cambriolé, récemment. Par les hommes de Bodysafe, je pense, mais la photo avait disparu bien avant.

Constatant mon imbécillité, le journaliste me met sur la voie :

— Quelqu'un a les clés de chez vous ?

Je songe d'abord à Sarah puis je me souviens qu'elle me les avait lancées au visage avant de me quitter. J'en ai gardé une marque sur le front pendant plus d'un mois. Ah non... merde. Mais quel con je fais.

— Sergueï... À une époque – lorsque j'étais en couple –, nous avions des plantes vertes à la maison. Une fois que nous sommes partis en vacances à l'étranger, je lui avais laissé un double des clés pour qu'il vienne s'en occuper. Je crois qu'il ne me les a jamais rendues.

Ma voix tremble de colère retenue.

— Mais à quoi il joue, ce salaud !

Rösler s'avance sur son bureau et pose la main sur mon avant-bras.

— Pierre, j'ai une question à vous poser et vous devez me dire la vérité : est-ce que vous avez revu Sergueï Yankovic depuis sa... disparition ?

— Non, jamais.

Son regard capte le mien et cherche à évaluer ma sincérité.

— Vous me le diriez, sinon ?

— Je crois, oui.

— Vous avez eu un contact téléphonique avec lui ?

— Non. Mais... il m'a fait parvenir une lettre.

Je lui avoue la consigne de la gare du Nord et le carnet noir et vierge qu'elle contenait. Le visage de Rösler s'illumine. Le journaliste lâche mon avant-bras et se recule sur sa chaise.

— Un carnet ! Et qu'est-ce que vous avez cru que c'était, ce carnet ?

— Sur le moment, je n'en ai eu aucune idée. Après j'ai compris que les hommes de Bodysafe s'étaient imaginé un moment qu'il pouvait s'agir d'un des fameux carnets du général Gotovina. C'est même la raison pour laquelle ils ont cambriolé mon appartement.

Thomas Rösler se recule puis se balance sur sa chaise. Ses muscles se détendent et son corps se relâche complètement. Je crois que je viens de lui offrir sans le savoir une confirmation qu'il attendait.

— Ce carnet vierge, Pierre, était ce que l'on appelle un leurre. Il avait pour but d'égarer les poursuivants de Sergueï. Cela les a forcés également à détourner une partie de leurs moyens humains sur vous.

J'ai peur de comprendre.

— Moi aussi, je suis un leurre, en quelque sorte...

— Exactement.

Sa bouche déchire son visage d'une oreille à l'autre. Rösler a du mal à dissimuler sa jubilation. Ses yeux conservent toutefois gravité et compassion.

— Je ne sais pas si ce que je vais vous apprendre sera pour vous une bonne ou une mauvaise nouvelle, mais votre père – j'en suis convaincu maintenant – n'a jamais rien eu à voir de près ou de loin avec cette affaire. La photo de votre père dans les bagages des Serbes, elle aussi, est un leurre. Et c'est votre ami Sergueï qui l'a placée là.

Round 4

La porte du Café de la Poste s'ouvre. Porté par un courant d'air froid, Maurice fait une entrée titubante. Il penche dangereusement sur sa droite, déséquilibré par le poids de la gauloise coincée dans son bec. Des rivières pourpres sillonnent sa face ravagée par l'alcool. Il me salue d'un doigt glissé sur la visière de sa casquette crasseuse avant de poser soigneusement son mégot sur le rebord du cendrier que je lui tends.

Jean-Bernard, qui l'attendait avec impatience, se rapproche du bar un verre à la main.

— Le premier est pour moi, me fait-il pendant que je verse à Maurice son blanc de 10 heures.

Le vieil alcoolique prend son verre et trempe ses lèvres sèches dans le liquide aux reflets d'or pâle. Il ferme les yeux avec le recueillement d'un premier communiant recevant l'hostie durant l'Eucharistie.

— J'en ai une bien bonne, annonce Jean-Bernard nullement gêné de troubler son pote en pleine méditation.

Maurice rouvre les yeux et attend la vanne.

— Tu sais que la langue française est plutôt bien foutue, hein? Eh ben, pourtant parfois y'a comme des ratés.

Ancien prof, Jean-Bernard a été victime d'un accident de la route il y a dix ans. Après deux mois de coma profond, il n'a jamais réussi à retrouver l'intégralité de ses capacités physiques et intellectuelles. Il touche une petite pension d'invalidité qu'il complète en plaçant dans divers journaux des mots croisés de sa conception. Il adore jouer avec les mots.

— T'es d'accord qu'un parapluie, c'est fait pour protéger de la pluie?

Maurice le gratifie d'un mouvement de visière en guise d'assentiment.

— Et qu'un parachute, c'est fait pour éviter les chutes? Un parasol, pour se cacher du soleil?

Jean-Bernard jette un coup d'œil dans ma direction pour s'assurer que je l'écoute aussi. La chute de l'histoire n'est pas loin.

— Alors, est-ce que tu saurais me dire à quoi, sur un pont, peut bien servir un parapet?

Après un temps de réflexion, Maurice comprend et avale de travers sa gorgée de muscadet. Il pose sur le bar son verre qui tangue dans sa main et sort un chiffon sale de la poche de son pantalon. Il crache dedans avant de s'essuyer la bouche.

— Putain, je ne m'étais jamais posé la question, reconnaît-il dans un ultime toussotement. C'est vrai ça, c'est curieux...

— C'est sans doute ce que l'on appelle un «paradoxe», je rigole.

— Pas mal, me félicite Jean-Bernard avant de corriger. En fait, ce n'est pas vraiment ça car le mot parapet vient de l'italien *parapetto, petto* signifiant «poitrine».

Josy me rejoint derrière le bar et ressert d'autorité les deux lascars dont les verres s'étaient soudainement vidés.

— Et un parasite, ça protège de quoi ? questionne-t-elle.

— Du travail, rétorque aussitôt Jean-Bernard.

Fier de sa répartie, il vide cul sec son muscadet et retend son verre à Josy qui daigne le remplir à nouveau.

Tout baigne, ce matin, au Café de la Poste. C'est la routine. Je laisse Josy officier derrière le bar et me retire dans mes cogitations.

Les révélations de Rösler me bousculent gravement. D'abord mon pote Sergueï est un criminel de guerre. Petit joueur, peut-être, trop petit pour le Tribunal pénal international, mais criminel quand même. J'ai appelé Nathalie pour la tenir au courant. Elle n'a pas eu l'air surprise, ses réflexions l'avaient amenée près de cette hypothèse. Et c'est moi qui ai été étonné lorsqu'elle s'est mise à le défendre.

— Voilà pourquoi il était gêné pour évoquer la guerre, m'a-t-elle dit au téléphone, il avait honte. Je suis sûre qu'il éprouve de sincères remords et c'est pour cela qu'il continue à se dire Yougoslave. Il regrette d'avoir cédé un jour à la folie meurtrière. Qui sommes-nous pour le juger ? Comment pouvons-nous être si sûrs qu'à sa place, nous aurions agi différemment ? Cela me fait penser à tous ces Français d'aujourd'hui persuadés qu'ils auraient choisi le camp de la Résistance pendant la guerre. À les écouter, on croirait qu'aujourd'hui, il y aurait 99 % de maquisards...

J'ai écouté en silence sa plaidoirie de femme amoureuse. Je n'ai pas osé la contredire. Et puis je dois dire que, sur le moment, je n'ai pas trouvé qu'elle avait complètement tort.

J'en veux aussi à Sergueï de s'être servi de moi pour égarer ses poursuivants. C'est vrai que le danger, finalement, n'était pas si grand, mais il m'a fait jouer le rôle du crétin de service et ma fierté en prend un coup. D'autant que j'ai le sentiment d'avoir apporté une bonne touche personnelle. Je n'ai pas toujours fait dans la finesse et la demi-mesure.

J'aurais préféré qu'il me fasse confiance.

Mais qu'aurais-je fait, qu'aurais-je dit, s'il m'avait révélé les versants sombres de son passé ?

Je voudrais me sentir soulagé de savoir que mon père n'a rien à voir avec tous ces crimes, récents et passés. Pourtant, c'est tout le contraire qui se produit. Je me sens soudain seul. Si seul. Je vivais depuis le début de cette affaire avec le fantôme de mon père à mes côtés : il n'est pas concerné et c'est comme si je me retrouvais orphelin une fois de plus.

Une fois de trop.

Ce matin, je n'ai pas repéré de présence suspecte autour de moi. Comme si mon rôle, dorénavant, était clair pour tout le monde. L'utilité d'un leurre cesse aussitôt qu'il est mis au jour.

Cette affaire est terminée pour moi. De cela aussi, je devrais me réjouir.

Pas moyen.

Le néant de mon existence me donne le vertige. Plus d'amis. Pas d'amour. Juste un vieil entraîneur coléreux et deux copines lesbiennes. Qui a dit : « Un seul être vous manque et tout est dépeuplé » ? Je ne sais pas, je ne sais plus. Je crois que c'est un grand auteur français et je me souviens seulement que ces paroles figuraient dans une vieille chanson de Dave. Bonjour, la référence culturelle ! Je suis un gros con de boxeur.

« Un seul être vous manque... ». Qu'est-ce que je devrais dire ! Mon père me manque. Ma mère également. Et Laurette. Et Sarah. Sergueï maintenant va me manquer.

Le commissaire Lefèvre m'a caché beaucoup de choses. Je m'en doutais mais Rösler m'en a donné confirmation. Lefèvre m'a distillé ses informations en me privant d'une vue d'ensemble qui était déjà précise pour lui. Il savait tout des carnets de Gotovina et de l'inculpation de Lazlo par le TPI. Et tout probablement aussi du passé douteux de Sergueï.

Lefèvre s'est bien gardé d'éclairer trop ma lanterne. Cela devait l'arranger que j'avance en aveugle dans cette affaire. À tâtons, on peut parfois découvrir des choses que les yeux d'un flic ne voient plus. Le commissaire avait sans doute très vite compris mon rôle. Lui aussi m'a pris pour un crétin.

D'après Rösler, les flics français ne sont pas clairs au sujet de Gotovina. « Pas clean », plus exactement, oui, « pas clean », c'est le terme qu'il a employé dans son excellent français du début XXIe siècle. Le journaliste m'a montré une copie des notes d'un agent du renseignement français. Rien de confidentiel : saisies par la justice, ces notes sont sur la place publique depuis la fameuse affaire Clearstream, cette affaire politico-financière qui a passionné les médias. Une histoire de faux fichiers à laquelle je n'avais jamais rien compris. Rösler aurait bien aimé m'expliquer mais je l'ai arrêté tout de suite.

L'agent français avait l'étrange habitude – comme Gotovina, décidément – de tout consigner par écrit et certaines de ses notes mentionnent justement le général croate. Elles tendent à prouver que les services secrets français ont « rempli une mission d'assistance aux forces spéciales croates » de 1991 à 2000. Un échange de courriers semblait particulièrement éloquent à Rösler. De retour d'une mission d'information à Dubrovnik, l'agent écrivait : « Gotovina ne se rendra pas. » Et le directeur de cabinet du ministre français de la Défense lui répondait : « Nous n'y avons pas intérêt ». De là à supposer que la France ait protégé hier la fuite de Gotovina et qu'elle se préoccupe encore aujourd'hui des informations contenues dans les carnets du général croate, il n'y a qu'un pas et Rösler le franchit sans hésiter.

Bref, j'étais au cœur d'un sacré merdier. Comme je ne suis pas complètement crétin tout de même, je m'en doutais depuis un moment déjà. Mais je n'avais pas idée de l'étendue de ce merdier !

Ouf, maintenant c'est terminé.

Une chose me chagrine, toutefois. Rösler est persuadé que la police m'a toujours suivi de près. Et comme je n'ai jamais remarqué autour de moi que les Serbes ou les hommes de Bodysafe, il suppose que je suis sur écoute. Mon portable ou mon appartement, voire les deux.

Putain, cette embrouille... Heureusement, je ne baise plus depuis des mois. Je sais, c'est con, mais c'est la première réflexion que je me suis faite quand il m'a avoué ses soupçons.

À l'abri d'un platane centenaire des Buttes-Chaumont, une dizaine de personnes enchaînent sans grâce des postures de tai-chi. Un transistor à piles posé sur un sol de feuilles mortes et humides sécrète une musique extrême-orientale imitant à la perfection le son triste et mélancolique d'une pluie d'automne. Moi, ça me fout le cafard mais les tai-chi *men*, eux, ont le sourire extatique et radieux d'un fumeur de pétard au mois de juin.

Julie fait mine de vouloir s'arrêter, là, sur un banc.

— Tu veux bien qu'on aille plus loin ? je la supplie.

Je désigne le groupe qui s'essaye, sur un pied tremblant, à la périlleuse figure de l'envol de la grue blanche.

— Si on reste là, je ne vais pas pouvoir m'empêcher de jouer aux quilles...

Julie pouffe et me donne une grande claque dans le dos.

— T'es bien un boxeur, toi !

— Oui, je sais : gros poings, petit cerveau.

— Je dirais plutôt gros blues, petit moral.

Elle me prend la main et nous allons nous installer cent mètres plus loin, là où l'impétuosité d'un torrent artificiel nous camoufle les glouglous soyeux du transistor. Je raconte en détail à Julie les révélations de Thomas Rösler.

— Eh ben, mon cochon, commente-t-elle avec un brin de jalousie dans la voix. C'est une sacrée histoire. J'aurais bien aimé vivre une enquête pareille.

— Si j'avais eu le choix, je te l'aurais laissée bien volontiers.

— Et tu crois que, pour toi, c'est vraiment terminé maintenant ?

— C'est ce que semblait penser Thomas Rösler. J'ai tenu mon rôle et, puisque plus personne n'est dupe, je ne sers plus à rien. D'ailleurs, je ne sais pas si tu as remarqué, mais on ne me suit plus.

— C'est vrai que, les dernières fois que nous avons couru ensemble, je n'avais rien noté de suspect.

Je m'apprête à lui parler des soupçons de Rösler sur ma mise sur écoute mais je m'abstiens : je ne veux pas la mettre en porte à faux vis-à-vis de sa hiérarchie. Elle s'est déjà pas mal mouillée en se renseignant en secret pour moi.

Deux adolescentes s'approchent. D'un téléphone portable tenu à la main coule un jus musical dont la mélodie se limite au rythme syncopé des synthés. Les gamines n'écoutent pas la musique, ce n'est qu'un bruit de fond qui les accompagne. Elles passent devant nous puis s'éloignent, tranquilles et indifférentes sous leur parapluie d'intimité.

— Y'a pas une loi contre ça ? je demande à Julie en désignant les ados d'un mouvement de menton.

Ma fliquette me dévisage mi-amusée mi-inquiète.

— Toi, tu n'as vraiment pas la frite. Pourtant, tu devrais être heureux : c'est les vacances, en quelque sorte.

— C'est une façon de voir les choses...

— Tu devrais te détendre, respirer, profiter de ton temps libre. En ce qui concerne l'entraînement, tu fais relâche maintenant. T'as bien bossé, t'as gagné, c'est super, non ?

— Ouais, c'est super...
— T'as l'air convaincu, ça fait peur. Relaxe !
— J'y arrive pas.
Je montre du doigt les deux gamines au bout de l'allée. Elles virent sur leur droite pour gravir un escalier de béton.
— Tu vois, j'aurais aimé que ce soit deux mecs plutôt que deux filles : je me serais fait un plaisir de leur demander d'éteindre leur musique de naze.
— À mon avis, ça aurait vite dégénéré !
Je fais les gros yeux.
— Hum... C'est ça qui m'aurait plu, justement.
Cette fois-ci, Julie s'inquiète vraiment.
— Eh bien ! Tu vas devenir un vrai danger public. Une grenade dégoupillée errant dans les rues de Paris. J'espère qu'une de mes collègues ne te croisera pas dans les rues un soir prochain quand elle devra verbaliser une voiture mal garée.
Ce rappel de mes anciens écarts n'est pas de nature à m'apaiser. Je bougonne :
— Oh, ça va. J't'avais prise pour un mec.
— Et tu crois que c'est une excuse ?
— On m'a déjà fait la leçon à ce sujet, merci. Je ne m'en prends pas aux femmes, je ne suis pas un lâche !
— Garde-moi de ta fierté des bacs à sable, des salles de sport ou des cités de banlieue. Si s'en prendre à des femmes, c'est lâche, tu crois que casser du policier en uniforme, c'est glorieux ? Tu veux commencer un concours avec ces petits cons des quartiers qui ont fait de la chasse aux flics leur passe-temps principal ?
Son ton est monté dans les aigus. J'ai touché une corde sensible, c'est évident. Mais je n'ai pas envie de

m'excuser. Ce n'est pas ma faute à moi si elle a choisi d'être flic, hein ? J'y peux quoi, moi, si son job n'est pas populaire ?

Après de longues minutes d'un silence boudeur, Julie fait le premier pas de la réconciliation mais je sens bien qu'elle se force.

— Tu crois vraiment qu'il n'y a plus aucune chance que Sergueï reprenne contact avec toi ?

Je mets du temps à comprendre ce qu'elle me dit. Je ne m'attendais pas à ce qu'elle me pose cette question. En tout cas, pas de cette façon-là.

— Ça m'étonnerait fort...

— Pourquoi ?

— Ce serait prendre beaucoup de risques. Il s'est donné tant de mal pour attirer l'attention sur moi... Et puis pourquoi reprendrait-il contact ? Qu'est-ce qu'il pourrait bien avoir à me dire ?

— Je ne sais pas... Il pourrait avoir le désir de t'expliquer la situation. De s'excuser aussi. Pourquoi pas ?

Je ricane. Amer.

— S'excuser ? T'es sérieuse, là, ou tu plaisantes ? Ce type-là m'a berné, pas seulement ces dernières semaines mais depuis le début... Il m'a menti, s'est présenté comme un pacifiste alors que c'était un criminel ! Je ne lui conseille pas de prendre contact avec moi, c'est mon poing sur la gueule qu'il va prendre !

— Décidément, tu voudrais cogner la Terre entière...

— Je sais, je suis un peu primaire comme garçon : j'aime, j'embrasse ; j'aime pas, j'tabasse.

— Le dépit te rend agressif, me tempère-t-elle de sa voix douce. Sergueï a été ton ami. Il ne t'a pas dit toute la vérité parce qu'il craignait que tu ne la comprennes pas, mais je suis sûre qu'il était sincère dans son amitié. C'est cela qu'il pourrait avoir envie de t'expliquer.

— Pourquoi prendrait-il cette peine ? Il s'est foutu de moi. Il a fait copain-copain avec moi pendant des années, et pour quoi, à l'arrivée ? Se servir de moi comme il l'a fait, c'est dégueulasse. Je n'en ai rien à foutre de ses explications, je n'ai plus envie d'être son ami. Ce type-là a fait partie d'une troupe qui a flingué des civils dans un village serbe. Tu te rends compte ?

— Il a déserté aussitôt après. Peut-être qu'il a eu...

J'appuie un doigt sur sa bouche.

— Oui, je sais, on m'a déjà fait le coup des remords. Je n'y crois pas. Sergueï s'est servi de moi pour détourner l'attention pendant qu'il faisait commerce de documents historiques. S'il avait eu des remords, il les aurait rendus publics, ces documents, au lieu de les marchander. Il m'a fait courir des risques insensés en me lançant en aveugle au milieu de l'arène. Il m'a fait passer pour un crétin !

— Qu'est-ce qui t'enrage le plus, Pierre, le dépit ou la blessure d'orgueil ?

— C'est bien une formule de gonzesse, ça.

Sa question est fondée, je le sens bien et c'est ça qui m'énerve.

— Oh, je t'en prie, ne fais pas ton macho de base.

Elle m'attrape les cheveux et les tire violemment.

— Aïe !

— Lâche la pression, bon sang. Respire. Sois cool. Tu sais que tu es craquant, quand tu es en colère ? Si j'étais sûre que cela t'apaise, j'te roulerais un patin, va !

Sa boutade me prend au dépourvu. Je reste coi, les

yeux ronds comme des boules de pétanque, la bouche plus béante que le tunnel de l'Eurostar.

— Oh, oh, reviens sur terre, se moque-t-elle. Là, j'ai plutôt envie de te claquer pour refermer tes écoutilles.

— Chiche !

— Chiche pour la claque ?

— Euh, non, chiche pour le patin !

— Je ne crois plus que cela soit nécessaire, réplique-t-elle, apeurée. Tu es calmé, maintenant.

— C'est très précaire, tu sais.

Je plonge mes yeux dans les siens mais je n'arrive pas à y lire. Je me penche lentement vers elle. Elle se raidit mais ne se dérobe pas. Mes lèvres rencontrent ses lèvres. Je goûte en fermant les yeux leur parfum de vanille. Julie claque un bisou sonore sur ma bouche mais n'ouvre pas la sienne avant que je ne me sois reculé.

— Excuse-moi, gémit-elle. Je n'aurais pas dû aller jusque-là. Je... je suis... une garce.

Dans ses yeux bleus d'infini, la mer s'agite. L'écume frappe la digue et coule sur ses joues.

— Je suis désolée...

— Pas tant que moi.

Elle blottit sa tête dans le creux de mon épaule, je cale ma main sur son rein et nous restons immobiles.

J'aperçois au loin les adeptes du tai-chi qui achèvent leurs chinoiseries. Un dernier mouvement d'assouplissement les conduit à rapprocher leur tête de leurs chaussures. J'espère que l'un d'eux au moins a marché dans la merde de chien. Je suis aigri, limite salaud. J'en ai conscience mais ça fait du bien de cracher sa bile sur le monde.

Julie se décide à se redresser. Ses yeux sont rouges. Elle amorce un sourire gêné.

— J'ai un service à te demander, implore-t-elle.

— Je ne peux rien te refuser.

Son ébauche de sourire se change en grimace.

— J'aimerais que tu oublies ce qui vient de se passer.

— Cela me semble difficile. C'est le moment le plus délicieux que j'ai vécu depuis des semaines...

— S'il te plaît.

— Je te promets d'essayer.

— Merci.

Elle se lève. Je l'imite et nous nous remettons à marcher. Julie met sa main dans la mienne.

— J'ai un autre service à te demander.

— Ton amitié coûte cher !

— Je sais, mais ce service-là sera plus facile, je crois.

— Alors n'hésite pas. Je te l'ai dit : je ne peux rien te refuser.

Elle hésite quand même quelques secondes. Politesse ou calcul ?

— J'aimerais que tu me préviennes si Sergueï, malgré tout, reprenait contact avec toi.

Sa demande m'étonne. Après ce qui vient de se passer entre nous, elle me paraît même hors sujet.

— Il ne le fera pas, répondis-je.

— Et s'il le fait, tu me préviendras ?

Son insistance me semble déplacée.

— Et pourquoi le ferais-je ?

Ses yeux bleus magnifiques m'emprisonnent et me désarment.

— Parce que ça pourrait être dangereux, m'explique-t-elle de sa voix chaude et affectueuse. Et je ne veux pas qu'il t'arrive quelque chose. Tu es mon ami. Je tiens à toi.

Round 5

La sonnette retentit dans l'appartement. Je bondis sur l'interphone.

— Bonjour, c'est le facteur. J'ai une lettre recommandée pour M. Couture.

— OK, je vous ouvre. C'est au huitième, la première à droite en sortant de l'ascenseur.

J'ouvre la porte et j'attends.

L'ascenseur ne tarde pas et il m'apporte un Thomas Rösler aussi ravi qu'un collégien facétieux.

— Bonjour, monsieur. J'ai ce courrier pour vous. Vous pouvez me mettre une signature ici, s'il vous plaît ?

Il me tend un papier imaginaire.

— Merci. Au revoir, monsieur, et bon après-midi.

— Au revoir.

Je laisse entrer le journaliste et referme la porte derrière lui. Lors de notre entrevue, nous avions convenu de nous revoir chez moi et nous avions mis au point cette petite scène pour donner le change. Au cas où je serais sur écoute.

Sans parler, Rösler sort d'un petit sac à dos une sorte de talkie-walkie miniature. C'est un détecteur de caméras et de micros, capable de repérer les fréquences utilisées par les matériels d'espionnage à distance. Rösler le promène un peu partout dans le studio. Sous la table, derrière la télé, dans le placard, autour du mécanisme du volet roulant. Dans la cuisine également. Les lieux sont exigus et l'inspection ne dure pas longtemps.

A priori, il n'y a rien.

Rösler m'emprunte mon téléphone et pianote de longues minutes dessus. À un moment, il relève les yeux vers moi quelques secondes avant de se concentrer à nouveau sur mon portable. Il fronce les sourcils, se mord les lèvres puis grimace. La pénombre règne dans la pièce et l'écran éclaire son visage d'une douceur bleutée.

Rösler hoche la tête pensivement. Puis il se lève, portable en main, pour se rendre dans la salle de bains. J'entends l'eau de la douche couler. Rösler revient les mains vides.

— Maintenant nous pouvons parler tranquillement, personne ne nous entend.

Il me fait signe de m'asseoir.

— Je n'ai trouvé ni caméra ni micro dans l'appartement.

J'enregistre la bonne nouvelle mais ne me réjouis pas. Son étrange comportement me conduit à penser qu'il y a un os ailleurs.

— En revanche, votre portable... Vous n'avez pas eu de problèmes de batterie, ces derniers temps ?

— Si, pourquoi ?

— Ça ne m'étonne pas. Votre portable est piégé.

— Hein ?

— Quelqu'un a entré un virus sur votre téléphone, m'explique-t-il. Ce logiciel pirate lui permet d'enregistrer tout ce qui se passe sur l'appareil. Il peut écouter vos conversations et consulter à loisir tous vos SMS. Il a accès à votre agenda et à votre journal d'appels.

— Génial...

— Mais ce n'est pas le plus grave...

— Je me disais aussi !

— Le logiciel que l'on vous a installé fait partie de la dernière génération de ces logiciels espions. Il permet d'activer le microphone de votre téléphone même lorsque vous ne téléphonez pas.

— J'ai peur de comprendre.

— Ainsi programmé, votre téléphone est un véritable micro espion. Ceux qui l'ont piégé peuvent à tout moment écouter les conversations que vous tenez à quelques mètres de votre téléphone.

— Même s'il est éteint ?

— Tout à fait. Ils l'allument à distance sans que l'écran ne s'éclaire. C'est pour cela que vous avez des problèmes de batterie : elles fonctionnent toujours bien mais, comme elles servent davantage que vous ne le pensez, elles se déchargent.

Je tente de plaisanter :

— Finalement, c'est plutôt une bonne nouvelle, je n'aurai pas à changer de batteries.

— Non. Il vous faudra plutôt changer de téléphone !

— Ah oui... Il n'y a pas moyen de se débarrasser du logiciel espion ?

— Si. Vous pouvez télécharger un autre logiciel qui tuerait le virus mais je ne vous le conseille pas.

— Pourquoi ?

— Parce que ceux qui vous espionnent sauraient alors que vous les avez repérés et ils pourraient vouloir mettre en place un autre système.

— Alors ?
— À votre place, je garderais ce portable et le tiendrais à distance pour toutes les conversations qui nécessitent de la discrétion. Et j'en rachèterais un autre.
— Mais « ils » vont continuer à m'espionner, alors.
— Oui mais vous ne leur laisserez entendre que ce que vous voulez bien qu'ils entendent. Quand vous souhaiterez de la discrétion, vous aurez deux solutions : soit débrancher la batterie soit laisser le téléphone dans une pièce voisine.
— Dans une salle de bains à côté d'un robinet qui coule, par exemple ?
— Par exemple !
— Moi qui croyais que je n'intéressais plus personne...
— Je pense que c'est toujours vrai, mais ceux qui ont pris des risques pour installer ce virus n'ont sans doute pas jugé utile d'en prendre d'autres pour le désinstaller.
— Comment ont-ils fait ? C'est compliqué ?
— Absolument pas. Il suffit d'avoir accès pendant quelques secondes à votre portable. S'il n'est pas verrouillé, c'est un jeu d'enfant, il s'agit seulement d'un logiciel à télécharger. Vous le verrouillez, votre téléphone ?
— Non.
— Et vous le laissez souvent sans surveillance ?
— Je ne l'ai pas toujours sur moi. Je le laisse souvent dans la poche de mon blouson. Derrière le comptoir au Café de la Poste ou dans le vestiaire à la salle de boxe.
— C'est facile d'y avoir accès... discrètement ?
— Pour un inconnu, non.

— Et... pour un habitué ?

— Qu'est-ce que vous insinuez ?

— Ne vous froissez pas, je cherche à comprendre, simplement.

— Vous pensez que j'ai pu avoir été piégé par un proche ?

— Je vous retourne la question.

Je réfléchis quelques instants. Je ne vois pas les clients habituels du bistrot faire cela. En revanche, à la salle de boxe...

— Je ne suis pas intime avec tous les boxeurs de mon club. Ce n'est pas un milieu très riche et, contre une grosse somme d'argent, n'importe qui pourrait accepter de manipuler mon portable.

— Alors, nous ne pouvons pas écarter cette hypothèse.

— Mais qui a bien pu m'espionner ainsi ?

— Les Serbes, la police française, les proches de Gotovina, nous n'avons que l'embarras du choix. J'aurais toutefois tendance à écarter d'entrée les hommes de Bodysafe. S'ils avaient fait piéger votre portable, Michel Siora n'aurait pas déployé un tel dispositif humain pour vous suivre. Ah oui, j'ai oublié de vous dire : un portable piraté devient un parfait GPS pour vous traquer n'importe où dans le monde.

— Charmant... Mais je suppose qu'on ne trouve pas facilement ce type de logiciel ?

— Pensez-vous ! C'est en vente libre sur Internet pour moins de mille euros.

— C'est légal ?

— Absolument illégal d'utilisation mais tout à fait autorisé à l'achat et à la vente. On estime qu'en France 3 % des téléphones portables sont piégés. En Allemagne, c'est même en train de devenir à la mode. On appelle cela des logiciels « Ehebruch ». Ehebruch, ça veut dire adultère en allemand. C'est en effet l'utilisation principale de cette sorte de... comment dire, de service.

— La confiance règne, dans les couples allemands !

— L'offre crée la demande. Quand on a un doute sur son conjoint et qu'on apprend l'existence d'un tel système, on peut se laisser tenter.

— Ouais, peut-être, n'empêche que c'est pas cool.

— N'est-ce pas... Mais, pour en revenir à la question « Qui vous a piégé ? », j'ai envie de privilégier la piste de la police française. Comme je vous l'ai dit hier, je suis surpris que les policiers n'aient pas cherché à vous pister davantage.

— Mais les flics n'ont pas d'autres moyens de piéger un portable ?

— Si, bien sûr, il y a des écoutes légales mais il faut l'autorisation d'un juge.

— Vous pensez que cela les arrête ?

— Non, c'est vrai, mais peut-être ont-ils trouvé que c'était moins risqué ainsi. Comme le logiciel de piratage est en vente libre, n'importe qui peut être suspecté. Et dans cette affaire, ce ne sont pas les candidats qui manquent.

— Mais vous pensez, vous, que ce sont les flics ?

— Oui, j'en suis même assez persuadé, je dois dire.

— Mais c'est qui les flics ? Pas les inspecteurs de la criminelle !

— Non, sûrement pas. Eux, ils sont hors-jeu depuis longtemps. Je pensais plutôt à votre ami, le commissaire Lefèvre.

Furieux, je frappe du pied sur le carrelage. Lefèvre ! Putain de salaud ! Et en plus – j'y repense seulement maintenant – il m'avait presque prévenu en me disant une fois que je devais me méfier de tout le monde, y compris de lui. Quel enfoiré...

— Et votre téléphone à vous, il n'est pas piégé ?

— J'ai un antivirus très performant.

— Je n'ai plus qu'à m'en procurer un pour mon nouveau portable, alors.

— Ce serait mieux

— Et l'ancien ?

— Comme je vous le disais : à utiliser avec modération !

— Et la douche, je l'arrête quand ?

— Quand je serai parti. À bientôt !

Un long fleuve coule sous mes fenêtres. Sombre et bruyant. Un flot incessant de voitures. Ce fleuve n'a pas de source ni d'embouchure, il vient de partout et ne finit nulle part. C'est une histoire sans fin. Le flux et le reflux d'une marée humaine. La nuit, la houle se calme, jamais elle ne s'arrête. Il y aura toujours un phare pour déchirer le noir, le bruit d'un moteur pour empêcher le silence.

J'aimerais que tout s'arrête. Un instant, une vie. Une pause pour l'éternité.

La tête me tourne et je voudrais descendre du manège infernal.

Je suis ivre et je n'ai même pas bu.

Je vais rattraper ça.

Un bar de nuit dans le 12e.

Elle est jolie.

Longue et féline. Avec une chevelure rousse qui cascade sur ses épaules dénudées.

Sa voix grave et sèche finit de me troubler lorsqu'elle commande :

— Un whisky, s'il vous plaît.

La jeune femme ne me propose que son profil mais la glace, derrière le comptoir, me livre tous les secrets. Je peux même mater son décolleté en toute discrétion.

Le barman connaît la rouquine. Il lui sert d'office un Laphroaig. Un double. Sans glace.

L'alcool qui irrigue mes veines m'enlève toute inhibition. Jamais, sinon, je n'aurais osé aborder une telle femme dans un bar.

— C'est bon, le Laph... ?

Elle me répond en restant de profil.

— Laphroaig.

— C'est ça, oui. Laphro truc. Ce n'est pas facile à prononcer.

— Il n'est pas facile à boire non plus.

— Ah tiens ! Pourquoi ?

La rouquine se tourne lentement vers moi et m'évalue de ses yeux noirs. L'examen doit être concluant puisqu'elle me tend son verre.

— Goûtez.

Je trempe mes lèvres dans le liquide ambré. Une explosion de poivre et de sel. Un goût fumé prononcé. Et une forte odeur médicamenteuse.

Je retiens difficilement un juron.

— C'est un whisky des îles écossaises, m'explique la rouquine. Il sent les embruns, la mer et les algues.

Je renifle intensément. Au nez, c'est encore plus évident. Ce whisky sent la vieille pharmacie. Je rends son verre à la dame.

— C'est une boisson ou un médicament ?

— En général, ça c'est la première phrase que l'on prononce après y avoir goûté. Il est vrai qu'il y a, en fond, quelques notes médicinales. Camphre et girofle. Mais les vrais amateurs s'y font très vite.

— Vous m'en direz tant...

J'interpelle le barman :

— Garçon, vous pouvez me mettre la même chose, s'il vous plaît ?

— En général, ça c'est la seconde phrase que l'on dit.

Elle me sourit. La glace est rompue entre nous. Il n'y a rien de plus facile que les amitiés d'ivrognes. Rien de plus éphémère non plus. C'est ce qui fait leur charme.

Le barman me sert une bonne rasade, attrape deux glaçons avec une pincette et m'interroge du regard. Je fais signe que non. Je devine sur ma droite la satisfaction de ma voisine.

J'appuie mes deux coudes solidement sur le bar et j'avale une nouvelle gorgée.

— Celui-ci est un dix ans d'âge. Avec des notes de fruits rouges tirant vers la grenadine.

Je m'abstiens de commenter ses propos. Je n'ai pas senti tout cela mais j'apprécie la poésie des mots.

— Et quelle est la troisième phrase que l'on exprime, après avoir bu du... Laphroaig ?

— Ça, personne ne le sait...

Elle marque une pause avant d'ajouter :

— Personne n'est resté assez lucide pour s'en souvenir.

Puis elle éclate d'un rire gras et fumé aussi délicieux et sauvage que son whisky.

Je ne sais pas vers quoi je repars. J'ai commencé la soirée à la bière et très vite je viens de passer à la vitesse supérieure. Inch Allah. Dans ce bar de nuit, je me sens bien. J'ai une amie. Pour une minute, une heure ou une nuit. Peu m'importe. Je veux vivre l'instant. Je reprendrai demain le cours de ma vie.

— Vous venez souvent au Night ? me demande ma nouvelle copine.

— Où ça ?

— Au Night And Day. Ici, quoi !

J'ai l'air un peu con, je ne connais même pas le nom du bar. Selon la formule consacrée : « J'ai vu de la lumière alors je suis entré. » Je lève mon verre pour réclamer l'indulgence.

— C'est vrai qu'il est redoutable, hein. Non, c'est la première fois que je viens. Et vous ?

— De temps en temps, répond-elle évasivement.

Une idée me traverse l'esprit d'un coup. Ne me suis-je pas fait avoir comme un bleu ? Cette belle vamp n'est-elle pas une simple entraîneuse en plein turbin ? Elle m'a fait prendre un whisky au lieu d'une simple bière, elle aura sa com, elle doit être contente.

Elle lampe une longue rasade de Laphroaig. À ce rythme, elle ne fera pas une longue carrière dans le métier. Si elle est entraîneuse...

Je demande :

— Vous aimez bien cet endroit ?

— Non, pas du tout. C'est moche et il y a trop de bruit.

— Alors pourquoi venez-vous ?

Elle hausse ses épaules dénudées. La bretelle de son soutien-gorge glisse sur son bras.

— Je viens là parce que j'aime la musique même si

elle est trop forte et que j'apprécie l'ambiance même si le décor est trop laid.

Elle lève son verre.

— Et surtout parce qu'on y boit d'excellents whiskys.

Elle fait un clin d'œil en direction du barman qui nous observe de loin et ajoute en se penchant vers moi mais en parlant toujours à haute voix :

— Le whisky est bon à condition de s'y connaître un peu. Sinon, on vous servira un breuvage médiocre au lieu du Pure Malt douze ans d'âge que vous aurez commandé.

Je ne réponds rien. Le barman non plus. Pourtant, il a tout entendu. Il se contente de lever les sourcils en me regardant. Ni confirmation, ni démenti.

Les enceintes derrière le bar nous distillent une soupe de notes des plus insipides. Un peu de piano, des mélancos de guitare, un sax enroué. Produit, mixé et digéré par ordinateur. Ma rouquine a un jugement sûr en matière d'alcool, je suis plus partagé sur ses goûts musicaux.

— Vous aimez ça ? je questionne.

— Ça quoi ?

— La musique ?

— Vous appelez ça de la musique ? se gausse-t-elle.

Je n'y comprends plus rien :

— Non pas du tout. Mais c'est vous qui à l'instant me vantiez la programmation musicale de ce bar.

— Ah oui mais je ne parlais pas de ce... bruit.

Elle regarde sa montre.

— Les mardis et jeudis soir, il y a un pianiste qui vient jouer du jazz, il est prodigieux. Il commence vers 23 h 30. Il ne devrait pas tarder, d'ailleurs.

Son verre est vide, le mien également. Je décide de prendre l'initiative et lève un doigt pour attirer l'attention du barman.

— Deux Tullamore Dew, s'il vous plaît.

La rouquine lève un sourcil intéressé.

— Monsieur préfère les irlandais ?

Je nous revois, Sarah et moi, découvrant la douceur de cet alcool dans un pub enfumé et bruyant de Cork un soir où le brouillard avait vaincu l'été.

— C'est sentimental.

Le barman pousse vers nous deux verres remplis d'un liquide doré. Ma partenaire s'empare du sien et le lève devant son visage.

— Si c'est sentimental, alors...

Elle en vide une bonne moitié d'une seule gorgée.

— Une petite note de vanille, commente-t-elle. La finale est courte, chaleureuse. Excellent pour se refaire un palais après le Laphroaig. J'espère que c'était un bon souvenir, l'Irlande...

— Oui, ça l'était.

— Un souvenir à deux, je suppose...

Dans le miroir, j'aperçois un grand bellâtre en smoking qui fouille la pièce du regard. Il cherche. Et trouve. Pas difficile. Une longue chevelure de feu se repère facilement dans la pénombre ouatée d'un bar de nuit. Il s'approche de nous et fait la bise à ma voisine qui se met à me tourner le dos, m'évitant ainsi de répondre à sa question indiscrète.

J'en profite pour détailler l'étrange faune qui peuple ce bar. Il y a surtout des petits groupes, quelques couples et un homme seul. Près de moi, quatre jeunes d'une petite vingtaine d'années se serrent autour d'une petite table. Deux garçons, deux filles. Je les observe un moment sans parvenir à les associer. Je perçois des regards en coin et des sourires séducteurs. Je ressens les attentes et les espoirs mais, avant d'avoir eu le temps d'établir un pronostic, je croise le regard inquiet d'une des jeunes filles. Ma curiosité la dérange et la trouble. Je décide d'aller poser plus loin mon regard chassieux d'ivrogne.

Je tombe sur l'homme seul au fond de la pièce. Un brun au regard noir fixé sur moi. C'est à mon tour de me sentir gêné, mais lui n'en a cure.

Je pivote sur mon tabouret de bar et plonge dans le déchiffrage des étiquettes de whisky. De temps en temps, je profite du miroir pour jeter un coup d'œil derrière moi. Le brun ne tarde jamais à relever la tête. Pas de doute, je l'intéresse. Un pédé ? C'est une hypothèse. Le type porte une veste de cuir noir sur une chemise blanche ouverte sur un foulard de soie bleu. Il est élégant et décontracté. Ça pourrait cadrer. Pourtant, les regards qu'il pose sur moi sont neutres et froids. Il ne craint pas que je remarque l'attention qu'il me porte mais ne cherche nullement à m'aguicher.

Son bellâtre amidonné l'ayant abandonnée pour saluer d'autres amis, mon amazone se retourne enfin vers moi. Elle me fait un sourire d'excuse avant de remarquer mon verre vide.

— Deux Oban, s'il vous plaît, fait-elle au serveur.

Puis elle s'adresse à moi en minaudant :

— Je peux vous demander votre prénom ?

— Vous pouvez.

Je souris, elle aussi. Elle attend.

— Je m'appelle Pierre.

Elle me tend une main frêle que je serre précautionneusement.

— Enchantée, Pierre, moi c'est Barbara.

Je manque d'étouffer. Barbara... Ce prénom lui colle à la peau aussi bien que sa longue robe fourreau. Je doute sérieusement de sa sincérité. Je l'imagine le soir, chez elle, avant de sortir, se choisissant un prénom qui aille avec sa tenue : « Tiens, aujourd'hui, avec cette robe à dentelles, je pourrais choisir... Roxanne. Mais avec cette jupe fendue, je prendrais plutôt Vanessa. Ah non, finalement, je vais mettre cette robe fourreau et Barbara conviendra parfaitement. » Je suis sûr qu'elle a dans sa chambre un placard plein de prénoms juste à côté de sa garde-robe.

Le barman nous sert deux bonnes doses. Il nous a à la bonne, on dirait.

— Vous pourriez nous mettre des cacahuètes, s'il vous plaît, Gérard ?

Il s'exécute avec son éternel sourire de politesse. Discret et impersonnel.

Barbara sirote son nouveau nectar. Son visage disparaît derrière son verre. Je ne vois plus que ses yeux.

— Le Oban provient des Highlands, les hautes terres froides et humides de l'Écosse, m'explique-t-elle de sa voix chargée d'embruns. Il sent la tourbe et le vent.

On picole, on discute. On discute, on picole. Et je crains que l'addition ne soit salée. Si Barbara est bien entraîneuse, elle est redoutable : elle boit autant qu'elle fait boire, c'est double bénef pour le bistrotier.

Je me décide enfin.

— Vous êtes une habituée ?

— Pas vraiment.

— Pourtant vous avez ici vos habitudes.

Elle fronce les sourcils devant mon insistance et pose son verre sur le comptoir.

— Où voulez-vous en venir exactement ?

Je sens à son ton que je fais fausse route et je crains de tout gâcher.

— Laissez tomber...

— Non, allez-y, je vous en prie, précisez votre pensée.

— Oubliez !

— Vous pensez que je suis une entraîneuse, c'est ça ?

Elle n'a pas l'air surprise, un peu triste seulement.

— Je me suis posé la question... alors... je vous la pose : j'aime bien que les choses soient claires.

— Vous avez raison, approuve-t-elle sans conviction.

Elle reprend son verre et boit une gorgée.

— Alors que les choses soient claires : je ne suis pas une entraîneuse, je suis ici pour mon plaisir, je bois pour mon plaisir et quand je parle avec un client, c'est également pour mon plaisir.

— Je suis désolé.

— Ne vous tracassez pas.

Elle ne dit pas « J'ai l'habitude... » mais je l'entends.

— Et vous êtes mon invité, si c'est ce qui vous inquiète.

Je me sens soudain con et mesquin.

Je bredouille :

— La question n'est pas là.

— Un peu quand même, ironise-t-elle.

Le bellâtre a fini son tour de salle et ses salutations. Il s'assied derrière le piano qui décore un coin de la pièce. Un guitariste prend place à ses côtés. Il accorde sa basse pendant que l'autre caresse son clavier. Ils échangent quelques mots, quelques notes, puis attaquent. Un vieux blues tranquille. Otis Redding, je crois.

On écoute en silence.

C'est vrai qu'il joue bien, le pianiste. Le bassiste aussi, d'ailleurs. Je ne suis pas spécialiste mais j'apprécie. Et je ne suis pas le seul. Les conversations ont baissé d'intensité.

Le premier morceau arrive à son terme. Des applaudissements retentissent. Mesurés. Le public lui aussi a besoin de s'accorder.

Les musiciens ne prennent pas de risque en ce début de récital. Ils enchaînent des standards du jazz et du blues. « Moonlight Serenade » de Glenn Miller puis l'incontournable « Summertime ». Je reconnais tous les titres, c'est dire que l'on se cantonne dans l'ultra classique. Un trompettiste les rejoint et ils entonnent à trois « Dream A Little Dream Of Me ». Quelques couples se mettent à danser.

Barbara est tournée vers la salle et regarde les danseurs avec envie. Sa jambe gauche bat la mesure, frôlant la mienne en fin de course.

Je finis mon verre et je me lève. Je swingue en descendant de mon tabouret mais ce n'est pas encore volontaire. Je tends ma main à Barbara qui s'en empare avec plaisir et nous slalomons entre les tables pour rejoindre la piste juste devant l'orchestre. Nos corps se frôlent sur un air langoureux que je ne reconnais plus. Ma partenaire est plus petite que je ne le croyais et sa tête se niche naturellement au creux de mon épaule. Mes paluches enserrent d'abord sa taille fine puis je les fais glisser plus bas pour mieux sentir sa croupe onduler en cadence.

À chaque tour que nous faisons, je croise le regard amusé et envieux du type brun. Du sang chaud et macho coule dans ses veines, je n'en doute plus. Plus je le dévisage et plus je lui trouve un air balkanique assez prononcé. Tiens donc ! Alors comme ça, j'intéresserais encore quelqu'un dans cette sombre et labyrinthique affaire. À ma grande surprise, j'envisage cette idée avec plaisir. Et je dois même avouer que je me sens presque flatté.

Nous enchaînons un deuxième slow langoureux. Barbara frotte avec lascivité son bas-ventre sur le haut de ma cuisse. Heureusement que nous n'avons pas la même taille ! Je suis un piètre danseur et je peine à me concentrer sur mes pas. Régulièrement, je massacre les pieds de ma partenaire.

À la fin du troisième slow, je décide de mettre un terme provisoire à cette parade nuptiale. Nous regagnons nos places au bar en titubant, ivres de désir autant que d'alcool. Barbara me dépose un baiser sur la bouche avant de s'éclipser en direction des toilettes. Je contemple, hypnotisé, ses courbes qui s'éloignent en swinguant.

Je termine mon verre et je fais signe au loufiat :

— Vous nous remettez ça, Gérard, s'il vous plaît.

Il nous verse une nouvelle goulée de sucre d'orge en précisant de son ton neutre et las :

— Je ne m'appelle pas Gérard mais Denis.

— Ah bon ? fais-je un peu surpris. Excusez-moi, je croyais...

— Je sais.

Mon amazone revient quand le trio emballe le « Blue Rondo à la Turk ». Elle avance d'une démarche aérienne, osant quelques balancements en rythme. Bonne tenue de route, la rouquine. Elle doit avoir une sacrée habitude des soirées arrosées. Au lieu d'apprécier ma chance, je ressens une pointe de jalousie qui me vrille l'estomac.

Barbara rapproche son tabouret du mien et s'assied. Tout près. Nos cuisses se touchent. Ses yeux sont rouges et je remarque un peu de poudre blanche sur le dos de sa main. Je tique. J'espère que, de ce côté-là aussi, elle tient bien la route.

Barbara plonge son nez dans son verre et respire un grand coup.

— On en reste au Oban ? Pourquoi pas ? C'est un des meilleurs.

Elle prend ma main dans la sienne. La retourne. L'observe. En caresse la paume et le dos.

— Vous avez de belles mains. Grandes et fortes. Vous êtes plutôt un manuel. Mais vous n'avez ni écorchures ni cicatrices. Vos mains ne sont pas sèches, elles sont douces, étrangement douces. Vous ne travaillez pas sur un chantier, vous n'utilisez pas vos mains en extérieur.

Elle relève la tête vers moi, me dévisage un instant.

— Vous avez des mains de kiné mais vous n'êtes pas kiné.

Elle détaille maintenant mes épaules et mes bras.

— Vous êtes sportif, conclut-elle. Je ne sais pas si c'est votre métier mais vous êtes très sportif.

Je fais glisser ma paume sur sa joue. Elle ferme les yeux.

— Mes mains ont été lustrées par le cuir et la sueur.

Elle rouvre un œil intéressé. J'hésite un instant. Je pourrais tout aussi bien lui dire que mes mains sont polies par les produits vaisselle et les heures de plonge passées derrière le comptoir du Café de la Poste mais je crains de briser d'un coup sec cette idylle d'un soir.

— Je suis boxeur. Boxeur professionnel.

Ses deux yeux s'ouvrent d'un coup. C'est curieux, je croyais qu'ils étaient noirs. Maintenant, ils me semblent noisette.

— Ouahh... Et vous êtes un champion ?

— Ça dépend ce que l'on met derrière ce mot.

— Vous avez gagné des combats ?

— Heureusement, oui. J'ai même été champion de France.

— Oh là, là, là...

Elle effleure de ses mains baguées mes pommettes saillantes.

— Vous m'emmènerez, un jour, voir un match de boxe ?

Notre rencontre n'a aucun avenir. Elle le sait mais elle fait semblant. Je peux jouer le jeu moi aussi.

— Si vous voulez, oui, bien sûr.

Elle me remercie d'un petit sourire triste. Je sens une soudaine fatigue au fond de ses yeux. Une fatigue ancienne et douloureuse. La suite logique de notre conversation voudrait que je lui demande à mon tour ce qu'elle fait dans la vie mais je sais qu'elle me mentirait. Et puis, de toute façon, je m'en fous. Elle est belle, libre, experte en whisky et en d'autres choses sans doute. Ça me suffit.

Elle se penche vers moi jusqu'à caler son épaule sur la mienne. Notre proximité aurait dû nous inciter à passer à une plus grande familiarité de langage mais je trouve que le vouvoiement confère une certaine distinction à nos ténébreuses bacchanales.

— On essaye autre chose ? me demande Barbara en se redressant brusquement.

Je ne suis pas sûr de comprendre.

— C’est-à-dire ?

— Vous voulez goûter un autre whisky ?

Je lui donne mon accord et elle commande un Isle of Jura.

— Je n’ai pas besoin de vous dire d’où vient ce whisky, c’est marqué dessus, comme on dit. L’île de Jura est une île des Hébrides en face des Highlands. Il n’y a pas à tortiller : les meilleurs whiskys du monde sont produits sur ces quelques mètres carrés de tourbière et de landes léchées par le vent et la mer.

Le barman nous sert. Toujours stylé. Toujours réservé. Un peu blasé sans doute. Derrière son bar, il en a vu défiler des épaves s’efforçant de donner le change. Et il en a entendu des conversations laborieuses et accablées comme la nôtre. Peut-être sait-il tout, lui, de Barbara. Qui sait si, un soir, ce n’est pas sa main à lui qu’elle a pris dans la sienne.

— Merci, Gérard, dit Barbara.

J’attends qu’il s’éloigne et je précise :

— Vous savez, il ne s’appelle pas Gérard.

— Oui, je sais, répond-elle en se redressant.

Elle sourit et consent à m’expliquer.

— J’ai décidé un soir que tous les serveurs de bar s’appelleraient Gérard. C’est plus simple. Sinon, je m’y perds.

— Pourquoi Gérard ?

— Pourquoi pas ?

Imparable, comme réponse.

— Et vous avez décidé aussi une fois pour toutes qu’une belle de nuit en robe fourreau devait s’appeler Barbara ?

Elle m’offre une rasade de son rire enroué mais n’ajoute rien et nous sirotons en silence. Je cherche quelque chose à dire mais ne trouve rien. Je me retourne vers la salle. Les quatre jeunes qui étaient près de nous sont en train de danser. Deux par deux. Les couples se sont formés. Au fond de la salle, je ne vois plus mon brun balkanique.

Fausse alerte, probablement. Je ne suis plus très lucide.

Nos verres sont déjà vides. Dans quelle ville d'Écosse allons-nous boire maintenant? J'en ai ma claque. Je n'ai plus envie de boire. Plus envie de rien non plus. Nos solitudes s'affrontent. Au début de la soirée, elles s'annulaient, j'ai l'impression que maintenant, elles s'additionnent.

— On rentre? questionne soudain Barbara.

Je l'examine, cherchant à décrypter ses désirs. Je vois surtout de la lassitude dans ses yeux. Il est deux heures du mat' et Cendrillon regrette d'avoir picolé trop longtemps après minuit.

Je sors mon portefeuille.

— Laissez, j'ai une ardoise, ici, me dit-elle.

Je prends quand même un billet de cinquante euros que je tends au barman.

— Vous déduirez cela de l'ardoise de madame. Et vous prendrez cinq euros pour vous... Gérard.

Barbara pouffe et s'accroche à mon bras. Son pas n'a plus rien d'aérien. Je la prends par la taille et nous quittons la pièce.

L'air de la nuit nous fait du bien. Il crachote mais on s'en fout. Barbara a récupéré un long manteau gris et moi, mon blouson. À l'abri d'une porte cochère, le brun balkanique nous attendait. Il n'esquisse aucun geste mais ses yeux me questionnent. J'ai l'impression qu'ils me donnent rendez-vous.

Barbara a déjà repéré un taxi libre. Elle le hèle puis grimpe dedans. Je la suis sans me préoccuper davantage de l'inconnu.

— 2 rue de Sévigné, annonce Barbara au chauffeur. C'est dans le 4e, près de la place des Vosges.

Nous roulons en silence. Le chauffeur a le bon goût de ne pas nous raconter sa vie, son métier, ses emmerdes. Il se contente d'écouter Radio Classique en sourdine.

La voiture glisse sur la chaussée humide. Les rues sont désertes. Barbara pose sa tête sur mon épaule et sa main sur ma cuisse. Je suis bien. Calme. J'ai l'impression que mon désir s'est assoupi. Oh, il suffirait que la main de Barbara remonte de quelques centimètres pour le réveiller mais je ne suis pas sûr d'en avoir envie.

Malheureusement, nous parvenons rapidement à destination. J'aide Barbara à descendre du taxi. Je règle. Nous sommes devant un petit immeuble, ancien et cossu.

— J'habite au deuxième. Sans ascenseur.

L'invitation est claire. Je lui offre à nouveau mon bras et nous montons.

L'appartement est grand et luxueux. Nous entrons dans un vaste salon meublé avec goût. Au fond de la pièce, un immense bar me rappelle celui du Night And Day.

Barbara laisse tomber son manteau au sol et ôte ses chaussures. Puis elle vient se coller à moi pour un patin prometteur.

— Servez-vous un verre, me propose-t-elle une fois qu'elle a retrouvé l'usage de sa langue pour parler. Je vous conseille d'essayer le Lagavulin. C'est un whisky très sec, puissant et velouté. Pour certains amateurs, c'est le meilleur de tous.

J'ouvre un placard sous le bar et découvre une vraie collection. Il y a là une bonne trentaine de marques différentes, inconnues de moi pour la plupart. Kinclaith, Allt-a-Bhainne, Caol Ila... Des noms imprononçables même à jeun. Je déniche la bouteille de Lagavulin et je remplis deux verres. Puis je m'installe sur un canapé de cuir rouge.

J'ai un choc lorsque Barbara revient. Elle a revêtu une nuisette de satin bleu qui met merveilleusement en valeur sa peau ambrée et veloutée de pure malt. Je lui tends son verre. Elle avale une gorgée et m'en restitue la saveur en un baiser tourbé. Mon désir assoupi se réveille brusquement.

Elle s'allonge ensuite sur le canapé, les pieds posés sur l'accoudoir et la tête calée sur mon sexe durci. Elle fait mine de porter son verre à ses lèvres pour me montrer que, dans cette position, elle ne peut plus boire.

— Il va falloir que tu m'aides... me fait-elle d'une voix égratignée par la fatigue et les embruns.

Je prends une gorgée dans ma bouche et me penche sur elle. Elle entrouvre ses lèvres et nous nous embrassons.

La nuisette remontée très haut ne cache plus rien de ses longues jambes. Ma main gauche encore sage apprécie la délicatesse de sa peau. Du genou jusqu'en haut des cuisses. J'aimerais bien sentir sur ma paume le galbe de ses mollets mais je ne suis pas assez souple.

Nous restons ainsi de longues minutes sans rien nous dire. Je caresse toujours ses cuisses. De temps en temps, j'étanche sa soif. Jusqu'au moment où, en me penchant au-dessus de sa bouche, je perçois sa respiration lente et régulière.

Mon amazone s'est endormie !

Je pose mon verre sur une table basse et me lève doucement. La tête de Barbara glisse sur le canapé sans provoquer de sursaut. Je tente de l'embrasser tout en lui prodiguant des caresses plus hardies.

Rien n'y fait.

J'entreprends de la secouer, délicatement d'abord, puis de plus en plus vigoureusement.

Toujours rien.

La jeune femme entrouvre la bouche pour exhaler un souffle lourd, prélude du ronflement.

Je suis désemparé face à cette beauté aussi sensuelle désormais qu'une poupée gonflable. Je sens qu'à travers le tissu de mon slip la braguette de mon pantalon imprime son dessin sur mon sexe tendu. Je me sens si ridicule quc je me mets à chercher nerveusement des yeux une caméra cachée dans un quelconque coin de la pièce.

Je ne trouve rien. Ce n'est pas un gag. Pourtant...

Il n'y a qu'à moi que ça arrive, des conneries pareilles. Je craignais de sortir avec Cendrillon et je me trimbale la Belle au bois dormant. Sauf que mes baisers ne lui font pas plus d'effet qu'une aspirine sur un grand dépressif.

Tant pis ! Aux grands maux, les grands remèdes.

Je vais chercher un verre d'eau derrière le bar et le balance sans préavis sur le visage de Barbara. La rouquine grimace puis éternue mais n'ouvre pas les yeux. D'un bout de langue assoiffée, elle se lèche les lèvres humides puis se retourne pour enfouir sa tête mouillée dans les coussins épais du canapé. Dans le mouvement, sa nuisette a découvert deux fesses cuivrées que souligne le liseré rose d'un string.

Je ne sais pas ce qui me retient, un vernis d'éducation sans doute, mais, au lieu d'empoigner ses deux fesses et de les écarter sauvagement, je passe mes mains sous son dos et la soulève en douceur. Mon délicieux fardeau dans les bras, j'explore l'appartement. Derrière la troisième porte que je pousse, je découvre enfin une chambre à coucher. Je défais les draps du lit d'une main puis dépose Barbara. Je m'empresse ensuite de recouvrir ce corps tentateur d'une couette épaisse.

L'éducation à notre époque est une vertu précaire et aléatoire.

Je caresse la joue de mon amazone. Perdue dans son sommeil éthylique, elle est déjà si loin de moi... Demain, à son réveil, se souviendra-t-elle seulement de ces instants passés ensemble ? Je souris en pensant aux questions qu'elle ne manquera pas de se poser.

Je quitte la chambre et je repasse au salon. J'avale une dernière lichette de Lagavulin. Il est divin. Une chance que son nom soit l'un des plus faciles à prononcer.

Je saurai m'en souvenir.

J'éteins toutes les lumières de l'appartement et je sors. Je sais que je ne reviendrai jamais. Barbara restera dans mon âme plus un rêve qu'un souvenir.

Le brun balkanique s'approche de moi dès que je quitte l'immeuble. Un large sourire déchire sa face blême.

— Dis donc. C'était court ! T'es un rapide, camarade. C'était bien, au moins ?

J'ai les nerfs à vif et je vois rouge immédiatement. Je fais deux pas rapides dans sa direction, l'agrippe par le foulard qu'il porte au cou et le colle contre le mur.

— On se connaît pour que tu te permettes d'être aussi familier ?

Le type n'a pas l'air impressionné.

— D'habitude les mecs sont plus cools, quand ils ont tiré leur crampe. Ça s'est donc si mal passé ?

Je lui arrache le foulard, me recule d'un pas et lui décoche une droite sur le pif que je fais suivre d'un crochet à l'estomac. Il se plie en deux sous la douleur. J'aperçois une sorte de tatouage à demi effacé sur sa nuque. On dirait une tête de mort.

Le gars se redresse péniblement mais persiste à sourire.

— Eh ben, camarade, on m'avait dit que tu savais cogner, mais je pensais pas qu't'étais si rapide. Et surtout je ne savais pas que t'étais plus susceptible qu'une comtesse.

Je lève mes poings, prêt à châtier de nouveau l'insolent, mais le type tend ses bras devant moi en signe d'apaisement. Il a un portable dans la main droite.

— Je m'appelle Boris et j'ai un ami qui veut te parler.

Il compose un numéro sur le clavier.

— Et qui te dit que j'ai envie, moi, de parler à ton pote ?

Le type porte le téléphone à son oreille et ricane :

— C'est lui qui me l'a dit et je lui fais confiance. Et toi, tu fais confiance à tes amis ?

Ce gars m'insupporte et je n'ai pas l'intention de l'écouter davantage.

— Oui, il est là, fait le brun qui vient d'obtenir son correspondant. Je te le passe.

Le type me tend le téléphone. Je le fixe puis tourne les talons. S'il croit que je vais accepter !

— Allô, Pierre ? crache le téléphone.

Je me fige sur place. Ma respiration s'est coupée.

C'est la voix de Sergueï.

Round 6

Sergueï m'a donné rendez-vous station Cambronne. Je suis monté dans un taxi avec Boris mais nous n'avons pas échangé une parole. En chemin, j'ai retiré la batterie de mon vieux portable. Je ne veux pas qu'on me piste.

J'aperçois Sergueï en descendant du taxi. Il est appuyé sur le dossier d'un banc au début de l'avenue de Lowendal. Je le trouve amaigri et, en deux mois à peine, ses cheveux bruns se sont garnis de mèches blanches.

Pourtant, c'est lui qui se soucie de ma santé.

— Ça n'a pas l'air d'aller fort...

Il me tend la main mais je garde la mienne dans la poche de mon blouson.

— Tu as replongé dans l'alcool, on dirait.

— À qui la faute ?

— C'est vite dit, non ? Tu avais commencé à boire bien avant cette histoire...

— Si c'est pour me faire la morale, ce n'est pas la peine. D'autant que la morale et toi...

Il prend un air peiné.

— Il est facile de juger...

— Tu le penses vraiment ? Tu crois que c'est facile de juger un homme qu'on croyait être un ami ?

— Eh bien, si ce n'est pas facile, ne juge pas. Ou écoute-moi d'abord.

— T'écouter pour quoi faire ? Tu vas m'expliquer que c'était nécessaire de tuer des femmes et des enfants ?

Sergueï attendait l'affrontement. Il l'a. Et sans round d'observation.

— Tu n'as jamais connu de guerre, Pierre, alors laisse-moi t'expliquer...

— Il n'est pas besoin d'avoir vécu ça pour savoir que tuer des civils sans défense est un crime.

Son visage se crispe et sa voix se met à siffler :

— Et ma femme et ma fille, elles n'étaient pas des civiles sans défense, peut-être ?

J'espérais qu'il ne me dirait pas cela. Ses arguments minables provoquent ma colère.

— Un meurtre n'en efface pas un autre, il ajoute à l'horreur ! Si c'est ainsi que tu veux justifier tes crimes, tu peux te casser tout de suite, je n'ai pas envie de l'entendre. Je ne sais pas pourquoi je suis venu. De toute façon, tu m'as menti depuis le début et tu t'es servi de moi. Tu m'as fait courir des risques insensés, toi qui te disais mon ami, et uniquement pour protéger ta fuite. Tu n'es qu'un salaud de la pire espèce...

Sergueï m'attrape fermement la nuque et m'oblige à approcher mon visage du sien. Nous sommes à moins de dix centimètres l'un de l'autre. Boris, son complice qui nous observait à distance, se rapproche de nous.

— Arrête de pleurnicher, me crache-t-il à bout portant. Tu pues l'alcool et tu geins sur ton sort comme un ivrogne ou un gamin boudeur. Bien sûr que tu as envie que je t'explique, sinon tu ne serais pas là.

Il relâche la pression et de sa main libre extirpe de la poche de sa veste un téléphone portable.

— Tiens ! Si tu penses vraiment que je suis un salaud, appelle donc ceux que tu crois être tes amis. Le commissaire Lefèvre, ton amie Julie ou encore Bodysafe et l'ambassade serbe. Dis-leur que je suis là, dis-leur que tu me tiens. Ils se feront un plaisir de venir me buter. Allez, vas-y !

Il me colle son téléphone dans la main.

— Vas-y. Pourquoi tu hésites ? Je ne suis qu'un salaud, un tueur, un assassin. Efface-moi de ta vie une fois pour toutes. Si tu en as le courage...

Je soutiens son regard dur et froid et je prends le portable. Puis je le range dans mon blouson pour garder l'illusion que je n'ai pas cédé.

— OK, j'écoute. Mais tu auras du mal à me convaincre.

— Qui a parlé de convaincre ? Je veux juste t'expliquer.

Il libère ma nuque et recule d'un pas.

— Je n'ai pas commis les crimes dont on m'accuse. Je n'ai tué personne dans le village serbe.

— Et ailleurs ?

— Je n'ai jamais tué de civils. Jamais. Mais c'est vrai que j'ai fait la guerre avec l'armée croate et c'est vrai que je t'ai menti. Reconnais aussi que tu n'as jamais cherché à savoir. Mon passé ne t'intéressait pas. Je ne t'en veux pas, tu étais suffisamment encombré avec le tien. Peut-être que si tu m'avais posé des questions, je t'aurais tout raconté.

Il passe son bras sous le mien sans que je proteste et nous nous mettons à marcher.

— Quand Milena et Alexandra ont été tuées, j'étais fou de douleur, entreprend-il de me raconter. Elles ont été exécutées à l'arme blanche, tu sais, ils les ont éventrées du sexe jusqu'à la gorge. Après les avoir violées. Toutes les deux. Milena n'avait que huit ans. Huit ans, tu imagines... ? C'était l'âge de ta sœur quand elle... quand elle est morte, n'est-ce pas ?

L'avenue Lowendal est déserte. Paris dort encore. Il n'y a que Sergueï et moi. Et Boris qui marche en protection vingt mètres derrière nous.

— Parfois je ne t'ai fait que des demi-mensonges, poursuit Sergueï. L'autre soir, par exemple, lors de notre dernière discussion dans mon taxi, je ne sais pas si tu t'en souviens ?

— Je me rappelle la discussion, oui. Pas forcément tout.

— Je t'ai dit qu'après la disparition de ma famille, je ne savais pas ce que j'aurais été capable de faire si j'avais eu des Serbes sous la main.

— Oui, je me souviens de ça.

— Le problème, c'est que, justement, j'ai eu des Serbes sous la main, à ce moment-là. Pendant que je pleurais les miens : Marko Zvonimir, que tu connais sous le nom de Lazlo, est venu me voir. Il dirigeait déjà des groupes de résistance dans la zone serbe. Ils avaient fait des prisonniers.

Il me serre le bras pour éviter que je lui échappe.

— Nous les avons torturés. Certains sont morts sous nos coups. Les autres, nous les avons fusillés. C'étaient des combattants. Nous avons obtenu d'eux des renseignements qui nous ont permis de sauver des vies. De cela, je ne me repens pas.

Je pourrais lui répondre que rien ne justifie la torture, mais à quoi bon ouvrir ce débat ? Nos arguments ne peuvent s'affronter. Même si son français reste irréprochable, j'ai l'impression que nous ne parlons plus la même langue.

Sa pression sur mon bras se fait plus forte.

— Les belles âmes dénoncent la torture quelle que soit l'époque et quelle que soit la situation. Cœurs purs et mains propres. Conneries, oui ! On ne peut pas faire la guerre sans se salir les mains. La guerre, c'est toujours dégueulasse, mais le plus dégueulasse serait de la faire à moitié, c'est-à-dire sans se donner les moyens de faire triompher son camp.

Son ton s'accélère et sa voix s'enflamme.

— Quand tu as entre les mains un ennemi et que, grâce aux informations qu'il détient, tu peux remporter une bataille et sauver des vies dans ton camp – et surtout des vies de ces civils qui comptent tant pour toi –, ton devoir de soldat est de lui faire cracher ces infos. Par n'importe quels moyens. Oui, celui qui torture est un salaud, je suis d'accord. Mais celui qui renonce sous prétexte qu'il veut garder les mains propres est aussi un salaud. Quitte à être un salaud, j'ai choisi d'être un salaud victorieux.

Sergueï se calme un peu et continue un ton plus bas.

— Imagine un peu, mon petit Pierre. C'est la Seconde Guerre mondiale, tu as face à toi un officier nazi qui possède des renseignements capitaux sur un convoi de déportés juifs en partance pour les camps de la mort. Que fais-tu ? Tu te contentes de lui poser tes questions poliment et tu laisses plusieurs centaines de juifs partir pour une mort certaine ou tu acceptes de te salir les mains ? Laquelle de ces deux attitudes te permettra plus tard de te regarder sans honte dans la glace ?

Je dégage mon bras de son étreinte.

— Ce n'est pas comparable.

Il sourit :

— Non, ce n'est pas tout à fait comparable, c'est vrai. Je constate surtout que tu n'as pas répondu. Alors je vais te poser une autre question : c'est un prisonnier serbe que tu as entre les mains, un prisonnier qui sait quand et où un groupe armé va frapper un village croate. Dans ce village, il y a des femmes et des enfants. Imagine qu'une de ces femmes s'appelle Milena et qu'une de ces enfants se nomme Alexandra. Qu'est-ce que tu fais, Pierre ? Tu le travailles au corps ce Serbe ou tu t'abstiens toujours ? Tu la sauves ou tu ne la sauves pas, ma famille ?

L'humidité du petit matin pénètre soudain sous mon blouson. J'ai froid, je frissonne.

— Tu prétends que, chaque fois que les Croates ont utilisé la torture, c'est qu'ils avaient une raison aussi importante ?

Son sourire s'élargit, un sourire sans joie, sans victoire mais qui me dit clairement : « Tu n'as toujours pas répondu. »

— Non, c'est vrai, reprend-il. Ce n'était que des hypothèses d'école pour te faire comprendre que c'est impossible d'avoir des positions de principe aussi catégoriques que les tiennes et que la réalité est toujours plus complexe que les beaux discours humanistes. Nous avons... j'ai d'abord torturé par esprit de vengeance puis pour obtenir des informations précieuses pour nos troupes, jamais par plaisir, contrairement à certains de mes compatriotes. Et à certains Serbes. Dans cette guerre, beaucoup, dans tous les camps, ont pris goût à la violence et au sang. Nous avons tous commis des crimes. Les Bosniaques, un peu moins c'est vrai, mais c'est surtout parce que leur armée était moins forte. Dans une guerre idéologique, on peut espérer que l'un des camps possède la Vérité et recèle un peu plus d'humanité que l'autre – par exemple, les résistants français ou yougoslaves contre les nazis – mais, dans une guerre ethnique, il ne peut y avoir d'un côté les Bons et de l'autre les Méchants. Aucun peuple n'a le monopole des héros ou des salauds. Ce serait du racisme que de penser le contraire.

Nous marchons toujours de conserve dans les rues de Paris. Sergueï marque une pause dans son récit avant de reprendre.

— Après mon... expérience avec les prisonniers, je suis resté dans le groupe de Marko et nous avons participé à la reconquête de la Krajina. Et nous l'avons fait avec courage et honneur. Jusqu'à un certain matin. On t'a déjà raconté l'histoire mais je veux te donner maintenant ma vérité. Nous avions bu toute la nuit parce que nous pensions en avoir fini avec la guerre. Mais vers 3 heures, Marko s'est mis à nous insulter. Il était comme en transe, avec les yeux injectés de sang. Il nous a dit que la guerre allait s'arrêter et que les Serbes n'avaient pas assez souffert, qu'ils s'en tiraient à bon compte malgré les atrocités qu'ils avaient commises dans nos villages. Il m'a pris à témoin et a fait à tous le récit des souffrances de ma famille. Il nous a exhortés à la vengeance. « Seul le sang lave le sang », nous criait-il. Il était comme halluciné. Nous étions regroupés autour d'un feu de camp et la lumière des flammes déformait son visage déjà tordu par la haine. Il a galvanisé la troupe. J'étais le seul à être réticent. Les hommes ne comprenaient pas. Certains ont commencé à me traiter de lâche. Et je me suis montré lâche, en effet.

Il attrape à nouveau mon bras.

— Ma lâcheté aura été de ne pas savoir résister à leurs pressions. Nous sommes montés dans nos camions et nous avons encerclé le premier village encore peuplé de Serbes que nous avons rencontré. Et quand le jour s'est levé, nous sommes entrés.

Sa voix se perd dans les graves. Je dois tendre l'oreille pour comprendre.

— Et ce fut l'Enfer sur la Terre. Nous avons fait sortir les gens dans les rues, nous avons brûlé les maisons et abattu le bétail, jetant les carcasses dans les puits pour les souiller. Les femmes ont crié, les enfants se sont mis à pleurer. La violence est montée progressivement. Nos soldats se sont mis à tirer sur les hommes qui n'obéissaient pas assez vite. Dans les jambes d'abord, puis plus haut. Ils se sont progressivement enivrés de leur propre violence. Je ne les reconnaissais plus. Ceux qui étaient les plus timides dans la vie se sont révélés les plus sauvages. J'ai beaucoup appris sur la nature humaine, ce jour-là.

— Épargne-moi tes réflexions psychologiques, je lui réplique, glacé par son récit. Il y a eu beaucoup de morts ?

— Une trentaine, je crois. Il y a une expression française qui dit : « Quand on aime, on ne compte pas. » Eh bien, quand on tue, on ne compte pas non plus ! Mais – si les chiffres ont de l'importance pour toi – sache que, ce jour-là, les soldats ont abattu plus de vaches que d'hommes.

— Et je dois la prendre comment, cette remarque ?

— Comme tu le sens, répond-il en haussant les épaules. Juge-moi si tu veux, juge-moi si tu peux. Je te dis les choses comme elles me viennent et je ne cherche pas à me présenter sous mon meilleur jour. Il faut avoir vécu cette guerre pour comprendre. Moi, j'étais dégoûté...

— Par les vaches tuées ?

Cette remarque ironique m'a échappé. Sergueï me déroute. Je n'arrive pas à cerner son sentiment profond : il prétend avoir conservé les mains propres mais ne montre guère de compassion envers les victimes.

— Par les crimes contre les hommes, répond-il d'une voix agacée, les crimes contre l'humanité, selon l'appellation que vous brandissez à tout bout de champ sans en connaître le sens profond. J'étais dégoûté mais je ne ressentais pas de pitié. J'étais froid, froid comme le marbre du tombeau dans lequel reposent ma femme et ma fille. Pour nous – pour moi aussi à l'époque – les Serbes ne méritaient pas le nom d'hommes, comment nos crimes auraient-ils pu être des crimes contre l'humanité ?

— Tu es sûr que tu n'as pas participé à ce massacre ? À t'écouter justifier ces crimes, on pourrait le croire...

— Je ne veux pas les justifier, juste, peut-être, te les expliquer. Je te l'ai dit, je n'ai jamais pris goût au sang, mais ma conscience s'était endormie à la mort des miens. Elle s'est réveillée d'un seul coup ce matin-là. Je suis arrivé dans une cour de ferme. Deux corps achevaient de se consumer. Nos soldats les avaient arrosés au lance-flammes et les masses carbonisées collaient encore au mur du bâtiment. Une grande masse et une plus petite, presque fondues ensemble. Père ou mère, garçon ou fille, je n'ai jamais su. Peu importe. J'ai compris alors ce que c'était que l'Humanité. Ces corps fumants n'étaient plus serbes ou croates, ni quoi que ce soit d'autre. Ils avaient des noms, ou plutôt des prénoms : ils s'appelaient Alexandra et Milena. Pour moi, désormais, tous les corps suppliciés se nomment Alexandra et Milena. J'ai réalisé que le chagrin n'avait pas d'ethnie, pas de nationalité. Quels que soient le lieu et le temps, qu'elles coulent sur les joues d'un Blanc ou d'un Noir, d'un riche ou d'un pauvre, les larmes n'ont que le goût de la souffrance et de la peine. Dans cette cour de ferme, deux âmes venaient de s'éteindre. Alexandra et Milena... Ma femme et ma fille n'allaient pas renaître de ce nouveau martyre; elles venaient au contraire de mourir à nouveau. Et aujourd'hui, elles meurent chaque fois qu'un innocent est tué quelque part dans le monde. C'est cela l'Humanité. C'est très concret, finalement.

Sergueï s'est arrêté de marcher. Nous sommes en face des Invalides. Après avoir parlé les yeux fixés sur le sol, il les relève vers moi. Son regard est noir. Insondable.

— La violence ne m'a pas quitté pour autant. Je ne prétends pas être devenu un ange. Ou alors, un ange exterminateur.

Le mot l'a fait sourire. Il sort une fiole de sa poche. Il dévisse le bouchon, boit une gorgée et grimace.

— Devant les corps calcinés, je suis devenu fou. Un des soldats s'est approché de moi et m'a dit : « Tu es vengé, Sergueï. » Il semblait heureux, il a dit ça en souriant. Moi, j'avais l'impression d'avoir devant moi le meurtrier d'Alexandra et de Milena, alors, d'un coup de crosse, j'ai fait exploser son sourire. Et si Marko n'avait pas été là, je lui aurais arraché le cœur avec mes mains.

Il boit une nouvelle gorgée et me tend la fiole. Je la prends avec appréhension. Je sais ce qu'elle contient. De violentes vapeurs de vodka s'en échappent et parfument la rosée de cette fin de nuit.

— J'ai aussitôt quitté la troupe, continue Sergueï. Désertion, ils ont dit. Je suis rentré chez moi, mon village avait été libéré. Les Serbes qui occupaient ma maison s'étaient enfuis et je m'y suis réinstallé. Marko est venu m'arrêter quelques jours plus tard. Il avait tenu à accomplir lui-même cette tâche. Je n'ai jamais bien compris la nature de nos relations. Il m'aimait bien, je crois. Il m'a fait interner au camp de Lora où son frère était gardien. J'étais le seul Croate là-bas, j'avais une cellule à part. C'est lui qui m'a aidé ensuite à quitter le pays.

— Oui, je sais, je suis au courant pour l'attestation...

Nous sommes toujours immobiles devant un passage clouté au bout de l'avenue de Lowendal. Je parfume mes lèvres d'une goutte de poison. Je n'en veux pas plus. Mon corps est imbibé de whisky et j'ai peur qu'une explosion ne répande mes tripes sur le bitume.

— Tu veux aller où? me demande Sergueï. Vers l'Assemblée nationale ou vers la tour Eiffel?

— Ça m'est égal.

— Alors, va pour la tour Eiffel, réplique-t-il en reprenant sa fiole. Paris sera toujours Paris...

Nous marchons quelques minutes en silence. La ville s'anime doucement. Je regarde ma montre. Il est presque 5 heures. Je fredonne : «*Paris s'éveille*».

Combien de connards ont comme quoi cette chanson dans la tête quand le jour se lève sur Paris ? Les paroles des chansons nous formatent tout autant que les slogans publicitaires.

Indifférent à la chanson française, Sergueï reprend :

— Pardonne-moi si j'ai ranimé tes fantômes en glissant dans les affaires des Serbes la photo de ton père, s'excuse-t-il. Je n'avais pas le choix. J'avais besoin de temps et de faire diversion. À un moment, ils étaient trop près de moi. Trop près de Nathalie, aussi.

— « Ils » ?

— Les Serbes et les hommes de Gotovina.

— Ils cherchent tous les carnets. C'est donc bien toi qui les as ?

— Oui, c'est moi. Lazlo me les avait confiés quelques jours avant d'être assassiné.

— Il a été tué par les Serbes ?

— C'est probable...

Sergueï change aussitôt de sujet :

— Tu sais, ces carnets, je ne cherche pas à les vendre. J'ai voulu qu'on le croie. C'était une autre diversion. Pendant qu'ils faisaient leurs offres, j'ai pu récupérer des liquidités que j'avais placées à droite et à gauche. Maintenant, c'est bon, je suis prêt. Je vais pouvoir quitter Paris et la France. Partir loin. Pour toujours.

J'avais rayé le nom de Sergueï de la liste de mes amis – quelle liste ? quels amis ? – mais l'annonce de son départ définitif me fait de la peine. Je n'aime pas les départs. Je n'aime pas les adieux.

— Que comptes-tu faire de ces carnets ?

— Je les rendrai publics, un jour. Il le faut. Pour l'Histoire.

— Et pourquoi pas maintenant ?

— C’est trop tôt, leur publication ferait du mal à trop de gens. À Gotovina mais également à mon pays. La Croatie va rentrer dans l’Europe, c’est une question de mois. La révélation des turpitudes des anciens dirigeants risque de reculer les échéances de plusieurs années...

— Je croyais que tu n’avais qu’un pays, la Yougoslavie...

— J’aurais voulu qu’il en soit éternellement ainsi, soupire-t-il, mais la Yougoslavie s’est effondrée en 1991. On peut rester fidèle à des personnes disparues mais pas à un pays qui n’existe plus. J’ai aimé la Yougoslavie, aujourd’hui, je suis croate. C’est ainsi. On ne m’a pas laissé le choix. Les Serbes ont décidé pour moi.

— Et Gotovina, pourquoi le protéger ? C’est un criminel de guerre...

— Oui, c’est un des aspects du personnage. Mais le général est encore un héros pour de nombreux Croates. Il a libéré le pays...

— À quel prix !

— Nous avons tous payé cher. Il y a eu des morts inutiles, j’en ai été le témoin et la victime. Chaque camp a eu ses méchants et ses moins méchants. Je crois sincèrement avoir fait partie de ces derniers.

Nous sursautons en passant devant la vitrine d’une boulangerie dont le rideau de fer se lève dans un fracas de tonnerre.

— Dans un film en noir et blanc, poursuit Sergueï, il y a très peu de noir et très peu de blanc, mais une gamme infinie de gris. La vie, finalement, c’est un film en noir et blanc.

Par instants, je retrouve le Sergueï d’avant. Celui

que j'ai connu, celui que j'ai aimé. Le reste du temps, c'est un étranger qui me parle. Avec les mêmes mimiques et les mêmes intonations que l'autre Sergueï, mais pas les mêmes mots.

Nous dépassons l'École militaire et débouchons sur le Champ-de-Mars. L'esplanade engazonnée est vide et silencieuse. À l'autre extrémité, la tour Eiffel brille encore de mille feux. Nous ne parlons plus. Autrefois, le silence était notre complice. Aujourd'hui, il nous sépare. Inexorablement.

— Tu as pris des risques pour me revoir.

— Oui et non, répond-il. D'abord j'ai tout fait pour que mes poursuivants s'intéressent à toi, puis pour qu'ils s'imaginent que tu n'étais qu'une fausse piste. Je savais qu'à la fin, ils te laisseraient tranquille.

De temps en temps, il regarde sa montre ou jette un regard derrière lui vers Boris. C'est lui, maintenant, son ami. Ou plutôt son complice.

— Et puis aussi... commence-t-il.

Je lui coupe la parole pour lui demander en désignant Boris :

— Et lui, tu l'as connu comment ?

— Boris ? C'est mon petit-cousin. Ne lui cherche pas des poux dans la tête, il n'a pas fait la guerre : il était trop jeune.

— Et qu'est-ce qu'il fait dans la vie ?

— Il travaille... enfin, il travaillait pour Lazlo.

— Ah oui, je vois. Ce n'est pas un ange non plus, alors.

Sergueï s'arrête de marcher et pose une main sur mon épaule.

— Ne juge pas trop vite : j'ai connu des types bien qui ont travaillé pour Lazlo.

— Si c'est de moi que tu parles, je te rappelle que ça n'a pas duré...

— Évidemment ! Il est mort tout de suite après.

— N'importe comment, je n'aurais jamais continué, et puis je n'ai même pas touché mon fric, alors...

— Je sais, je sais, ne t'énerve pas, je te taquine.

Il pose sa deuxième main sur mon autre épaule. Sa voix se fait plus sourde :

— Surtout ne t'énerve pas, mais... j'ai encore besoin de toi, Pierre. Juste une fois. Une dernière fois.

Il ingurgite une nouvelle gorgée de vodka. Je m'attends au pire.

— Il faut que tu me rendes un dernier service... toi seul peux récupérer les carnets de Gotovina...

Je sursaute. Quel tour de con a-t-il encore imaginé ? Sergueï sourit comme un enfant tout à la fois honteux et fier de sa blague.

— Je n'ai pas trouvé mieux pour les mettre à l'abri que de les envoyer... chez ta mère.

Je pile au milieu d'une allée. J'éructe péniblement. Je ne m'attendais pas à cela. C'est pire que le pire.

— Qu'est-ce tu as fait ?

Il me repasse sa fiole sans que je lui demande. J'avale une boule de feu. Ma gorge s'enflamme et mes yeux pleurent. Sergueï attend quelques secondes que j'aie repris mes esprits.

— Il n'y avait pas de meilleure cachette, m'explique-t-il. Je n'allais pas les mettre dans une consigne de gare comme je l'ai fait pour les faux carnets. C'était un truc de mauvais film policier. Je ne pouvais pas non plus les placer dans un coffre de banque car j'attendais de nouveaux papiers d'identité. Non, vraiment je n'ai trouvé que cette solution.

J'essaye de parler mais aucun son ne sort. La vodka, sans doute... Je n'arrive plus à respirer. Encore moins à penser. Je me concentre. D'abord le souffle. Le reste reviendra naturellement un jour ou l'autre.

Je n'ose pas regarder Sergueï. Le Diable était mon ami et je l'ignorais. Pendant toutes ces années, il savait. Depuis le début, peut-être, il connaissait mon secret mais il n'a jamais rien dit, rien montré.

Je retrouve peu à peu un semblant de souffle. Haché par la colère.

— Com... comment sais-tu ?

— Je le sais, c'est tout, esquive-t-il.

— Que... mais quoi ?

Je me dégage vivement de son étreinte. J'ai envie de lui coller une droite dans la gueule et d'enchaîner en apnée jusqu'à l'asphyxie. Je crois qu'il s'en rend compte et c'est pour cela qu'il me parle. Boris a senti la tension. Il s'est approché. Il est à deux mètres. Chien fidèle. Lui aussi, j'ai envie de le massacrer.

Je perçois peu à peu les paroles de Sergueï.

— Dans ma situation, je ne pouvais pas me permettre. Il fallait que je sache tout des gens que je fréquentais. Question de survie. Plus j'étais proche et plus je devais savoir. Je devais connaître tes secrets, comme tes forces et tes faiblesses. Sinon, comment te faire confiance ?

— Je ne veux plus que tu me fasses confiance. Plus jamais.

Je l'attrape par le col et lui crache mes mots au visage.

— Je ne veux plus t'entendre, plus te voir, plus te sentir. Je ne veux plus me souvenir de toi. Tu m'as menti, tu t'es servi de moi et tu fouilles dans mes douleurs avec une lame brûlante. Et après, quoi ? Tu vas me jeter comme un slip sale ?

Dans ma colère, j'ai perçu son geste : il a levé une main vers Boris pour lui interdire d'avancer davantage. Je recule légèrement la tête. D'un coup de boule, je vais lui péter le nez.

— Je t'aime, Pierre, ma fille avait ton âge, j'aurais aimé être ton père.

Oui, cet homme est le Diable. J'allais lui exploser le pif et, d'une seule phrase, il m'a stoppé. Ma violence retombe comme un soufflé trop cuit. Je pose la tête sur son épaule. Seule la présence de Boris à deux pas de nous m'empêche de souiller de mes larmes le revers de son veston.

J'ai froid, j'ai trop bu et je suis fatigué.

Tellement fatigué.

Je ne peux que m'avouer vaincu.

— Qu'est-ce que tu attends de moi ?

Sergueï passe la main dans mes cheveux.

— Il n'y a que toi qui puisses y aller. Elle est toujours sous surveillance, tu sais. C'est pour ça que c'était une bonne planque.

Je me redresse lentement.

— Mais je n'ai pas envie d'y aller. Je... je n'y suis pas retourné depuis quinze ans.

— Justement, tu ne crois pas qu'il est temps ? Tu ne peux pas fuir éternellement. Il te faut enfin affronter tes fantômes.

— Et c'est toi qui me parles de cesser de fuir...

— Bien sûr. Moi, je n'ai pas le choix, je suis condamné à fuir toute ma vie. Alors que toi, tu peux arrêter si tu veux.

— Psychologie à deux balles !

— Si tu le dis...

— Ça t'arrangerait que je retourne voir ma mère alors tu prétends que c'est bon pour moi. C'est bon pour toi, oui !

— Non, tu te trompes. J'ai trouvé qu'envoyer les carnets à l'hôpital était une bonne idée. Pour un tas de raisons dont celle-là : te forcer à y aller enfin.

— Je ne suis pas obligé...

— Non, c'est vrai. Tu n'es pas obligé. C'est juste vital pour moi.

Il marque une pause.

— Ces carnets sont ma protection. Si je ne les récupère pas, je suis mort...

— Je n'irai pas.

— Alors, reprends le téléphone que je t'ai donné et appelle-les tous. Vas-y, fais-moi tuer. Autant en finir tout de suite.

— Je ne peux pas y aller.

— Non, tu ne VEUX pas.

Il boit une gorgée de vodka et me présente la fiole. Je refuse. Il insiste. Je cède. Une douleur chasse l'autre.

— Je savais que ce serait difficile mais j'étais prêt à prendre le risque. Je ne veux pas partir avant de t'avoir aidé.

— Drôle de façon de m'aider. J'aurais dû mieux choisir mes amis.

— Tu ne crois pas si bien dire, mais c'est ainsi. Et tu n'as pas d'autres amis.

Le visage de Julie s'impose à mon esprit. Ses cheveux courts et blonds, ses yeux océan, son baiser au goût de vanille. Et soudain je réalise que Sergueï a évoqué son nom. Je repense également aux soupçons de Rösler et je commence seulement à comprendre. Je suis KO debout. Je m'entends répondre à Sergueï :

— Je pense que non, effectivement.

Sergueï hoche la tête. Il sait qu'il a gagné. Une flamme s'allume sur sa droite. Sergueï tend la main vers Boris qui lui cède aussitôt la clope qu'il vient d'allumer.

— Est-ce que tu as déjà fait du cerf-volant, Pierre ?

Je me souviens en avoir eu un, oui, et d'y avoir joué un été avec mon père sur une plage. Mais je ne vois pas le rapport avec notre discussion.

— J'en faisais souvent, moi, lorsque j'étais enfant à Knin. Je ne sais plus si je te l'ai dit, c'est là que j'ai grandi.

Nouvelle flamme. Je tends la main à mon tour. Boris hésite puis me passe une cigarette. Je tire une profonde bouffée. C'est une brune sans filtre. Je tousse. Je sens que l'autre naze se gondole. Sergueï, imperturbable, continue :

— Sais-tu ce que l'on appelle le paradoxe du cerf-volant ?

Je l'ignore et ne réponds rien.

— On pilote un cerf-volant grâce à deux poignées que des lignes relient à l'appareil. Ceux qui n'ont jamais pratiqué pensent que ces lignes sont là pour empêcher le cerf-volant de s'envoler trop loin dans le ciel. C'est un peu vrai mais ce n'est pas l'essentiel. Elles permettent surtout, quand survient une soudaine bourrasque de vent, d'empêcher l'engin de s'écraser au sol.

Il tire trois fois de suite sur sa clope et recrache la fumée par les narines. Les volutes s'étirent pour disparaître dans l'air frais et humide du matin. Je n'ai toujours pas compris où Sergueï voulait en venir. Il reprend d'une voix basse que je perçois à peine. Dans les rues voisines, la circulation renaît doucement.

— Les hommes sont des cerfs-volants, poursuit-il. Nous pestons souvent contre les liens d'amour et d'amitié qui nous entravent, et qui, croit-on, nous gênent pour réaliser nos rêves.

Il inspire à nouveau trois longues bouffées. La cigarette est déjà consumée. Sergueï la contemple avec regret puis la laisse tomber et l'écrase sous sa semelle. Il lève les yeux vers moi. Son regard sombre est inquiet.

— Mais quand le vent souffle, ce sont ces liens qui nous sauvent. Toujours. Eux seuls nous empêchent de nous écraser.

Il prend mon visage dans ses mains et pose son front sur le mien.

— Avec mon départ, c'est une de tes dernières lignes qui se brise, mon fils. Tu devras faire attention à toi quand la tempête va souffler. Car elle va encore souffler pour toi. Bientôt. Fort.

Round 7

Sept heures du matin. Le parc des Buttes-Chaumont vient tout juste d'ouvrir.

Malgré la lassitude qui m'alourdit le corps et l'esprit, je ne suis pas rentré me coucher. Le sommeil ne viendra pas. Trop de choses à régler. J'appelle Julie avec mon ancien portable.

— Je crois que je suis en train de faire une connerie.

— Qu'est-ce qu'il t'arrive encore ? me demande-t-elle d'un ton enjoué sous lequel je perçois tout de même de la fatigue.

Julie travaillait. À cette heure, elle termine son service.

— Tu te souviens de ce que tu m'as demandé, l'autre jour, quand on se promenait aux Buttes ?

— Euh, oui.

Je la sens sur ses gardes. Elle pense que je vais évoquer ce temps suspendu de notre doux baiser sur la bouche.

— Tu m'as demandé de te prévenir si Sergueï me contactait, eh bien, c'est fait : Sergueï m'a contacté. J'ai rendez-vous avec lui.

— Où ça ?

Sa question a giclé comme une rafale de mitrailleuse. Elle est réveillée soudain, ma fliquette.

— Je suis déjà au lieu du rendez-vous. Mais je préfère ne pas en dire plus.

— Comme tu voudras, se rembrunit-elle. Qu'est-ce qu'il te veut, Sergueï ?

— Il veut les carnets.

Je ménage le suspense pour faire monter la pression :

— C'est moi qui les avais, Julie.

— Depuis longtemps ?

— Oui, mais je l'ignorais.

— Et comment les as-tu eus ?

— Ce serait trop long à t'expliquer. De toute façon, là n'est pas le problème.

Elle laisse passer un blanc dans la conversation. Quelques secondes. Pas plus. Elle reprend :

— Et tu vas les lui donner ?

— Je pense...

— Pourquoi ?

— Parce que, pour lui, c'est une assurance-vie. Il m'a promis de les publier un jour.

— Tu parles...

— J'ai décidé de lui faire confiance.

Je perçois son souffle tendu à l'autre bout du fil.

— Pierre, dis-moi où tu es. C'est trop dangereux pour toi.

— Tu exagères...

— Mais non, je n'exagère pas. Sergueï n'est plus l'ami que tu croyais, tu ne peux pas lui faire confiance...

— Ce n'est pas ce que tu me disais, l'autre matin.

— Vous avez pu être suivis par d'autres, les Serbes ou les hommes de Bodysafe...

— La police française également, peut-être...

— C'est possible, oui. Mais la police ne te fera pas de mal. Elle est plutôt dans ton camp, non ? En tout cas, moi, je suis dans ton camp. Dis-moi où tu es, je viendrai en couverture pour le cas où il y aurait du grabuge. Je serai seule, si tu veux.

— Tu es armée ?

— Bien sûr. Je suis encore au commissariat, j'allais juste partir. Tu as rendez-vous quand ?

— Dans une demi-heure.

— Ouh là... Tu aurais pu m'appeler avant. Dis-moi où tu es, j'arrive.

Je fais mine d'hésiter.

— Je crois que je vais plutôt me débrouiller seul.

Elle devrait insister. C'est une amie, elle est flic, elle tient à me protéger. Et, en théorie, elle ne peut pas savoir où je suis.

— Tu es sûr ?

— Ouais.

— Ce n'est pas une bonne idée, se contente-t-elle de dire. Mais comme tu voudras. Sois prudent.

Elle raccroche. Furibond, je grimpe d'un pas rapide jusqu'au belvédère du parc.

Planté au centre du plan d'eau, le piton de ciment domine les vingt-trois hectares de verdure. Décoré d'un temple de la Sibylle du plus mauvais goût gréco-romain, il offre un point de vue incomparable sur ce secteur du 19e arrondissement. Au-dessus du périphérique, le jour s'éclaircit à peine. Le ciel est couvert de nuages sombres et bas. Il fait frais, je frissonne et remonte le col de mon blouson. « *Les embruns de la nuit à mon cuir accrochés.* » Du Lavilliers dans le texte. Tout à fait approprié en ce « matin nacré ».

« L'Amour et La Mort », c'est le titre de la chanson. On y est presque.

Au loin sur ma droite se dressent, aussi arrogantes que des targettes de flipper, les tours hautes et larges de la place des Fêtes. Je me retourne et j'aperçois les lumières qui éclairent la butte Montmartre. Le Sacré-Cœur me paraît tout proche.

À mes pieds, trente mètres plus bas, deux joggers trottinent en discutant. Leurs voix me parviennent sans difficulté. Ils parlent d'un « bon coup » doté d'un cul canon et de seins en obus. Je crois qu'il s'agit d'une jeune femme.

Hormis ces deux cons, le parc est désert en cette heure matinale et fraîche. Je n'aurai pas de mal à repérer toute présente suspecte.

Depuis que j'ai parlé avec Sergueï, le visage de Julie s'est planté dans mon crâne. J'ai voulu chasser son sourire et ses yeux bleus envoûtants mais ils revenaient sans cesse. J'ai cherché à me raisonner. En vain. C'est comme si je venais de sortir d'une profonde léthargie. Tout s'éclaire. Tout prend sens. Même le hasard.

J'ai rencontré Julie il y a deux mois seulement et je l'ai agressée verbalement. Fin des rencontres fortuites. Son indulgence pour mes bêtises d'ivrogne, ses footings au parc des Buttes-Chaumont, sa sympathie soudaine, son rire et que sais-je encore, tout cela était faux. Pire même : organisé.

Julie faisait des heures supplémentaires.

C'est si évident. Comme ai-je pu être aussi naïf ?

Durant nos footings, elle me posait des questions sur le meurtre de Lazlo et la disparition de Sergueï. J'y répondais sans méfiance, je trouvais même cela naturel : elle était flic et se passionnait pour une affaire qui la sortait de son train-train quotidien, les boxeurs agressifs, les maris violents et les tapages nocturnes. Mine de rien, elle me tirait les vers du nez, oui.

En service commandé.

Commandé par qui ? Lefèvre. Je n'ai plus aucun doute là-dessus.

Julie était suffisamment proche de moi pour piéger mon téléphone. Je me revois lui remettre mon blouson lorsque je suis allé dîner chez elle. Elle l'a emporté dans l'entrée. Mon portable est resté dans une poche.

Un bruit de pneus crissant sur l'asphalte me fait lever les yeux. Le son vient du haut, de l'entrée du parc située au carrefour de la rue de Crimée et de la rue Botzaris. Dix secondes après, j'aperçois deux hommes en blouson qui entreprennent de descendre doucement l'allée vers le lac. Ce ne sont ni des joggers, ni un couple de pédés romantiques.

Je crois que je suis fixé.

Fin du suspense.

Trois cents mètres plus bas dans la rue Manin, une autre voiture vient de s'arrêter plus discrètement devant la mairie du 19e. Les portes arrière s'ouvrent et laissent sortir deux hommes qui prennent position devant l'entrée. L'un d'eux n'est autre que le commissaire Lefèvre. La porte passager s'ouvre à son tour. Une silhouette fine sort avec souplesse de la voiture. Avant même qu'elle relève la tête et que je perçoive l'éclair bleuté de ses yeux, je sais à qui elle appartient. Je me dissimule derrière une colonne du temple.

La salope !

Toutes les entrées du parc seront bientôt sous surveillance. Ils n'ont pas traîné.

Je n'ai pas dit à Julie où j'étais mais elle n'a pas eu de mal à trouver. Bien sûr, elle aurait pu le deviner, ce n'était pas très difficile : les Buttes-Chaumont sont mon repère et elle le sait. Mais ce n'est pas sur la base d'une simple hypothèse qu'elle aurait pu mettre si rapidement sur pied une telle souricière. Je lui ai tendu un piège : elle est tombée dedans. Les flics savaient où j'étais. Mon portable vérolé a fonctionné aussi précisément que le meilleur des GPS.

La putain de salope !

Depuis le début, elle m'a menti. Elle m'a joué la comédie. D'abord la fliquette magnanime, ensuite la copine de jogging, sympa mais lesbienne. Je garde surtout sur le cœur cette amorce de baiser qui m'a donné l'illusion qu'un jour, peut-être, ce serait possible...

En éloignant lentement ses lèvres des miennes, elle m'a dit qu'elle était une garce. Tu parles d'un euphémisme ! Une sacrée salope de pute, oui... Digne héritière de Lucrèce Borgia, de Messaline et de Mata Hari. Décidément, dans cette histoire, ils m'ont tous pris tour à tour pour le roi des truffes.

Et ils ont eu raison.

Jusqu'à maintenant.

J'entends retentir la sonnerie de mon vieux portable. « *Tiens, tiens, t'auras du boudin.* » Je l'ai changée ce matin. Cette comptine est paraît-il l'hymne de la Légion étrangère. J'ai trouvé ça de circonstance. Comme quoi, on peut être le plus grand des couillons et conserver le sens de l'humour...

Je sors le téléphone de ma poche. L'écran m'indique mon correspondant. Je n'avais guère de doute : c'est Julie. Je brandis le portable bien haut et la musique se répand au-dessus du parc. Julie lève la tête vers moi, nos regards se croisent. L'éclat de ses yeux vire au bleu sombre, la couleur des tempêtes. Celle des naufrages aussi, j'espère.

Ma bouche s'étire dans un sourire méprisant. Je grimpe sur la première barre de la grille de protection comme sur les cordes d'un ring. J'agite ma main dans le ciel puis je lance très loin le téléphone. Je vois comme au ralenti l'appareil tracer une courbe dans l'espace. Puis il accélère et entame sa chute. Il tombe dans le lac dans un grand plouf qui met un terme au chant ridicule de la Légion étrangère.

Je saute de mon perchoir et me mets à courir. Je dévale les allées puis gravis l'autre flanc encore plus rapidement. Les policiers ne sont pas nombreux, ils n'ont pas eu assez de temps, ils ne surveillent probablement que les entrées. J'arrive au pied d'une grille de deux mètres de haut. Kamel m'attend. Je l'ai réveillé il y a une heure d'un coup de téléphone. Il n'était pas content mais, quand il a compris qu'il s'agissait de jouer un mauvais tour aux flics, il n'a pas hésité une seconde.

Avec ses mains entrelacées, il me fait la courte échelle puis me laisse prendre appui sur ses épaules. Une brève impulsion et hop, j'atterris dans la rue Botzaris. Trois autres boxeurs de la salle d'Émile sont là. Ils me filent un large sweat à capuche semblable aux leurs. Je me couvre la tête, ils m'imitent, et nous nous égayons tous dans des directions différentes. Eux partent en courant vers les carrefours où les flics sont stationnés. Moi, je suis d'un pas serein une série de rues qui me conduisent avenue Bolivar.

Le moteur de la 206 d'Émile, garée en double file, ronronne doucement. Le Vieux m'attend, tranquille, appuyé debout sur la portière ouverte. Il m'aperçoit et me sourit. On se donne l'accolade et je le remercie d'un mot. Il s'écarte. Je monte dans la voiture et, après quelques hésitations, réussis à prendre « ma place dans le trafic ». Tout en fredonnant du Cabrel, évidemment.

Je me sers de la chanson pour retrouver petit à petit mon souffle.

La 206 d'Émile remplace avantageusement ma vieille Clio. Elle est nerveuse, agréable à conduire et presque silencieuse. Et puis, surtout, Julie en ignore l'immatriculation : je peux rouler sans crainte.

Mes yeux me piquent. Je jette un regard dans le rétroviseur. J'ai le visage creusé, les joues assombries par une barbe naissante et les yeux rouges d'un albinos atteint de myxomatose.

En fait, je ressemble à ce que je suis : un homme en fuite.

Je m'en fous complètement.

Celle que je dois voir maintenant ne s'en apercevra même pas.

J'avance dans le long couloir blanc de mes cauchemars.

En quinze ans, rien n'a changé. Les peintures ont dû être refaites plusieurs fois pour être toujours aussi froides et brutales. Traditionnellement, le blanc est le symbole de la pureté et de l'innocence. Pour moi, le blanc est la couleur de la peur, du froid et de la peine. Pour moi, le blanc pue la pisse et l'eau de Javel.

— Chambre 47, la dernière à droite, m'a dit la jeune femme à l'entrée après avoir longuement vérifié ma carte d'identité. Mais vous devez d'abord vous présenter au bureau des infirmiers après la chambre 24.

J'avance toujours dans le couloir. Imperceptiblement, j'ai ralenti le pas. Je manque d'air.

Les portes ont toutes des judas. Je crois percevoir des plaintes et des gémissements mais sont-ils bien réels ? S'échappent-ils vraiment des lourdes portes matelassées ou remontent-ils des années sombres de mon enfance ? Cette époque que j'ai voulu fuir, enfouir, oublier à jamais.

Jamais n'existe pas.

Je passe la tête par la porte entrebâillée du bureau des infirmiers. Deux hommes en blanc discutent autour d'une carafe de café noir.

— Excusez-moi. Je me rends chez Mme Couture.

— Vous êtes de la famille ? me demande le plus grand des deux hommes, cheveux châtains et regard suspicieux.

— Je suis son fils.

Il se retourne vers son collègue.

— Tu savais que la « 47 » avait un fils, toi ?

— Non, répond l'autre, je l'ignorais.

Le grand examine le badge que l'on m'a remis à l'entrée et que j'ai accroché sur mon pull. Sous le mot visiteur, mon nom est inscrit.

— OK, finit-il par lâcher. Michaël, tu peux l'accompagner ?

Le dénommé Michaël me désigne du bras le bout du couloir. Puis il m'emboîte le pas.

— Vous ne venez pas souvent, fait-il remarquer.

Je ne sens pas de reproche dans sa voix.

— Non.

Il fait encore deux pas et se retourne vers moi.

— Je vous comprends.

Puis il désigne le bouquet de fleurs que je tiens gauchement dans la main.

— Les fleurs tous les mois, c'est vous ?

— Qui d'autre ? Elle n'a que moi.

— C'est vrai que, depuis que je bosse ici, c'est la première visite pour la « 47 ».

— Elle s'appelle Mme Couture. Stéphanie Couture.

— Vous avez raison, admet-il en rougissant. Nous avons de mauvaises habitudes.

Il s'arrête. Nous sommes arrivés devant la porte de la chambre. Je suis à bout de souffle. À bout de forces.

— Comment va-t-elle ?

Je connais la réponse mais je m'offre un sursis. Le jeune infirmier hausse les épaules.

— Je travaille ici depuis cinq ans et je n'ai jamais constaté de changement. On m'a dit qu'elle a de temps en temps des accès de violence mais je n'en ai pas été témoin.

Il me sourit gentiment puis introduit son passe dans la serrure et déverrouille la porte.

— Attendez-moi une minute, s'il vous plaît, fait-il avant de se faufiler dans la chambre.

Encore un instant avant le grand saut. Je respire à fond mais c'est curieux, très peu d'air parvient à mes poumons. De l'autre côté de la porte, j'entends Michaël qui soliloque : il dit à ma mère que son fils est là, qu'il est venu l'embrasser. J'ai eu du mal à réaliser qu'il parle de moi.

Michaël revient.

Trop vite.

— Elle a l'air calme. Vous pouvez y aller. Je vous laisse seul, vous me semblez capable de vous défendre en cas de crise, n'est-ce pas ?

Je le remercie, je m'approche et j'hésite. Je retrouve des sentiments éprouvés lors de mon premier combat de boxe. J'attends le signal, derrière une porte, dans le couloir d'un palais des sports. Il n'est pas blanc, ce couloir, mais d'un jaune blafard. J'ai peur, je voudrais faire demi-tour : il est trop tard.

Je ne peux plus reculer. Derrière la porte, il n'y aura pas de poursuite, pas d'acclamation du public. Personne ne m'attend. Derrière la porte, il y a le silence. La tristesse. Une femme inconnue qui jadis fut ma mère. Une femme qui m'a privé de ma sœur et de mon père. Une femme qui, sans parvenir à me tuer, m'a ôté la vie.

Je pousse la porte et je rentre.

Elle est là, assise dans le même fauteuil. Devant la même fenêtre. Comme je l'avais laissée il y a quinze ans.

Ma voix cassée résonne dans la pièce.

— Bonjour.

Elle me tourne le dos. Elle ne bouge pas.

Évidemment.

Je m'approche doucement. Elle porte une robe à fleurs démodée. Les traits de son visage se sont creusés, ses cheveux ont blanchi mais elle est restée belle.

Belle comme un cauchemar.

Une couverture réchauffe ses genoux. Ses mains caressent doucement le tissu. Le même geste machinal. Incessant.

Insupportable.

Je m'agenouille à ses côtés et pose mes mains sur les siennes. Le mouvement s'arrête. Elle incline lentement le visage et baisse les yeux vers moi. Son regard n'a pas changé. Il n'a même pas vieilli. La mort n'a pas d'âge.

Elle me sourit. Sans me reconnaître. Je ne suis plus rien pour elle. J'aurais tant voulu qu'elle n'existe plus pour moi... J'ai tout fait pour l'oublier.

J'ai échoué.

Mes yeux se mouillent, ma voix se brise. Je murmure dans un souffle :

— Maman...

Quinze ans que je n'ai plus prononcé ce mot. Il me brûle les poumons, la bouche et les lèvres, explose mon cœur et mon âme.

Maman...

Ce nom si doux, si facile, comment peut-il me faire tant de mal ?

Je pose ma tête sur ses mains. Je sens monter en moi les longs sanglots de mon enfance. Quinze ans que je les refoule. Des spasmes secouent mon corps. Non, je ne vais pas vomir.

Je vais pleurer.

Enfin.

Je pose ma joue sur ses mains. Je suis toujours agenouillé. Maman retire sa main mouillée et l'essuie dans mes cheveux comme si c'était sa couverture.

Je pleure et je parle.

Je dis tout à maman.

J'évoque les grandes choses et les petits riens qui tissent une vie. Ma vie sans elle. Ma vie sans eux.

Je lui dis la boxe, mes heures de gloire et mes moments de doute, les longues séances d'entraînement et les courbatures douloureuses, l'amitié virile autour du ring et les grands moments de solitude dans les vestiaires avant un combat. Je lui parle de l'odeur de cuir chaud d'un gant de boxe qui me rappelle le blouson de papa quand, à peine rentré du travail, il venait m'embrasser dans mon lit.

Je lui dis mes amis, mes rires et mes peines, mes amours, mes envies, mes ennuis. Je lui parle de mes échecs scolaires et de mon renvoi du collège. J'évoque mes mauvais bulletins et ma détresse de n'avoir pas de parents pour me punir. Je lui raconte cette image reçue une fois en classe – je n'ai pas toujours été mauvais – et que j'ai conservée pendant des années parce que la petite fille qui y jouait au cerceau me rappelait Laurette. J'avais volé des cierges dans une église pour les faire brûler la nuit devant ma précieuse icône.

Et je pleure et je parle. Encore.

J'avoue les bonbons dérobés un mercredi après-midi à l'épicerie du quartier – mon tout premier larcin. Je reconnais avoir « emprunté » le scooter du fils d'une famille d'accueil et lui raconte le retour précipité au centre de la DDASS un soir de février. Je lui dis l'exil glacial dans un dortoir déserté pendant les vacances.

Je lui raconte ce gamin de dix ans qui appelle dans la nuit et qui pleure désespérément quand il comprend que personne ne viendra plus le rassurer. Je lui dis cette vie sans tendresse et sans dimanche, ce besoin inassouvi d'une épaule et de bras affectueux, cette absence charnelle qui me fait souffrir encore certains soirs malgré mes 27 ans et mon physique de brute épaisse.

De lointains souvenirs que je croyais oubliés reviennent à la surface. Je me rappelle les châteaux de sable avec papa et les courses de chameau sur le carrelage du salon. Je sens de nouveau dans mon cou les baisers de ma mère et je lui dis sa main dans la mienne le matin sur le chemin de l'école.

Je me racle la gorge. J'ai mal à ma mémoire.

Je me souviens de ce réveil en douleur. Ce sentiment de suffoquer dans mon sommeil. L'oreiller qui me collait au visage et dont j'ai eu un mal de chien à me défaire. J'évoque mon effarement à découvrir son visage haineux. Mon incompréhension à la découverte du corps à jamais endormi de ma sœur. Ma folie quand je me suis enfui de la maison et quand, en traversant le salon, j'ai glissé sur le sang répandu de mon père.

Mes mots se bousculent, ils se carambolent. Ma mémoire trébuche sur l'amère réalité de la scène. Sur cette vérité que j'ai mis tant d'efforts à nier et qui me revient aujourd'hui dans la gueule.

Je dois la dire, j'ai besoin de la crier, puisque toi tu ne peux plus. J'aimerais, maman, que tu l'entendes, parce que toi, tu as réussi à la fuir pour toujours et que moi je ne peux. Maman, toute mon enfance, j'ai tellement rêvé que tu te réveilles un jour et que tu me parles. Que tu m'expliques enfin cette jalousie si puissante et si folle qui t'a poussé une nuit à accomplir cette abomination.

J'ai besoin de comprendre, maman, ma petite maman.

Papa voulait te quitter, je le sais, je le savais déjà à l'époque, j'étais gamin et j'avais tout senti. Vos disputes, ta détresse. Mais ce geste ultime, comment aurais-je pu le deviner ? Papa lui-même a dû être le premier étonné.

Cette nuit-là, maman, ma petite maman, ma toute petite maman, tu es allée chercher le fusil de chasse, celui que vous cachiez au grenier, et tu as tiré, tu as tiré deux cartouches sur papa, j'ai vu sa poitrine ouverte et son crâne éclaté. Puis tu es venue dans notre chambre, maman, et tu as posé l'oreiller sur le visage de Laurette et tu l'as maintenu très fort. S'est-elle débattue, ma petite sœur, ou est-elle morte dans un rêve ? Jamais je ne le saurai, jamais tu ne me le diras. Et puis tu as voulu faire la même chose avec moi mais ça n'a pas marché. Sans doute mon sommeil était-il moins profond. Ou peut-être ta folie connaissait-elle un répit. Je ne sais pas, je ne le saurai pas.

Jamais.

Et je crèverai un jour avec toutes ces questions.

Et je crèverai surtout de vous avoir survécu.

Maman, je voudrais un baiser tendre et un câlin chaud. Ceux que l'on donne avec ses entrailles plus encore qu'avec son cœur. Regarde-moi, maman, j'ai envie, j'ai besoin, terriblement envie, furieusement besoin de ton souffle sur ma peau et de ta main douce glissant sur ma joue. Regarde-moi, maman, regarde ton fils, je suis là devant toi, fragile et nu comme si j'avais six mois.

Je voudrais que tes bras se tendent et que l'on rie. Ensemble. Que l'on pleure. Ensemble. Que l'on chante. Ensemble. Je suis si seul. Seul à en crever. J'erre dans le monde comme un mort vivant, maman, je suis creux à l'intérieur, comme en sursis depuis près de vingt ans. Je voudrais que tu me reviennes, que ton regard se rallume, juste le temps d'un sourire, juste l'instant d'un mot d'amour. Les médecins me disent que ce n'est pas possible, que ton cerveau a disjoncté, qu'il a trop longtemps manqué d'oxygène le jour où tu as tenté de te pendre dans ta cellule. Mais les médecins peuvent se tromper, ils se sont souvent trompés. Les miracles, ça existe, non ? Et s'il faut pour cela croire en Dieu, je veux bien retourner à l'église, je n'y mets plus les pieds depuis que vous êtes partis mais je veux bien recommencer. Je connais encore des prières, si Dieu n'est plus sourd, je veux bien réessayer. Mais reviens-moi, maman, reviens je t'en supplie, ne me laisse plus seul...

Comment pourrais-je encore continuer ainsi ? Pour quoi et pour qui ? Je n'ai plus la force de vivre mais je n'ai pas encore trouvé celle de mourir, d'arrêter définitivement tout ce cirque épuisant. Je fais semblant, j'en ai assez. Reviens-moi ou alors guide-moi, dis-moi ce qu'il faut faire, guide-moi vers ton néant. Ton esprit est-il près d'eux aujourd'hui ? Tu as réussi à me fuir mais les as-tu retrouvés, eux ? Papa et Laurette sont-ils avec toi ? Dis-le-moi et surtout dis-moi comment vous rejoindre...

Putain... Où est ta corde, maman, où l'as-tu donc laissée ?

J'aurais pu parler pendant des heures. J'avais tant de choses à dire à cette mère qui ne m'entend plus depuis si longtemps. Des bruits de voix dans le couloir m'ont sorti de ma dérive. Je m'arrache à ma mère et me relève. Sa main recommence à caresser la couverture posée sur ses genoux. Je dépose un bisou sur sa joue.

Une fenêtre donnant sur le mur d'enceinte de la clinique éclaire faiblement la chambre de maman.

La «cellule» se compose d'un lit étroit coincé entre une armoire et une table de chevet qui n'accueillera jamais aucun livre. Au pied du lit, face à la fenêtre, trône ce fauteuil confortable dans lequel maman se fane doucement

Je repense à la chanson de Jacques Brel.

«*Les vieux ne bougent plus, leurs gestes ont trop de rides, leur monde est trop petit, du lit à la fenêtre, puis du lit au fauteuil et puis du lit au lit.*»

Maman est vieille d'avoir trop souffert. Elle n'a pourtant que 54 ans mais vit depuis longtemps comme une centenaire.

À côté de son fauteuil, un coin de mur s'égaye de cartes postales diverses : Marseille, Lyon, Bruxelles et Prague – quelques villes où j'ai disputé des combats importants –, plusieurs cartes d'Irlande et la dernière que j'ai envoyée il y a quelques semaines, du Roussillon. Sous les cartes, un vase contenant un bouquet fané décore une petite table de bois blanc. Je le remplace par celui que j'ai apporté.

Des jonquilles. Elles apportent une touche de soleil dans cette pièce sans vie. J'aurais pu choisir de fleurir tous les mois le tombeau de papa et de Laurette. J'ai choisi d'égayer celui de maman. Je ne sais pas pourquoi. Probable que, dans un coin de ma tête, je garde l'illusion qu'elle en profite plus qu'eux.

«*Les vieux ne meurent pas, ils s'endorment un jour et dorment trop longtemps.*»

S'endormir doucement et ne plus se réveiller, c'est tout le mal que je peux lui souhaiter. Et à moi aussi.

C'est difficile à expliquer mais j'ai l'impression que je me sentirai moins seul le jour où elle ne sera plus là.

Je fais un ultime bisou à maman et je passe une main maladroite dans ses cheveux gris. J'aimerais la serrer dans mes bras mais je sais qu'il ne faut pas. La dernière fois, elle est entrée en crise. Un accès de violence intense. Maman m'a poussé à terre et m'a assené des séries de coups de pied. J'avais 12 ans. Elle frappait au ventre et parfois à la tête. J'ai cru revivre le drame. J'ai pensé qu'elle voulait finir ce qu'elle avait commencé. Il a fallu deux infirmiers pour la maîtriser.

Cela aussi, elle l'a oublié.

Maman n'a jamais été jugée pour le mal qu'elle nous a fait. Sa tentative de suicide ratée lui a épargné un procès, les séquelles neurologiques ne la rendant plus accessible à une sanction pénale. Les rapports des experts étaient formels là-dessus. J'ai mis du temps à comprendre, je n'arrivais pas à me souvenir des termes exacts, j'ai longtemps mélangé, longtemps cru qu'ils avaient parlé d'anorexie alors qu'il s'agissait d'anoxie. Mais si le diagnostic était obscur pour moi, les conclusions ne pouvaient m'échapper : le cerveau avait subi des lésions irréversibles et maman se voyait condamnée à un état végétatif définitif. Depuis, elle ne sort de sa léthargie que pour de brefs instants de folie furieuse.

Les juges avaient donc décidé de la placer dans une clinique spécialisée. Seuls ses proches peuvent la visiter. Ses proches ? Moi exclusivement. Et moi, j'avais décidé d'arrêter de la voir après sa dernière agression. J'ai inventé un accident de la route et je l'ai déclarée morte aux côtés de papa et de Laurette. C'était tellement plus facile à vivre ainsi...

Je jette le bouquet fané et je m'empare du colis qu'un infirmier a posé derrière le pot de fleurs. « Pour Mme Couture de la part de son fils. À ne pas ouvrir avant son anniversaire ». Je glisse le paquet sous mon blouson.

J'adresse à maman un dernier sourire qui la laisse de marbre.

Qui sait si je reviendrai un jour ? Pour quoi ? Pour qui ?

Michaël m'avait demandé de passer lui dire quand je partirais. Je n'en ai pas le courage. Je traverse le long couloir blanc sur la pointe des pieds.

Round 8

Boris m'attend dans un bar voisin de la clinique. Sergueï ne voulait pas se montrer en plein jour et nous avons convenu que je remettrais les carnets à son complice. Boris, impatient, se lève à mon entrée. Je m'installe à sa table et le prie de se rasseoir. Il s'exécute de mauvaise grâce.

Je n'aime pas ce type.

Son nez est enflé. Je souris, il comprend pourquoi et grimace. Il porte encore son foulard rouge. Je repense à son sombre tatouage entraperçu la veille. Cette tête de mort résonne comme une profession de foi pour cet ancien homme de main de Lazlo. Comme un regret aussi peut-être de ne pas avoir eu le temps de participer à la guerre de ses compatriotes. Je sais, j'extrapole un peu, mais qu'y faire ? Je n'aime pas ce type.

Je frissonne.

Le souvenir de cette tête de mort me met mal à l'aise. Pourquoi Boris cherche-t-il à la cacher avec cet éternel foulard ? Parce que c'est un signe trop reconnaissable pour un individu vivant dans une semi-clandestinité ? Oui, probablement. Mais l'explication ne me satisfait qu'à moitié.

Il y a autre chose.

Je lève la main pour interpeller le serveur. J'ai envie d'une bière. J'ai besoin de me rafraîchir l'âme. Je demande à Boris :

— Tu prends quelque chose ?

— Non.

— N'attirons pas les soupçons. Ayons l'air d'être potes. Bois un truc.

Il souffle. Il ne m'aime pas non plus, c'est évident. Loin de m'attrister, cela me rassure. Le serveur se plante devant notre table.

— Deux pressions, s'il vous plaît, je demande.

On ne se parle plus jusqu'à ce que le garçon revienne avec nos boissons. Je trempe mes lèvres dans la bière. Et je déguste la première gorgée. Boris ne touche pas à son verre.

— Tu me les donnes, ces carnets, réclame-t-il sans desserrer les dents.

L'une de ses incisives est noire à la base : j'imagine avec ravissement un début de gangrène qui lui boufferait la gueule petit à petit et le ferait crever dans d'atroces et longues souffrances. Je ne me connaissais pas cette tendance au sadisme. Il faut que je me ressaisisse. Et puis de toute façon, la gangrène aux dents, je ne crois pas que ce soit possible.

Je sens le paquet peser sous mon blouson. Les carnets sont au chaud, je n'ai pas envie de les donner. Pas tout de suite. Pas à lui. Je ne me comprends pas. Boris m'est antipathique, OK. J'ai un accès soudain de barbarie, OK. Mais ce n'est pas seulement ça. Je lui réponds sans avoir vraiment réfléchi :

— Je les ai posés dans ma voiture. Je te les passerai en sortant.

Ses yeux sombres fixent ostensiblement mon blouson. Il repousse sa bière.

— À quoi tu joues ?

Si je le savais moi-même, je lui dirais. Peut-être.

— J'aurais préféré les remettre à Sergueï.

— Ce n'est pas ce qui a été convenu.

— Je sais. Je crois que j'ai changé d'avis.

— Tu crois ?

— J'ai changé d'avis, oui.

Ses yeux s'obscurcissent encore. J'ai l'impression que son cerveau élabore à mon endroit des tortures beaucoup plus raffinées que celles que j'ai imaginées. Ce type a de l'imagination. De l'expérience aussi.

Cette réflexion me titille l'esprit. Pourquoi ? Qu'est-ce qu'il y a à comprendre ?

Boris compose nerveusement un numéro sur son téléphone portable, puis attend et s'énerve. Personne ne lui répondant, il laisse un message en croate et raccroche.

— Qu'est-ce qu'on fait ? je questionne.

— Ou tu me passes les carnets sans faire de chichis ou on patiente jusqu'à ce que Sergueï nous rappelle.

— Et si je me casse maintenant ?

Ses mains posées sur la table se contractent nerveusement.

— Si tu te casses, je te colle au cul. Pas question de te laisser courir dans la nature avec les carnets. C'est trop dangereux pour Sergueï.

Ses lèvres s'étirent. Apparemment, c'est un sourire.

— Dangereux pour toi aussi, ajoute-t-il méchamment.

Je ne sais pas à qui il fait allusion. Aux Serbes, aux hommes de Siora ou à lui.

— Pourquoi tu compliques les choses, camarade ? Tu me donnes les carnets, je m'en vais et on ne se revoit plus jamais. Moi, ça me convient parfaitement. Pas toi ?

— Vu de ce côté, c'est vrai que c'est tentant... Tu peux me montrer ton tatouage, s'il te plaît ?

Pourquoi est-ce que je lui pose des questions saugrenues ? Parce que ça l'énerve et que j'aime ça ?

— Tu vas arrêter tes conneries...

Il s'est crispé brusquement. Trop. Je lui aurais demandé de me montrer sa bite qu'il n'aurait pas réagi différemment.

— Si on se fait faire un tatouage, c'est pour le montrer. Tu n'en es pas fier ?

— C'était à une autre époque.

— Tu regrettes.

— Non.

— Alors, montre...

— Non.

Il s'est replié sur sa chaise, prêt à mordre, à griffer ou à tuer. Je ne le connais pas encore assez pour savoir.

— T'es pas cool, mec, je continue. On est là à boire un coup tranquille entre potes et tu ne touches même pas à ton verre. Et quand je te demande un truc tout con, tu dis non.

Je me lève et j'ajoute :

— Puisque c'est comme ça, je me tire.

À son tour, Boris se met debout. Il est blême.

— Déconne pas, camarade.

— Sergueï a mon numéro, il n'a qu'à m'appeler.

— Déconne pas.

Je fais demi-tour et me dirige vers la sortie. Le loufiat se précipite.

— L'addition est pour mon pote, je crie en quittant le troquet.

Quand j'arrive à la voiture d'Émile, Boris m'a déjà rejoint. J'ai vu qu'il avait balancé un gros bifton au serveur sans attendre sa monnaie. Nous sommes dans une ruelle discrète, c'est là que je voulais l'attirer. J'avance vers lui et je l'assaisonne. Une gauche sur le pif, je sens que ça craque, je remets ça. Il hurle.

Malgré la douleur, Boris tente de répliquer. Je me plie et passe sous sa droite. J'envoie deux crochets au foie. Il tombe à genoux sur le trottoir.

Je biche.

D'un geste brusque, je tire sur son foulard. Boris tire la langue, il est étranglé. Son teint devient cramoisi.

Quand je le trouve à point, je relâche la pression et dénoue le foulard. Je ne suis pas devenu sadique.

Je sais maintenant ce que je cherche.

Pendant que Boris tente de retrouver son souffle, je me penche sur la tête de mort. Elle est un peu boursouflée, sans doute le camarade a-t-il grossi du cou depuis qu'il a fait exécuter ce tatouage.

Cette fois-ci, j'ai compris.

— Putain de merde...

Je claque un coup de pied dans la gueule du camarade qui part à la renverse. Ils m'ont vraiment tous pris pour un con !

Une tête de mort déformée aux contours incertains... pas facile à identifier dans l'obscurité d'un escalier. On pourrait même la prendre pour une marque sombre, une sorte de tâche de naissance.

La tache que Grégoire Petit, dit la Fouine, a aperçue furtivement sur la nuque d'un des meurtriers de Lazlo.

La tache dont le même Grégoire m'a parlé un jour au parc des Buttes-Chaumont. Le détail fatal que j'ai transmis innocemment à Sergueï la nuit même dans son taxi.

Quelques heures avant que la Fouine ne soit assassiné.

Round 9

Je marche à grands pas. Avenue Jean-Moulin, puis avenue du Maine. J'ai laissé la voiture d'Émile dans une petite rue près du cimetière de Montrouge. Je longe maintenant celui du Montparnasse, « à quatre pas de ma maison », chantait Brassens. J'ai choisi, pour ma part, ce coin de Paris parce qu'il était éloigné de mon appartement. Je connais, rue Delambre, un petit hôtel discret tenu par un ancien boxeur. J'y pieuterai tranquillement jusqu'à demain soir. Je suis en fuite et je ne veux pas que l'on me retrouve.

Demain soir... L'heure de solder les comptes.

Demain soir, la Halle des Sports qui accueille le combat de Quentin Rolland sera le décor idéal.

Ils se sont tous bien moqués de moi !

Sergueï en premier.

Sergueï, mon ami, mon traître.

Repenti, mon cul !

Sergueï et son âme damnée, Boris – mon punching-ball préféré –, ont assassiné Lazlo, leur ancien complice. Pourquoi ? Putain, c'est évident ! La marche rapide après la nuit blanche lave mon esprit englué de naïveté. Je vois clair. Tout est limpide, tout s'emboîte. J'ai l'impression de comprendre.

Enfin !

Bon, d'accord, c'est un peu tard...

Il y a deux mois environ, Sergueï s'est aperçu que les services serbes avaient retrouvé sa trace et celle de Lazlo. Il faut dire que mes Dupont-Dupond n'ont pas été très discrets, c'était peut-être une stratégie, comme un coup de pied dans la fourmilière. Sergueï a compris qu'il lui fallait partir, fuir à nouveau. Mais il avait besoin d'argent. Pas le temps de vendre son taxi, encore moins sa concession. Il fallait faire vite, il a pensé aux carnets. Problème : c'est Lazlo qui les détenait. Et le bougre ne voulait pas les lâcher. Sans doute que, lui, il ne craignait pas les Serbes.

Sergueï a donc retrouvé ses instincts de tortionnaire. Il a fait appel au sens de la famille de Boris et, ensemble, ils ont torturé Lazlo. L'ancien criminel de guerre a craqué, il a révélé sa cachette, et les deux bourreaux lui ont craché une bastos dans la cervelle en guise d'adieux et de remerciements. Pas de chance pour moi, il y avait mes empreintes sur le flingue.

Et pas de chance pour la Fouine non plus, c'est à moi qu'il est venu confier ses soucis et raconter qu'il avait croisé les tueurs. Moi, Pierre alias la Truffe, qui m'empresse de cafter ce dangereux secret au principal intéressé, signant ainsi l'arrêt de mort du malheureux Grégoire. Sergueï n'a pas traîné pour lui régler son compte et Boris, prudent, ne sort plus depuis sans une écharpe pour dissimuler sa « marque de naissance ».

Constatant que je me retrouvais impliqué dans l'histoire, Sergueï n'a pas hésité à m'utiliser pour brouiller les pistes. Moi et la photo de mon père qu'il est venu voler dans mes souvenirs. Il voulait gagner du temps. Pas pour « récupérer des liquidités », comme il a prétendu la nuit dernière, mais bien pour négocier les carnets. Ce type-là ment comme il respire et je me laisse avoir chaque fois.

Mensonges encore que sa volonté de m'expliquer sa conduite. J'ai cru il y a quelques heures encore qu'il avait souhaité me rencontrer pour se justifier et préserver notre amitié. Et j'ai gobé également son histoire de cerf-volant et son souci de me protéger. Tu parles ! Il ne voulait que me mettre en confiance pour que j'accepte d'aller chercher pour lui les carnets.

Sergueï, mon ennemi, mon frère.

Au fond de moi, je persiste à penser que ton amitié était sincère et qu'il y a parfois une once de vérité dans tes mensonges. Mais ton âme est un labyrinthe et je n'ai plus la force d'y trouver une issue. Tu t'es bien foutu de ma gueule et ce n'est pas un cerf-volant que tu vas recevoir en retour mais un boomerang.

Julie...

Julie en deuxième.

Julie, son sourire tendresse et ses yeux caresses.

Julie, mon amie ? Mon cul !

OK, je l'ai brutalisée alors qu'elle ne m'avait rien fait, mais c'est elle qui est entrée dans ma vie par effraction. Et même pas par esprit de vengeance. Uniquement par calcul et par intérêt. Ses supérieurs ont dû lui faire miroiter un bel avancement, peut-être même une mutation dans un autre service. Pourquoi pas celui du commissaire Lefèvre ? C'était quoi, déjà ? Le service technique de coopération ? Un titre ronflant qui vous en jette sur une carte de visite...

Une belle enflure que ce commissaire Lefèvre. Le

troisième salopard sur ma liste. Je ne sais pas si j'en aurai douze à la fin de mon compte mais je ne devrais pas en être très loin.

Lefèvre me l'a joué flic cool et compréhensif et j'ai marché. À fond les ballons. Le truc est pourtant vieux comme le monde. Le flic gentil et le flic méchant. J'avais cru repérer cette répartition des rôles dans le duo Meyer-Casalis mais j'avais tout faux. C'est Lefèvre qui jouait la bonne âme, je le comprends maintenant. Je sais, je l'ai déjà dit : c'est un peu tard.

Pas trop tard, peut-être.

J'ai mis cartes sur table avec Lefèvre mais le salaud conservait des atouts dans sa manche. Et pas des moindres. « Donnant-donnant », tu parles ! Pour moi, ce fut perdant-perdant. Il ne m'a filé des infos que pour me faire avancer un peu dans mon brouillard. Il me pistait grâce à son chien policier – sa chienne, oui ! – qui me collait aux basques, ou plutôt aux baskets. Lefèvre avançait caché derrière moi, il me contrôlait, m'orientait. Je pense qu'au début, il pataugeait autant que moi quant à mon rôle et à celui de mon père. Mais il a dû comprendre longtemps avant moi et s'est bien gardé de me tenir au courant.

Finalement, dans cette histoire, les plus corrects furent mes ennemis. Les autres salopards... Dupont et Dupond, Siora, Sven, Musclor, Meyer et Casalis – merde, j'en ai que dix au total. Avec eux, pas de faux-semblant, pas de leurre et de chichis. S'ils avaient pu me la mettre profond, ils l'auraient fait, mais je le savais. J'étais prévenu. J'en aurais fait autant. Pour ceux-là, je n'ai ni haine ni rancune.

Mais pour les autres...

Putain, les autres...

Ils se sont moqués de moi, mais à l'arrivée, qui l'a dans l'os ?

Eux.

Car qui c'est-y aujourd'hui qui détient les carnets ?

Bibi, ma pomme, mézigue.

Le cave, le couillon, le crétin.

Le niais, le nigaud, le benêt.

Le cornichon, le pigeon, le gobe-mouches.

Je m'arrête là car je m'échauffe le sang et ce n'est pas bon. Il faut que je me calme. Une montée d'adrénaline, c'est idéal au moment du combat mais pas la veille.

La veille, il faut se coucher tôt et trouver le sommeil.

Demain, Quentin disputera à la Halle des Sports le match qui doit le propulser vers son premier championnat d'Europe. Demain, Pierrot, con comme la lune, livrera lui aussi un combat. Le dernier. Et il y a du KO dans l'air.

Round 10

Quentin Rolland a coincé son adversaire dans les cordes et le travaille à bras raccourcis. Sa technique est aussi impeccable que sa puissance est limitée. C'est la troisième fois que le même scénario se déroule dans les deux derniers rounds sans que l'autre aille au tapis. Quentin manque décidément de punch et le public s'en agace.

Moi, je l'avais senti fléchir sous mes coups, cet adversaire. Pas souvent, pas longtemps, mais significativement.

Je suis plus que jamais convaincu que j'aurais pu le battre. Il y a deux mois comme ce soir. Comme demain, sans doute. Mais je ne suis pas sur le ring.

Un sentiment d'injustice m'envahit. On ne m'a pas aidé, c'est vrai, mais d'autres ont réussi sans être davantage soutenus. La victoire, je l'ai souvent eue dans mes poings, plus rarement dans la tête. Le problème, il est là. Pas ailleurs. Ce n'est pas à 27 ans que je vais changer. Émile a raison : il est temps que je prenne ma retraite.

Tisserand est venu me voir à l'entracte, juste avant

le combat vedette de Quentin. Il s'inquiétait que je ne m'entraîne plus. Il avait plein de projets nouveaux pour moi.

— J'ai une proposition de combat aux États-Unis, m'a-t-il aguiché. Avec une sacrée bourse à la clé. Et si ça marche, on pourra enchaîner plusieurs combats. En un an là-bas, tu peux te faire facilement dans les cinquante mille euros.

— Et vous ? ai-je répliqué.

Je l'ai vu tiquer mais il y avait trop de pèze en jeu pour être susceptible. Le promoteur est un serpent : sa colonne vertébrale a la souplesse du roseau. Tisserand m'a reluqué un instant avec son œil torve de maquignon des rings. Puis il a ajouté d'un air matois :

— Et tu ne seras même pas obligé de gagner. Là-bas, on parie sur les combats et il y a parfois de grosses sommes en jeu.

Je l'ai dévisagé à mon tour. Je n'ai pas dit oui. Je n'ai pas dit non.

J'ai d'autres préoccupations.

Malgré une belle promotion du combat de Quentin dans la presse sportive de ces derniers jours, la Halle des Sports n'affiche pas complet. Même un gala de catch fait aujourd'hui davantage recette qu'une soirée de boxe. La mode, ça va, ça vient. Le Noble Art reviendra peut-être un jour sur le devant de la scène.

De nombreuses places sont donc encore libres dans les travées supérieures et mes invités de dernière minute n'auront pas eu de mal à trouver un billet. Je n'ai repéré personne mais je sais qu'ils sont là. « Ils sont venus, ils sont tous là, elle va mourir la mama... »

J'ai appelé dans la matinée l'ambassade de Serbie. Sachant que je ne pourrais avoir de contact direct avec Dupondaj et Dupontich, je voulais compenser ce handicap en leur offrant une longueur d'avance sur les autres pour ce rendez-vous nocturne.

Vers 17 heures, j'ai enfin répondu à Sergueï. Depuis mon altercation avec son acolyte, il m'avait laissé pas moins d'une vingtaine de messages sur mon nouveau portable, usant de toutes les palettes de pressions possibles : de l'évocation attendrie de notre amitié filiale aux menaces d'autoriser Boris à agir à sa guise, en passant par un pathétique appel à ma compassion pour un fugitif injustement poursuivi par toutes les polices du monde. J'ai trouvé qu'il en faisait un peu trop.

Quelques minutes avant l'heure de fermeture des bureaux de Bodysafe, j'ai téléphoné à Michel Siora. Sa secrétaire n'a pas voulu me le passer directement mais je connaissais le sésame.

— Dites-lui que j'ai les carnets.

— Les quoi ?

— Les carnets. Transmettez, il comprendra.

Trois secondes plus tard, j'avais Siora à l'autre bout du fil.

— Qu'est-ce qui me prouve que vous les avez ? me demanda-t-il.

J'avais prévu la question et je lui ai lu les premières lignes de la première page. J'ânonnais sans comprendre des mots de croate mais ils avaient visiblement du sens pour lui.

— Que voulez-vous en échange ? me coupa-t-il.

— Cent mille euros en liquide.

— Il me faut au moins deux jours pour réunir cette somme.

— Je ne peux pas vous les accorder. Je veux me débarrasser ce soir de ces carnets, j'ai peur. Apportez-moi ce que vous pouvez tout à l'heure. Je vous fais confiance pour me régler le reste plus tard.

— Pourquoi moi ?

— Parce que j'ai besoin d'argent et que vous seul pouvez payer.

— Les Serbes aussi sont clients.

— Peut-être mais je ne les aime pas. Et puis réglons ça entre Français, je préfère.

Il ne me posa pas d'autres questions. C'est utile parfois de passer pour un crétin.

J'ai attendu ensuite le début de la soirée de boxe pour prévenir Julie. Je me suis contenté de lui dire que je lui remettrais les carnets ce soir après le combat. Elle a bien tenté de plaider sa cause. Elle a dit qu'elle ne m'avait pas trahi, qu'elle avait accepté la mission avant de me connaître, que sa sympathie était venue très vite, qu'elle n'avait pas eu à jouer la comédie de l'amitié, ni même d'une certaine attirance, que si elle avait persisté à m'espionner, c'est qu'elle était persuadée qu'elle pourrait ainsi me protéger. Elle parlait vite, sachant que j'allais raccrocher.

Et j'ai raccroché.

Quentin Rolland lève ses poings gantés, déclenchant les acclamations du public. Le combat est parvenu à son terme. L'adversaire lève les bras à son tour mais sans conviction. Puis les deux hommes s'enlacent, mélangeant sang et sueur.

L'arbitre se penche vers les deux autres juges assis en bas du ring. Il note leur décompte avant d'effectuer un rapide calcul sur un carré de papier blanc. Il s'empare ensuite d'un micro. Sagement, les deux combattants se rangent à ses côtés pour écouter la sentence. Une grappe de photographes montent sur le ring et font face au trio, prêts à shooter.

— Les juges à l'unanimité ont déclaré vainqueur... Quentin Rolland !

L'arbitre agrippe le poing du champion et le dresse haut vers le plafond. Les flashes crépitent et le public bien dressé applaudit à nouveau. Les deux boxeurs entrechoquent leurs poings en guise de congratulations, puis Quentin grimpe sur les cordes du ring pour saluer la foule tandis que l'autre regagne son coin en se contentant d'un vague geste vers la salle. Une vingtaine de personnes envahissent alors l'estrade, qui pour féliciter, qui pour consoler.

Du bas du ring, je contemple le spectacle, mi-narquois mi-désolé. L'un et l'autre auraient été à ma portée.

Après quelques minutes, je monte à mon tour. Je passe sous les cordes avec difficulté : j'ai un petit sac à dos et il s'accroche. Je me faufile ensuite jusqu'à Quentin.

— Bravo, lui fais-je. Brillant combat. Bien mené, bien maîtrisé.

Le jeune boxeur grimace. Il n'a pas l'air satisfait de lui. Il aurait aimé finir avant la limite. Les KO, ça jette dans un palmarès.

— Au fait, ça va mieux, la cheville ?

L'allusion à son ancienne blessure, prétexte de l'annulation de notre combat, lui tire une nouvelle grimace.

— Ça va mieux, ouais, répond-il simplement en s'appuyant sur la pointe de son pied droit et en faisant jouer l'articulation.

— Une autre fois, alors ?

— Peut-être... élude-t-il.

Je tourne les talons mais il me retient par la manche de mon blouson.

— Tu sais, je n'y suis pour rien. Moi, tu ne me faisais pas peur.

Je choisis de flatter son ego :

— Je n'en ai jamais douté.

Il sourit, rasséréné. Allez savoir pourquoi, son sourire m'agace. Je mords :

— T'as raison et puis, un KO à 22 ans, ça ne contrarie pas forcément une carrière...

Mon attaque le surprend mais ne le désarçonne pas.

— Moins qu'à... combien au fait ? 27 ans ?

Quentin n'a pas sa langue dans sa poche et ça me plaît. Je pose une main sur son épaule en signe d'apaisement.

— Bonne chance pour la suite.

Je l'abandonne aux flatteurs et me dirige vers l'autre coin du ring. Ce n'est pas que j'en ai envie mais ça se fait. Sinon, je passerais au mieux pour un mauvais perdant, au pire pour un lâche. L'autre m'accueille avec un sourire vrai. Il a enlevé ses gants et ses bandes, et sa poignée de main, moite, est sincère. Je ne sais pas pourquoi, les boxeurs ont toujours plus d'estime et même d'admiration pour les adversaires qu'ils ont battus.

— Un jour, ça va, un jour, ça va pas, m'accueille-t-il, philosophe.

— Tu es encore debout à la fin du combat, toi, au moins.

— Ça, c'est parce que le gamin a encore besoin d'alourdir ses poings, remarque-t-il en se massant la mâchoire. Mais s'il cognait aussi fort que toi, j'aurais fini la soirée à l'hosto. En tout cas, j'ai été heureux de constater que tu avais rapidement repris le dessus. On m'a beaucoup parlé de ta victoire contre Sullivan.

— Merci.

— Service. Au fait, t'as des projets ?

— Pas encore. Tisserand en a beaucoup pour moi.

— Les States ?

— Il t'en a parlé, à toi aussi ?

— Ouais, mais mon manager n'est pas chaud. Y'a du blé à se faire mais on peut aussi y laisser des plumes. C'est bon pour une fin de carrière.

— Tout à fait mon profil...

— Ah bon ? T'es pas si vieux, pourtant...

— « On » me dit que si. Et plus ça va, plus je pense qu'« on » a raison. J'en ai ma claque de tout ça. Le problème, c'est que je ne vois pas comment vivre sans.

Pourquoi je lui raconte ma vie, à ce type que je ne connais pas ? On n'a jamais échangé nos adresses, rien que des pains dans la gueule. Pourtant, il n'est même pas étonné par mes confidences. Il y a des moments comme ça dans la vie, trop rares, où tout semble naturel.

— Dans ce milieu, y'a trop de gens qui pensent à notre place, m'explique-t-il sans façon. Les managers, les promoteurs, les journalistes aussi, parfois. Mais cette décision-là, la dernière, il n'y a que nous qui pouvons la prendre. Le problème, c'est que, durant notre carrière, personne ne nous a appris à penser et encore moins à vivre sans la boxe. T'imagines le temps libre que ça doit laisser, une vie sans entraînement ? La liberté...

— L'ennui, oui, le flip complet.

— C'est ce que je voulais dire...

Il me gratifie d'un clin d'œil, presque imperceptible tant ses paupières sont gonflées par les coups.

— Et une revanche, ça te dirait ? propose-t-il brusquement.

Je regarde avec affection sa gueule cassée qui parvient malgré tout à sourire. Je crains de ne jamais pouvoir frapper ce type finalement trop sympa.

— Faut voir... Mais tu sais, moi, affronter un perdant...

— Salaud !

Il mime un crochet au foie et je feins la douleur.

— On va y réfléchir, je concède, en le saluant.

Mais c'est tout réfléchi.

Je reste quelques instants encore sur le ring, tournant doucement sur moi-même. Ils sont là, tous, quelque part dans les gradins. Je ne les vois pas mais eux ne me quittent pas des yeux, détaillant mes moindres gestes.

J'enlève lentement mon petit sac à dos, je l'ouvre et j'en extrais les carnets. Il y a en trois. Trois gros carnets noirs. Je les feuillette un instant comme je l'ai fait longuement ces dernières heures. Les pages sont noircies d'une écriture large et serrée. Il y a des dessins également. Et même des cartes. Elles ne m'apprennent, à moi, rien de plus que les phrases obscures en croate. Mais je ne suis qu'un petit boxeur français, inculte et crétin. Mon père, le diplomate, aurait sans doute été heureux de les avoir en main. Je l'imagine lui aussi dans la salle. Non, ce n'est pas possible, je ne lui aurais pas donné rendez-vous à lui comme aux autres. Je lui aurais remis simplement les carnets en main propre et il aurait été fier de son fils. Il ne me l'aurait sans doute pas dit mais j'aurais su le lire dans ses yeux.

C'est comme ça la relation d'un père et d'un fils, non ?

Ceux qui m'observent depuis la salle doivent trembler d'impatience, tous persuadés qu'ils tiendront les carnets dans leurs mains d'ici quelques minutes. J'entends des mâchoires grincer, des jointures craquer et je devine des pieds scandant nerveusement des rythmes qu'on espère triomphaux.

Peut-être...

Ou peut-être pas.

La Halle des Sports se vide peu à peu. Les boxeurs ont regagné leurs vestiaires où ils se font masser tout en continuant de répondre aux interviews. Des officiels discutent encore à côté du ring. Je reconnais Tisserand en grand débat avec des responsables de la fédération.

Je domine la salle depuis une petite pièce en surplomb au-dessus des gradins nord. Le local des éclairages et de la sonorisation. Le type du son a déjà remballé ses affaires, le gars des lumières – Thibault, un vague copain – m'explique le fonctionnement du tableau de bord qui me fait face.

— Tu vois cet interrupteur, c'est la coupure générale. Dessous, la série de boutons verts éteint les lumières par secteurs. Ici côté nord, là côté ouest, etc. Ces boutons, tu appuies dessus pour couper une rampe entière mais tu peux aussi les tourner pour diminuer progressivement l'intensité d'une rampe.

Il illustre ses propos en les tournant l'un après l'autre d'un quart de tour. Dans la salle, la lumière baisse légèrement.

— On pratique comme ça en général pour accélérer la sortie des gens. Des fois, t'as l'impression que certains passeraient bien toute la nuit à papoter. Quant à cette série de boutons là, les bleus sur ta droite, ce sont les projecteurs qui éclairent le ring.

— Et la poursuite ?

— La poursuite, tu ne peux pas la commander d'ici. C'est un projecteur indépendant placé sur une plateforme et qu'on manœuvre manuellement.

Tant pis, je m'en passerai.

— Et tu m'as bien dit qu'on ne démontait pas le ring ce soir ?

Je veux être sûr qu'il n'y aura plus grand monde dans la salle quand mon opération Tempête commencera. Thibault regarde sa montre. Minuit trente.

— Non, jamais le vendredi. Quand il y a un combat le samedi, alors là, oui, on démonte aussitôt. Le patron préfère payer les heures de nuit que la journée du dimanche. Mais le vendredi, non. À cette heure, la grande majorité du personnel s'est déjà barrée et ne reviendra que demain à partir de 8 heures. Il reste encore les mecs de la sécurité, le temps que le public s'en aille. Et bientôt, il n'y aura plus que toi, ajoute-t-il en me tendant une main ouverte.

J'y glisse quelques biftons. Cent euros. C'est donné, pour la grande scène finale.

Thibault se casse et je reste seul à observer la Halle. C'est un grand cube aux quatre faces internes tapissées de gradins dénommés simplement par leur orientation géographique : nord, est, sud, ouest. Sur chaque côté, deux portes situées à mi-hauteur permettent l'évacuation du public par des galeries. Au rez-de-chaussée, le ring est entouré de plusieurs rangées de chaises sur lesquelles avaient pris place les invités et les amateurs plus fortunés que les autres. Je sors les jumelles que j'ai pris soin d'apporter et je scrute la salle. J'identifie Sven en premier. Cheveux blonds, large carrure, chemise écossaise. Pas très difficile à localiser. Siora se tient à ses côtés, les yeux fixés sur le ring, Sven observant, lui, les alentours. Ils se tiennent face à moi, côté sud. Je suppose qu'ils ont d'autres hommes éparpillés dans la salle.

Je ne vois pas d'autres visages connus mais je repère quelques types au comportement suspect. Ils n'ont pas la tenue des vigiles de la Halle des Sports mais agissent comme tels. Comme Sven également. Bouches serrées, visages fermés, ils dévisagent les gens, prêts à sauter sur le moindre suspect.

Qui sont-ils ? Des flics ? Des hommes de Bodysafe ? Des Serbes, peut-être ? Ou d'autres complices de Sergueï ? Il y a sans doute un peu de tout.

Je ne peux dire qui est qui.

Eux non plus.

C'est ça qui est drôle.

Je baisse progressivement l'intensité des lumières sur les gradins et ajoute quelques spots sur le ring. La Halle est presque vide maintenant. Il reste une trentaine de personnes tout au plus. Quelques couples, deux familles et une poignée de faux vigiles qui s'observent de plus en plus méchamment. Tisserand est parti boire un verre avec les officiels. Près du ring,

Rösler range son ordinateur portable comme s'il venait de terminer son article.

Les yeux rivés sur mes jumelles, je finis par apercevoir Sergueï dans les gradins est, tout près d'une issue où stationnent encore deux jeunes femmes. Il est assis tranquillement, le bras passé sur le siège voisin. Il est seul.

Doucement, très doucement, je pousse le bouton qui correspond à son secteur. Il met quelques secondes à réaliser que la lumière s'intensifie au-dessus de lui. Je le vois se crisper et se ratatiner sur son siège. Son regard inquiet parcourt la salle et finit par se lever vers la cabine que j'occupe. Je suis dans le noir, et lui en pleine lumière maintenant, mais je suis sûr qu'il a compris. Il hoche la tête à deux reprises.

Pas plus.

Après, tout se précipite.

Brusquement, Sergueï se retourne sur sa gauche. Au bout de la même rangée de sièges, Dupond et Dupont, résolus, s'avancent vers lui.

Je coupe toutes les lumières.

Des coups de feu éclatent. Je les entends. Je les vois. Trois flashs rouges, côté est, à une dizaine de mètres de distance les uns des autres. Bref échange de tirs.

— Halte au feu, halte au feu ! C'est la police. Que personne ne bouge, les issues sont fermées.

Il me semble reconnaître la voix du commissaire Lefèvre. J'allume d'un seul coup tous les projecteurs sur le ring. Des lumières bleues, vertes, rouges et jaunes pleuvent sur mon sac à dos qui trône au centre de l'estrade.

Je compte jusqu'à trois et je coupe à nouveau toutes les lumières. Ne brillent plus dans la pièce qu'une dizaine de loupiotes vertes indiquant les sorties.

J'entends des cavalcades, des chutes aussi, encore une série de coups de feu. Ça tire en rafales. Certains sont venus avec de l'artillerie lourde.

— Halte au feu ! C'est la police !

La voix de Lefèvre – oui, c'est bien elle – est moins forte, moins assurée. Je devine le commissaire en protection derrière un siège.

Je rallume un instant un projecteur au-dessus du ring. Un corps allongé a pris la place du sac à dos.

Boris.

Il gît sur le dos. J'ai le temps d'apercevoir une tache rouge au niveau de son estomac.

J'éteins.

Dans le scénario que je m'étais fixé, je partais maintenant. Thibault m'a indiqué une sortie discrète vers les toits d'où je pourrai redescendre par une échelle métallique sur un parking encore fréquenté. Mais je suis fasciné par ce qui se passe en bas et que, pourtant, je ne peux voir. Je ne bouge pas. Je tends l'oreille.

Les déplacements dans la Halle sont plus prudents et les bruits, feutrés, ne permettent que difficilement d'imaginer l'action. Je perçois d'abord l'écho d'une lutte à proximité du ring, puis un coup de feu éclate encore sous la lumière verte d'une des sorties est. Enfin, j'entends les crachotements souffreteux des talkies de la police. Je crois comprendre qu'il y a un blessé dans les rangs des forces de l'ordre.

Une courte rafale retentit et explose la vitrine de la cabine. Je me lève ; il est temps de partir.

Je n'ai pas le temps de pousser la porte, qu'elle s'ouvre avec fracas sur un Sven plus massif que jamais. Son bras gauche ensanglanté ballotte sur son flanc mais son visage ne trahit aucune émotion. C'est à peine si je note une légère accélération de sa respiration.

Je brandis mes poings et me cale sur mes appuis, paré pour l'affrontement. Sven s'écarte et Siora apparaît derrière lui, nerveux, tendu. Une arme prolonge son bras et pose sur moi un œil unique et noir. Menaçant.

Siora balance mon sac à dos sur la console des lumières.

— Il est vide, lâche-t-il d'une voix blanche. Donnez-moi les carnets. Je vous préviens, je n'hésiterai pas à tirer.

Je me relâche lentement. Je n'ai pas peur, j'en suis le premier étonné. Je m'entends lui répondre calmement :

— Vous avez entendu le commissaire. Toutes les issues sont bloquées. Vous n'avez aucune chance. Perdu pour perdu, pourquoi vous rajouter un meurtre sur le dos ?

Il m'écoute sans broncher. J'ajoute, croyant détenir l'argument décisif :

— Et puis, de toute façon, je n'ai plus les carnets.

Ses yeux ne me quittent pas. L'œil de son revolver non plus.

— Où sont-ils ?

Je sais que je devrais trembler de frousse. Je suis au contraire froid comme le marbre.

— Je ne vous le dirai pas.

Son doigt se crispe sur la détente.

— Nous n'avons pas le temps de finasser, s'impatiente-t-il. Qu'avez-vous fait des carnets ?

Je souris malgré moi. Décontracté et déterminé. Siora perçoit cet étrange amalgame. Son sourcil droit se relève et dessine un accent circonflexe d'étonnement.

— À quoi jouez-vous ? Cette affaire ne vous concerne en rien. Nous avions un marché, nous pouvons payer. Plus encore, si vous le voulez. Pourquoi mettre votre vie en jeu ? C'est idiot.

Son doigt sur la détente a reculé d'une poussière de millimètre. Je n'en éprouve pas de soulagement.

— Vous voulez une réponse sincère ? Je n'en sais foutre rien.

— Vous pensez sans doute que je n'oserai pas tirer, essaye-t-il de comprendre.

— Peut-être... Je vous l'ai dit, vous n'avez rien à gagner à le faire.

— Je ne pense pas que la police ait eu le temps de bloquer toutes les possibilités de fuite. J'ai des hommes à l'extérieur. Ils ont repéré tout au plus une dizaine d'agents en civil.

Je sais qu'il a raison. Julie ne pouvait deviner que je préparais un tel traquenard. Elle a averti Lefèvre de mon appel et ils n'ont réuni sans doute qu'une poignée d'hommes, comme la veille aux Buttes-Chaumont. C'est maintenant que la cavalerie va arriver en masse.

Trop tard, comme dans les westerns que Sergueï m'emmenait voir.

— Alors allez-y... tirez...

Il commençait à se détendre et voilà que je lui remets la pression. Je ne sais pas ce qui me prend à jouer ainsi les héros. Il n'y a ici ni caméras ni public et je vais me faire trouer bêtement la peau sans que personne ait jamais connaissance de mon courage. Courage vraiment ? « Il y a une limite entre le courage et l'inconscience », m'avait dit, il n'y a pas si longtemps, Siora dans son bureau.

— Vous êtes cinglé, constate le patron de Bodysafe.

Je persiste à le défier.

— Tirez...

Je comprends soudain pourquoi je n'ai pas peur. Je suis pris de vertige. J'ai tellement envie qu'il appuie sur cette putain de détente.

— Que cherchez-vous ?

Sa voix n'est plus blanche : elle a retrouvé des tonalités. Siora ne tirera pas.

— Je crois que je viens de me découvrir une passion, j'explique. Pour la roulette russe, ou plutôt une variante, appelons-la la roulette croate...

Le canon de son arme s'abaisse légèrement. La bouche de Siora s'élargit et forme un sourire. Malicieux et méchant.

— Vous êtes cinglé, répète-t-il, mais vous avez raison sur un point : je n'ai personnellement rien à gagner à vous abattre. Malgré tout, vous avez perdu la partie.

Je crois qu'il va ranger son arme mais non, il la passe à Sven.

— Laisse-moi deux minutes d'avance et tue-le à ma place. Il nous a suffisamment emmerdés comme ça.

Round 11

Par la vitre brisée, les bruits de la Halle me parviennent plus facilement. Les talkies semblent voir pris possession des lieux. Je crois entendre que la police a arrêté deux hommes, deux étrangers, l'un est blessé au bras, l'autre à la jambe. Je suppose que ce sont les Serbes. Sergueï aura été plus rapide qu'eux dans notre western.

Comme moi, Sven tend l'oreille. Il jauge la situation et calcule probablement ses chances de parvenir à s'enfuir après m'avoir tué.

C'est à mon tour d'être intrigué.

— Vous allez faire ce qu'il a dit ?

— Bien sûr, répond-il de sa voix forte et douce, avant d'ajouter en guise de justification : C'est un ordre.

— Je vois que je ne suis pas le seul cinglé, je réplique, amusé. Vous savez que, depuis Nuremberg, il est considéré comme un devoir de désobéir à un ordre illégitime ?

— Je ne sais pas de quoi vous parlez mais ce n'est pas un ordre illégitime : vous êtes le seul témoin de notre présence ici. Dans le noir, la police n'a pas pu nous voir.

Mon vis-à-vis n'est pas qu'une machine : il réfléchit et ce qu'il dit n'est pas idiot. Le temps passe. Je ne suis pas pressé. Pas affolé non plus.

— Vous avez l'heure? me demande Sven après avoir vainement tenté de tourner son bras ballant pour lire sa montre.

— Vous voulez peut-être que je vous donne le top, aussi ?

Les commissures de ses lèvres frémissent. On dirait un sourire.

— Pourquoi pas ? Puisque vous souhaitez mourir...

Sa remarque me touche au plexus. Elle est franche et directe mais non dénuée de pertinence. La mort, je l'envisage avec sérénité. Sans envie, sans impatience et sans peur. Simplement comme une issue possible. Pas forcément la meilleure. Pas forcément la pire. J'ai connu des moments difficiles au cours de mes vingt-sept années d'existence et j'ai souvent pensé à cette fuite ultime. Mais la décision m'appartenait et je n'ai jamais su la prendre. Aujourd'hui, je n'ai pas à choisir. Sven le fera pour moi. D'où cette étrange sérénité.

Je savoure l'instant. Quoi qu'il advienne, il ne durera pas longtemps et ne se reproduira sans doute jamais.

Une réflexion de Sven me tire de mon nirvana morbide.

— Vous n'avez jamais eu l'idée de remettre les carnets à un camp ou à un autre, n'est-ce pas ? Alors pourquoi avoir organisé ce... ce jeu ?

Une lueur de compassion brille dans les yeux du colosse. Sa conscience a besoin de comprendre la situation avant de me tuer.

— Depuis le début, je ne suis qu'un pantin. Ce soir, j'avais envie de tirer les ficelles à mon tour.

— Il y a eu des morts et des blessés. C'était un drôle de jeu...

— Moi, je n'ai tué personne.

Il acquiesce d'un hochement de menton.

— Je crois que c'est l'heure.

— Sans doute...

Je fanfaronne mais ma gorge est sèche. Je sens mon pouls s'accélérer. Le passage n'est jamais facile. Heureusement, ça ne va pas durer. Je fais confiance à Sven : c'est un professionnel.

Mais Sven n'est pas pressé.

— Après votre mort, qu'adviendra-t-il des carnets ?

J'ouvre la bouche pour lui dire qu'ils sont en lieu sûr et que j'ai choisi le camp de la Vérité, mais je me retiens au dernier moment. Je ne serai pas crétin jusqu'au bout.

— Finissons-en, voulez-vous ?

Ses yeux plongent dans les miens.

— À vos ordres.

Le coup de feu éclate. Trop vite. Je ne comprends pas tout de suite. Je n'ai pas vu le doigt appuyer sur la détente.

Le corps massif de Sven vacille. L'ancien légionnaire tente de relever son bras armé qui s'est affaissé sous le choc. Je le bloque de mes deux mains avant qu'il ne me mette de nouveau en joue.

La balle est venue par-derrière. Elle a dû se loger entre ses omoplates.

Sven s'affale sur moi et me bloque contre la console. Ses cheveux blonds recouvrent mon visage. « On est trop vieux pour des câlins », lui dis-je d'une voix étouffée par son quintal sur ma poitrine. Sa chevelure s'éloigne, je recouvre la vue. Juste à temps pour deviner le coup de tête qui se prépare. Je m'abaisse et m'avance autant que je le peux. Suffisamment. C'est avec son nez que Sven percute mon crâne. Je sens un liquide chaud et poisseux couler sur mon visage.

Sven ne tergiverse pas, il se recule davantage et corrige son tir. Je prends le coup sur le front. Les cloches de Notre-Dame sonnent le tocsin sous mon crâne, mon adversaire en profite pour dégager son bras armé. Je vois l'œil noir du revolver me fixer à nouveau. Je n'ai pas beaucoup de place mais j'assaisonne à tout va. Crochets du gauche, crochets du droit. Et réciproquement. À bras raccourcis sur son nez cassé. Ça devient mou sous mes poings. Puis je repose une main sur son arme et, au lieu d'essayer de rabattre le bras, je le relève brutalement. Sven laisse échapper un gémissement rauque. Le mouvement a dû chatouiller sa blessure dans le dos. Il fait un pas en arrière, m'offrant un espace que je mets à profit. Je lève mon pied puis repose violemment mon talon sur ses orteils. Il ne s'y attendait pas, à ce coup-là. Dans le même temps, j'actionne son bras comme un levier, en bas, en haut, en bas, en haut. Cette fois-ci, c'est un cri de douleur qui s'échappe de sa bouche. Sven recule encore. Il est à ma portée.

Je talonne ses orteils sans restriction. J'y vais des deux pieds. À vot'bon cœur, m'sieurs-dames. À chaque coup, le légionnaire se ratatine davantage. Je perçois la chute d'un objet métallique. Le revolver, sans doute. Je ne prends pas le temps de vérifier et je continue de piétiner ses orteils. Sven est maintenant à ma hauteur. À mon tour de donner des coups de tête. Pile sur le nez. J'aurais dû entendre un bing, ce fut plutôt un schplouf. Le colosse aux pieds d'argile s'effondre enfin dans un râle de fauve.

J'enjambe le corps de Sven et me précipite dans le couloir. Personne. Le mystérieux tireur – mon sauveur – s'est enfui sans attendre mes remerciements.

Je ne me pose pas plus de questions. On verra plus tard. J'emprunte l'escalier de service jusqu'au toit, trouve sans difficulté l'échelle métallique et redescends sur le parking.

Émile m'attend dans sa voiture.

— J'espère que ce n'est pas ton sang sur le visage, sinon je te conduis tout droit à l'hôpital.

Je le rassure et il démarre. Il aurait aimé partir sur les chapeaux de roues, comme dans un film américain, mais sa voiture tousse et il cale.

— Désolé, s'excuse-t-il avant de redémarrer.

Quelques minutes plus tard, il me dépose devant mon hôtel.

Round 12

Au Café de la Poste, la radio fonctionne depuis le matin, bloquée sur France Info. René écoute l'oreille vissée au poste. Moi, je râle.

— Quand je pense que tu disais que je faisais fuir les jeunes avec mes stations 100 % chansons françaises, toi, c'est tout le monde que tu emmerdes avec ton robinet à sornettes...

Jean-Bernard approuve :

— Il va falloir rebaptiser l'établissement : ce n'est plus le Café de la Poste, ici, mais le bar du poste.

Tout sourire, il guette nos réactions. Comme rien ne vient, il croit utile de préciser :

— Le poste de radio...

René le fixe méchamment mais choisit finalement de l'ignorer et reporte son intérêt sur moi :

— Je ne te comprends pas. Tu étais hier à la soirée de boxe, tu as échappé de peu à un carnage, et ça n'a pas l'air de t'intéresser...

— C'est une réaction classique, disserte Jean-Bernard en m'évitant ainsi de répondre à René pour la centième fois de la matinée. En langage freudien, on appelle ça un mécanisme de protection.

Si j'étais d'humeur, j'éclaterais de rire. Heureusement, René fait taire l'apprenti psychanalyste d'un balayage de la main. C'est l'heure du bulletin. La « fusillade de la Halle des Sports » fait la une de toutes les radios.

« Bonjour. Un homme a été tué cette nuit à Paris au cours d'un échange de coups de feu à l'issue d'un match de boxe. Rien à voir avec le sport, il s'agirait d'un règlement de comptes entre malfrats. On note également quatre blessés dont un policier de 53 ans. Mais le pire a été évité de justesse : le public venait juste de quitter la salle lorsque la fusillade a éclaté. Sur place, on retrouve Frédéric Girard. »

Suit le récit au téléphone du reporter.

« Il est minuit trente. Le dernier spectateur a franchi les portes du gymnase lorsque la Halle des Sports est subitement plongée dans le noir. Pour les malfaiteurs qui attendaient sans doute depuis un bon moment, c'est le signal. Des coups de feu éclatent. Alertés peu avant par un coup de fil anonyme, des policiers sont là également. Une vingtaine seulement. Ils lancent un appel au calme. En vain. Dans l'obscurité, les échauffourées se poursuivent dans la salle. Coups de feu, coups de poing aussi et même des coups de couteau. C'est la confusion. Quand les policiers remettront enfin de la lumière dans la salle quelques minutes plus tard, ils relèveront un mort, un Croate de 32 ans gisant au centre du ring avec deux balles dans le ventre.

Quatre autres personnes ont été blessées dans cette fusillade. L'une d'entre elles, sans gravité apparemment, puisqu'elle a réussi à prendre la fuite malgré le dispositif policier. Le blessé le plus grave est un ancien légionnaire danois, touché d'une balle dans le bras et d'une autre dans le dos avant d'être copieusement tabassé. Son état est jugé sérieux par les médecins mais l'homme est solide et ses jours ne sont pas en danger. Le deuxième blessé serait un ressortissant serbe, policier à la retraite reconverti dans le banditisme. Enfin, un inspecteur français a également été transporté à l'hôpital à l'issue de la fusillade. Il souffre d'une fracture du bassin. Il a perdu l'équilibre dans un escalier en tentant de s'interposer pendant que la salle était encore plongée dans le noir.

Pour l'instant, on ignore tout des motifs de ce règlement de comptes. Les forces de l'ordre sont encore sur place pour les constatations d'usage mais, d'après nos informations, les principaux protagonistes de cette fusillade seraient parvenus à s'échapper.

À la Halle des Sports de Paris pour France Info, Frédéric Gérard. »

Le présentateur reprend la parole pour refermer le sujet avec une phrase censée nous tenir en haleine :

« Nous en saurons sans doute plus prochainement sur ce règlement de comptes puisque la préfecture de police annonce une conférence de presse pour cet après-midi. »

Je saute sur l'occasion.

— Tu vois, nous n'aurons rien de plus avant plusieurs heures. Tu peux changer de fréquence.

À contrecœur, René tourne la molette de la radio et s'arrête mesquinement sur une station de musique classique. Personnellement, je n'attends rien des journalistes de la radio. Les motifs de la fusillade, je les connais ; ses conséquences, je les découvrirai bientôt :

j'ai un informateur bien placé qui ne devrait pas tarder à m'appeler.

Le Café de la Poste n'accueille qu'une clientèle d'habitués, ce matin. Une dizaine de personnes tout au plus. Jean-Bernard use ses coudes sur le zinc depuis une bonne heure. Il attend son compère. Le samedi, Maurice nous fait des infidélités : il commence sa journée en remplissant sa grille hebdomadaire de loto et boit ses premiers blancs dans un bistrot de la rue Gambetta.

— Ça doit faire baisser sacrément ton chiffre d'affaires, plaisante Jean-Bernard.

— Quoi donc ?

— Le retard de Maurice.

René réussit enfin à oublier l'actualité du jour et entre dans le jeu de Jean-Bernard.

— Je dirais même que je perds du fric, réplique le patron. Un moment, on a même pensé fermer le samedi matin. Mais bon ! C'est pas pour rien qu'on a gardé le nom de Café de la Poste même quand l'agence a fermé : on est nous aussi une sorte de service public. Pas vrai, Josy ?

La patronne, rivée à la caisse, répond en fixant Jean-Bernard :

— Il y a malheureusement trop de gens qui le croient et qui oublient de régler leur ardoise. Pourtant, toutes les administrations ne sont pas des vaches à lait ; j'en connais même qui font payer de fortes pénalités au moindre retard...

— Madame, je ne suis pas sûr que le fisc soit considéré comme un service public au même titre que les hôpitaux ou l'Éducation nationale, ergote Jean-Bernard.

— Un sévice public, oui, plutôt, rétorque René qui, déformé par certains aspects de sa profession, laisse parfois son anarchisme se teinter de poujadisme.

— Elle était facile celle-là... commente Jean-Bernard.

Les premières notes de « Mourir d'aimer » d'Aznavour leur coupent la parole. Je sors mon téléphone de ma poche de pantalon.

— T'as changé de sonnerie ? demande René.

— T'as changé de portable, remarque Josy.

Je les ignore et m'échappe du café pour répondre à Thomas Rösler. Dehors, un vent froid griffe les passants.

— Tout va bien, me rassure le journaliste. J'ai joint le commissaire Lefèvre dès hier soir. Il est d'accord. La version officielle qui sera donnée sera celle d'un règlement de comptes entre mafia croate et mafia serbe sur fond d'anciennes rivalités nationalistes. Si mes collègues français ne grattent pas trop, on devrait en rester là. Quant à vous, vous ne serez pas inquiété. Votre rôle ne sera même pas évoqué durant l'enquête.

— Il n'a pas rechigné ?

— Il n'avait pas vraiment le choix...

J'avais appelé Rösler vendredi dans la matinée. Après douze heures d'un sommeil de plomb, il m'est apparu comme le seul allié possible. Je lui ai proposé de lui remettre les carnets en échange de son aide dans ma mise en scène. C'est lui qui, dans le noir, a jeté sur le ring mon sac à dos. Un sac qu'il avait auparavant délesté de son précieux chargement. Dès les premiers coups de feu, il s'est éclipsé par le couloir qui mène aux vestiaires.

Sa tâche consistait également à faire l'interface avec les flics. Si la police acceptait de ne pas venir me chercher des poux, Rösler omettrait d'évoquer dans son article les mentions concernant la France et ses services qu'il pourrait trouver dans les carnets. Après la publication de l'article, les carnets seraient remis au Tribunal pénal international qui n'aurait certainement pas le temps de les étudier dans le détail – et le rôle de la France n'était qu'un détail – car le procès Gotovina touchait à sa fin, la mission du TPI également d'ailleurs.

J'ai du mal à réaliser que l'affaire qui a semé le trouble dans mon existence et dans mes amitiés depuis deux mois est terminée.

— Alors, c'est fini...

— La chasse aux carnets s'est achevée, oui. On en connaît maintenant les perdants.

— Vous êtes le seul gagnant.

— Et vous ?

— J'ai du mal à me voir en vainqueur. Disons que je suis parvenu à m'en tirer sans dommage physique.

— Et psychologiquement ?

— Pronostic réservé, comme disent les médecins.

Je m'aperçois un peu tard que la formule peut être prise dans un sens très dramatique. Simple lapsus ? En tout cas, je ne veux pas donner l'impression de pleurer sur mon sort.

— Et les autres protagonistes, qu'est-ce qu'ils risquent ? j'enchaîne.

— Tout dépend de ce qu'ils ont fait réellement et de ce que la police sera en mesure de prouver. Qui a tué le dénommé Boris, par exemple ? Pour Kurt Sven et Milan Zukovic, leur seule présence sur les lieux peut leur valoir une mise en examen, notamment pour association de malfaiteurs. Pour les autres, c'est trop tôt.

— Et le meurtre de Lazlo ?

— J'ai transmis vos soupçons au commissaire Lefèvre. Les enquêteurs vont établir le profil ADN de Boris et celui de Sergueï avec les éléments qu'ils pourront trouver dans son appartement. Quant à d'éventuelles mises en examen pour cet assassinat, Boris est mort et votre ami est en fuite...

— Vous pensez qu'il peut échapper longtemps à la police ?

— Sergueï Yankovic échappe à tout le monde depuis deux mois. Il doit pouvoir le faire encore. Tout dépendra de ses finances. Mais la vie d'un fuyard n'est jamais facile...

Thomas Rösler me parle encore mais je ne l'écoute plus. J'essaye d'imaginer les prochaines années de mon ami. Je me souviens qu'une fois il m'a parlé d'une « grappe de pays accrochés à la cordillère des Andes » qu'il aimerait visiter. Que fera-t-il là-bas pour subsister ? Chauffeur de taxi, guide touristique ou tueur à gages ? Mon pote a plus d'une corde à son arc. Je pense aussi à Alexandra et à Milena. J'ai l'impression de les avoir connues. Sergueï ne m'a jamais beaucoup parlé d'elles mais son regard tourné vers le passé était plus évocateur que des mots. Et puis tout ce que je ne sais pas sur elles, je l'invente facilement. Milena, pour moi, a les yeux de Laurette.

Alexandra, Milena. Rien de tout cela ne serait survenu si... Mais on ne refait pas le monde, encore moins l'histoire, même avec un petit « h ».

Malgré tout ce qu'il a fait, autrefois et ces dernières semaines, je n'arrive pas à voir Sergueï en monstre. Je me souviens de nos marathons ciné où nous allions voir deux ou trois films dans une même soirée, jusqu'à l'overdose en ce qui me concerne. Sergueï m'a fait découvrir la vie, il m'a aidé à mûrir alors que mon père ne le pouvait plus depuis longtemps. Notre amitié filiale était sincère. Je vois aujourd'hui mon ami comme un fauve blessé, capable de mordre et de griffer, capable de tuer sans pitié – ah, c'est vrai, de torturer aussi – mais toujours apte à la tendresse et à la fidélité. Oui, je réagis comme un fils. Un fils en colère, mais en colère par amour. J'ai été révolté par ses mensonges que j'ai pris pour une trahison, j'ai été horrifié quand j'ai découvert ses crimes et j'ai voulu lui faire payer les uns et les autres. Les mensonges sans doute plus que les crimes, d'ailleurs. Mais maintenant que Sergueï est définitivement parti, je commence à voir les choses sous un jour différent et je crois que bientôt je pourrai continuer de juger ses actes sans indulgence tout en lui conservant mon affection.

Je regrette même le piège que je lui ai tendu et dans lequel – heureusement ? – il n'est pas complètement tombé. Je tremble en pensant que c'est lui qui aurait pu se retrouver vidé de son sang sur le ring pour un KO total et définitif.

Jamais je ne me le serais pardonné.

— Et vous, qu'allez-vous faire maintenant ?

Je regarde autour de moi. Il n'y a personne.

— Allô ?

Je réalise que le petit rectangle bruyant que ma main colle à mon oreille droite est un téléphone portable et que quelqu'un me parle par ce truchement. Qui ? Ah oui, Thomas.

— Pardon ?

— Je vous demandais ce que vous comptiez faire maintenant...

Si je le savais, mon con ! J'ai envie de lui répondre « Vivre », tout simplement mais, sous sa simplicité, ce verbe a des accents de mélodrame.

— Je vais continuer comme avant. Le boulot au bistrot, la boxe etc.

J'aimerais bien savoir ce qui se cache derrière ce « etc. ». Rösler aussi. Il a perçu mon manque d'entrain.

— Ça va aller, vous êtes sûr ?

Sûr Arthur...

Sûr qu'on se lasse Thomas-se.

— Ouais, évidemment, ce n'est qu'un mauvais moment à passer.

— Vous avez mon numéro de portable : n'hésitez pas à m'appeler. De toute façon, je vous tiens au courant des évolutions de l'enquête. Et puis je vous appelle lorsque j'ai terminé l'article. OK ?

— Ça marche.

Je raccroche et j'aperçois Maurice titubant vers le café. Il ne m'a pas vu, il est perdu dans ses pensées. Un étrange sourire niais écartèle ses lèvres sans parvenir à décrocher sa Gauloise. Je me replie sur le bar. Maurice fait une pause devant la porte. Il prend le temps d'éteindre sa cibiche contre le cendrier extérieur, puis de recoller le mégot éteint au coin de ses lèvres.

Je suis déjà derrière le zinc quand Maurice fait une entrée tonitruante.

— Joyeux Noël, bande de cons !

René, Jean-Bernard et Josy ouvrent des bouches étonnées par cette curieuse salutation. Je referme prestement la mienne.

L'ancien prof de français, bêtement, tombe dans le piège de son compagnon de beuveries.

— On n'est pas Noël, chicane J-Bé.

Maurice triomphe :

— Eh non, bande de cons !

— ...

— Quand je vous dis : « Joyeux Noël, bande de cons », y'a qu'une chose qui te choque, c'est qu'on n'est pas Noël. J'en déduis que tu trouves normal que je vous traite de cons. CQFD !

— Venant de ta part, non, ça ne m'étonne pas, se vexe Jean-Bernard, c'est toi qu'es vraiment con !

René ricane :

— Tel que je le vois là, notre Maurice, je parie qu'on vient de lui raconter la blague au bistrot d'à côté et qu'il a fait tout le chemin en se la répétant à voix basse pour être sûr de ne pas l'oublier...

Maurice plisse les yeux et se contente de nous montrer ses chicots dans un sourire qu'il espère énigmatique. Ce qui est un mystère pour moi, c'est surtout la façon dont il parvient à faire tenir son mégot sur une bouche ouverte. Pas possible ! Il doit y mettre une noisette de glu tous les matins. Ou de la pâte à fixe comme celle qu'utilisent les mômes pour coller les affiches de leurs chanteurs préférés.

— T'as joué les bons chiffres, au moins ? poursuit René.

— Tu as réussi à te souvenir de ta date de naissance ? plaisante J-Bé à son tour. Tu inscris quoi d'autre ? La longueur de ta bite, le niveau de ton QI ? Ça va jusqu'à 49, le loto, mais pour toi, c'est largement suffisant.

— Rigolez, rigolez, un de ces jours, vous verrez...

— Tu feras quoi si tu gagnes ? questionne René.

— Je rachète ton bistrot et je te fous dehors.

— Marché conclu, fait René en tendant une main que Maurice claque allègrement.

La matinée se traîne ainsi de galéjades en gaudrioles. Aucune ne m'arrache de sourire. Tout le monde s'en aperçoit et les regards en coin se succèdent. L'œil de Josy se montre le plus inquiet, surtout le gauche. Heureusement, « ils » mettent cela sur le compte de mes supposées angoisses post-fusillade.

La psychologie de comptoir a parfois du bon.

Vers 13 heures, Maurice et Jean-Bernard se rapatrient vers leurs solitudes éthyliques en espérant éponger leurs litres de blanc avec une mauvaise boîte de conserve, une tranche de jambon sous cellophane et un camembert industriel.

Tel est leur destin.

Quel sera donc le mien ?

Je n'ai pas bu une goutte de la matinée. Même pas soif. De cela aussi, je suis guéri. Est-ce un bon signe ? Je n'en suis pas certain.

Je crois que j'ai raté ma carrière d'alcoolique. J'ai livré de beaux combats, rivalisant d'astuces et de fantaisie pour embellir l'ivresse, mais j'ai toujours fini KO, la tête dans le caniveau et le plastron taché de vomissures.

« *Je suis tombé par terre, c'est la faute à la bière.*
Le nez dans le ruisseau, c'est la faute au Pernod. »

L'ivresse, y'a pas à dire, c'est un art. Je baigne dans un vivier de champions, j'aurais dû prendre des leçons. Maurice et Jean-Bernard s'imbibent du matin au soir et du soir au matin mais ne roulent pas sous la table. Et ne vomissent jamais. Sacré talent ! Ils s'entraînent depuis vingt ans et moi, j'ai voulu commencer tout de suite par la compétition.

Fatale erreur.

Une silhouette agréable pénètre dans le bar. Épaules fines, hanches pleines. Elle me fait l'effet d'un épouvantail.

Marina s'avance vers le comptoir.

Mes yeux s'affolent et cherchent une issue de secours. Je ne vois que la porte des toilettes sur ma droite. C'est une fausse bonne idée. À moins d'être capable de m'échapper par la cuvette des chiottes.

Je suis coincé derrière mon zinc comme un boxeur dans les cordes du ring.

— Bonjour.

Une grimace lui répond. Je trouve un vieux torchon et j'astique le bar pour me donner contenance.

Marina attend. Une poignée de longues minutes.

— Je crois qu'il est propre, maintenant. On peut parler ?

Pas de réponse.

— Je prendrais bien un café. Un déca, s'il te plaît. Je ne peux pas te forcer à parler mais tu es obligé de me servir. Sinon, c'est assimilé à un refus de vente et c'est sanctionné par l'article 23 bis, alinéa 14 du Code de commerce.

J'allais répliquer que j'ignorais qu'on étudiait le Code de commerce dans les écoles de kiné lorsqu'un frisson involontaire de ses lèvres m'avertit du piège. Elle m'a balancé un numéro au flanc pour me faire réagir et j'ai bien failli me faire avoir. La mignonne est habile et bien plus drôle que mes ivrognes. Je me retourne vers le percolateur pour lui préparer son café. Normal et bien serré. Quand je pose la tasse devant elle, Marina me propose :

— Je t'offre quelque chose ?

Voilà-t'y pas que j'ai soif, d'un seul coup. Tout

n'est peut-être pas perdu pour une carrière d'alcoolique. Je me tire une bière à la pression.

— Je comprends ton amertume, entame Marina, et je la partage pour la bonne raison que moi non plus je n'étais pas au courant. Julie m'a tout raconté cette nuit et je suis furieuse.

Elle attend une réaction qui ne vient pas. Je bois ma bière sans relever les yeux.

— Quand tu es venu dîner à la maison, je t'ai accueilli comme un ami de Julie. Pas autrement. Je ne t'ai pas joué la comédie. J'étais sincère. Je le suis toujours.

Je fais tourner le liquide ambré dans mon verre à moitié vide. La bière nettoie la mousse accrochée au cristal.

— Je sais que c'est difficile pour toi. Tu as le sentiment d'avoir été trahi. Par Julie, par le commissaire Lefèvre, par ton ami Sergueï, aussi.

Pour quelqu'un qui a tout appris il y a quelques heures, je la trouve bien au courant.

— On a parlé toute la nuit, avec Julie. Au début, moi aussi, je ne voulais pas l'écouter. Elle s'est jouée aussi de moi, en quelque sorte : depuis deux mois, elle me ment.

La pauvre chérie ! Elle ne veut pas que je la plaigne, quand même. On ne peut pas comparer nos situations. Je louche par-dessus ma bière : c'est vrai qu'elle a les yeux cernés, la kiné. Je réalise ma mauvaise foi mais ce constat, loin de m'amadouer, m'énerve davantage.

— Je crois qu'il faut essayer de la comprendre malgré tout. C'est vrai qu'elle avait un intérêt à t'espionner mais elle l'a fait aussi pour te protéger...

Ce couplet-là, je ne le connais que trop.

— Cette affaire était très dangereuse, Julie avait peur pour toi. Elle me l'a dit, me l'a répété et je la crois. Tu dois la croire aussi.

« Je dois »... Non mais je rêve. Et puis quoi encore ? Désolé, Marina, mais je ne dois rien à personne. Je n'ai pas de dettes en ce bas monde. J'ai grandi sans aide et je me suis fait tout seul, à la force de mes petits poings. C'est comment exactement la phrase de Pierre Dac : « Celui qui, parti de rien, n'est arrivé nulle part n'a de merci à dire à personne » ?

Je sens que je m'emballe mais je n'y peux rien, c'est plus fort que moi. Ça remonte de trop loin. Marina est le catalyseur, la dernière étincelle, la dernière goutte.

J'ai poussé comme j'ai pu dans la jungle des foyers éducatifs. J'ai cru pouvoir me reposer dans des familles d'accueil qui n'étaient que des repères de pédophiles. La police m'a arrêté et la justice m'a condamné quand je ne cherchais qu'à me défendre. On a tout fait pour que je coule. Aujourd'hui comme hier.

La première à m'avoir frappé, ce fut ma mère. Je ne m'en suis pas remis. Qui aurait pu ?

Marina continue de parler mais je suis très loin d'elle. Je mélange passé et présent dans une même fureur. Il est des colères salvatrices, paraît-il, ce n'est pas le cas de la mienne. Elle secoue un corps vide, rongé de l'intérieur par le chagrin depuis des siècles. La peine a tout bouffé petit à petit, je suis creux et je sombre au fond de moi-même.

Papa, aide-moi...

Des nuits entières, je l'ai appelé. Il n'est jamais venu. Et je ne peux pas lui en vouloir. À qui faire des reproches ?

Marina peut bien causer, elle n'y peut rien. Je m'en fous d'elle, de Julie, de Sergueï. Personne ne peut rien pour moi. Je m'en fous également de Josy, de René et de tous les ivrognes de la Terre. Seul le souvenir d'Émile me tire une grimace involontaire provoquée, comme les risettes de bébé, plus par un embarras gastrique que par un sentiment profond.

Il n'y a plus rien en moi. Plus d'envie, plus d'amour.

Certains peuvent tenir par la haine.

Pas moi.

Marina s'arrête. Elle a pris ma grimace pour un signe et cherche comment en provoquer un second. Elle n'a pas encore compris que je suis un autiste.

Je ne sais pas ce qu'elle a dit et ne veut pas le savoir.

Bordel !

Qu'elle s'arrête et qu'elle s'en aille. Vite.

Je lève les yeux sur elle et je la vois trembler. Le boxeur coincé dans les cordes est prêt à se défendre. Marina ne connaissait pas ce visage de tueur. Ses yeux saignent des perles blanches.

— Dis-moi quelque chose...

— Une bière et un café, ça fait 5,30 euros.

Elle prend son porte-monnaie dans son sac mais le fait tomber avant de l'ouvrir. Au lieu de le ramasser, elle recule lentement vers la sortie.

Je la regarde partir comme un noyé volontaire contemple la dernière bouée qui s'éloigne de lui.

Épilogue

Pourquoi pas ?

La nuit ne s'est pas encore enfuie et se laisse trouer par des dizaines de phares glissant sur le périphérique. Une bruine collante fait scintiller l'asphalte d'étoiles multicolores, reflets des voitures et des enseignes lumineuses.

Je regarde le sol huit étages plus bas.

Pourquoi pas ?

Après une semaine à l'hôtel, je suis revenu hier dans mon appartement. J'ai remonté le courrier que j'ai posé sur la table de la cuisine. J'ai fait une pile avec les factures, une autre avec les prospectus publicitaires et, entre les deux, j'ai placé la lettre de Julie. Une enveloppe blanche décorée d'une écriture fine et souple.

Après une courte réflexion, j'ai jeté le tout à la poubelle.

Puis j'ai déballé le paquet cadeau.

Il avait été laissé bien en évidence sur mon lit par ce salaud de Sergueï qui a toujours les clés et qui continue de jouer les Arsène Lupin dans mon appartement.

Je devrais changer le verrou mais cela n'a plus guère d'importance.

D'abord, je n'ai pas compris ce que contenait le paquet. J'ai extrait d'un carton des fils emmêlés, des armatures fines et souples et deux bouts de toile colorée. Heureusement, il y avait un schéma explicatif.

J'ai monté l'engin en suivant scrupuleusement les instructions. Cela ne m'a pris qu'une dizaine de minutes. Après, je me suis attaché à démêler soigneusement les fils. Ce qui fut beaucoup plus long.

Le cerf-volant est magnifique. Ses grandes ailes au damier bleu et jaune souligné d'un liseré noir semblent impatientes de se faire caresser par le vent.

Appuyé sur le rebord de ma fenêtre ouverte, j'attends que le jour se lève.

C'est Sergueï qui a tiré sur Kurt Sven. Je le pressentais et Thomas Rösler m'en a donné cette semaine la confirmation. L'expertise balistique a établi en effet que la balle qui a touché le Danois dans le dos provenait de la même arme que celle qui a blessé Milan Zukovic. Et comme la dernière chose que j'ai pu voir avant de couper la lumière dans la salle, c'était Sergueï sortant une arme face aux Serbes qui s'avançaient vers lui, la conclusion est évidente.

Je ne ressens pourtant aucune gratitude.

Sergueï n'est pas survenu tel un héros de cinéma pour me sauver la vie au tout dernier moment. Il était là – j'en suis persuadé – depuis le début dans le couloir, prenant des risques insensés, et pour lui et pour moi, dans le seul but de recueillir l'information précieuse que j'aurais pu livrer à Sven pour échapper à la mort.

Non, je n'ai pas de gratitude. Et pour tout dire, je lui en veux un peu.

Tout aurait été si simple s'il ne m'avait pas sauvé.

Je repense sans cesse à cet instant d'incroyable sérénité. Sven me braquait, il allait tirer et moi je baignais dans une tranquillité absolue. Mon avenir ne dépendait plus de moi. J'allais mourir et j'étais bien. Ni heureux, ni triste. Bien. Tout simplement. J'avais atteint le bout d'un chemin, habité par le même sentiment de plénitude qu'un aventurier découvrant la terre inconnue qu'il supposait depuis longtemps. Christophe Colomb inventant l'Amérique. Sauf que lui pensait être arrivé aux Indes.

Et moi, j'étais arrivé où ?

L'autre soir, je ne m'en souciais pas. Peu m'importaient les questions puisque les réponses ne me concernaient plus.

Aujourd'hui, il n'en est malheureusement plus de même.

Ma vie est une blessure ouverte d'où suinte un pus mauvais. Je suis marqué. Au fer rouge dans mon âme. Je ne vis pas, je souffre. L'affaire Gotovina n'a fait que jeter un peu de sel sur une plaie qui ne peut pas cicatriser.

Par moments, une onde de chaleur exquise m'envahit. Chaque fois que je me dis qu'il peut y avoir une vie après la mort. Je n'y crois pas mais je ne demande qu'à me tromper. Tant de gens y croient de par le monde, des millions, sans doute des milliards. Pourquoi, eux, se tromperaient-ils ?

Ce serait si doux de les retrouver. Papa, Laurette. Un jour prochain, maman. J'en frissonne d'amour.

Ou alors, c'est le froid.

Avec le jour, le vent s'est levé. Je lance le cerf-volant. Il tombe en chute libre jusqu'à ce qu'une bourrasque le redresse. Je tire sur les ficelles. Il monte, redescend, puis remonte, redescend encore et remonte à nouveau. Je n'ai pas l'habitude. Cela non plus, on ne me l'a pas appris. Et puis le rebord d'une fenêtre n'est pas le meilleur endroit pour s'initier à cette pratique. Le vent, heureusement, m'est d'un précieux secours. Le cerf-volant s'envole et finit par se stabiliser. Ses ailes bleu et jaune figurent un soleil incertain dans un ciel de cendres.

Je le regarde.

Le souvenir me revient précisément. Le cerf-volant. Une plage du Roussillon. Papa. Nous avons fait une fois du cerf-volant, une seule. Papa m'en avait offert un pour mon anniversaire mais il n'y connaissait rien. La tramontane soufflait trop fort. Papa s'est énervé, la toile s'est déchirée et l'engin est tombé en piqué sur un groupe de touristes.

Ce n'est pas un bon souvenir.

Je lâche le cerf-volant qui s'envole par-dessus le périphérique. Très vite, je le perds de vue. J'ignore combien de temps il restera en l'air.

Je m'en fous.

Les comparaisons d'ADN ont été effectuées. Une empreinte génétique découverte lors de l'autopsie sous un ongle de Lazlo – le dernier qui lui restait à la main droite – correspond bien à celle de Boris. Sergueï a été plus prudent, aucune trace de sa présence n'a été relevée sur les lieux. Mais, pour moi, il n'y a plus aucun doute.

Je grimpe sur le rebord de la fenêtre et je m'assieds les pieds dans le vide.

Je regarde au sol. Huit étages, ça fait entre vingt et trente mètres. J'ai le vertige. J'ai toujours eu le vertige. Le sol est un aimant. Je tremble et ce n'est pas le froid.

Pourquoi pas ?

La question ne m'a pas quitté. Jamais. Depuis mon enfance chahutée, elle revient me hanter de temps en temps. Chaque fois que le vent souffle trop fort.

Je n'ai jamais trouvé de réponse.

Je crois que je n'en ai plus besoin aujourd'hui.

J'extirpe une pièce de monnaie de la poche de mon pantalon. Cinquante cents. C'est pas bézef. Mais ne dit-on pas que la vie n'a pas de prix ?

Pile, je saute. Face, je redescends de ma fenêtre et je tente de poursuivre mon chemin.

Je me tiens d'une main à la rambarde et je lance la pièce dans le ciel gris. Trop haut. La pièce prend la tangente, je la rate et elle chute jusqu'en bas. Dans le ciel, je crois un instant voir tournoyer au loin le cerf-volant de Sergueï. Erreur. Ce n'était qu'un oiseau.

Je regarde au sol. Je ne distingue plus la pièce.

Tant pis.

De toute façon, c'était pile.

POCKET N° 15116

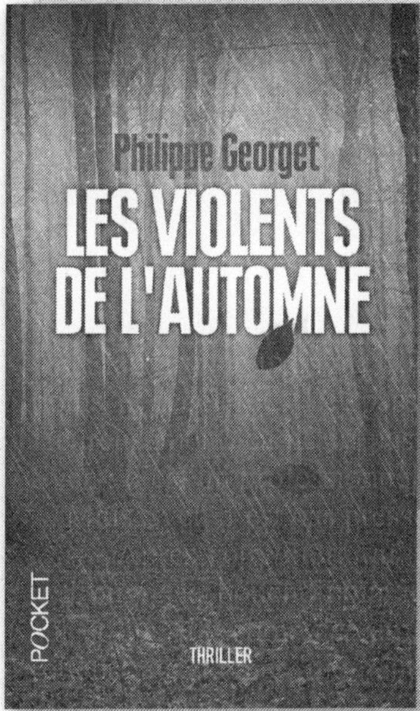

Le retour du lieutenant Sebag, dans une enquête à haut potentiel politique...

Philippe GEORGET
LES VIOLENTS DE L'AUTOMNE

La tramontane souffle sur Perpignan, charriant les regrets éternels et les odeurs de poudre... C'est une dure rentrée de vacances pour le lieutenant Gilles Sebag, avec un cas d'homicide sommaire qui ressemble à une véritable exécution... Sur la porte du salon de la victime – un vieillard pied-noir –, trois lettres : OAS. Trois lettres qui respirent la vengeance et sèment le trouble dans la petite comunauté des Français d'Algérie. Quarante ans plus tard, le vent n'a toujours rien emporté, et les vieilles blessures ne demandent qu'à se rouvrir...

Retrouvez toute l'actualité de Pocket :
www.pocket.fr

La photocomposition de cet ouvrage
a été réalisée par
GRAPHIC HAINAUT
59410 Anzin

Imprimé en France par CPI
en avril 2015

POCKET – 12, avenue d'Italie – 75627 Paris Cedex 13

N° d'impression : 3010596
Dépôt légal : mai 2015
S26010/01